KB239416

한국 현대문학사상 탐구

한국 현대문학사상 탐구

한국 현대문학사상 탐구

조 남 현 지음

문학동네

책머리에

최근 이삼 년 사이에 쓴 글들 가운데서 형식 면에서나 소재 면에서 학술 논문에 들어갈 수 있는 것만을 추려 한 권의 책으로 묶게 되었다. 출판사에게는 부담스럽기 짝이 없는 연구서를 내다보면, 그것도 체계가 잘 잡혀 있지 않은 연구서를 내다보면 자신의 연구의 성과나 보람보다는 한계와 문제점이 더 분명하게 드러나기 마련이다. 구체적인 표제 아래 체계도 잡혀 있고 학자로서의 땀도 촉촉하게 배어 있는 저서를 한 권이라도 더 많이 내고 싶은 것이 소망이다. 이 책은 이런 소망을 절반 정도 충족시켜주는 것이라고 합리화해본다.

짧은 것은 35매, 긴 것은 200매 되는 17편의 글들로 구성된 이 책을 떠받치는 정신은 다음과 같이 정리하고 싶다.

첫째, 「한국 근대소설 형성과정과 작가의 초상」 「실존주의 수용과 내면화 향상」 「박승극의 실천·비평·소설」 「한국 현대소설의 현실대응 방법」 등을 근거로 하여 새로운 시각을 세웠거나 새로운 분석과 해석의 작업을 시도했다고 자임할 수 있을 것이다. 이런 논문들을 통해 한국 근대소설의 기원을 찾아보려 했고 해방 이후 한국 문인들에게 오랫동안 영향력을 행사한 실존주의의 수용양상을 구체적으로 살펴보았다. 그리고 해방 이전의 한국문학의 영역확대를 위해 박승극이란 문인을 재조명했고 한국 현대소설 작품을 통한 현실 대응방법이 실로 다양했음을 입증해보았다.

둘째, 한국어에 대한 관심이 높아진 점을 들 수 있다. 「채만식의 『금의 정열』, 국어 어휘의 창고」「현진건의 『무영탑』, 그 미문주의의 허실」「이문구, 고유어의 마지막 파수꾼」「한설야, 사상의 하강과 언어표현력의 상승」「염상섭, 치열한 작가의식의 원동력으로서의 국어사랑」 등과 같이 『새국어생활』에 '우리 소설, 우리말' 이라는 제목 아래 연재한 글들이 한국어에 대한 관심을 고조시키는 계기가 되었다. 국어 어휘구사력이나 문장력에 있어서 남다르다는 평가를 받아온 작가의 작품을 꼼꼼하게 뒤적거려보았다. 그런 끝에 국어 사용능력이나 방향을 근거로 하여 그 작가의 의식세계를 헤아려보는 데까지 나아가기도 했다. 모든 소설연구자들은 나를 포함해서 형식분석과 내용분석을 유기적으로 연결시켜야 할 필요성을 느끼고는 있으나 정작 언어현상과 의식 사이의 다리를 놓는 작업은 잘 해내지 못하는 듯하다. 시간이 허락되면 국어학적 지식을 바탕으로 하여 언어현상과 의식세계를 긴밀하게 연결시킬 줄 아는 안목과 능력을 키우고 싶다.

셋째, 내 것의 실제와 우리 것의 실상을 정확히 파악하고자 했다. 사실은 내 것이니 우리 것이니 하는 것보다는 실제니 실상이니 하는 개념에 관심이 쏠린다. 풍문과 상식을 확인하는 수준에서 논의되어왔던 실존주의 수용론에서 한 걸음 더 나아가고자 했던 「실존주의 수용과 내면화 양상」, 오늘의 한국문학의 위기를 직시하고자 했던 「문학위기, 그 현상론과 초극론」, 새롭고도 객관적인 명작목록의 필요성을 반복강조한 「소설교육의 정향(定向)과 대중소설 문제」, 보다 소설연구를 효과적으로 수행하는 데 필요한 자세와 방법을 강구하는 뜻에서 그 동안의 소설연구의 문제점을 부각시킨 「한국 현대소설 연구의 기본과제」, 1960년대의 순수·참여 논쟁을 다시 한번 정리하면서 새롭게 의미매김해본 「순수·참여 논쟁 다시 보기」 등은 사실과 진실에 대한 탐구정신을 공분모로 하고 있다.

어느덧 '나잇값'이라는 말을 떠올리는 것이 어색하지 않을 정도가 되었다. 이런 연배가 되면 내 것을 찾으려 하고 실상은 무엇인가 하는 궁금증이 커지고 좋은 의미든 나쁜 의미든 포용력을 의식하게 된다. 이러한 경향은 젊었을 때는 갖추기 어려웠던 크고 넓은 시야를 가져다줄 수 있지만 자칫 실험정신과 새로운 것에의 정열 그리고 예각성에의 의지를 거두어 가버리기 쉽다. 연구대상 가운데는 연구자의 연배에 관계없이 새로운 이론으로 접근해야 할 것, 날카로운 시각으로 들어가야 할 것, 넓이보다 깊이를 확보해야 할 것이 따로 있다.

긍정적인 면에서 '나잇값'을 하자면 젊었을 때 보여주었던 시행착오, 예컨대 제한된 자료만 갖고 목소리 크게 내는 데 열중하는 태도, 내 것에 대한 기본파악도 잘 안 되어 있으면서 어설픈 외국이론으로 쾌도난마하는 태도, 고전이라고 하는 것들 앞에서 공연히 시건방떠는 자세, 글쓰기론을 신봉하면서 '많이 쓰자' 주의로 나가는 자세 등을 털어내어야 한다.

다수의 일반독자들보다는 소수의 동학들로부터 반응을 살 수 있는 논문을 쓰고 싶다.

어려운 때임에도 출간의 기회를 열어준 문학동네 사장님과 편집위원 여러분에게 감사드린다.

2001년 12월

조남현

차례

책머리에 5

1부

한국 근대소설 형성과정과 작가의 초상 15

1. '작가'의 출현과정 2. 근대작가의 첫 초상 3. 개화기소설의 전개과정 4. 종합

실존주의 수용과 내면화 양상 56

1. 장기간의 수용, 광범위한 내면화 2. 실존주의 수용 양상 3. 실존주의 수용태도 비판론 4. 실존주의 내면화 양상

2부

월북작가의 북한소설 95

1. 월북작가의 재북 발표소설 목록 2. 단편소설론 3. 장편소설론

한설야의 일관성과 굴절성 121

1. 군수의 아들에서 내각교육문화상까지 2. 프로문학→전향문학→당문학 3. 간과하기 쉬운 '한설야적'인 것

박승극의 실천·비평·소설 132

1. 박승극의 실천 2. 박승극 평론, 다양성 속의 일관성 3. 박승극 소설, 집중성과 강단성 4. 종합

황순원 소설의 원형　162

1. 빼빼 마른 단편, 절제미의 담론　2. 사랑 이야기, 사랑의 환멸의 서사학　3. 괴기성,
낯설게 하기, 심리적 원형의 발견

3부

문학위기, 그 현상론과 초극론　177

1. 위기론에 대한 기본관념　2. 바꾸어야 할 것／지켜야 할 것　3. 생태시 운동과 그 에
네르기　4. 문화론적 관점에서

소설교육의 정향(定向)과 대중소설 문제　198

1. 소설교육의 현실과 이상　2. 소설유형과 소설교육　3. 대중소설 논의의 종횡　4. 명
작목록 작성의 현실과 이상

한국 현대소설의 현실대응 방법　223

1. '현실' 의 내용과 구성방법　2. 소설 장르와 현실대응 그리고 현실극복　3. 새로운
현실대응 방법을 위한 제언

4부

한국 현대소설 연구의 기본과제　245

1. 양이냐 질이냐　2. 한국이냐 현대냐 소설이냐　3. 학문이냐 비평이냐　4. 분석이냐
해석이냐　5. 문학이론이냐 철학이론이냐　6. 기초 확립이냐 선별 직핍이냐　7. 과학
자냐 이데올로그냐　8. 실증주의 필수론이냐 선택론이냐

순수 · 참여 논쟁 다시 보기   261

1. 1963년의 논쟁 2. 1967년의 논쟁 3. 1968년의 논쟁 4. 정리

날카로운 예술학과 따뜻한 한국학의 만남   275

1. 객관적 시각에서 과거 보기 2. 안정된 시각의 생산성 3. 따뜻한 한국학의 품 4. 냉철하게 작성되어야 할 명작목록

5부

채만식의 『금의 정열』, 국어 어휘의 창고   291

현진건의 『무영탑』, 그 미문주의의 허실   299

이문구, 고유어의 마지막 파수꾼   307

한설야, 사상의 하강과 언어표현력의 상승   317

염상섭, 치열한 작가의식의 원동력으로서의 국어사랑   325

1부

한국 근대소설 형성과정과 작가의 초상

1. '작가'의 출현과정

개화기소설의 발표 매체로는 신문, 잡지, 출판사의 단행본 등 세 가지가 있다. 발표 매체에 따라 작가의 이름을 표기하는 방법은 다르게 나타난다.

이 세 발표 매체들 가운데서 가장 먼저 등장한 것은 신문이다. 1894년 11월 6일자로 창간된 한성신보(漢城新報)는 1896년과 1897년에 걸쳐「신진사문답기(申進士問答記)」「기문전(紀文傳)」등 17편의 소설을 연재하였다. 1902년과 1904년에도 각각 1편씩 발표하지만 한성신보의 소설 연재는 사실상 1890년대에 끝났다. 그런데 이 신문에 발표된 소설들의 지은이는 무서명으로 되어 있든 작자미상으로 나타났든 한결같이 알기가 어렵다. 한성신보 이래 1900년에서 1910년 사이에 대한일보 대한매일신보 황성신문 제국신문 만세보 중앙신문 경향신문 대한신문 대한민보 등의 신문들이 소설을 실어놓았다. 대한일보에는 6편이, 대한매일신보에는 7편

이, 제국신문에는 12편이, 대한민보에는 11편이 실려 있다. 경향신문에
실린 것[1]까지 합하면 신문게재소설은 123편 정도인데 이중 무서명이 94
편이 된다. 나머지 근 30편의 경우에도 본명으로 되어 있는 것보다는 필
명으로 제시된 것이 약간 많다. 한성신보 게재소설, 경향신문 게재소설은
모두 무서명이며 대한매일신보와 제국신문에 실린 소설들은 대부분이 무
서명으로 되어 있다. 대한민보의 소설은 전부 필명으로 되어 있다. 대한매
일신보에는 금협산인(錦頰山人, 신채호)이라는 작가명만이, 제국신문에
는『혈의 누』하편을 1907년 5월 17일부터 1907년 6월 1일까지 연재하다
만 이인직(李人稙)과『고목화(枯木花)』를 연재한 후『빈상설(鬢上雪)』을
1907년 10월 5일부터 10월 22일까지 연재하다가 만 동농(東儂, 이해조)
이라는 작가명만이 나타난다. 제국신문에 이인직과 이해조(李海朝)의 실
명이 나타난 것으로 보아 실력 있는 소설가의 작품을 게재함으로써 고질
적인 재정난 타개를 시도했던 것으로 추정된다. 1909년에서 1910년까지
2년 동안 대한민보[2]에는「화수(花愁)」를 쓴 도화동은(桃花洞隱),「현미경
(顯微鏡)」을 쓴 신안자(神眼子),「만인산(萬人傘)」을 쓴 백학산인(白鶴山
人),「병인간친회록(病人懇親會錄)」을 쓴 굉소생(轟笑生),「오갱월(五更
月)」을 쓴 일우생(一吁生),「소금강(小金剛)」을 쓴 빙허자(憑虛子),「박정
화(薄情華)」를 쓴 수문생(隨聞生),「금수재판(禽獸裁判)」을 쓴 흠흠자(欽欽
子) 등과 같은 필명이 나타난다. 1904년에서 1906년 사이의 대한일보에
서도「일념홍(一捻紅)」을 쓴 일학산인(一鶴散人),「용함옥(龍含玉)」을 쓴
금화산인(金華山人),「여영웅(女英雄)」을 쓴 백운산인(白雲山人) 등과 같
은 필명을 볼 수 있다. 원래 금협산인이나 동농도 필명이기는 하나 누구를

16

가리키는 것인지가 확실하게 밝혀졌기 때문에 필명보다는 실명의 범주에 넣어야 한다. 나머지 필명들은 누구를 가리키는 것인지 현재로서는 알 수 없기 때문에 무서명으로 볼 수밖에 없다.

『조양보(朝陽報)』(1906년 6월 25일 창간), 『대한자강월보(大韓自强月報)』(1906년 7월 31일 창간), 『태극학보(太極學報)』(1906년 9월 24일 창간), 『장학월보(獎學月報)』(1908년 1월 20일) 등 17가지 정도의 잡지에 실린 소설들은 50편 정도로 집계되는데 30편 정도는 이채우(李琗雨) 이기(李沂) 홍필주(洪弼周) 이규철(李奎澈) 송욱현(宋旭鉉) 이해조 윤태영(尹泰榮) 이승교(李承喬) 노인규(盧麟奎) 심상직(沈相直) 육정수(陸定洙) 이규창(李揆昌) 민천식(閔天植) 심우섭(沈友燮) 유병휘(劉秉徽) 이원백(李元伯) 원용진(元容晋) 이승환(李昇煥) 이원성(李源聖) 심노생(沈蘆生) 성낙윤(成樂允) 공육(公六) 고주(孤舟) 이광수(李光洙) 윤성선(尹聖善) 안영수(安暎洙) 등과 같이 본명이 밝혀졌다. 이중 이승교 이규철 육정수 심우섭 이광수 등이 두 편 이상을 발표하였다. 나머지는 백악춘사(白岳春史) 포자생(抱字生) 은우생(隱憂生) 몽몽(夢夢) 운암산인(雲庵山人) 색은자(索隱子) 벽라생(碧蘿生) 이장자(耳長子) 북악산인(北嶽山人) 봉황산인(鳳凰山人) 등과 같은 필명으로 되어 있다. 이중 두 편 이상 발표한 작가로는 백악춘사 몽몽 이장자 봉황산인 등이 있다. 백악춘사는 『태극학보』의 발행인이요 편집인인 장응진(張膺震)으로, 몽몽은 진학문(秦學文)으로, 봉황산인은 천도교인이었던 이종린(李鍾麟)으로 추정되고 있다.[3] 무서명으로 되어 있는 것은 『서북학회월보』에 실린 「인력거군 수작」뿐이다.

고전문학도들에게는 많은 고소설의 작가와 창작 연대가 밝혀져 있지 않은 점이 난제가 되고 있다. 많은 작품들이 작자미상으로 남은 원인의 한 가지로 인쇄술이 발달하지 않은 점을 들 수 있겠으나 주된 원인은 "무엇보다도 당대의 소설 폄시현상에서 찾아야 할 것"[4] 이라고 주장한 것에 귀

---

3) 주종연, 『한국 근대단편소설 연구』, 형설출판사, 1979, 41~56쪽.
4) 성현경, 『한국 옛소설론』, 1995, 새문사, 60쪽.

기울일 필요가 있다.

조선조 사회는 소설배격론에 동조하는 무리들이 대세를 이루고 있었다. 소설은 허탄하고 황당무계한 이야기일 뿐 아니라, 게다가 무교와 불교와 도교 등 이단사상들까지도 두루 수용하고, 또 설상가상으로 때로는 폭력혁명까지도 은근히 찬양·조장한다. (……) 패륜과 이단을 일삼게 된다. 이같은 생각이 집권층의 대체적 생각이었고, 대체로 이러한 분위기가 조선조 사회를 지배하고 있었다. 이같은 분위기 속에서 소설작자가 제 이름을 밝히기란 그리 쉬운 일이 아니다.[5]

오늘날 우리 귀에 익은 김시습 허균 박지원 같은 고소설 작가들은 대체로 동시대에 적응하지 못하였거나 동시대의 지배 이데올로기라든가 사회모순에 반항을 꾀한 사람들이었다. 이들은 당시의 현실에서 위로 빠져나가든 아래로 빠져나가든 일단 일탈된 모습을 보이는 존재들이었다. 고소설은 소설이 불만과 갈등의 표출에 적합한 양식임을 일깨워주기도 하였다.

소설집이 출판사에서 단행본의 형태로 본격적으로 출간되기 시작한 것은 1907년도부터인데 이때부터 작가들이 작품을 발표할 때 자기 본명을 떳떳하게 쓰는 관행이 시작되었다고 할 수 있다. 무서명 지배현상은 1890년대 신문에까지 이어졌으며 1900년대 신문게재소설에서는 무서명과 필명 제시가 공존하다가 1900년대 후반에 줄지어 나온 애국계몽잡지의 소설에서는 그대로 제시되었든 잘 알려진 필명을 통해서든 본명 제시가 지배적인 현상으로 나타났다. 그리고 1907년에서 1911년 사이에 나온 단행본에서는 본명 제시가 하나의 관행이자 제도로 굳어지게 된다. 무서명―무서명과 필명(대체로 미상) 공존―필명(대체로 알려진 이름)과 본명 공존―본명 사용 등의 과정으로 정리할 수 있다. 고전소설의 경우 작자미상

---

5) 성현경, 앞의 책, 61쪽.

이 많은 주된 이유로 소설가들의 본명제시 기피현상을 드는 데 비해, 개화기소설의 경우 소설 지은이들과 신문·잡지 편집자들이 겹치는 현상을 우선적으로 들 수 있다. 신문이나 잡지에 소설을 발표하는 편집자들이 소설창작을 독립된 작업으로 본 것이 아닌 만큼 소설창작이 아직은 직업 개념으로 정착된 것은 아니다. 이인직 이해조 정도가 신문기사를 쓰는 일과 소설 쓰는 일을 완전히 별개로 보는 데 성공한 셈이다.

　신문연재본을 묶은 것이든 전작소설집이든 단행본은 1907년부터 나오기 시작하였다. 이인직의 『혈의 누』(1907), 『귀(鬼)의 성(聲)』(1907), 신채호의 『을지문덕(乙支文德)』(1908), 이해조의 『빈상설』(1908), 유원표의 『몽견제갈량(夢見諸葛亮)』(1908), 안국선의 『금수회의록(禽獸會議錄)』(1908), 이해조의 『원앙도(鴛鴦圖)』(1909), 『자유종(自由鐘)』(1910) 등을 거쳐 소설집은 1911년에 들어서면서 1914년까지 대폭 증가되어 나온다. 1911년에 10권 가까이 나오던 것이 1912년에는 50여 권이, 1913년에는 40여 권이, 1914년에는 근 20권이 간행된다. 1910년도에 『자유종』『홍도화』『만월대』를 낸 바 있는 이해조는 1911년에서 1914년까지 20여 권의 소설집을 내는 대기록을 세운다. 이 시기에는 김교제(金敎濟)가 『목단화(牧丹花)』(1911), 『치악산』 하편(1911), 『현미경』(1912), 『비행선』(1912), 『지장보살(地藏菩薩)』(1912), 『쌍봉쟁화』(1919) 등 6권의 소설집을 펴냈고 최찬식(崔瓚植) 현공렴(玄公廉) 김우진(金祐鎭) 지송욱(池松旭) 등이 두 권 이상의 소설집을 발행하였다. 이외에 김용준 민기호 박건병 이상협 민준호 선우일 이상춘 현병주 안경한 등의 이름이 눈에 뜨인다. 이들 작가명 가운데는 구연학 이상협 조중환 등과 같은 번안작가도 있었고 김용준 민준호 같은 발행소 대표도 있다. 그런데 한 가지 특이한 것은 1912년도에 들어서면서 작자미상인 소설집이 많이 간행되었다는 점이다. 50권이 넘는 소설집이 간행되었던 1912년에는 근 20편의 지은이가 밝혀져 있지 않다. 이때의 작자미상소설은 대체로 저급소설(Hintertreppenroman)의 범주에 넣을 수 있다. 40여 권이 나왔던 1913년에는 발행 소설집의 절반

이 넘는 24권이, 1914년에는 절반이 조금 못 되는 소설집이 미상으로 처리되어 있다. 작자미상인 소설집이 일부 섞여 나오는 현상은 무려 1925년도까지 계속된다. 1911년부터 1925년까지의 작자미상의 작품집은 거의 예외없이 당대에서 가장 질이 떨어지는 것들이다. 1915년에는 칠분의 오가, 1916년에는 칠분의 사가, 1917년에는 육분의 사가, 이광수의 『무정』이 간행되었던 1918년에는 십일분의 육이 작자미상으로 되어 있다. 그러다가 1919년 이후부터 1925년까지는 작자미상의 소설집이 그야말로 일부분만 차지하는 현상이 빚어졌다. 1913년부터 1918년까지는 작자미상인 소설집이 작가명이 밝혀진 것보다 더 많이 나왔다. 이런 현상은 1910년대가 우리 현대소설사에서 가장 빈곤한 시기였음을 일러주는 근거가 되기도 한다

1900년대에 아예 작가 이름이 밝혀져 있지 않거나 필명을 썼지만 작가 본명을 알 수 없는 경우는 저자가 대체로 그 신문이나 잡지의 편집자인 것으로 추정된다. 신문기사의 작성자를 그때그때 밝히지 않는 관행대로 소설의 작자명도 밝히지 않았을 것이다. 1910년대에서 1920년대까지의 소설집들 가운데서 작자미상이 많은 것은 장삿속으로 만든 수준 낮은 소설집이 많았던 현실을 반영한다.

개화기가 보여준 근대문학 형성요인으로 신문 다음으로는 출판사와 인쇄소의 존재를 들 수 있다. 출판사와 인쇄소의 옛날 형태로 세책가(貰冊家)라든가 방각업소(坊刻業所)가 있다. 소설에 대한 경시현상이 일반화된 가운데서도 18세기에 들어서자 소설 독자는 날로 증가하여 필사본만으로 그 수요를 감당할 수가 없게 되었다. 대량보급의 필요성을 느낀 상인들이 서울 안성 전주 등지에서 소설을 목판본으로 찍어내는 방각업소를 차렸다. 이 방각업소는 개화기까지 존속했던 것으로 알려지고 있다. 활자본이 목판본을 대치하면서 소설 독자들은 급증하게 되었다. 대량보급의 방법은 새로워졌으나 보급의 대상은 여전히 고소설이 지배적이던 것이 1890년대까지의 현실이었다.

개화기에 간행된 소설집 끝 페이지에는 저작자 발행자 인쇄자 인쇄소 발행소 발매소 등이 밝혀져 있다. 저작자는 작가나 저자를 가리키며 발행자는 출판사 책임자를 말하며 발매소는 오늘날의 총판도매상이나 서점에 해당한다. 오늘날에는 저작자와 발행자가 엄격히 구분되어 있으나 개화기에는 그렇지 않은 경우가 많았다. 이해조 작인 『원앙도』 『홍도화』 『화세계』 『옥호기연(玉壺奇緣)』은 저작겸 발행자가 민준호로, 『고목화』는 저작겸 발행자가 노익형(盧益亨)으로, 『산천초목』 『명월정』 『완월루』는 저작겸 발행자가 남궁준(南宮濬)으로, 『죽서루(竹瑞樓)』 『동각한매(東閣寒梅)』는 저작겸 발행자가 현공렴(玄公廉)으로, 『쌍옥적(雙玉笛)』 『월하가인(月下佳人)』 『화의 혈』은 저작겸 발행자가 김용준으로 되어 있다. 노익형은 박문서관을, 민준호는 동양서원을, 남궁준은 유일서관을 대표하는 존재다. 이외에 김상만(金相萬)의 광학서포(廣學書鋪), 주한영(朱翰榮)의 중앙서관, 고유상(高裕相)의 회동서관(匯東書舘) 등이 있다. 당시의 발행자들은 근대적 서적출판을 직업화한 사람들이기는 하지만 대부분은 단순한 사업가가 아니었다. 일례로 남궁준 김용준 노익형 등은 1907년 2월에 이준 양기탁 최재학 이종일 이해조 등과 함께 철도상환을 위해 모인 광무사에 발기인(44명)으로 참여한 적이 있다. 광무사는 실천적인 애국결사체라고 할 수 있다.

1907년에 이인직의 『혈의 누』 『귀의 성』을, 1908년에 이해조의 『빈상설』과 『자유종』을 간행했던 김상만의 광학서포는 나중에는 『이태리건국삼걸전』 『애국부인전』 『보로사국후례두익대왕(普魯土國厚禮斗益大王) 칠년전사(七年戰史)』 『영법로토제국(英法露土諸國) 가리미아전사(哥利米亞戰史)』 『피득대제(彼得大帝)』 『몽견제갈량』 『을지문덕』 등과 같은 역사서와 전기를 찍는 데 힘썼다. 그리고 이문당 보급서관 신구서림 오거서창 등과 같은 조그만 출판사들이 있었다. 이인직 이해조 유의 허구적 서사 중심의 신소설이나 신채호 장지연 유의 경험적 서사 중심의 역사 전기서나 맨 끝장에 "복제불허"라든가 "판권소유" 등과 같은 도장이 찍혀 있었다. 비록 저작자와 발행자가 분리되지 않은 채 발행자에게로 판권이 넘어간 경우가 많기는 하였지만 책을 쓰고 찍어내고 파는 것이 전부 직업적인 행위임을 표시하고 있다. 물론 창작과 출판과 판매가 동시에 직업화된 것이라고 보기는 어렵다. 먼저 직업화된 출판과 판매가 직업적인 작가의 출현을 선도한 것으로 보아야 한다. 대부분의 책들이 분매소나 발매소를 한 두 군데 표시해놓은 것에 반해 일부 책들은 분매소를 여러 군데 제시하기도 하였다. 예컨대, 이인직의 『은세계』 『치악산』, 안국선의 『금수회의록』, 이해조의 『모란병』 『빈상설』 『옥호기연』 『자유종』, 김교제의 『목단화』, 육정수의 『송뢰금』, 구연학의 번안소설 『설중매』, 신채호가 역술한 『이태리건국삼걸전』, 이채우 역술의 『애국정신』, 현공렴 편의 『미국대통령 까뤼일트전』 등이 있다. 저술자를 특이한 형식으로 처리한 것도 눈에 띈다. 『귀의 성』의 저작자는 숭양산인[6]으로 되어 있다. 『귀의 성』 하편의 저술자는 "萬歲報 記者 李人稙"으로 되어 있고, 『비율빈전사(比律賓戰史)』는 "繹述者 普成館繙譯員 安國善"으로 되어 있다.

활자본 소설집이 나오려면 출판사 외에 인쇄소가 있어야 한다. 1900년대에서 1910년대 사이에는 대동인쇄주식회사, 보성사, 신문관인쇄소, 일한도서주식회사, 교동 우문관(校洞 右文館), 문명사, 보명사(普明社), 동문관(東文館), 탑인사(搭印社), 휘문관(徽文館) 등 여러 인쇄소가 만들어졌다. 당시의 국가 형편을 보면 인쇄소들이 단기간 내에 많이 생겨난 편이라고 할 수 있다.

고소설의 경우 작가와 독자 사이를 전기수 강담사 강독사가 이어주었다. 18세기에는 소설을 청문예(聽文藝)라고 할 정도로 이야기꾼으로부터 독자들이 소설을 듣고 감정적 반응을 보이고 새로운 것을 깨닫고 하였다. 글을 아는 독자들은 필사본이나 방각본으로 소설을 읽었다. 고소설에서는 전기수나 강독자와 같은 전달자가 직업화되어 있었다. 그런가 하면 소

---

6) 『애국부인전』의 저작자도 숭양산인(崇陽山人)으로 되어 있다. 숭양산인은 장지연을 가리킨다.

설을 베껴서 필요로 하는 사람들에게 돈을 받고 넘겨주는 거간꾼이라든가 필사되었거나 방각본으로 나온 소설을 빌려주고 돈을 받는 세책가도 있었다. 이처럼 조선조에는 작가와 독자를 이어주는 존재들이 직업화되어 있었던 것이다. 전기수나 강담사는 소설가의 창작행위와 출판사의 보급행위를 겸비했던 존재라고 할 수 있다. 후대에 올수록 창조적 상상력이 떨어지면서 보급행위 쪽으로 그 역할이 기울어졌다. 이런 중간적 존재들이 그들의 일을 사업으로 확장시켜 근대에 와서는 발행소와 발매소가 작품을 널리 알리는 기능을 하게 되었다. 발행소와 발매소가 여럿 생겨나면서 소설의 상품으로서의 가치는 빠른 속도로 높아지게 되었다. 작가의 전문화, 직업화는 가장 늦게 이루어졌다고 할 수 있다.

2. 근대작가의 첫 초상

　국초(菊初) 이인직은 1862년 음력 7월 27일에 출생하여 1916년 11월 25일 만 54세로 세상을 떠난 것으로 되어 있다. 이인직은 1900년 2월에 한국정부의 관비 유학생으로 일본 동경으로 건너가 간다(神田)에 있는 동경정치학교에 다니면서 훗날 한말 통감부 시대의 외사국장으로 한일합방의 막후 교섭자가 되었던 소송록(小松綠)과 가까이 지내면서 그의 강의를 들었다.[7] 동경정치학교에서 공부하는 한편, 한국공사관의 추천으로 1901년 11월부터 1903년 5월까지 미야코신문(都新聞)의 견습생이 되어 신문에 대하여 여러 가지를 배웠다. 이 기간 동안에 일본어로 된 「입사설(入社說)」(1901. 11. 29), 「몽중방어(夢中放語)」(1901. 12. 18), 「설중참사(雪中慘事)」(1902. 2. 6), 「과부의 꿈」(1902. 1. 28~29), 「한국잡관(韓國雜觀)」(1902. 3. 1, 2, 9, 27), 「한국실업론(韓國實業論)」(1902. 12. 20, 21, 24),

---

7) 전광용, 『신소설 연구』, 새문사, 1986, 57~58쪽.

「한국신문창설취지서(韓國新聞創設趣旨書)」(1903. 5. 5) 등의 글을 발표했다.[8] 「입사설」에서는 "나는 신문을 가지고 세계문명을 그대로 옮기는 사진기계가 되고 새로운 소식을 말로 전하는 기계가 되겠다. 나는 그 문명의 참모습을 그대로 그려서 우리 국민에게 충고하는 중계자가 되기를 바란다"고 하면서 "내가 간절하게 원하는 것은 미야꼬 신문사 여러 군자에게서 문묵으로 天下萬機의 선악을 상벌하는 활동의 좋은 수단을 배우고, 우리 이천만 동포들의 베개맡에 이를 힘껏 던져서 이들이 앞으로 잠자지 못하도록 하게 하는 일이다"고 자신의 신문제작 지망자로서의 야심을 밝혀 놓았다. 「몽중방어」에서는 서생이란 자가 마음가짐을 잘못하고 눈앞의 육욕을 탐닉하는 식으로 타락하면 자기 일신만을 망치는 일이 되지만 "일국의 정치가가 일시의 策을 잃을 때는 곧바로 일국의 소장성쇠에 관할 결과를 초래할 것"이라고 하였다. 정치 혹은 정치가의 영향력을 매우 크게 본 것이다. 이인직은 한국, 중국, 서양 열강 들이 저마다 꿈을 가지고 있다고 비난조로 지적하면서 일본을 아낌없이 칭찬하였다. 한국이 "아무런 邪氣도 없는 天眞의 夢"을 꿈꾼다면 중국은 "새벽녘의 殘夢"을 꿈꾸고 있으며 일본은 "正義의 夢"을 가지고 있다고 대비하였다. 이러한 대비론은 친일적인 발상의 소산이기도 하지만 냉엄하면서도 날카로운 통찰력의 결과이기도 하다. "방금 西勢東漸하여 亞洲一幅은 거의 사분오열에 이르려고 한다. 단 日本은 屹然히 國礎를 굳게 하여 東洋의 牛耳를 잡고 輔車脣齒의 誼를 隣邦에게 두텁게 하여, 백년의 長策을 이에 확립하였다. 이것이 가장 광휘 있고 명예 있는 正義의 夢이다"(『문학사상』, 1999. 7, 53쪽)는 식으로 일본을 주저하지 않고 예찬했다. 「한국실업론」에서는 한국의 실업상 발달시키면 장래 대이익을 낳게 할 것이 여러 가지가 있다고 하면서 제지 잠상(蠶桑) 명태어 직물 목축 갓 귤 와피(臥皮) 등 여덟 가지를 들었다. 「몽중

---

8) 『문학사상』 1999년 7월호에 천안대 일어과 교수인 다지리 히데유키(田尻浩幸) 교수가 「미야꼬 신문에 발표된 이인직의 단편소설 「과부의 꿈」과 한국관련기사들」이란 제목 아래 이 자료들을 한국어로 옮겨놓은 것(40~72쪽)을 참고하기로 한다.

방어」와 함께 「한국신문창설취지서」도 이인직이 개화주의자이며 친일주의자임을 여실히 보여준다. 그는 지구상의 여러 곳에서 동양이 가장 낙후되어 있으며 그중에서도 한국이 가장 심하다고 하였고 이렇게 된 이유로 한국인의 몽매함과 미개함 그리고 재력의 빈약을 들었다. 이제부터라도 양의 동서를 가리지 말고 우방에게 호소하고 동정을 구하는 길이 급선무라고 한 후 "지금 사처를 돌아보아도 이를 얻을 수 있는 곳은 동양의 문명국 일본밖에 없다"고 하면서 자신이 바라는 신문은 정치외교에 관심 갖지 않고 "우리나라 인민에게 보통교육을 베풀어 개인생활의 길을 가르치려는 작은 뜻이 있을 뿐"이라고 하였다.(69쪽) 신문기자로서는 소박한 계몽주의자의 꿈밖에 지니지 않았음을 강조하고 있다. 한국의 교육이 오로지 유교교육인 점과 한국의 실업이 오로지 농업임을 비판하였고 땅은 대단히 비옥한데 나무가 없는 점을 크게 우려하였다. 이 글은 반일사상을 품은 사람들을 은근히 비난하는 대목에서 시작하고 있다. '국민을 구제해야 하고 국민을 인도해야 한다고 소리치고 싶다'고 하면서 "그러므로 초연하게 정치론 외에 나가 인류사회의 사이에 人道相愛의 적심을 가지고 우리나라 남녀 교육 및 실업의 기관인 신문을 설립하려고 하는 것"이라고 자기 합리화하기도 하였다. 이인직은 기본적으로 산업장려와 교육진흥을 가장 중요한 사업으로 내세운 애국계몽운동자들과 같은 신문관을 가지고 있었던 것이다. 노골적인 일본예찬론을 제외한 한국비판론 산업입국론 교육입국론 등은 당대의 논객들 사이에서 흔히 볼 수 있는 것들이다. 이인직은 이 글의 끝을 다음과 같이 맺었다.

나는 먼저 한 걸음을 나아가 그후의 學問志士를 기다릴까 한다. 원컨대 선진한 일본국 仁人君子는 그 동정을 찬성하여 문명의 모범을 가르쳐주시기를. 이에 따라서 오래도록 양국 인민사회에 連絡相補하는 원계를 빌 뿐이니. 이는 소위 금전의 찬성을 구함은 아니다.(같은 책, 72쪽)

이인직은 1904년에 러일전쟁이 일어나자 일본 육군 제1군 사령부의 통역으로 2월부터 5월까지 종군한 바 있다. 그로부터 4년 후, 1908년 4월 3일자 황성신문 잡보란은 당시 대한신문 사장으로 있던 이인직이 일본정부로부터 러일전쟁 때 공적이 있다고 인정받아 훈금 80원을 받은 일을 소개하였다.[9]

황성신문 1904년 9월 6일자 광고[10]와 대한매일신보 1904년 9월 8일자 잡보에 보이는 바와 같이 이인직은 서병길, 이윤종 등과 함께 국민신문의 창간을 계획했었으나 뜻을 이루지 못했다. 이인직은 친일단체인 일진회에서 1906년 1월 6일부터 발행한 국민신보(國民新報)의 주필을 2월부터 6월까지 맡아보았다.[11] 손병희를 교주로 한 천도교는 교세확장을 위해 만세보 창간을 서두르면서 1906년 5월 8일경에 이인직 명의로 내부에 신문발간의 허가를 청원하였다. 청원인 이인직은 내부대신 이지용(李址鎔) 앞으로 보내는 청원서에서 "本人이 新聞을 發刊ᄒ야 國民의 風化를 鼓發ᄒ며 智識을 補導ᄒ기 爲ᄒ야 京城 南署 會賢坊 會洞 八十五統 四戶에 新聞社를 設立ᄒ고 萬歲報라 ᄒᄂᆫ 新聞을 發刊코자 ᄒ와 玆에 請願ᄒ오니 査照ᄒ신 後 認許ᄒ심을 伏望"[12]이라고 하였다. 이에 내부에서는 5월 10일자로, 청원을 허가하였다. 약 일 주일 후 제국신문은 5월 16일자로 황성신문과 대한매일신보는 5월 17일자로 만세보의 발행광고를 내었다. "本報ᄂᆫ 社會的 進步主義로 國民智識 發達에 捷徑을 硏究ᄒ야 我國에 未曾有ᄒᆫ 新發明이 許多ᄒ며 此 每朔에 巨額의 探報費를 支出ᄒ야 神出鬼沒ᄒᄂᆫ 通信에 敏捷홈이 有ᄒ오

---

9) 황성신문 1908년 4월 3일자.
"日本勳金 日本에셔 日俄戰爭時 日軍에 從軍ᄒᆫ 韓國軍人과 其他人에게 勳章과 幾金式을 頒給홈이 如左ᄒ니 (……) 孫震喜農商工部書記官 金範益 大韓新聞社長 李人植 三氏ᄂᆫ 金八拾圓"
10) '國民新報 設始特別廣告'라는 제목 아래 국한문체로 위생 교육 농상공업 경제 문명 등에 관한 소식을 알리는 데 중점을 두겠다고 하였다. 자금은 주식으로 삼만원을 모으는데 1고에 50원짜리 6백 고를 모집중이라고 하였다. 발기인은 이인직 서병길(徐丙吉) 이윤종(李胤鍾) 등 3인이었다.
11) 최기영, 『대한제국시기 신문연구』, 일조각, 1991, 79쪽.
12) 같은 책, 77쪽에서 재인용.

니"라는 각오를 밝히면서 "社長 吳世昌, 總務兼 主筆 李人稙"이라고 밝혀놓았다. 만세보는 예정보다는 늦게 1906년 6월 17일자로 창간되었다. 일진회 기관지인 국민신보의 총무 오태환, 주필 이인직, 발행인 신광희 등은 천도교의 기관지인 만세보로 자리를 그대로 옮겨 앉은 것이다. 손병희 오세창 권동진 같은 천도교의 문명파[13]는 일진회를 견제하면서 교세확장을 꾀하기 위해 만세보를 창간했으나 국민신보 관계자들의 신문간행 경험과 기술을 빌리지 않을 수 없었다. 이인직은 일진회 견제라는 천도교 핵심부의 속셈과 일진회의 부속기관이었던 국민신보사로부터의 기술 이전이라는 모순의 한가운데 서 있었던 것이다. 주필이 된 이인직은 논설을 전담하였을 뿐만 아니라 1906년 7월 3일과 4일에 걸쳐 국초라는 이름으로 '소설단편'을 발표하기도 한다. 이무렵 이인직은 『소년한반도(少年韓半島)』에 1호(1906. 11)부터 5호(1907. 3)까지에 걸쳐 「사회학」이란 글을 발표했다. 이때 『소년한반도』에서는 국제공법(정교), 경제학(유승겸), 국가학(이각종), 농업(조중응), 물리학(박정동), 공학(상호), 수학(유석태) 등 여러 학문을 소개하였다. 이 글은 사회의 정의, 사회의 종류, 사회적 단체의 개념, 사회학의 정의와 대상 등을 설명하면서 심리학 경제학 정치학 언어학 등과 연계되어야 한다고 주장했다. 한마디로 평이한 사회학개론의 앞부분을 옮겨놓은 것에 불과하다. 사회를 인류 가족 인종 사교 등 네 가지로 나누면서도 당시 우리 사회에 대한 고찰은 거의 하지 않았다. 동경 미야코신문사에서 견습으로 있을 때 쓴 여러 논설에 비하면 예리함도 지식도 떨어진다.

만세보도 황성신문이나 제국신문처럼 황제로부터 내탕금을 받았으나

---

13) 같은 책, 71~72쪽.
"천도교 내부에는 문명파, 친일파, 보수파로 대별되는 세 세력이 존재하고 있었던 것이다. 손병희(孫秉熙)를 지지하는 권동진(權東鎭), 오세창(吳世昌), 양한묵(梁漢默) 등은 일본에 체류하던 중 입교한 전직 관리들로, 개화에 관심을 두고 있었다. 이용구(李容九), 송병준(宋秉畯) 등은 일진회를 주도하는 친일세력으로 천도교의 지방조직을 장악하고 있었고, 김연국(金演局) 등의 보수파는 초기부터 동학의 지도자였던 세력이었다고 생각된다."

재정난에 봉착하기는 다른 신문과 마찬가지였다. 만세보는 1907년 6월 29일 즉 창간된 지 약 일 년여 후에 293호를 마지막으로 종간되었는데 종간의 요인으로는 자금난, 보성관의 운영권을 에워싼 갈등, 사주측과 이인직 최영년 등 편집진과의 불협화음 등을 추정할 수 있다.[14] 만세보 폐간이 결정되자 그 동안 정부기관지의 필요성을 느꼈던 통감부와 대신들은 천도교측과 교섭하여 만세보를 인수하기로 결정했으며 이 과정에서 이인직이 큰 역할을 했다. 1907년 7월 18일자 대한매일신보 잡보란에서 소개하고 있는것처럼 만세보의 주필 이인직은 정부기관지인 대한신문 사장으로 취임하였다. 이완용 내각의 지원을 받으면서 대한신문은 1907년 7월 8일에 창간되었다. 이때 황성신문사측과 제국신문사측은 경영난으로 인한 만세보의 폐간을 몹시 안타까워하였다. 1907년 7월 8일자 황성신문의 잡보 「가발일탄(可發一嘆)」과 1907년 7월 10일자 제국신문의 논설 「만세보를 위ㅎ야 흔 번 통곡흠」은 이러한 심정을 잘 드러내고 있다. 이인직은 만세보에서 대한신문으로 옮기기 직전에 박정동 이해조와 함께 제국신문에 물리학과 소설을 담임저술하기로 되어 있었으나[15] 제대로 실천에 옮기지는 못했다. 이인직은 1908년 1월에 창립된 기호흥학회에 찬무원으로 가입한 것으로 되어 있기는 하나[16] 당시의 애국계몽단체에서 적극적으로 활동했다는 기록은 찾을 수 없다.

대한매일신보는 대한신문이 창간된 지 정확하게 5개월 후에 국민신보와 대한신문을 향해 통렬하게 공격했다. 1907년 12월 17일자 논설에서는 「위국민대한양신문초혼(爲國民大韓兩新聞招魂)」이라는 제목 아래 두 신문이 혼을 상실한 점을 공격의 가장 큰 명분으로 삼았다. 이 논설은 끝부분에 가서 혼이 돌아오기를 바라는 초혼가를 지어 달아놓으면서 '아무리 돌아오라고 외쳤지만 오늘도 안 오고 내일도 안 온다'고 하였다. 대한매일

---

14) 최준, 「만세보의 언론사적 위치」, 『신인간』, 1986. 4, 36~37쪽.

15) 최기영, 『제국신문 연구』, 서강대 언론문화연구소, 1989, 46쪽.

16) 『기호흥학회월보』 제1호, 1908. 8, 50쪽.

신보는 1907년 12월 18일부터 22일까지에 걸쳐 「대한신문마기자(大韓新聞魔記者)아 일람(一覽)」이라는 제목의 논설을 통해 집중공격을 꾀했다. 공격의 이유를 대한신문 기자가 대한매일신보를 향해 "大禍胎"와 "義兵煽動"이라고 비난한 데서 잡았다. 그리고 국민신보와 대한신문의 문제점을 구체적으로 드는 가운데서 "일본의 忠奴된 것"과 "현내각의 功狗된 것"을 가장 큰 죄목으로 보았다.[17] 이때의 논설에서 박제순 이완용 민영휘 등과 같은 매국 칠대신과 오적을 실명비판하는 데 치중했던 탓인지 이인직은 거론하지 않았다. 그럼에도 이인직이 대한매일신보의 공격대상의 중심에 있었다는 사실은 바꿔지 않는다. 이인직은 대한매일신보로부터 특히 한일합방의 기운이 짙었던 1909년대에 무서운 공격을 받는다. 이인직은 대한매일신보에 연재된 사회등가사(社會燈歌辭)에 공격대상으로 두 번 오른 적이 있다. 한 번은 연극 개량론자로서의 이인직이, 다른 한 번은 이인직의 『귀의 성』이 대상이 된 것이다. 1909년 5월 20일자의 가사 「일필만롱(一筆漫弄)」은 이완용, 일본인 오가키 타케오(大垣丈夫), 민영휘, 이진호, 이인직을 비판하였다. "李人稙君 드러보소 演劇改良ᄒ다 ᄒ고/日本ᄭ지 건너가서 여러 달을 留連타가/近日에야 왓다 ᄒ니 무슴 演劇 비와왓나/演劇改良 고만두오 東奔西走出沒ᄒᄂ/君의 形狀 볼작시면 演劇보다 滋味잇네/君의 事도 可嘆이오"와 같은 내용으로 되어 있다.

1909년 10월 19일자 논설 「유교(儒敎)를 매(賣)ᄒᄂ 적(賊)」은 이완용과 이인직을 공격하는 데 역점을 두었다. 이완용이 이인직을 중개자로 내세워 유교를 20만원에 일본으로 팔아넘기는 행위를 규탄하였다. 이미 사흘 전에 신문 잡보란에는 "新聞又出 孔子敎에셔ᄂ 日刊新聞을 發行홀 터인ᄃ 李人稙시ᄂ 幹事가 되고 趙重應시가 出資ᄒ다더라"[18]와 같은 짤막하지만

---

17) 대한매일신보, 1907. 12. 19.

"其一은 日本이 韓國保護홈을 舞蹈歡迎ᄒ야 五體가 投地토록 下拜홈이오 其二ᄂ 現政府의 行事로 讚美頌仰ᄒ야 衆僧이 念佛ᄒ듯 謳歌홈이오 其三은 韓國의 第一恩人도 日本이며 韓國의 第壹功臣도 日本이며 韓國의 獨壹無二의 救主도 日本이거놀 如此 萬世不忘홀 日本에 對ᄒ야 本記者가 不滿을 抱ᄒ다고 眈罵ᄒ얏고"

의미심장한 소식이 실려 있다. 이인직은 이종윤과 함께 친일 유교집단인 공자교에 가담해 활동한 바 있다. 이인직은 1909년에 일본에 조선유교를 팔아넘겼고 그후 10여 년 후에는 이해조가 친일 유교단체에 가입하여 활동하는 일이 벌어졌다.

이인직은 천도교에서 발행한 만세보의 주필로 또 작가로 활동하였지만 천도교를 믿었다는 흔적은 없다. 한일합방이 되고 난 후에는 외형상으로는 유교 한복판에 뛰어든 것으로 나타난다. 이인직은 1911년 7월 31일자로 경학원(經學院) 사성(司成)이 되었다. 경학원은 성균관을 개편한 것으로 조선총독부의 감독을 받았다. 이인직은 경학원의 기관지이며 한문 중심의 유학잡지인 『경학원잡지(經學院雜誌)』의 발행인을 맡기도 하였다. 1913년 12월에 창간호가 나왔으나 정기간행물의 역할은 제대로 하지 못하였다. 1916년 12월 2일자 매일신보는 이인직의 장례 소식을 다루는 난에서 "경학원 사성 이인직씨의 장례는 그가 평일 신앙하던 천리교식으로 지내었으며 당일 이완용 백작, 조중응 자작 등 정계 거물과 경학원 사성 직원 일동, 천리교 신도 다수, 총독부 관리 다수 등이 참석하였다"고 전하고 있다.

이해조는 1869년 2월 27일 경기도 포천에서 태어났다. 그는 명색이 왕족의 후손이었다. 그의 조부 이재만(李載晩, 1828~1883)은 대원군과 운명을 같이하여 대원군이 득세하였을 때에는 홍문관 수찬에 제수되기도 하고 신평리 일대의 넓은 땅을 하사받기도 하였으나 1873년에 대원군이 실각하게 되고 그후 재집권 기도도 실패하자 민비의 대원군과 대규모 숙청에 휩쓸리게 된다. 결국 이재만은 1883년 4월에 대원군 측근이었던 전 판서, 전 참판 등 7명과 함께 처형당하고 만다. 이해조의 아버지 이철용(李哲鏞, 1845~1919)도 범상한 사람은 아니었다. 이철용은 1906년에 사재를 털어 포천에 화야의숙(華野義塾)이라는 신학교를 건립한다. 이 의숙

---

18) 대한매일신보, 1909. 10. 16.

은 그후 청성제일학교로 발전하였으나 1911년에 총독부의 강압으로 폐교
당하고 만다. 이해조는 1906년 11월부터 1907년 4월까지 『소년한반도』라
는 잡지에 「잠상태(岑上苔)」라는 소설을 발표하였다. 『소년한반도』에는
정교(鄭喬, 독립협회 출신), 석진형(石鎭衡, 흥사단 평의원), 이각종(李覺鍾,
교남학회 평의원), 박정동(朴晶東, 교남학회 회장), 서병길(徐丙吉, 기호학
회 평의원) 등이 고정필자로 참여하였고 4호부터는 이인직의 친구 조중응
이 사장으로 나섰다. 이인직도 이 잡지에 「사회학」이란 논설을 발표한 바
있다.

　이해조는 1907년 2월에 광무사(光武社) 발기인으로 참여하였다. 광무
사는 "鐵道償還을 計劃으로 有志紳士幾人이 團體結社하고 目的에 到達코자
하야 發起한 것"[19]이다. 광무사 취지서에는 '우리나라가 힘이 없어 내치,
외교 등 정권과 철도, 광산이 모두 남의 손에 넘어가고 말아 다른 나라의
농락거리를 영원히 면하기가 어려운 상태가 되었다'는 지적과 함께 "문명
교통의 일대기관이요 이권의 유일무이한 철도의 경우 15년에 걸친 상환
계약은 지켜야 하겠는데 현재로서는 그 상환기한을 지키기가 어렵게 되
었으나 그렇다고 구경만 할 수는 없지 않느냐"는 호소가 들어 있다. 발기
인은 모두 44명으로 구성되어 있는데 이종일(李鍾一) 남궁준(南宮濬) 김
용준(金容俊) 양기탁(梁起鐸) 주시경(周時經) 최재학(崔在學) 이준(李儁)
노익형(盧益亨) 이해조 등이 눈에 뜨인다. 원래 광무사는 면암 최익현의
추도식에서 발기했던 것으로 임시 사무소를 제국신문사에 두었다. 이처
럼 광무사는 발기 동기나 발기인 면면을 볼 때 반일정신을 바탕으로 한 실
천적인 애국결사체라고 할 수 있다. 광무사 발기인 참여가 계기가 된 때문
인지 이해조는 제국신문사에 입사하는 기회를 갖게 된다. 제국신문사는
창간 때부터 계속 자금난을 겪어오다가 1907년 5월부터 쇄신책의 하나로
지면확충을 꾀하면서 박정동 이인직 이해조 등 세 사람을 무보수 편집원

---

19) 『대한자강회월보』 9호, 1907. 3, 54쪽.

으로 보충하기로 했다.[20] 이때 사장으로 취임한 정운복(鄭雲復)은 일본과 영국에서 수학한 당대의 지식인으로 대한자강회 평의원, 서우학회 회장 등을 맡기도 하였으나 통감부 기관지 경성일보 국문판 책임을 맡으면서 총감 이토 히로부미(伊藤博文)와 친분을 맺기도 하였다.[21] 당시 제국신문 기자들은 저마다 여러 단체에 가맹하여 활동하였다. 이 점에서는 이해조 가 오히려 모델이 되고 있다. 이인직은 제국신문사 객원기자로 있으면서 『혈의 누』 하편을 5월 17일부터 연재하기 시작했으나 대한신문사 사장직 을 맡으면서 6월 1일자로 중단한 것 같다.[22]

　이해조는 1907년 11월 10일에 대한자강회의 뒤를 이어 창립한 대한협 회(大韓協會)에 가담하였다. 교육의 보급, 산업의 개발, 생명과 재산의 보 호, 행정제도의 개선, 관민폐습(官民弊習)의 교정(矯正), 근검저축의 실 행, 권리·의무·책임·복종의 사상 고취 등 7대 강령[23]을 내세운 대한협 회는 회장에 남궁억, 부회장에 오세창, 교육부장에 여병현, 총무에 윤효 정 등을 내세웠고 평의원으로는 정운복 유근 장지연 이종일 남궁준 등 20 명을 선임하였다. 대한협회의 경우, 제국신문사 임원이 망라되어 있다고 해도 과언이 아니다. 실제 집행부 임원은 교육부 사무장 이해조, 회계 남 궁준, 교육부원 주시경 육정수 등 10명, 회보발행소장 홍필주, 편집겸 발 행인 이종일 등과 같이 짜여졌다. 남궁준은 출판사 유일서관 대표이고 이 종일은 제국신문사 창간 당시 사장이며 육정수는 소설 「송뢰금」 「혈의 영」 의 지은이다. 『대한협회회보』 제3호(1908년 6월) 부록의 회원 명부에는 이석용(李晳鎔)이라는 이해조 숙부의 이름이 보인다. 『대한협회회보』 제10

---

20) 제국신문 1907년 6월 7일자 사설과 사고 참고.

21) 최기영, 앞의 책, 48~49쪽.

22) 같은 책, 47쪽.

　"6월 5일부터 『혈의 누』 하편에 이어 『고목화』라는 신소설을 東儂이라는 필명으로 연재한 李海朝 는 전직 議官으로 1905년 7월에 蓮洞敎에서 기독교 세례를 받았으며 楊州의 一成學校에서 수학한 바 있다."

23) 『대한협회회보』 제1호, 1908. 4, 2쪽.

호(1909. 1)에 실린 회원명부는 이석용이 포천지회 부회장이 되었음을 알려주고 있다. 1908년 6월 27일에 이해조는 주시경 육정수 등 10명 속에 포함되어 평의원으로 피선된다.[24] 이해조는 7월 5일 포천지회를 시찰하는 길에 신촌 옥성의숙(玉成義塾)에서 '국민의 4대죄'라는 제목으로 연설한 바 있다. 이해조의 숙부이자 대한협회 포천지회 부회장인 이석용은 문명파를 대표하는 존재로 그려지고 있다. 이해조의 아버지 이철용이 세운 화야의숙은 바로 이 문명파의 무대가 되고 있다.[25]

이해조는 1908년 1월에 창립되어 이용직이 회장을, 지석영이 부회장을, 윤효정 오세창 이종일 등이 평의원을 맡은 기호흥학회에 가입하였다.[26] 1908년 11월에는 투표를 거쳐 지석영 홍필주 어윤적 등과 함께 평의원으로 선출되었다.『기호흥학회월보』제5호(1908. 12. 25) 회중기사의 입회금 납부자 명단에서는 이회영(李會榮) 임경재(任璟載) 이해조 등의 이름을 찾을 수 있다. 기호흥학교는 1908년 6월 1일에 설립되었는데 1909년 2월 20일 통상총회가 열린 자리에서 이해조는 월보 편집원으로 있던 중 겸임교감으로 선출되었다.[27] 이해조는 월보 편집원으로 있으면서 「윤리학(倫理學)」(5호~10호, 1908. 12~1909. 5), 「학계(學界)의 건망증(健忘症)」(9호, 1909. 4) 등과 같은 글을 『기호흥학회월보』에 발표하였다. 「윤리학」이라는 글을 이해조가 윤리학에 대해 남다른 지식이나 관심이 있어

---

24) 『대한협회회보』, 4호, 1908. 7, 56쪽.

25) 『대한협회회보』, 5호, 1908. 8, 57쪽.

"當郡은 畿甸의 著名한 文鄕으로 近年以來 士流의 思想이 新舊兩派에 分ᄒ니 一派는 校儒輩의 冥頑不靈으로 國家民族의 興亡存滅을 夢外에도 不關ᄒ고 其言論이 班常四色 仕宦利慾에 不外ᄒ야 社會와 敎育을 仇視ᄒ는 者오 一派는 卽 國民의 現狀을 憂歎ᄒ며 敎育과 社會를 振興ᄒ야 回復ᄒ는 文明的 人士니 卽 當地에 玉成 華野 兩 義塾의 任員及 敎師諸氏라. 今回支會 發起는 專히 此文明派의 熱心中出來인 故로 冥頑派의 萬般謗害를 透過ᄒ야 百折不回의 志氣를 確立ᄒ는 中 趙彦植 李晢鏞 尹商鉉 李喆柱 諸氏는 其智識聲譽가 足히 支會를 無獘維持ᄒ기로 擔保 云云"

26) 『기호흥학회월보』, 1908. 8, 50쪽. 근 500명이 되는 찬무원(贊務員) 가운데는 이인직도 포함되어 있다.

27) 『기호흥학회월보』 9호, 1909. 4. 25, 48쪽.

서 쓴 것으로 보이지는 않는다. 이때의『기호흥학회월보』에서는 신학문의 여러 분야를 여러 필자에게 분담하여 그 개론을 쓰게끔 하였다. 정영택이 교육학을, 이범성이 법률학을, 이춘세가 정치학을, 원영의가 식물학을, 서병두가 응용화학을 각각 맡아서 그 개론을 집필하였다. 실제로「윤리학」은 당시 논객들이 대체로 서양이론을 소개하는 데 치중한 것과 달리 동서양의 윤리학의 내용을 고루 취하여 배합하였으나 깊이 있는 논의를 전개하지는 못하였다.「학계의 건망증」은 학교 설립자들이 좋은 뜻을 가졌다가 나중에는 흐지부지한다는 내용으로, 일종의 자기다짐이다.『기호흥학회월보』제2호는 약 60명가량의 월보 저술원 목록을 제시해놓았는데 유근 김윤식 여규형 신채호 변영만 안국선 등과 같은 당대의 쟁쟁한 논객들이 들어가 있다.

제국신문사에서 같이 일했던 정운복 선우일 등과 함께 이해조는 합방 직후 총독부 기관지인 매일신보에 들어가 간부로 활동하게 된다.[28] 1920년대에는 친일 유생단체인 대동사문회(大東斯文會)에 관여한다. 대동사문회는 "孔子敎의 頹廢를 再興케 함을 목적"으로 삼았던 친일 유교단체로 정만조(鄭萬朝)와 어윤적(魚允迪)이 이사로 있었다.[29] 그는 유도진흥회(儒道振興會)의 기관지였던『유도(儒道)』(1921. 2~1925. 1) 창간호에「온고이지신」이란 글을 발표한다. 유도진흥회는 "유도의 진흥을 計하야 弛廢한 人道德義의 긴장을 期함을 목적함"[30]으로 설명되어 있다. 이 두 단체는 유교대성회 유교대동회 등과 함께 대표들을 내보내어 1921년 4월 5일 오가키 타케오(大垣丈夫), 아유가이 후사노신(鮎貝房之進) 등 일본인 4인이 주최한 경성호텔에서의 유생간담회에 참석하게 하였다. 몇 명 안 되는 참석자에는 정만조 어윤적 이해조 등이 포함되어 있다.[31]

---

28) 최기영,「제국신문 연구」, 72쪽.

29)『개벽』, 1921. 1, 198쪽.

30) 같은 책, 199쪽.

31)『개벽』, 1921. 5, 76쪽.「최근에 起한 이 事實은 무엇을 말함인가?」의 '재경 일본인과 유생과의 악수'라는 제목의 기사에서 볼 수 있다.

안국선은 관비유학생으로 일본 유학, 동경전문학교에서 정치학 수학, 양부 안경수 사형, 독립협회 간부들과의 교류로 체포되어 수감, 감옥에서 기독교로 개종, 진도에서 유배생활, 상경, 대한협회와 기호흥학회 가입, 탁지부 서기관에 피임, 이재국 국고과장으로 승진, 합방 직후 경북 청도군 군수, 대동전문학교에서 강의,『공진회』발간 후 낙향[32] 등과 같은 기복이 심한 역정을 거쳤다. 대한협회에 가입한 안국선은 1908년 6월에 열린 특별평의원회에서 이해조와 함께 평의원으로 보선되었다.[33] 『대한협회회보』제5호(1908. 12)에서 8월 소식의 하나로 "評議員 安國善氏 任官혼 事를 因ᄒ야 赦免혼 請願은 依受ᄒ고"라는 구절을 볼 수 있는 것처럼 안국선은 탁지부 서기관으로 부임하게 된다. 그의 소원대로 관계에 입문한 것이다. 안국선은 이해조와 함께 대한협회에서 같이 평의원으로 활동했을 뿐만 아니라 기호흥학회에서도『기호흥학회월보』의 저술원으로 함께 활동했다. 안국선은 대한협회에 가담하여 활동하고 있을 때에는『대한협회회보』에 「정당론」(3호, 1908. 6), 「회사의 종류」「민법과 상법」(4호, 1908. 7), 「정치가」(5호, 1908. 8), 「고대의 정치학과 근대의 정치학」(6호, 1908. 9), 「정부의 성질」(7호, 1908. 10~1909. 3) 등을 발표하였다.『기호흥학회월보』에는「정치학」(2호, 1908. 9)「고대의 정치학」(4호, 1908. 11) 등을 발표하였다. 「고대의 정치학」이 발표된 직후에 6회에 걸쳐 이해조의 「윤리학」이 연재되었다. 이미 안국선은 1907년도 전반기에『야뢰(夜雷)』에도 많은 논설을 발표하여 「응용경제」「민원론(民元論)」「국채와 경제」「풍년 불여흉년론(豊年不如凶年論)」「계연금주의(戒煙禁酒議)」「조합의 필요」등과 같은 글을 남긴 바 있다. 이처럼 안국선은 1907년에는 경제학을, 1908년에는 정치학을 발표하는 데 힘썼다. 경제학이나 정치학이나 모두 서양학의 범주에 들어간다. 안국선의 지식인됨의 근거는 서양 사회과학에 대

---

32) 권영민, 「안국선과 개화기 지식인의 환상」,『한국 근대문학과 시대정신』, 1983, 214~215쪽.

33)『대한협회회보』5호, 1908. 12, 55쪽.

한 지식에서 찾을 수 있다.

이무렵 신채호도 여러 편의 글을 남겼다. 「대한의 희망」(『대한협회회보』, 1908. 4), 「역사와 애국심의 관계」(『대한협회회보』, 1908. 5~6), 「성력(誠力)과 공업(功業)」(『대한협회회보』, 1908. 7), 「대아와 소상」(『대한협회회보』, 1908. 8), 「문법을 의통일(宜統一)」(『기호흥학회월보』, 1908. 12) 등이 있다. 그런가 하면 신채호는 「수군 제일 위인 이순신」「동국거걸 최도통전」 등의 전기와 「근금(近今) 국문소설저자(國文小說著者)의 주의(注意)」(1908. 7. 8), 「국한문(國漢文)의 경중(輕重)」(1908. 3. 17~19) 등과 같은 어문론을 대한매일신보에 발표하였다. 안국선이 저쪽 너머를 응시했다면 신채호는 지금 · 여기를 직시한 것이라고 할 수 있다.

3. 개화기소설의 전개과정

개화기소설의 분류기준으로 발표 매체, 표기 수단, 길이, 구체적 서술 양식 등을 생각해볼 수 있다. 그런가 하면 허구성의 결여, 길이의 짧음, 이야기의 결여 등으로 나타나는 소설양식으로서의 결격 사항에 따라 소설을 나눌 수도 있다.

단행본들은 양적인 면 한 가지만 보더라도 신문게재본이나 잡지게재본보다 '소설' 다운 모습을 더 갖추고 있다. 이들 단행본들은 최소한 오늘날의 단편소설 길이만큼은 유지하고 있기 때문이다. 단행본들은 상당수가 '신소설' 이라는 이름으로 불렸다. 이에 비해 신문이나 잡지에 실린 작품들은 '신소설' 보다는 '소설' 이라는 이름을 더 많이 사용했던 것으로 드러난다. 단행본으로는 가장 먼저 나온 이인직의 『혈의 누』가 전년도인 1906년 7월 22일~10월 10일에 만세보에 연재되었을 때 제목 옆에 '신소설' 이라고 적혀 있었다. 작품 제목 옆에 "신소설"이나 "新小說"이라는 명칭이 붙어 있는 소설집으로 『혈의 누』 『귀의 성』 『자유종』 『모란병』 『은세계』

『목단화』『추월색』『구의산』『옥호기연』『마상루』 등이 있다. 개화기의 신문들 가운데서 작품의 길이에 관계없이 가장 많은 작품을 소개한 것은 1906년에서 1910년까지의 경향신문이었다. 이 기간에 50여 편의 작품을 소개하였는데 절반 정도는 단 1회로 끝나고 있다. 경향신문은 아예 "쇼셜"이라는 난을 따로 두어 이들 작품들을 소개하였다. 이들 작품들은 모두 무서명으로 되어 있으며 우리 옛날 설화에서 따온 것과 이솝우화나 성서에서 빌려온 것으로 대별할 수 있다. 제국신문에는 9편의 소설이 실려 있는데 제목도 없고 작자도 미상인 채 그냥 '소설'이라고 한 것이 3편이나 되고 「정기급인(正己及人)」(1906. 10. 9~12) 등 4편은 제목 옆에 '소설'이라고 표시되어 있다. 신소설이라는 이름에 걸맞는 것은 이인직의 『혈의 누』(하편), 이해조의 『고목화』『빈상설』 등 세 편이다. 대한매일신보의 경우, 「국치전」「매국노」「디구성 미래몽」「동국에 뎨일 영걸 최도통전」 등에는 '소설'이라는 명칭이 붙어 있고 「보응」(1909. 8. 11~9. 7) 한 편에만 '신쇼셜'이라는 이름이 붙어 있다. 이백옥이라는 인물이 아들을 잃고 장돌뱅이로 떠돌던 중 선행을 하여 아들을 찾게 되고 많은 재물도 취하게 되었다는 이야기를 들려주는 「보응」은 한마디로 권선징악, 우연구성 등과 같은 고대소설의 수준을 넘어서지 못하고 있다. 이런 점에서 대한매일신보에서 소설이니 신소설이니 하는 구분을 객관적인 근거를 갖고 하지는 않은 것으로 드러난다. 이에 반해 11편을 소개하고 있는 대한민보는 '소설'과 '신소설'이라는 구분을 제대로 한 것으로 보인다. 1회분인 「화수(花愁)」「화세계(花世界)」「상린서봉(祥麟瑞鳳)」 등과 같은 작품에는 '단편소설'이라고 표시되어 있고 단편소설 정도의 분량인 『현미경』「만인산」「오갱월」 등에는 '소설'이라고 표시되어 있다. '신소설'로 표시된 작품도 네 편이나 된다. 빙허자의 『소금강』(1910. 1. 5~3. 6), 수문생의 『박정화』(1910. 3. 10~1910. 5. 31), 흠흠자의 『금수재판』(1910. 6. 5~8. 18), 벌가생(伐柯生)의 「경중미인(鏡中美人)」(1910. 8. 27) 이 그것이다. 『소금강』은 탐관오리에게서 재물을 빼앗아 가난한 사람들에게 나누어주

는 금강단이라는 의적떼의 이야기로, 후에 이 의적떼는 서간도로 건너가
서 황무지를 개간하고 산업을 일으키는 한편 군대를 양성하여 외적을 막
아낸다. 『소금강』은 도적 모티프를 취한 점에서는 리얼리즘을 구축한 것
이며 간도에 가서 이상향을 건설했다는 점에서는 낭만적인 색채가 짙다.
『박정화』는 소재 자체는 낡은 것이지만 구성 인물 문체 등의 측면에서는
구소설에서 확실하게 벗어났다. 『금수재판』은 『금수회의록』 『병인간친회
록』 『경세종』 『만국대회록』 등과 함께 개화기의 우화소설이라는 범주를
만들게 한다. 대한민보에 나타난 '신소설'은 '단편소설'이나 '소설'보다
는 시대에 크게 눈을 뜨고 있고, 비판정신을 발휘하고 있고, 리얼리즘에
근접하고 있고, 대체로 필연구성을 취하고 있다. 그런가 하면 '소설'과
'신소설'은 소설양식에 대한 기본관념에서 큰 차이를 보이고 있다. 전자
에 들어가는 작품들은 소설양식을 대체로 재미있는 이야기 정도로 여기
는 경향이 강한 반면 후자에 들어가는 작품들은 시대의식의 차원에서든
자아 각성의 면에서든 무엇인가 깨닫게 해주는 계기가 되고 있다. 1907년
2월호와 3월호 『태극학보』에 실린 소설 「다정다한(多情多恨)」에는 "사실
소설(寫實小說)"이라는 주목할 만한 명칭이 붙어 있다. 민본사상, 사회사
업, 기독교 정신 등에 바탕을 두고 정부당국의 비리와 맞서 싸우는 주인공
삼성선생(三省先生)은 자기 한 몸보다는 국가와 사회와 백성을 더 많이 생
각하는 지사적 존재였으나 보수적인 상관과 백성들의 오해를 사 오히려
영락해버리고 만다. 개화주의자인 삼성선생이 하는 일이 전부 성공한 것
으로 그려졌더라면 이 작품은 오히려 시대를 왜곡한 것이 되어 '사실소
설'이라는 이름이 어색한 것이 되고 말았을 것이다.
　1898년에서 1901년까지의 독닙신문 믹일신문 제국신문 등의 "론셜"란
을 보면, 오늘날의 논설과는 다른 방법으로 구성되어 있는 것들을 발견하
게 된다. 소설 쓰듯이 또는 이야기를 들려주듯이 논설을 쓴 것이 각각 30
편 정도 발견된다. 신진학이라는 인물과 구완식이라는 인물을 친구로 설
정하여 둘이 대화하고 의견의 대립을 보인다는 이야기를 들려준 '론셜(믹

일신문, 1898. 7. 29)'도 있고 은둔철학을 주장하는 주인과 지식인의 현실 참여를 고집하는 객과의 대화 내용을 전해주는 '론셜(뎨일신문, 1898. 11. 8)'도 있다. 제국신문 논설 중에는 "고집"이라는 노인과 "박람"이라는 젊은이를 내세워 토론하는 장면을 보여준 것(1899. 3. 15)도 있다. 이 신문은 고집이라는 노인은 부정적으로 묘사하고 박람은 긍정적으로 묘사하고 있어 글쓴이 즉 신문 논설위원이 기본적으로 개화주의에 서 있음을 알게 된다. '일전에 어떠한 친구가 서로 수작한 말이 이상하기에 적는다'고 하면서 여러 사람이 우리나라 사람들의 잘못된 점을 비판하는 자리를 보여준 논설(1898. 12. 24)도 있다. 독립신문에서는 「상목져문답」(1898. 12. 2) 「힝셰 문답」(1899. 1. 23) 「청국형편 문답」(1899. 1. 11) 「반상론란」(1899. 2. 22) 「신구론란」(1899. 3. 10) 등과 같이 논설란을 문답체로 채운 글들을 찾아볼 수 있다. 이러한 문답체는 갈등이 두드러지게 나타나는 존재들을 한 자리에 앉히거나 찬반양론이 분명한 이슈들을 뽑아 그 원인 현상 해결 방안 등을 제시하는 경우에 주로 사용되었다. 이상 세 신문의 논설위원들은 소설을 쓰고 싶어서 이야기를 만들어낸 것이 아니라 자신이 주장하는 바를 좀더 설득력 있게 전달하기 위해 서사적 양식을 취하였던 것이다. 서사체를 수용한 논설들은 논설이 집이 되고 소설이 방이 되는 것으로 비유할 수 있다. 소설이 집이 되고 논설이 방이 되면 그것은 관념소설이나 해부의 양식이 되기 쉽다. 논설의 지은이들이 궁극적으로 노리는 것은 설득력 있고 효과적이고 인상깊은 주장을 펼치는 것이다. 혼돈의 시대라고 할 수 있는 개화기에 논설 양식이 비등하는 것은 당연하다. 토론체 소설인 『자유종』, 문답체 또는 대화체소설인 「쇼경과 안즘방이 문답」 「거부오해」 「몽견제갈량」, 연설체 산문양식인 『금수회의록』 「병인간친회록」 「경세종」 등과 같은 변이태의 소설들은 바로 소설이 집이요 논설이 방이라고 비유할 수 있다.

1890년대부터 한일합방 때까지 나온 10여 종의 신문과 40여 종의 잡지에 실린 논설은 몇 가지로 대별할 수 있다. 그만큼 논의가 집중화되었다고 할 수 있다. 우선 학문론으로는 여병현(呂炳鉉)의 「권학문」(『친목회회보』, 1896. 2), 이승교(李承喬)의 「학구론」(『야뢰』, 1907. 7), 신기선(申箕善)의 「학무신구(學無新舊)」(『대동학회월보』, 1908. 6) 등 외 여러 편이 있고 교육론으로는 심의성(沈宜性)의 「논아교육계의 시급방침」(『대한자강회월보』, 1906. 11), 박은식(朴殷植)의 「교육이 부진이면 생존은 부득」(『서우학회월보』, 1906. 12), 양기탁(梁起鐸)의 「가정교육론」(『가뎡잡지』, 1906. 8) 등 수십 편이 있고, 문자론으로는 지석영(池錫永)의 「국문론」(『대조선독립협회회보』, 1896. 11), 주시경(周時經)의 「국어와 국문의 필요」(『서우학회월보』, 1907. 2), 여규형(呂圭亨)의 「논한문국문」(『대동학회월보』, 1908. 2) 등 많은 글이 있다. 법률론으로는 채기두(蔡基斗)의 「법률과 전제사상」(『동인학보』, 1907. 7), 이종린(李鍾麟)의 「민법총론」(『대한협회회보』, 1908. 12) 등 여러 편이 있고 정치론으로는 윤효정(尹孝定)의 「국민의 정치사상」(『대한자강회월보』, 1906. 11), 정진덕(鄭鎭德)의 「변정치지필요」(『대동월보』, 1907. 9) 등 많은 글들이 있다. 이외에 위생론 문명론 산업론 등도 각각 계열을 이루고 있다.

1900년대에는 외국 역사서나 국내외 위인전과 같이 경험적 서사양식에 들어가면서 다시 역사적 서사양식에 속하는 책들이 앞다투어 출간되었다. 대체로 번역서인 이러한 책들은 이인직 이해조 유의 신소설보다 몇 년 앞서 출간되었다. 외국 역사서로는 『중일략사합편(中日略史合編)』(1900), 『파란말년전사(波蘭末年戰史)』(1901), 『아국전사(俄國戰史)』(1900) 등 16권 정도가 나왔고 외국인의 전기로는 『이태리건국삼걸전』(1907), 『비사맥전』(1907) 등 11편 정도가 있다. 우리 조상의 전기는 『을지문덕』(1908) 『강감찬전』(1908) 『최도통전』(1909~1910) 등 5편 내외이다. 외국 역사서들은 우리의 형편을 정확히 알게 해주는 동시에 위기사의 극복방안을 깨우쳐준 거울이었다. 당시의 전기들은 『이태리건국삼걸전』의 비스마르크, 『애국부인전』의 잔다르크, 『오위인전사』의 알렉산더 대왕, 워싱턴 대통령, 피터 대제, 나폴레옹, 프랭크린 등과 같은 건국영웅, 국가발전을 이룩한 장군이나 정치가, 애국자 등을 다루었다. 우리 조상으로는 외침을 당했을 때 한결같이 나라와 민족을 구한 장군들을 다루고 있다. 이는 당시 나라의 앞날과 민족의 장래를 걱정하던 사람들이 영웅대망론 힘대망론에 빠져 있었던 증거가 된다. 예를 들면 연개소문 을지문덕 강감찬 이순신 등과 같은 무인이요 영웅이요 모범적인 인간이 다루어지고 있다. 변영만의 서문, 이기찬의 서문, 안창호의 서가 붙어 있으면서 무애생 신채호가 지은 이로 되어 있고 변영만이 교열자로 되어 있는 『대동 사천재 제일 대위인 을지문덕(大東 四千載 第一 大偉人 乙支文德)』은 "과거의 영웅을 그려 미래의 영웅을 불러온다"는 취지를 보여준다. 이 책은 제5장에서 "을지문덕주의(Ulgimoondugism)"라는 의미 있는 신조어를 만들어냈다. 을지문덕주의로 표현되는 영웅대망론은 훗날 신채호가 문화투쟁에서 무력투쟁으로 나아가는 것을 일찍이 암시해준 것이다. 역사서와 전기서 편찬작업에는 당시의 최고의 논객들이 참여하였다. 『비율빈전사』는 안국선 역으로, 『이태리건국삼걸전』은 신채호 역술, 장지연 교열로, 『보로사국 후례두익대왕』은 유길준 역술로, 『성피득대제』는 신채호 교열로, 『월남망국사』는 주시경 번역으로 되어 있다.

한성신보에는 「신진사문답기」(1896. 7. 12~8. 27), 「기문전」(1896. 8. 29~9. 4), 「곽어사전」(1896. 9. 6~10. 25), 「조부인전」(1897. 5. 19) 등 20편 가까운 소설이 실려 있는데 이상의 네 편을 제외하고는 길이가 아주 짧다. 이 소설들은 내용, 구성, 표제 설정의 면에서, 그리고 작자미상이라는 점에서 고대소설적 수준을 벗어나지 못하고 있다. 「신진사문답기」는 권문세가의 자손이며 학문이 높은 신진사가 일본에 가서 10년 동안 돌아보고 이충무공의 후손인 이학사와 조일관계에 대해 문답을 주고받는 것을 기록한 것이다. 이 소설은 개화기소설 중 제일 먼저 나온 친일소설로 볼 수 있다. 이 작품은 한성신보를 발행한 일본인들의 저의를 잘 설명해주고 있다. 「기문전(紀文傳)」은 일본을 배경으로 하여, 한 일본 남자가 많은 돈을 벌어 사람들에게 베풀었다는 이야기이며 「곽어사전」은 문무를 겸비한 인물의 활동과 출세과정을 그린 것이다. 대한일보는 일학산인의 「일념홍」(1906. 1. 23~2. 18), 금화산인의 「용함옥」(1906. 2. 23~4. 3), 백운산인의 「여영웅」(1906. 4. 5~8. 29), 「반혼향(返魂香)」(1906. 4. 27~8. 28) 등 5편을 연재한 바 있다. 「일념홍」은 16회로 된 회장소설로 주인공 이정은 장군 사업가 정치지도자 자선사업가를 겸한 영웅적 존재로 그려지고 있다. 이정이라는 인물은 고대소설에서 자주 볼 수 있는 영웅적 존재와 마찬가지로 현실성이 약하다. 이 작품은 주인공이 국사범으로 몰렸을 때 일본공사가 살려준다든가 일본공사의 주선으로 일본유학을 간다든가 하는 점에서 친일적인 작품에 들어간다. 「용함옥」과 「여영웅」도 「일념홍」처럼 현실성이 약한 고대소설을 떠올리게 한다. 대한매일신보에 연재된 「쇼경과 안즘방이 문답」 「거부오해」 등은 지금까지 연구자들로부터 높은 평가를 받아왔거니와 「향로방문의생(鄕老訪問醫生)이라」(1905. 12. 21~1906. 2. 2)도 주목할 필요가 있다. 이 작품은 시골에서 큰 부자였다가 망해버린 한 노인이 서울에 와서 의생을 만나 술 한잔 하면서 이야기를 나누는 내용이다. 「쇼경과 안즘방이 문답」에 이은 대화체 또는 문답체 서사양식이다. 노인은 정기산이나 청심환 같은 약을 먹이면 정부대관이나 일진회가 걸린 병이 나을 수 있다는 의생의 말에 그 정도의 처방으로는 안 될 만큼 병이 너무 깊다고 하였다. 이와 같이 당시의 사회를 병자 대하듯이 다각도로 진단하고 또 병을 고칠 수 있는 방법을 강구하는 데 그 서술 목표를 두었다. 이 소설은 단순한 문답체나 대화체를 벗어나서 토론체와 연설체를 흡수하고 있다. 이무렵 대한매일신보는 앞서 논급한 독립신문 매일신문 제국신문과 마찬가지로 '…문답'과 같은 형식의 시사토론을 자주 내보였다. 눈앞의 작은 이익을 탐하여 큰 의리를 저버려 마침내 망하는 한 남자의 경우를 소개한 『청루의녀전』은 고소설적인 색채가 짙다. 1898년에 창간된 황성신문에는 『신단공안(神斷公案)』(1906. 5. 19~12. 31)과 「몽조(夢潮)」(1907. 8. 12~9. 17)가 실려 있다. 두 작품은 여러 면에서 대조적이다.

『신단공안』은 재래의 덕목인 정절이라든가 효가 화두인 이야기를 제시하였을 뿐 아니라 건달, 타락한 과부, 요승 등 부정적인 인물을 주인공으로 한 소화도 제시하고 있다. 이 소설에서 죄를 지은 사람은 논죄의 절차를 밟으며 응분의 대가를 치르게 된다. 이 소설은 매회 서두에 시대적 배경, 공간적 배경, 주인공 이름과 성격을 제시하고, 끝부분에서 사관이나 평자가 인물과 사건을 평가하고 있다. 「몽조」는 새로운 시대가 낳을 법한 인물을 설정했다든가, 작중사건이 당시의 현실 속에서 충분히 개연성을 지니는 것으로 되어 있다든가, 사건의 전개방식이 자연스럽다든가 하는 점에서 충분히 주목할 만하다. 이 작품의 주인공은 유림 출신으로, 일본에 유학가서 정치학을 공부하고 돌아와 사회개혁의지를 펼치려다가 대역죄로 체포되어 마침내 사형을 당하고 마는 한대홍이라는 인물이다. 이 작품은 한대홍의 인물됨과 개혁의지와 사형, 부인의 가난한 생활, 기독교의 교리 전달, 작가의 교훈제시 등 네 부분로 나누어진다. 한대홍은 사형이 집행되기 직전에 부인에게 보낸 유서에서 부인과 자식에 대한 개인적 감정은 접어둔 채 개화주의, 독립의 필요성, 진보이념 등에 대해 강론하고 있다. 영웅적인 인물을 주인공으로 내세운 다른 어떠한 소설에 비교해보아도 한대홍은 현실성이 강하다. 황성신문에 실린 작품이니 만큼 당시에 자주 볼 수 있었던 개혁주의자를 모델로 한 것이라고 할 수 있다. 황성신문에 실려 있는 『신단공안』과 「몽조」의 큰 거리를 생각하면 신문에 따라 일정한 소설유형이 형성된다는 판단은 하기 어렵다. 제국신문에 실린 소설들은 한글로 표기되어 있어 독자들에게 친근감을 준 것으로 보이기는 하나 대부분의 작품들이 내용면에서나 구성면에서 설화나 고대소설의 수준을 벗어나지 못하였다. 「정기급인(正己及人)」「보응소소(報應昭昭)」「견마충의(犬馬忠義)」「살신성인(殺身成仁)」「지능보가(智能保家)」 등은 이미 제목에서부터 은혜와 보은, 악행과 처벌의 대응관계를 보여주고 있다. 대한민보에서는 『소금강』『현미경』 이외에 「병인간친회록」을 주목할 필요가 있다. 굉소생(轟笑生)이라는 지은이가 아예 풍자소설이라고 못박고 있는 이 소설은 당시의 우리 사회와 상황에 대한 풍자의도를 분명하게 드러내고 있다. 이 작품은 모임의 중요성 강조, 병인간친회 취지서, 림시회장으로 청명관야 모씨 선출, 각언기지(各言其志)하는 방법으로 토론하기, 절름발이 · 애 꾸 · 언청이 · 장님 · 대머리 등과 같은 순으로 웅변하기, 종합 및 결의, 만 세삼창 등으로 구성되어 있다. 이 모임에서 각 병신들은 호칭의 내력을 설 명한 후 이어 자신에 대한 일반인들의 통념을 뒤엎는 고사를 소개하고, 동 시대 사람들을 자기보다 못한 병신으로 표현하여 비판한다. 그러나 이 소 설에 등장하는 병신들이 옳은 소리만 하고 있는 것은 아니다.

1900년대에는 『조양보』(1906), 『대한자강회월보』(1906), 『태극학보』 (1906), 『야뢰』(1907), 『장학월보』(1908) 등의 잡지가 간행되었다. 이들 잡 지에는 대체로 엽편소설보다 짧은 소설들이 실려 있다. 『대한자강회월보』 는 여러 목차 가운데 '소설'이라는 항목을 설정해놓았다. 이 난에는 아주 짤막짤막한 옛날 이야기들이 소개되어 있다. 당시의 잡지 중에서는 『태극 학보』가 문제소설을 가장 많이 실어놓은 편이다. 앞에서 논급한 백악춘 사[34]의 「다정다한」 이외에도 「춘몽」(1907. 4)과 「월하의 자백」(1907. 9) 등이 있다. 「춘몽」은 한 동경 유학생이 춘기시험도 끝난 어느 봄날 산꼭대 기에 올라가 산하를 내려다보면서 인생 인간 쾌락 신앙 등에 대해 깊게 생 각하다가 절벽에서 떨어지며 꿈에서 깨어나는 내용이다. 「월하의 자백」은 "本是 半島國 貴族門中의 獨子兒"로 태어나 나중에 벼슬길로 나아가 토색질 과 협잡질을 일삼은 주인공이 죄값으로 아들을 잃고 집안이 망해버리자 참회 속에서 자살하고 만다는 이야기이다. 두 소설은 비록 짧기는 하지만 자기성찰의 태도를 보여준다. 노인규의 「농가자(農家子)」(1908. 1), 심상 직의 「만오(晩悟)」 등 7편의 200자 원고지 10장이 채 되지 않는 소설을 실 은 『장학월보』에서는 육정수의 「혈(血)의 영(影)」을 주목할 만하다. 이 작 품은 꿈의 장치를 보여주며 대화체를 곁들이고 있다. 기차에 탄 남자 승객

---

34) 『태극학보』의 편집인이며 발행인이었던 장응진의 필명.

44

들이 서세동점을 찬미하면서 독립만세와 자주만세를 외치고 여자 승객들이 평등주의를 찬미하며 교육실업 만세를 외치는 것이 이 소설의 주요사건으로 되어 있다. 주인공 경운은 대한혼을 외치다가 잠이 깨고 만다. 남녀 승객들이 신문명의 산물인 기차를 타고 살기 좋은 세상이라고 만세 부르는 것은 현실이 아니다. 꿈속에서나 가능한 가상현실이다. 다음에 『대한유학생회회보』 1907년 5월호에 실린 몽몽[35]의 「쓰러져 가는 딥」과 『대한흥학보』 1909년 10월호에 실린 「요죠오한(四疊半)」을 주목할 필요가 있다. 「요죠오한」은 일본에 유학왔으며 평소에도 입장 차이가 분명했던 두 조선 청년이 시국 예술 사상 등에 대해 토론하는 것을 서술해놓은 소설이다. 함영호는 온건한 인물로, 채군은 "격렬한 시대 신조에 어린 몸이 쓰며 잠기며 고생한 인물로" 지난해 여름 본국으로 피신해가 있다가 온 열혈분자로 그려지고 있다. 채는 우리 근대소설에서 이데올로그나 래디컬리스트의 원형이라고 할 수 있다. 이 소설의 화자는 은근히 온건론자 함영호의 편을 들고 있다.

다른 소설가들과 소설들이 내용면에서나 담론면에서 아직도 고대소설이나 설화의 범위에서 나아가고 있지 못한 반면 「다정다한」과 「요죠오한」에서는 벌써 근대적 의미의 이데올로기를 설정해 보이고 있으며 「월하의 자백」은 새로운 시대를 적극적으로 인식하는 인간상을 제시하고 있다.

변격의 서사양식은 연설체 대화체 토론체 등과 같이 소설사에서는 분명히 변형에 해당하는 서술방법이 작가의 필요에 의해서든 아니면 단순한 시대적 요청에 따라서든 중심부로 들어오게 된 것을 의미한다. 이 작품들은 아무개와 아무개가 만나 개화기의 시대상과 문제점에 대해 의견을 나눈다는 플롯을 공유하고 있을 뿐, 전통적인 소설양식이 요구하기 마련인 사건, 기복적인 구성, 성격창조 등의 요소를 분명하게 지니고 있는 것은 아니었다. 토론체의 성격을 가장 잘 보여주고 있는 이해조의 『자유종』

---

35) 주종연, 『한국근대단편소설연구』, 형설출판사, 1979, 47~48쪽. 진학문으로 추정하고 있다.

은 이익 이퇴계 구양수 양계초 등의 동양 석학들의 사상을 주제의식의 가장 큰 근거로 삼고 있다. 이 작품은 토론체나 연설체를 취한 당시의 어느 소설보다 서양적 사고에 덜 의존하고 있는 만큼 주체적 사고라는 면을 가장 크게 의식한 것으로 볼 수 있다.『자유종』은 여러 가지 현안들에 대하여 상반되거나 차이가 있는 견해들을 병치시킴으로써 일방적으로 자기 의견을 강요하는 다른 연설체와 대화체 작품들보다 정확하면서도 객관적인 사회의식을 열어준 것으로 평가된다.

『금수회의록』은 명언과 고사의 원용이 두드러진 작품이다. 이 소설은 성서를 자주 인용하고 있을 뿐만 아니라『논어』『본초강목』『시경』『전국책』등을 읽은 흔적도 드러내고 있다. 동서양을 가리지 않고 고사와 명언을 따오고는 있지만 아직은 동양적 사고에 크게 기대고 있다. 당시의 대화체 토론체는 현실비판 풍자 계몽의지 등을 강하게 내보인 양식으로 이러한 서사양식은 허구나 이야기를 살리지 못하는 대신 리얼리즘을 살려낸다.

개화기는 전쟁 정변 군란 민요(民擾) 등으로 점철된 시기였다. 청일전쟁, 러일전쟁, 갑신정변, 임오군란, 갑오경장, 독립협회 결성, 동학, 의병 항쟁 등과 같이 국가 정체성을 뒤흔들어놓은 역사적 사건들이 줄지어 발생하였다. 이러한 역사적 사건들을 단순한 시간적 배경이나 역사적 배경이 아니라 주요사건으로 설정하면 저절로 거대서사가 된다. 이인직은『혈의 누』에서 청일전쟁을 부분적이면서 원인적인 사건으로 설정했고『은세계』에서는 김옥균을 이상적인 인물로 내세우면서 간접적으로 갑신정변을 상기시키고 주인공 옥남이가 갑오개혁에 큰 기대를 걸면서 입헌군주제를 강조하다가 의병에게 끌려가는 것으로 처리했다. 1900년대 말부터 1910년대 초까지 간행된 단행본들 가운데 극히 일부분만이 동학이나 의병의 문제를 다루었다. 그러나 이 작품들도 거대서사로 가는 길은 포기하고 말았다.

동학에 관련된 내용을 다룬 것으로 이해조의『화의 혈』, 김교제의『현미경』, 안국선의「공진회」, 작가미상의「한월(恨月)」등이 있으며 부분적이나마 의병을 등장시킨 소설로는 이인직의『은세계』, 안국선의 「공진회」, 최찬식의 「금강문」 등이 있다. 「공진회」가 설정하고 있는 큰 사건들은 모두 의병이나 동학군과 관계가 있다. 안타고니스트인 철원 제일 부자 유승지가 평소에 실인심하여 동학군에게 붙잡힌 후 재산을 다 빼앗기고 만다는 사건이 설정되었는가 하면 토벌대 대대장이며 김용필의 상관이었던 김참령이 박참봉이라는 부자를 의병간연(義兵干連) 혐의에서 벗겨주면서 그 딸을 달라는 횡포를 부려 파면되는 사건도 설정되고 있다. 작가 안국선은 이러한 사건들의 설정을 통해서 동학군 의병 토벌대 부자 등과 같은 당시의 문제적 존재들을 정확하게 보려 하였다. 그에게는 절대긍정도 절대부정도 없었다. 이해조의『화의 혈』과 김교제의『현미경』은 동학에 대한 긍정적 인식을 넓히는 결과를 가져왔다.『화의 혈』은 평소에 언변과 지략이 뛰어난 리도사가 삼남 시찰이 된 후 본색을 드러내어 저지르는 온갖 횡포를 사실적으로 그리고 있다. 이 소설은 리도사가 정부로부터 처벌을 받고 옥에 갇혔다가 나온 후 거지가 되어 전전걸식하는 결말을 보여주고 있다. 이해조는『화의 혈』을 리도사에게 희롱당하고 자살한 선초의 여동생 모란이 리도사에게 앙갚음한다는 복수극으로 몰고 가기는 하였지만 당시 동학군과 토벌대와 일반 백성 사이의 긴장관계에 대한 귀중한 자료로 승화시키는 결과를 보여주었다. 이해조는『화의 혈』한 편만으로 이인직을 향한 거대서사 콤플렉스를 씻어낼 수 있었다. 이해조의『화의 혈』은 이인직의『혈의 누』와『은세계』보다 역사적 사건이나 존재를 더 큰 비중으로 다루었으며 당시의 백성을 더 많이 생각했다.『회의 혈』은 역사의 흐름에 억울하게 희생당한 백성들의 입장을 대변하는 기운마저 보여주고 있다. 김교제의『현미경』은 김감역의 딸 빙주가 억울하게 죽은 아버지의 원수를 갚기 위해 정승지를 칼로 찔러 죽이려는 데서 시작된다. 빙주의 아버지는 평소에 선심을 많이 베풀어 동학군으로부터도 피해를 당하지 않았지만 탐관오리의 전형인 정승지는 동학군에게 크게 보복당했다.『현미경』은 개화기소설에서는 유례를 찾을 수 없을 정도로 동학에 얽힌 문제의 핵심을 파악하여 보여주고 있다. 『현미경』은 동학군의 발생배경과 활동상 그리고 동학 토벌책의 제시배경을 "선량한 백성의 관점에서" 서술하고 있다. 바로 이 점에서 『현미경』은 개화기소설 가운데서 결코 많지 않은 리얼리즘의 파수꾼이 되고 있다. 『은세계』의 마지막 장면은 의병들이 총부리를 겨누고 있음에도 옥남이가 조금도 당황하지 않고 그들에게 투항을 권유하는 일장연설을 하고 있는 것으로 그려져 있다. 이는 이미 친일정객으로 소문난 작가 이인직이 수많은 의병들을 향해 공식적으로 설득을 시도한 것이라고 풀이할 수 있다. 옥남을 통해 이인직은 의병의 무력투쟁은 무용하며 무익하다는 주장을 하고 있다. 최찬식의 「금강문」은 여주인공 이정진의 남편 남규직이 대장이 되어 의병을 일으켰다가 '폭도 토벌대'에 자수하여 목숨을 건지게 된다는 이야기를 들려준다. 이 작품은 노골적으로 폭도 토벌 헌병을 미화하고 있으며 의병대장은 비굴하고 초라한 존재로 그리고 있다. 이 작품의 서술 방법과 태도를 뒤집어보면 당시 현실의 실체가 나오게 된다. 역사적 사건이나 존재로 표현되는 현실에 아예 눈을 감아버린 당시의 대부분의 작품들과 비교하면 현실을 왜곡시킨 「금강문」이 오히려 리얼리즘에 근접한 것이라고 할 수 있다. 왜냐하면 왜곡된 것은 뒤집어서 보면 되기 때문이다.

개화기소설에는 『추월색』 『홍도화』 『박연폭포』 『우중기연』 『화수분』 『금의 쟁성』 『검중화』 등과 같이 도적을 내세운 작품들이 많다. 물론 도적떼를 다루었다고 해서 리얼리즘의 성취로 직결시킬 수는 없다. 이들 작품들은 대체로 현실성이 빈약한 사건을 제시하는 데 머물고 있는 복수담이나 모험담의 형태를 취하고 있기는 하지만 당시 우리나라가 심각한 아노미 현상에서 헤어나지 못하였음을 잘 보여준다.

4. 종합

무서명 지배 현상은 1890년대 신문에까지 이어졌으며 1900년대 신문
게재소설에서는 무서명과 필명 제시가 공존하다가 1905년 이후에 줄지어
나온 애국계몽잡지 게재소설에서는 본명 제시가 지배적인 현상으로 나타
났다. 그리고 1907년에서 1911년까지 나온 단행본에서는 작가의 본명제
시가 하나의 관행이자 제도로 굳어지게 된다. 고전소설의 경우, 작자미상
이 많은 주된 이유로 소설가들의 본명 제시 기피현상을 드는 데 비해 개화
기소설의 경우, 소설가들과 신문 편집자들의 이름이 겹친다는 이유를 우
선적으로 꼽아야 한다. 소설쓰기가 신문기사나 논설 쓰기와 완전히 분리
될 때까지 소설가의 본명 제시는 기본적으로 어려웠다. 실명을 표기하는
것은 작가가 독자 앞에 노출된 것을 의미한다. 자연 전기수나 강담사와 같
은 중간적 존재가 불필요하게 된다. 조선조에 강담사 세책가 거간꾼이 직
업이었던 것처럼 개화기에는 이들의 계승자인 발행소와 발매소가 독립된
사업이 되면서 소설 독자들이 급증하는 현상을 보였다. 소설과 독자 혹은
작가와 독자를 연결해주는 중간적 존재들이 먼저 직업화되면서 소설가도
뒤늦게 직업화될 수 있었다.

이인직은 일진회 기관지인 국민신보 주필, 제국신문사 기자, 천도교 기
관지인 만세보 주필을 거쳐 대한신문사 사장이 되었다. 이런 점에서 그는
당대 최고의 저널리스트였다. 그는 일본 동경의 미야코 신문사와 일본정
치학교에서 신문과 정치 그리고 일본을 배웠다. 그는 대부분의 친일배들
처럼 애국계몽단체에 입회하기도 하였다. 대한협회 기호흥학회에 가입하
였으나 이해조만큼 적극적인 활동은 하지 않았다. 그는 생전에 여러 종교
를 가까이 했다. 만세보 주필 당시에 천도교 중심부에 들어갔으나 천도교
를 믿었다는 뚜렷한 흔적은 없다. 공자교에 들어가 한일합방 이후에는 경
학원 사성이 되었으나 대한매일신보의 공격에서 알 수 있는 것처럼 유교
나 유림세력에는 처음부터 관심을 갖지 않았다. 이인직이 사망하였을 때

장례는 일본 천리교 식으로 지냈다. 천리교는 18세기 중엽에 생겼으나 1908년에야 교파신도의 하나로 인정받을 수 있었던 것인 만큼, 일본에 갔을 때 천리교를 알았던 것으로 추측된다.

이인직은 그런 대로 사회활동과 창작활동의 조화를 보여준 편이다. 사회활동의 범위라든가 사회활동에의 열정에 견주어보면 그는 소설을 많이 쓴 편은 아니다. 그러나 소설창작이 사회활동을 압도하는 이해조나 사회활동이 소설창작을 압도한 안국선과 비교하면 이인직은 사회활동과 창작활동의 균형을 이루었다고 할 수 있다. 이인직은 저널리스트, 정치가, 연극운동가, 친일 개화주의자 등 실로 여러 가지 역할을 해내었던 존재다. 그는 신념이나 사상이 어떠한 방향으로 가든지 간에 작가는 일단 이데올로그이어야 한다는 것을 실천에 옮긴 작가다. 『혈의 누』에서는 친일, 개화사상이 『귀의 성』에서는 양반증오론이 『은세계』에서는 김옥균주의와 위로부터의 개혁논리가 『치악산』에서는 개화사상이 분명하게 나타나고 있기 때문이다. 이인직은 기자이면서 정치가이면서 작가였다. 이인직을 통해서 한국 근대작가의 원형은 기자 정치가 작가 등 여러 얼굴이 겹쳐진 데서 찾을 수 있게 된다. 이인직은 작가의 표정은 단순해서는 안 되는 것임을 일깨워주기도 했다. 그러나 그는 지사이기보다는 어디까지나 재사였다. 그는 저널리스트로서도 바라던 대로 정상에 올라갔고 정치가로서도 비록 치명적인 오점이기는 하지만 분명한 족적을 남겼고 문학사적인 작품도 남겼다. 그는 김시습이나 허균과 같은 고전작가와는 대조적인 삶을 누렸다.

이해조는 이인직에 비하면 경력이 간단한 편이다. 제국신문 기자로 시작하여 대한협회와 기호흥학회에 적극 가담하는 가운데 주로 월보 편집활동과 교육활동을 통해 애국계몽운동을 펼쳤다. 이인직이 총천연색과 같은 화려한 경력의 소유자였다면 이해조는 단색에 가까운 이력을 지녔다. 기자로서는 이인직이 이해조보다 적극적이었고 애국계몽운동가로서는 이해조가 이인직보다 훨씬 적극적이었다. 한일합방까지 이해조는 이인직이 친일주의자로서 재사의 길을 걸어간 것과는 달리 지사의 길을 걸어간 것이라고 할 수 있다. 물론 이해조도 한일합방을 계기로 지사로서의 길을 포기하고 말았다. 그는 논설에 무관심하였고 대신 많은 소설을 남겼다. 이 점에서는 안국선과 대조적이다. 그로서는 예외적인 작품이라고 할 수 있는『자유종』은 광무사 대한협회 기호흥학회 가입, 교육가로서의 활동 등이 입증해주는 지사로서의 삶의 결정이라고 할 수 있다. 이해조는 작가는 현실을 반영하지 않아도 또 작가 개인의 삶을 반영하지 않아도 소설을 쓸 수 있음을 입증해주었다. 이인직과 이해조는 개화기소설은 소설에서 작가의 전기를 추려낼 수 없는 고전문학의 연장선에 서 있었던 것을 잘 뒷받침해준다. 작가가 소설 속에서 자기 이야기를 하는 것을 근대소설의 표징으로 볼 수 있다면 이인직과 이해조는 아직은 근대적이라고 하기 어려운 일면을 보여주기도 한다. 왜냐하면 두 작가는 작품 속에서 자신의 이야기를 별로 하지 않았으며 또 했다고 하더라도 '공적인 개인'의 이야기를 하는 수준에 머물고 있기 때문이다. 진정한 의미의 근대소설이 바라는 것은 그야말로 '사적인 개인'의 이야기이다.

안국선과 신채호는 논설이 소설을 압도한 경우다. 안국선이 많은 논설을 써낸 것을 생각하면『금수회의록』의 출현은 예상된 것이나 다름없으며 논설 가운데서도 정치론을 많이 써낸 것을 생각하면 그가 관직으로 나간 것은 당연하다. 안국선은 논설 즉 사회과학적 지식에 갇혀버린 결과가 되었고 신채호는 이념에 갇혔다. 신채호는 이념에 갇히면서 지사의 길을 걷게 된다. 이인직과 안국선은 정치에 큰 관심을 가진 점에서 공통된다.『금수회의록』을 변격으로 보고 「공진회」를 소품으로 보면 안국선은『현미경』『목단화』등 여러 소설집을 낸 김교제에게 신소설 주요작가의 자리를 내주어야 한다. 이인직 이해조 안국선 신채호는 '행동주의자로서의 작가(writer-activist)'로 묶을 수 있으나 이중 이해조가 유일하게 '예술가로서의 작가(writer-artist)'로 살아남았다. 이들 작가들은 우리 근대소설가의 첫 초상은 사회활동가요 계몽운동가요 이념분자였음을 입증해준다. 이인직은 친일분자이면서 개화문명론자였으며 이해조는 점진적 개량주의자로 발전되는 애국계몽운동가였으며 안국선은 출세주의자였다. 세 작가는 친일적 태도로 묶여지기는 하지만 정도의 차이는 있다. 이인직에게 일본은 처음부터 신앙의 대상이었으며 안국선에게는 적응의 대상이었다. 그리고 일본은 이해조에게는 극복의 대상이었다가 적응의 대상이 된다.

개화기소설은 어떠한 창작동기에서 나온 것이든 또 어떠한 작가에 의해 씌어진 것이든 소설양식으로서는 결함을 지니고 있다. 어떤 매체를 통해 발표된 것이든 또 문학사가들에 의해서 어떠한 평가를 받아온 것이든 소설양식으로서는 한계를 보이고 있다. 개화기소설은 서사양식으로서 어떠한 한계를 보이고 있느냐 하는 점을 기준으로 하여 분류해볼 수도 있다.

1907년에서 1910년 사이에 나온 애국계몽잡지에 실린 소설들은 몽몽의 「요죠오한」과 같이 이데올로기 소설로 평가될 수 있는 것도 있으나 대체로 길이가 지나치게 한정되어 있어 소설로서의 최소한의 무게를 지니는 것조차 힘들게 되었다. 길이가 지나치게 짧으면 미완성품으로 끝나기가 쉽다. 『서북학회월보』 같은 데서는 소설이라는 이름 대신에 "가담"이니 "담총"이니 하는 소설의 옛 명칭을 사용하고 있다. 소설이라고 하기에는 내용이나 길이가 너무 빈약하다는 인식이 숨어 있다. 경향신문에 실린 소설들 중 절반 가까운 작품이 단 1회로 끝나고 만 아주 짧은 길이로 되어 있다. 동서양의 설화나 고담에서 빌려온 만큼 길이에 한계가 있을 수밖에 없다. 대한민보에 실려 있는 것들 중 1, 2회분 정도로 끝난 것도 세 편이나 있다.

개화기소설 가운데는 『신단공안』「반혼향」「여영웅」「신진사문답기」「기문전」『청루의녀전』 등과 같이 중편소설이나 장편소설의 길이로 되어 있지만 권선징악, 현실성의 결여, 우연구성 등과 같은 고대소설의 특징에서 벗어나지 못한 것도 있다. 「일념홍」처럼 인물은 새로운데 행동양식은 낡은 방식으로 된 것도 있다. 『신단공안』은 시대적 배경, 공간적 배경, 주인공 성격 제시, 끝부분에서의 평가 제시 등과 고대소설의 전형적인 방법을 그대로 이어받고 있다. 제국신문에 실린 소설들은 내용면에서나 구성면에서나 설화 또는 고대소설의 수준을 벗어나지 못하고 말았다. 노드럽 프라이 유의 로망스나 로버트 스콜즈 유의 낭만적 서사에 가깝다.

독립신문 매일신문 등에 실린 논설들 가운데 일부가 서사적 양식을 흡수하고 있는 것은 사실이나 이야기성 이외의 서사적 요소까지 갖추고 있는 것은 많지 않다. 인물이 등장하지 않는 것도 있고 길이가 너무 짧은 것도 있고 묘사가 전혀 되어 있지 않은 것도 있다. 굴곡이나 전환을 동반한 구성을 취한 것도 드물다. 일부 논설이 서사적 양식을 흡수한 의도가 분명한 만큼, 이는 노드럽 프라이 유의 해부나 로버트 스콜즈 유의 계몽적 서사에 넣을 수 있다.

1900년에서 1910년 사이에 단행본의 형태를 지니고 집중적으로 나온 동서양 역사서와 위인전은 일견 서사적 양식의 외연을 넓혀주었을 뿐만 아니라 서사양식의 역능을 확대시켜준 것임은 부정할 수 없지만 허구성이 서사적 양식의 본질이라는 재래의 통념을 떠올리게 만든다. 이들 역사서와 전기는 어디까지나 서사성의 효과를 잘 살린 사와 전일 뿐이지 소설은 될 수 없다는 반론을 만날 수도 있다. 신채호 안국선 이해조 장지연 등이 역사서나 전기의 역술이나 교열에 참여한 것은 소설가로서 한 것이기보다는 계몽주의와 실천주의에 바탕을 둔 지식인으로서 한 것이다. 로버트 스콜즈 유의 역사적 서사양식과 계몽적 서사양식이 겹쳐진 것으로 볼 수 있다. 이들 서사양식은 레너드 데이비스 유의 삼투형(osmotic model)[36]의 적례가 된다.

안국선의 『금수회의록』이 모델이 되고 있는 연설체 서사양식, 이해조의 『자유종』이 대표작이 되고 있는 토론체 서사양식, 「쇼경과 안즘방이 문답」이 본보기가 되고 있는 문답체 양식, 「몽견제갈량」이 좋은 예가 되고 있는 몽유록 등은 개화기소설의 기교의 다양성과 계몽의지의 심화를 일

---

36) Lennard J. Davis, *Factual Fictions*, Columbia Univ. Press, 1983, p. 2.

러주는 것이기는 하지만 이들은 어디까지나 변격이라고 할 수 있다. 이들 작품들은 설명이나 논술은 남겨주고는 있지만 스토리는 보여주지 못하고 있다. 노드럽 프라이 유의 해부와 로버트 스콜즈 유의 계몽적 서사양식이 결합된 것으로 볼 수 있다. 레너드 데이비스 유의 삼투형으로 설명할 수도 있고 합성형(convergent model)으로 설명할 수도 있다.

이인직 이해조 유의 신소설은 대부분이 거대서사라고 할 만한 것이 없다. 거대서사로 나아갈 가능성을 가장 많이 보여주고 있는『은세계』는 작가의 현실인식이나 역사의식이 오도된 때문에 거대서사로 나아가질 못했고『혈의 누』도 친일에 눈이 가려 거대서사로 나아가지 못했다. 이해조는 『빈상설』『구의산』『모란병』 등에서 볼 수 있는 것처럼 가정비극의 차원에서 여성의 수난사를 그리는 데 초점을 맞추고 말았다. 개화기에 가장 많은 작품을 남긴 작가는 이해조인데 그가 바로 대부분의 작품들을 여성수난을 중심 모티프로 한 구성으로 몰아가버린 것이다. 고부갈등 처첩갈등 모자갈등 등이 주된 소재였다. 이 점에서는 최찬식도 김교제도 예외가 아니었다. 물론『자유종』『원앙도』『치악산』『현미경』 등과 같이 개화주의와 보수주의의 갈등을 비교적 크게 다룬 소설이 있기는 하지만 이념소설의 차원으로 끌어올리지 못했고『혈의 누』『은세계』『귀의 성』『자유종』 등과 같이 반상갈등을 다룬 것이 있기는 하지만 필수 모티프로 끌고 가지는 못했다. 프라이 유의 노벨과 로망스가 결합된 것으로, 또 스콜즈 유의 모방적인 서사양식과 낭만적인 서사양식이 어우러진 것으로 볼 수도 있다. 이인직 이해조 유의 소설들도 삼투형으로 설명할 수 있겠으나 역시 진화형(evolutionary model)의 시각에서 보는 것이 타당할 것이다.

고전소설이 발전적으로 계승되면서 계몽의지를 중심으로 한 시대적 요청으로부터 충격을 받아 여러 가지 서사적 양식이 나오게 되었다. 고전소설(현실성 결여)—신문소설 문답체(리얼리즘 획득, 이야기의 실종)—역사·전기서(거대서사 지향, 허구성 결여)—잡지게재소설(단형화)—단행본(이야기성 허구성 획득)과 같은 과정을 생각해볼 수 있다. 의식을 갖추면 형식이 안 따라주고 형식을 갖추면 의식이 달아나버리는 형상으로 볼 수도 있다. 고전소설의 현실성 결여는 직후에 온 신문소설이나 논설이 보여준 문답체에 의해 보충되었다. 신문 논설보다 현실을 더 잘 통찰하고 파악한 것은 없다. 그러나 서사적 구성을 흡수한 논설은 우선 길이가 짧다는 한계를 넘어서지 못하였다. 역사서와 전기는 서사적 논설에서 비유나 상징을 통해 싹이 보였던 허구성을 상실했다. 대신 길이도 늘어나고 리얼리즘 정신에다가 영웅대망론 같은 현실극복의지가 포함되었다. 잡지게재소설에 와서는 허구성은 유지되었으나 길이는 도로 짧아졌다. 잡지 편집자들은 소설을 계몽의 수단으로 여겼기 때문에 소설양식의 발전에는 별 관심이 없었다. 잡지소설이 짧아진 이유의 하나로 지면의 근본적 제약이라는 점이 있기는 하나 논설이라는 글쓰기의 성행이라는 점도 들 수 있다. 논설, 역사서, 전기, 성공한 잡지게재소설 등에서 일구었던 현실 통찰과 반영, 계몽의지 등은 우화소설, 토론체소설, 몽유록계 소설 속으로 숨어버렸다. 한일합방의 분위기가 짙어지면서 현실통찰과 현실반영의지는 이야기하고 싶은 충동 속으로 숨어들게 된다. 서사적 논설, 역사서, 전기, 토론체, 몽유록계 등은 1910년대에 들어서면서 사라져버리고 말았다. 개화기소설에는 처음부터 삼투형의 예가 많을 수밖에 없었다. 삼투형은 소설사의 주역으로 들어오기가 어려운 것임을 우리 개화기소설도 잘 입증해주고 있다. 삼투형은 과도기적인 것이 되기 쉬운 운명을 지니고 있다.

소설의 안에는 이야기가 있고 소설의 밖에는 논설이 있음을 개화기소설은 잘 보여주고 있다. 로망스가 내재적인 것이요 전통적인 것이라면 해부의 양식은 시대적인 것이요 외래적인 것이다. 개화기소설은 소설이 모든 산문양식을 대체하거나 소설이 모든 산문양식의 실험실일 수 있음을 입증해주었다. 문답체나 토론체는 논증이며 신문 잡지에 실린 논설은 설명이다. 그리고 전기와 역사는 서사로 신소설은 서사와 묘사로 볼 수 있기 때문이다.

(대산문화재단, 『현대 한국문학 100년』, 민음사, 1999)

실존주의 수용과 내면화 양상

1. 장기간의 수용, 광범위한 내면화

혼히 무신론적 실존주의의 선구자로 여겨지는 프리드리히 니체(1844~1900)는 우리나라에 1920년대부터 소개되기 시작했다. 『개벽』 창간호인 1920년 6월호에서 김기전은 「역만능주의 급선봉(力萬能主義 急先鋒)」이란 글을 통해 니체의 주저인 『권력에의 의지』의 내용을 요약 소개하였다. 다음 호 『개벽』에 실린 박달성의 「급격히 향상되는 조선청년의 사상계」는 조선청년들에게 실력주의 강력주의 자조주의 자아주의 등의 사상과 태도를 지닐 것을 요구하였는바, 이중 강력주의는 바로 니체의 사상을 가리킨다.[1] 이어 김기전은 2호에서도 니체의 중심사상을 "영원윤회설" "초인주의" "弱卽惡―强卽善"으로 요약한 「신인생의 수립자」라는 글을 발표했

---

1) 『개벽』, 1920. 6, 29쪽.

다.[2] 박달성은 「동서문화사상에 현(現)하는 고금의 사상을 일별하고」(『개벽』, 1921. 1)에서 당시 서양의 주요 사조로 마르크시즘, 톨스토이즘, 실용주의, 크로포트킨(Pyotr Alekseevich Kropotkin)의 무정부주의, 레닌의 공산주의 그리고 니체의 역만능주의를 꼽았다. 『개벽』지의 주요 필자요 사상가인 김기전과 박달성이 니체의 사상을 경쟁적으로 소개했던 것은 당시 전 세계적으로 유행되었고 조선에는 절대적으로 필요했던 개조운동의 강화방안으로 활용하고자 한 때문이었다. 1920년대부터 니체의 사상을 중심으로 한 실존주의를 수용하기 시작하여 1960년대까지 사르트르와 카뮈를 중심으로 계속 활발하게 수용했다는 것은 우리가 그만큼 오랜 시간에 걸쳐 실존 철학과 문학의 영향권에 있었다는 의미가 된다. 최소 50년 동안 그때그때 중심인물은 달라졌지만 계속 실존주의를 수용했다는 계산이 나온다. 이렇게 된 데에는 실존주의의 범주에 드는 니체부터 카뮈에 이르기까지 활동기가 길다는 점이 우선적으로 작용한 때문이었다. 『비극의 탄생』(1872), 『차라투스트라는 이렇게 말했다』(1883~1885), 『도덕의 계보학』(1887), 『권력에의 의지』(1884~1888) 등과 같은 1870~1880년대에 나온 니체의 주요 저작이 이때에 간행된 것을 보면 한국에서의 실존주의의 수용은 그렇게 빠른 편도 아니었다.

　1950년대 후반부에는 실존주의 사상가나 작가를 시어로 활용한 시편들과 실존주의 주요 용어들을 시 속에 살려낸 것을 읽을 수 있게 된다. 실존주의의 주요 용어들은 기본적으로 시어와 잘 구별되지 않는 특질이 있기는 하지만 실존주의의 영향이 분명한 용어는 적지 않게 발견된다. 조병화의 시 「배정된 시간 속에서」는 시적 자아를 시간이라는 감옥으로 이송되어온 것으로 상황을 설정하고 "이 감옥엔 낙서가 많다/―호메로스, 아리스토테레스, ―칸트, 헤겔, 쇼펜하우아, 니이췌, 케르케골, 하이테카, ―슈펭구라, ―토스터에프스키, 릴케, ― 소월, 쟘, 동주, ―K, S―"[3]와 같이

---

2) 『개벽』, 1920. 7, 73~76쪽.

사상가와 시인들을 열거하고 있다. 석용원의 「귀가」의 끝부분은 "'릴케'의 詩集이 나를 유혹한다./아내여, 불을 꺼라!/祈禱가 이불 속으로 쏟아져 온다./나는 허청 허청 일어선다./텅하나 공간, 차가운 壁, 壁, 壁, 壁./나의 肉體는/명일을 향해 크게 투영한다"[4]로 되어 있어 실존주의의 영향권에 드는 것으로 볼 수 있다. 김차영의 「바위의 역사가 생긴다」에서는 "아니 그것은 사랑과 파리세인, 아니/그것은 쇼펜훠어엘의 페시미즘,/아니 그것은 십자가에 못박혀 죽은/삶의 의식"[5]과 같은 부분은 안도섭의 「조감도」의 중간부분에서는 "「鳥瞰圖」의 李箱은 한 古典이 되고/'싸르트르'의 語彙엔 喀血이 심하다./마침내 絶叫의 검은 年代를 넘어/壁, 壁, 壁이 쌓이고——./神話도 奇蹟도 그 꼬리를 잃은/인젠 척박한 荒土!"[6]와 같이 이상을 패러디한 것을 찾아볼 수 있다. 이미 이상은 사르트르 철학에 의해 재조명되고 있다. 사르트르를 시어로 활용한 안도섭은 이번에는 「을지로 입구시론」이란 시에서 카뮈를 들먹거리고 있다. 이 시의 맨 끝부분은 "사랑과 미움/미움과 사랑/이것이 서로 얽히는 입구에/늬는 핸캐춰 흔들며 오고/ '까뮈'의 전락이 딩구는/오오 이 폭동하는 세대여!/검은 너 화장하는 연대여!"[7]로 되어 있다. 사르트르라든가 카뮈와 같은 인명을 시어로 사용함으로써 안도섭의 시는 낯설게 하기의 효과를 극대화하게 된다.

1950~1960년대에 실존주의의 주요 용어를 시어로 사용한 것은 보기에 따라서는 늘어날 수도 줄어들 수도 있다. 실존주의의 주요 용어는 다른 철학용어나 일상어와 겹치는 것이 많기 때문이다. 예컨대 사르트르의 『실존주의는 휴머니즘이다』가 제시한 '지향' '선택' '불안' '자유' '고독' '앙가주망' '절망' '성실성' '주체성' '인간조건' '상황' '휴머니티' 등과 같

---

3)『자유문학』, 1957. 7, 81쪽.

4) 같은 책, 88쪽.

5)『자유문학』, 1957. 12, 177쪽.

6)『자유문학』, 1958. 10, 173쪽.

7)『자유문학』, 1959. 5, 186쪽.

58

은 용어들을 보면 다른 철학용어라든가 일상어와도 잘 구별되지 않는 경향이 있다. 이덕진은 불안 현실 의미 조리 등과 같은 시어를 취한 「부조리(不條理)의 변(辯)」(『문학예술』, 1955. 11)을 써내고 있고 박희진은 「허(虛)」(『문학예술』, 1955. 11)라는 제목의 시를 써 보이고 있다. 김용호는 「청계천변(淸溪川邊)」(『문학예술』, 1956. 3)에서 "문득 나는 인생의 등외품임을 스스로 깨닫고 이 나무다리에서 발을 멈춘다" "하나하나의 알에 절망이란 게 조롱조롱 달려 있다" 등과 같이 실존주의적 발상을 살짝 내보이고 있다. '생명을 연소시키는 오늘의 풍경'이라는 부제가 붙어 있는 이인석의 「네거리에서」(『자유문학』 1956. 7)는 "향락이나 음탕으로 이름하기엔/너무나 뼈저린 구실들이 마련되어 있을 거다/ '오늘의 윤리' / '절망의 세대' / '불안의식' / '자유' '실존'? 그러한 것들이 //대체 그들은 누구인가/ 나는 누구인가/이 풍속도엔/무엇인가 빠진 것이 있다/알고 있었던 것인지도 모르겠다/새로 찾아내야 할 것인지도 모르겠다//무엇인가 잃어버린 사람들이 간다/내일을 잃어버린 사람들이 간다"[8]에서처럼 실존주의 용어들을 다수 내세우고 있다. '절망' '불안' '자유' '윤리' '실존' 등과 같은 낱말들이 포진하고 있는 점에서 이 시는 아예 실존주의 시라고 불러도 무방할 것이다. 조병화의 「유예」(『문학예술』, 1957. 8)도 실존주의에 감응된 흔적을 분명하게 드러내고 있다.

'무엇 때문에 살아왔는가?' / '모릅니다' // '어떻게 연장할 것인가?' / '그저 있어보는 겁니다. 눈섭이 긴 이웃집 노새처럼 그저 있어보는 것입니다' // (……)/ '아닙니다' / (……)/ '그것도 아닙니다' // (……)/ (……)[9]

"그저 있어보는 겁니다"와 같은 시적 화자의 다짐은 오래 지속되었다.

---

8) 『자유문학』, 1956. 7, 197쪽.

9) 『문학예술』, 1957. 8, 127쪽.

조병화는 '존재한다는 것'이라는 부제가 붙어 있는 「VOYAGE」(『자유문학』, 1958. 12)에서 "일체의 배신에 머물어/존재의 절벽//Cogito ergo sum//때로 나는 생각을 한다, 고로/때로 나는 존재를 한다./아멘!"과 같이 존재론적 사고를 시도한 흔적을 남기고 있다. "그저 있어보는 겁니다"는 "나는 존재를 한다"로 바뀌고 있을 뿐이다. 이영순은 40연이나 되는 긴 시 「餓點」(『자유문학』, 1958. 3)에서 실존주의의 주요 개념을 일러주고 있다. "죽은 자의 사상을 죽은 자의 목소리로 아니 죽은 육신의 보다 더 기막힌,/'니힐'한 어떤 더 불행한/육신이 아직도 살아왔다는 독취가 되어//기쁨도 슬픔도 그 아무것도 아닌 그저 저무러가는 '내일'을 위해/이렇게 살았다는 실존의 의미"[10]에서 시어들이 일상어와 실존주의 용어 사이를 배회하고 있는 것이 아니냐는 인상은 '실존의 의미'라는 단어에 의해 깨끗하게 씻겨나간다. 이현우는 「연륜」(『자유문학』, 1959. 8)을 "영원한 회귀의 밤, 그 밑바닥으로"와 같이 니체의 영겁회귀사상을 떠올리게 하는 시행으로 끝맺고 있다. 이렇듯 실존주의에 관련된 인명과 개념어들을 시어로 살린 시들을 더 많이 수집할 수 있다. 이런 자료 이외에 내면화가 더욱 심해진 나머지 실존주의 용어로서의 정체성을 의심받는 것도 찾아볼 수 있다.

2. 실존주의 수용 양상

1930년대에는 철학자 하이데거, 야스퍼스, 소설가 앙드레 지드, 앙드레 말로, 생텍쥐페리 중심으로 실존주의가 수용되었다. 일주생(一舟生)의 「강력의 철학」(『신동아』, 1932. 8), 신남철의 「나치스의 철학자 하이덱겔」(『신동아』, 1934. 11), 이헌구의 「앙드레 지드의 인간상적 방랑」(『신동아』,

---

10) 『자유문학』, 1958. 3, 124쪽.

1934. 11), 김광섭의 「산·덱크쥬베리의 소설 남방비행편 줄거리 소개」, 앙드레 말로의 소설 『정복자』 『인간의 조건』 등을 분석한 최재서의 「현대소설연구 5」(『인문평론』, 1940. 7) 등이 있다. 전원배가 번역한 앙드레 말로의 「문학과 정치」(『사해공론』, 1936. 8), 야스퍼스와 하이데거의 철학사상을 소개한 박종홍의 「현실파악의 길」(『인문평론』, 1939. 12), 박상현이 하이데거의 명저 『존재와 시간』을 해제한 글(『인문평론』, 1940. 1) 등을 찾아볼 수 있다. 앙드레 지드는 광의의 실존주의에 들어가는 작가로, 1930년대와 1940년대에 가장 활발하게 수용되었다. 이원조의 「앙드레 지드의 사상과 작품연구」(조선일보, 1935. 4. 20~25), 유진오의 「지드의 소련여행기」(조선일보, 1937. 2. 10~13), 이영묵의 「지드와 이성」(조선일보, 1937. 3. 4~12), 이원조의 「안드레 지이드 연구」(『삼천리문학』, 1938. 1), 백철의 「나의 지드관」(동아일보, 1938. 2. 5~6) 등이 있다. 실존주의 수용사의 측면에서 볼 때 1920년대가 니체의 시대라면 1930년대와 1940년대는 앙드레 지드의 시대가 된다.

해방 이후 실존주의는 번역 해설 연구 등과 같은 여러 방식으로 활발하게 소개되었다. 1950년대에 실존주의가 적극적으로 수용된 원인의 하나로 전후상황이 제시되는 것은 이제 상식이나 다름없다. 실존주의 작가의 작품을 번역한 것들 중 중요한 것을 추리면 다음과 같다.

사르트르의 「벽」(전창식 역, 『신천지』, 1948. 10), 알베르 카뮈의 「페스트」(양병식 역, 『사상』, 1952. 10~11), 알베르 카뮈의 「작가와 진실됨」(송욱 역, 『사상계』, 1953. 7), 칼 야스퍼스의 「니이체와 현대」(박경화 역, 『사상계』, 1953. 12), 사르트르의 「실존주의는 휴매니즘이다」(임갑 역, 『사상계』, 1954. 11), 알베르 카뮈의 「자유인의 변」(이진구 역, 『사상계』, 1955. 1), 「시지프스의 신화」(『사상계』, 1955. 1), 알베르 카뮈의 「지식인은 공산주의에 반항하라」(『새벽』, 1957. 3), 사르트르의 「『이방인』 비판」(『사상계』, 1958. 2), 알베르 카뮈의 「예술가와 그 시대」(허문강 역, 『현대문학』, 1958. 6~7), 칼 야스퍼스의 「대학의 이념」(김윤수 역, 『사조』, 1958. 12), 키에르케고르의「죽음에 이르는 병」(『사상계』, 1959. 6) 등이 있다. 잡지에 실린 실존주의 작가의 작품으로는 카뮈의 것이 압도적으로 많다. 실존주의 저작에 대한 번역 면에서는 1950년대는 가히 카뮈의 시대라고 할 수 있다.

실존주의 작가나 철학자를 대상으로 한 논의를 번역한 것들 가운데서는 다음과 같은 것을 주목해야 한다. 로테르 캠프의「싸르트르 희곡「더러운 손」에 관하여」(『민성』, 1948. 12), 로버트 람펜의「싸르트르의 실존주의」(양병식 역, 『신사조』, 1950. 5), 와데프로의「키엘케고르와 카프카」(김붕구 역, 『사상계』, 1955. 11), 알베레스의「반항의 문학」(박이문 역, 『문학예술』, 1956. 7), 이리스 머독의「싸르트르의 언어관」(유종호 역, 『문학예술』, 1956. 8), P. H. 시몽의「실존주의와 휴매니즘」(정명환 역, 『지성』, 1958. 6), 찰스 올로의「알베르 까뮈 : 선량한 인간」(『신태양』, 1958. 8)「까뮈의 작품과 사상」(소두영 역, 『사조』, 1958. 9), 칼 뢰비트의「세계와 세계사」(조가경 역, 『사조』, 1958. 11), 콜린즈의「실존철학과 과학」(조가경 역, 『사조』, 1959. 5~6), 볼노흐의「실존주의의 극복」(조가경 역, 『세계』, 1959. 9) 등. 역자로는, 양병식 김붕구 박이문 유종호 김수영 이휘영 정명환 조가경 등의 면면에서 볼 수 있는 바와 같이 프랑스문학 전공학자가 주류를 이루고 있다.

해방 이후에 국내 철학자나 문인이 쓴 실존주의론은 1950년대에 들어서면서 급증하고 있으며 대상인물도 실존주의 철학자와 문인 전체로 확산되고 있다. 그리고 실존주의의 중심으로 연결된 개념들도 로고스 부조리 휴머니즘 불안 현실 앙가주망 등과 같이 다양해지고 있다.

이헌구의「불란서 문단풍경」(『백민』, 1947. 11), 「문학과 자유」(『현대공론』, 1954. 3), 김동석의「실존주의 비판」(『신천지』, 1948. 10), 양병식의「싸르트르의 사상과 그의 작품」(『신천지』, 1948. 10), 「까뮤의 사상과 작품」(『신천지』, 1952. 3), 「싸르트르의 철학과 문학」(『신천지』, 1953. 4), 박인환의「싸르트르의 실존주의」(『신천지』, 1948. 10), 이종후의「현대 실존철학에 있어서의 세계관적 고민」(『민심』, 1949. 12), 「현대불란서 실존주의 작가들의 문학과 철학」(『신천지』, 1952. 3), 김기림의 「소설의 파격―
까뮈의 『페스트』에 대하여」(『문학』, 1950. 5), 김기석의 「실존철학 서론」
(『사상』, 1952. 10), 박상현의 「실존과 철학」(『사상』, 1952. 10), 고범서의
「실존의 윤리」(『사상계』, 1953. 12), 「실존철학의 윤리성」(『사상계』, 1956.
1), 박종홍의 「싸르트르의 철학사상」(『문리대학보』, 1954. 1), 「로고스와
창조―하이데가의 시사상 중심」(『지성』, 1958. 6), 손우성의 『싸르트르의
문학」(『문리대학보』, 1954. 1), 「현대사상 고찰 : 현대불안의 해부」(『사상
계』, 1955. 4), 조연현의 「실존주의 해의」(『문예』, 1954. 3), 안병욱의 「현
대사상고찰 : 실존주의의 계보」(『사상계』, 1955. 4), 이환의 「실존주의 문
학의 철학적 기반」(『문학예술』, 1956. 1), 김붕구의 「사상과 생애 : 앙드레
말로」(『사상계』, 1956. 6), 이교창의 「인간존재의 탐구 : 싸르트르의 『구
토』론」(『문학예술』, 1956. 12), 「실존주의 문학의 내용과 형식」(『문학예
술』, 1957. 4), 이철범의 「실존주의와 휴매니즘의 관계」(『문학예술』, 1957.
12), 정종의 「철학과 시―하이덱거의 시 사상 중심」(『현대문학』, 1958. 4
～5), 조가경의 「실존주의」(『현대』, 1958. 4), 정태용의 「실존주의와 불안」
(『현대문학』, 1958. 9), 「실존과 현실」(『새벽』, 1959. 12), 원형갑의 「앙가
쥬망과 신비적 체험」(『현대문학』, 1959. 2), 「실존과 문학의 형이상학」
(『현대문학』, 1959. 8～12), 이어령의 「실존주의 문학의 길」(『자유공론』,
1959. 3). 이처럼 실존주의 문학은 주로 이헌구 양병식 손우성 이휘영 김
붕구 이환 등과 같은 불문학자와, 박인환 김기림 조연현 이철범 원형갑 정
태용 이어령 등과 같은 평론가들이 소개하였다. 실존주의 철학의 소개는
이종후 박상현 박종홍 고범서 김기석 조가경 정종 등이 주도한 것으로 나
타나고 있다.

　　실존주의 수용론은 사르트르[11]를 소개하는 데 역점을 둔 것, 카뮈를 소

---

11) 사르트르는 다음과 같은 주요 저작을 남겼다. 『구토』(1938), 『벽』(1939), 『존재와 무』(1943),
　『파리떼』(1943), 『자유에의 길』(1945～1949), 『실존주의는 휴머니즘이다』(1946), 『상황』(1947
　～1949), 『보들레르』(1947) 등.

개하는 데 초점을 맞춘 것, 하이데거 야스퍼스 케에르케고르 니체 등을 소개하는 데 중점을 둔 것 등으로 나누어볼 수 있다. 사르트르론 중 중요한 것을 추려 그 요지를 밝혀보기로 한다.

이휘영은 「현대불란서문학」(『자유문학』, 1956. 7)에서 20세기 후반에 들어선 불란서문학은 인본주의적 인간의 이마주를 찾아보게 한다고 하면서, 인본주의적 인간관은 꼭 키에르케고르 야스퍼스 하이데거 등의 영향은 아니라고 하였다. 2차대전을 통해서 카뮈와 사르트르가 있게 된 것이라고 전제하면서 "인간이 할 수 있는 것은 행동뿐" "인간은 체험에 의하여 자기 자신을 만들어가는 것"이라는 사르트르 특유의 명제를 설명하고 있다. 이교창은 '싸르트르의 『구토』론'이라는 부제가 붙어 있는 「인간존재의 탐구」에서 사르트르의 『구토』를 집중분석했다. 이 과정에서 '인간존재'라는 말이 여러 번 나오고 있다. 이 글은 '구토'의 잠재적 태동, '구토'의 발현, '구토'와의 대결, '구토'의 극복 등의 내용으로 구성되어 있다. 인간존재를 어거스틴이 '휴식 없는 상태'에서, 키에르케고르가 '불안'에서, 하이데거가 '배려'에서 찾았듯이 사르트르는 '구토'에서 찾았다는 흥미 있는 대비를 꾀하였다. 이영일은 「현대시의 사상성」(『자유문학』, 1957. 6)에서 사르트르가 시양식을 부정한 이유를 밝히는 데 힘썼다. '싸르트르의 경우'라는 부제가 붙어 있는 이철범의 「실존주의와 휴매니즘의 관계」(『문학예술』, 1957. 12)에서 실존주의의 다의성과 모호성 그리고 실존주의에 대한 오해는 사르트르의 실존주의에 기인하는 것이라는 흥미 있는 견해를 피력하였다. "존재는 본질에 선행한다" "주관에 서서 시작해야 한다" "인간은 자신을 만드는 것 이외에 아무것도 아니다" 등과 같은 명제[12]

---

12) 이 이외에 『실존주의는 휴머니즘이다』에는 "17세기 철학에서는 인간이 신이다" "인간은 타인을 선택함으로써 자신을 선택한다" "불안은 무위를 낳지 않는다" "감정은 우리의 행동에서 생긴다" "보편적인 모랄은 있을 수 없다" "실존주의는 정적주의와 반대이다" "실존주의는 낙관론이다" "실존주의는 유물론이다" "선택은 무상이 아니다" "실존주의는 역사를 부정한다" 등과 같은 명제들이 들어 있다.

를 중심으로 하는 명저『실존주의는 휴머니즘이다』를 설명하는 데 힘쓰고 있다. 이 과정에서 '주관성' '선택' '자유' '기도' 등과 같은 중심용어가 자연스럽게 풀이되고 있다. '사르트르=하이데거+니콜라이 하르트만' 과 같은 도식을 만들어낸 것도 주목할 만하다.

신동한의「휴매니즘과 작가정신」(『자유문학』, 1959. 3)은 휴머니즘을 윤리성, 저항정신, 새로운 인간형의 창조 등 세 가지 시각에서 살펴본 것으로 이 과정에서 사르트르의 앙가주망론과 휴머니즘론 그리고 존재선행론 등을 입론으로 삼았다. 그러나 신동한은 실존주의가 마르크시즘과 마찬가지로 휴머니즘을 곧바로 대행할 수 있다고 본 것은 아니었다. 이어령의 「사회참가의 문학」(『새벽』, 1960. 5)은 사르트르의 실존주의가 '참가' 의 뜻을 제공했음을 인정하는 데서 출발한다. 사르트르의 현실참여는 정치참여를 원칙으로 하면서도 정치에 결코 예속되지 않는 속성을 지닌다고 밝히기도 하였다. 이철범은「문학과 현실의 단면」과 「앙가쥬망의 문학적 용어」(『자유문학』, 1960. 9)에서 사르트르의 앙가주망 문학을 설명하는 데 치중하였다. 이철범이 "실존적 투쟁이 곧 앙가쥬망"이라고 한 것은 사르트르의 경우 앙가주망이 실존주의의 핵심이라고 주장한 것과 마찬가지이다.

'문학의 건설을 위하여' 라는 부제가 붙어 있는 원형갑의 「현대미학의 과제 7」(『현대문학』, 1960. 11)는 실존주의 비판론자로 이름난 앙리 르페브르의 말을 인용하여 사르트르의 앙가주망 문학론을 재해석하였다. 원형갑의 개성은 문학예술의 자립성을 부정한 점에서, 또 앙가주망 문학과 사회주의리얼리즘이 공통된다고 주장한 데서 찾을 수 있다. 원형갑은 참여문학의 종횡을 두루 살폈음에도 참여문학의 귀착점은 사회주의리얼리즘이라고 단정하게 된다. 사르트르는 존재 무 행위 선택 자유를 말했지만 유물론자이며 마르크스주의자임은 부정할 수 없다는 것이다. 『실존주의는 휴머니즘이다』에서 '실존주의=유물론' 이라는 색다른 주장을 펼치고 있다. "노동의 소재야말로 맑시즘과 사르트르의 앙가주망이 연결되는 결정적 접속체에 다름아니다"(83쪽)는 구절도 음미해볼 필요가 있다. 이 글은 사르트르 사상의 온상을 하이데거의 사상에서 찾을 수 있음을 비중 있게 논하고 있다. 원형갑은 「소설의 제문제」(『현대문학』, 1963. 9)에서 문학에 있어서 현실이란 무엇인가 하고 문제제기하면서 사르트르의 앙가주망 문학론, 카뮈의 『페스트』, 사르트르의 『파리떼』, 말로의 『정복자』와 『인간의 조건』 등을 통해서 '현실' 개념을 파악하였다. 그리고 사르트르의 상상력 이론과 무화이론(無化理論)을 소개하기도 하였다. 천이두는 「피해자의 미학과 이방인의 미학」(『현대문학』, 1963. 10~11)에서 우선 현대소설을 프루스트, 포크너, 지드 등의 자의식파와 말로, 사르트르, 카뮈 등으로 이어지는 부조리파로 대별하면서 카뮈와 사르트르의 부조리철학을 집중적으로 조명하였다. 천이두의 관심은 이호철의 「닳아지는 살들」과 서정인의 「후송」을 재해석하는 데 있었다. 이 관심을 해소하기 위해 이 두 작품 이외에 사르트르의 「벽」과 카뮈의 『이방인』을 활용하였다.

알베르 카뮈[13]를 소개하는 데 중점을 둔 글로는 다음과 같은 것들이 있다.

손우성은 '까뮤의 사상적 출발'을 부제로 한 「부조리인간」(『자유문학』, 1958. 1)에서 『이방인』 『페스트』 『시지프의 신화』 등의 소설과 에세이를 통하여 부조리 인간, 반항, 자유, 신 등의 개념을 설명하였다. 박광선은 「까뮤의 작품세계」(『자유문학』, 1958. 1)에서 부조리 반항 휴머니즘 등의 개념을 중심으로 하여 사르트르와 대비하여 카뮈의 사상적 특질을 밝혀내는 방법을 취했다. 박광선은 『시지프의 신화』 『결혼』 『칼리굴라』 『페스트』 『전락』 『이방인』 등과 같은 작품들을 두루 검토하였다. '카뮈를 중심으로 한 비판'이라는 부제가 붙어 있는 김붕구의 「휴머니즘의 재건」(『자유문학』, 1958. 2)은 지드, 카뮈, 말로, 사르트르를 종합하려는 욕심에서 이루어진 것으로 지드 말로 카뮈의 공통점을 '행복의 종교'로, 말로 사르트르 카뮈의 공통점을 '허망'과 '자살'로 묶었다. 카뮈와 사르트르는 그

---

13) 알베르 카뮈의 주요 저작으로는 『표리』(1937), 『이방인』(1942), 『시지프의 신화』(1943), 『전락』(1945), 『혼례』(1947) 『페스트』(1947), 『정의의 사람들』(1950), 『반항적 인간』(1951) 등이 있다.

만큼 폭넓은 사상을 지녔다는 공통점을 보인다. 『시지프의 신화』에 나타나고 있는 바와 같이 카뮈는 키에르케고르, 니체, 후설, 하이데거, 야스퍼스 등과 함께 부정의 정신에서 출발하여 존재우선론, 무서운 자유, 삶의 무의미, 부조리, 허망감 등을 드러내었다. 카뮈 사상의 키워드는 허망 의식 반항 자살 행복 부정 등으로 정리된다. 이철범은 「역사적 체험과 비평 정신」(『자유문학』, 1958. 4)에서 『시지프의 신화』 『반항적 인간』 등과 같은 에세이를 집중 검토했다. 이 글을 통해서 카뮈의 실존주의론의 골자를 추려낼 수 있을 뿐만 아니라 실존주의의 외연을 짐작할 수 있게 된다. 이철범은 앞의 박광선과 마찬가지로 사르트르와 대비하는 방법을 썼다. 사르트르의 명제 "나는 행동한다 고로 존재한다"와 카뮈의 명제 "나는 반항한다 고로 존재한다"를 중점적으로 검토하여 양자의 차이점을 밝혀내면서 '카뮈적인 것'을 구체화하기도 하였다. 두 사람의 차이점과 공통점은 사실상 실존주의의 외연과 내포를 보여준다. 장백일은 '까뮈를 위한 노으트'라는 부제가 붙은 「반항적 인간의 자유」(『자유문학』, 1958. 8)에서 알베레스의 「현대작가의 반역」을 인용하여 알제리아 시기, 철학적 시기, 윤리적 시기 등으로 3분하는 가운데 부조리의 개념을 깊게 파헤치고 있다. 손우성은 「까뮤와 인간존엄」(『자유문학』, 1960. 3)에서 사르트르와 여러 각도에서 비교하는 가운데 카뮈의 사상을 부조리의 극복, 거부정신에서 출발한 긍정모색, 반공사상, 반혁명주의, 권력에의 반항, 절대 비판, 관념 비판 등으로 요약했다. 손우성은 카뮈를 본질적으로 이해한 보기 드문 학자의 한 사람이다. 조홍식은 「까뮤의 모랄」(『현대문학』, 1960. 3)에서 윤리의식을 중심으로 한 카뮈의 사상을 다음과 같이 요약했다.

체험을 통해 부조리를 의식하고, 인간과 세계, 인간성과 비인성, 선과 악, 정의와 부정의의 대립관계가 부조리라고 정의한 까뮤는 인생에게 절대적인 의의를 부여함으로써 신에 대한, 세계에 대한, 비인간성에 대한, 악에 대한, 불의에 대한 반항을 통하여 인생에게 의미와 가치를 부여하였다.[14]

정종은 「부조리의 철학」(『현대문학』, 1961. 5)에서 카뮈의 『시지프의 신화』『이방인』 등을 집중적으로 분석하여 부조리, 삶의 의미, 자살철학, 무의식적 반항 등의 개념을 잘 설명해내었다. 이처럼 카뮈에 대한 제대로 된 이해는 1950년대 말에 가서야 나타나기 시작했다.

이밖에 키에르케고르, 니체, 하이데거, 야스퍼스 등과 같은 철학자의 중심사상을 소개하는 데 치중한 것으로 다음과 같은 글들이 중요한 것으로 기록된다. 김은우는 「키엘케골와 나」(『자유문학』, 1958. 1)에서 키에르케고르를 전공한 끝에 그를 사상의 은인으로 삼기까지의 과정을 소개하였다. 고석규의 「시인의 도설」(『문학예술』, 1957. 7)은 1930년대 이상의 작품을 키에르케고르의 이로니 개념에 연결시켜 분석하였다. 이봉래는 '작가를 중심으로 한 시론'이란 부제가 붙어 있는 「신세대론」(『문학예술』, 1956. 4)에서 1950년대의 신세대작가로 장용학 손창섭 김성한 오상원 전광용 등을 열거하고 그들의 주요작을 니체의 중심개념인 현실 부정, 공포, 광기, 허무 등을 끌어들여 해석하였다. 유종호는 '상반기의 시단'이라는 부제가 붙어 있는 「불모의 도식」(『문학예술』, 1957. 7)에서 "성숙이란 어릴 적의 순진을 다시 찾는 것에 지나지 않는다"는 니체의 잠언을 이용하여 신경림의 신작시를 분석하였다. 원형갑은 「해석적 비평의 길」(『현대문학』, 1960. 5)에서 무상성 무목적성 무관심성과 같은 부정의 정신에서 시작한 문학의 지향성을 하이데거의 철학을 빌려서 무화로 불렀다. 원형갑은 하이데거의 '존재의 빛' '존재의 밝음' 등의 개념을 받아 "문학을 해석하는 것은 이러한 무의 문화, '불안의 무'가 '해 밝아오는 밤'을 체험하는 것'이라고 결론지었다. 김문직은 「에리야의 몰락과 부활」(『자유문학』, 1963. 2)에서 키에르케고르의 시론을 소개하였다. 고석규 이봉래 원형갑 유종호 김문직 등과 같은 문인들의 실존주의 철학자론은 문학론으로 귀

---

14) 『현대문학』, 1960. 3, 285쪽.

납되는 경향을 보인다.

여러 실존주의 문인들의 특질을 논한 글로는 다음과 같은 것들이 있다.

손우성은 「문학의 현대적 증상」(『문학예술』, 1955. 9)에서 현대가 단적으로 실존주의 시대라고 불리고 있고 실존주의가 20세기 초부터 세인의 주목을 끌기는 했지만 과연 실존철학이 현대사상을 지배하고 있는가는 의문이라고 하였다. 사르트르, 카뮈, 시몬느 드 보부아르를 중점적으로 논한 후 실존주의 문학의 전반적 의의를 "실존주의는 부조리의 절망에서 다시 자아의 주관을 찾아서 실존세계를 구조하여 나가며 다시 한번 인간 중심의 위에 우주를 두고 세상 속의 자아의 지위와 의의를 밝혀나가고 있다"고 긍정적으로 밝혀놓았다.[15] 이환은 「실존주의 문학의 철학적 기반」(『문학예술』, 1956. 1)에서 쇼펜하우어, 니체, 야스퍼스, 하이데거, 키에르케고르, 후설 등의 철학자의 사상을 상호 연결짓는 가운데 그 공통점의 하나로 '실존의 비극성'을 제시했다. 철학이 발견한 실존의 비극성을 문학적인 파토스에 실어 철학이 결국 색다른 방향으로 나아가게 되었다는 진술은 실존주의 철학과 실존주의 문학의 혼용이 그 어떤 것보다 컸던 것임을 잘 일러준다. "쇼펜하우어의 비관적인 관념론이 그러하였고 니체의 모험, 키에르케고르의 파토스, 하이데거의 불안 등 철학은 관념의 조화를 읊은 고전적 통일에서 경험과 심정의 카오스와 장식 잃은 결열의 틈 사이로 떨어진 것"[16] "문학은 가장 심오한 의미에 있어서의 실존의 번역이어야 할 것"[17] "까뮈의 이방인, 말르로의 절망의 행동주의, 사르트르의 실존의식—이 모든 현대의 상징들은 우주와 인간을 감도는 망막한 카오스를 헤치어 일순 소름끼치는 명석에 도달한 의식의 파노라마인 것이다"[18] 등과 같은 득의에 찬 주장은 실존주의의 경우, 철학의 문학화라든가 사상의 정

---

15) 『문학예술』, 1955. 9, 88쪽.

16) 『문학예술』, 1956. 1, 152쪽.

17) 같은 책, 153쪽.

18) 같은 책, 155쪽.

서화가 모범적으로 이루어진 것임을 뒷받침해준다. 이환은 '지성과 심정'이라는 부제가 붙어 있는 「휴마니즘과 실존주의」(『문학예술』, 1956. 7)에서 사르트르, 하이데거, 키에르케고르, 후설, 카뮈 등의 이론을 종횡으로 얽어 '실존'이라는 개념을 파악하기 위해 애를 썼다. 이환은 부조리란 개념에 매달리는 다른 논자들의 태도를 받아들이면서도 '실존'을 '의식'과 연결시키는 방법을 썼다. "키엘케골이 실존의 모순과 비참을 느꼈을 때 그의 심장의 그늘에는 이 의식이 노려보고 있었던 것이다. 하이덱가로 하여금 죽음과 불안을 느끼게 한 것도 이 의식이며 구토 속에 파도친 사르트르를 지배한 것도 이 의식이다. 훗싸―르의 철학은 바로 이 의식에서 비롯되어 이 의식으로 끝난 것이라는 것은 다시 췌언할 필요조차 없을 것이다."[19] 이 '의식'은 비록 뜻이 광범위하고 모호한 데가 있기는 하지만 한국의 한 불문학자가 실존주의 문학과 철학을 주체적으로 해석해낸 결실이기도 하다. 이환은 특히 사르트르와 카뮈의 실존론에 침잠하여 자기 나름대로의 화려한 표현을 얻어 독자들을 실존주의로 안내한다. 이환은 갈래도 복잡하고 내용도 다단한 실존주의를 명쾌하게 정리하였고 난해하기 짝이 없는 후설의 현상학을 '의식'이라는 개념으로 압축시킨 것이다. 이교창의 「실존주의 문학의 내용과 형식」(『문학예술』, 1957. 4)도 앞의 이환의 글과 마찬가지로 '백철 추천'의 형식을 밟고 있다. 그만큼 백철은 실존주의 문학론 자체를 긍정적으로 파악했다. 이교창은 사르트르의 『구토』, 카뮈의 『이방인』, 카프카의 『변신』 등을 중심으로 실존주의의 외연을 그려 보였다. 그리고는 "구토는 인간존재의 절대적 근거를 존재의식의 뉴앙스로서 포착하려고 한 작품이라고 할 수 있다" "까뮤의 이방인은 인간의 행위의 절대적 근원을 발굴하려고 한 작품이다" "카프카의 변신은 인간의 잠재의식을 해부해가는 데 좀더 면밀하고 생생하다" 등과 같이 변별력 있게 대비하였다.[20]

---

19) 『문학예술』, 1956. 7, 196쪽.

　백철은 「현대소설의 과정」(『자유문학』, 1957. 8)에서 실존주의 소설이 2차대전 후에 클로즈업된 것으로 인정하면서 실존주의 철학의 유래를 알기 쉽게 제시하고 난 다음 카프카, 사르트르, 카뮈 문학의 공통점을 '영원성과 근원성의 추구'에 두었다. 그후 백철은 「현대문학사의 붕괴」(『신사조』, 1962. 5)에서 2차대전 이후의 주요 문학사조로 실존주의, 앵그리 영맨, 프랑스의 앙티로망(anti-roman) 등을 들어 실존주의의 주류적 성격을 인정하였다. 그는 실존주의의 중심을 『이방인』과 『벽』에서 찾았다. '최근의 불란서 문학의 동향과 신리아리즘'이라는 부제를 단 양병식의 「작가의 책임의식」(『자유문학』, 1957. 9)은 지드와 사르트르를 집중적으로 소개하고 있고 '현대불문학을 중심으로 한 소고'라는 부제가 붙어 있는 홍순민의 「세계문학과 행동성」(『자유문학』, 1957. 10~11)은 카뮈의 『칼리굴라』와 사르트르의 「오레스트」 그리고 말로의 『정복자』를 '행동성'이라는 공통점으로 묶었다. 그리고 각 작품에서 행동성이 구체적으로 어떠한 개념과 만나는가를 살펴본 끝에 절망 반항 풍자 모험 등의 개념을 제시하였다. 『자유문학』 1958년 1월호 좌담회의 참석자는 이헌구 최재서 박종홍 손우성 김광섭 김용호 등으로 되어 있는데, 제목은 「문학과 정치」이지만 실제 내용은 실존주의 문학과 철학의 관련성, 유신론적 실존주의와 무신론적 실존주의 등이 중심을 이루고 있다. 이 자리에서 불문학자 손우성이 프랑스 실존주의 문학에, 박종홍이 하이데거와 야스퍼스 중심의 실존철학에 정통함을 잘 드러내 보이고 있다. 손우성은 실존사상은 부조리 속에서 조리를 찾고 있는 것이라는 요지로 실존주의 작가들을 옹호하고 있고 박종홍은 하이데거의 사상이 자연무위사상을 펼친 점에서 노장사상과 비슷하며 하이데거 철학론이 창작에 근접하는 경향을 보인다고 파악하였다. 이러한 파악은 철학과 문학이 자유롭게 왕래한 통로를 보여주었을 뿐만 아니라 이제는 실존주의 사상을 능동적으로 해석할 수 있게 되었음을 입증

---

20) 『문학예술』, 1957. 4, 137~140쪽.

해준다. 이철범의 「역사적 체험과 비평정신」(『자유문학』, 1958. 5)은 말로의 '자유에의 행동', 하이데거의 '세계 내 존재', 키에르케고르의 '3단계 실존론' 등을 집중적으로 규명하고 있다. '오늘의 불문학 동향'이라는 부제가 붙어 있는 조홍식의 「역사적 현실의 자각」(『자유문학』, 1959. 1)은 사르트르와 시몬느 드 보부아르 문학을 중심으로 하여 한계상황 저항 부조리 참여 불안 등과 같은 실존주의 문학의 특징을 평이하게 풀어놓았다. 박정훈은 '도의교육으로 본 몇 가지 문제'라는 부제가 붙어 있는 「문학과 경험」(『자유문학』, 1959. 6)에서 키에르케고르, 니체, 하이데거, 사르트르 등의 사상을 자신의 윤리주의적 관점을 강변하기 위한 자료로 활용했다. 윤리주의적 관점에 서 있는 만큼 실존주의가 부정되는 것은 당연하다. 현대교육 사상의 근본적 특징인 "무질서와 혼란을 가장 잘 표현한 것은 실존주의" "실존주의는 퇴폐주의나 허무주의, 향락주의와 결합될 가능성을 다분히 가지고 있는 것"[21]이라는 식으로 비판하였다. 신동한은 「현대의 문학적 진단」(『자유문학』, 1959. 11)에서 불안의식이 서구 직수입의 상표가 떨어지지 않은 채 그대로 유행되고 있는 말이라고 서두를 떼면서 불안이란 개념에 대한 키에르케고르, 하이데거, 사르트르의 이론을 소개하였다. 이 글에서도 신동한 특유의 시니시즘이 나타나고 있다. 그는 하이데거의 주요 개념들이 명칭만을 대체한 행위라고 거침없이 비판하였다.

강태정은 「절망의 사상과 신의 문제」(『현대문학』, 1960. 6)에서는 '죽음에 이르는 병'이란 개념을 중심으로 한 키에르케고르의 사상을, '권력에의 의지'를 중심으로 한 니체의 사상을, '기초적 존재론'이나 '실존해명'을 중심으로 한 야스퍼스와 하이데거의 사상을 명쾌하게 풀이하였다. 천승준은 「현대적 작가형」(『현대문학』, 1960. 9)에서 순수문학과 참여문학에 대해 양비론을 견지하는 가운데 지드, 사르트르, 카뮈 등의 작품을 비교함으로써 실존주의의 주요용어인 참여 성실성 반항 정의 등에 객관적

---

21) 『자유문학』, 1959. 6, 248~249쪽.

으로 다가갈 수 있었다. 천승준은 실존주의 문학과 사르트르에 대한 비판의 실례를 소개하면서 그런 냉소와 비난은 상식 이하의 것이라고 비판하였다. 이철범은 「시인론」(『현대문학』, 1960. 10)에서 하이데거와 야스퍼스의 실존주의사상 비교, 하이데거의 시론 소개를 꾀하였다. 정명환은 「반소설의 작가들」(『사상계』, 1961. 3)에서 로브 그리예, 미셸 뷔토르 등의 앙티로망과 실존주의 소설의 동질성과 차이점을 밝혀냄으로써 저절로 실존주의 소설의 특징을 제시하는 결과를 보였다. 이철범은 「작가 · 고뇌 · 신화」(『자유문학』, 1962. 3)에서 역사적 실존, 죽음에의 개인적 도전, 실존의 빛, 존재 개시, 생의 심연 등의 용어들을 자유자재로 구사하면서 역사와 사회 속에서의 작가의 역할이란 문제에 대한 답을 구했다. 손우성은 「실존사상의 한 맹점」(『자유문학』, 1962. 6)에서, 실존사상이 추상성의 배격을 들고 나왔으나 다시 신, 존재, 무 등의 문제를 탐구하면서 스스로도 추상성이라는 비판을 면하기가 어려워졌다고 주장하였다. 이 과정에서 손우성은 사르트르와 카뮈의 사상을 집중적으로 살펴보았다. 그리고 키에르케고르의 사상의 형성과정과 핵심을 소개하였다. 정종은 「철학과 문학」(『현대문학』, 1965. 6)에서 실존주의의 유래와 계보를 정리해서 보여주었다. 그는 구체적인 논거를 제시해가면서 괴테 – 딜타이 – 베르그송, 막스 쉐러, 짐멜 – 니체, 쇼펜하우어, 키에르케고르 – 하이데거 등에 이르는 과정을 제시한다. 실존주의의 원형이 딜타이, 베르그송, 짐멜 등의 '생철학'에 있음을 밝혀놓은 것은 주목해야 할 부분이다. 이어 정종은 니체의 '생의 잉여론', 카뮈의 『이방인』의 주인공 뫼르소의 삶의 방식, 키에르케고르와 쇼펜하우어의 생철학 등을 살펴보았다.

이외 앙드레 말로를 다룬 곽종원의 「작가의 행동성에 대하여」(『문학예술』, 1956. 3), 이어령의 「현대작가의 책임」(『자유문학』, 1958. 4), 이진구가 번역한 앙드레 루소의 「앙드레 마를로의 휴매니즘」(『자유문학』, 1958. 5), 오상원의 「앙드레 말로와 행동주의문학」(『문예』, 1960. 6) 등도 실존주의 수용 양상론의 좋은 자료가 된다.

3. 실존주의 수용태도 비판론

실존주의를 다룬 1950, 60년대의 글 가운데는 한국의 철학자와 문인들이 자신들을 포함하여 한국인들이 실존주의를 잘못 받아들이고 있다고 비판한 것들이 적지 않다.

곽종원은 「외국문학수입에 대한 관견」(『문학예술』, 1955. 9)에서 오늘날 우리나라의 번역문학이 카뮈, 사르트르, 게오르규 중심으로 이루어지고 있으나 그전 시대의 세계 명작가에 대한 소개가 없는 것이 유감이라고 하였다. 실존주의 문학을 수용하는 쪽으로 쏠린다는 의미가 된다. 백철은 '민족문학을 넓히자' 라는 부제가 붙어 있는 「농민문학을 제안」(『자유문학』, 1956. 7)에서 우리 문학이 농민문학으로만 갈 수 없는 이유를 드는 가운데 모더니즘 시운동이나 "전후에 일시 세계문단을 풍미한 실존주의 문학"이 세계성 도시성을 배경으로 한 것임을 지적했다. 실존주의 유행이 남긴 폐해의 하나를 농민문학 발전 저해에서 찾을 수 있다는 것이다. 이교창은 '싸르트르의 『구토』론' 이라는 부제가 붙어 있는 「인간존재의 탐구」(『문학예술』, 1956. 12)에서 실존주의의 유행은 우리나라 사람이 유행을 좋아하는 존재임을 잘 보여준다, 유행사조는 생명이 짧다, 실존주의에 대해서는 오해가 많다 등과 같은 세간의 비판적 지적을 소개하는 것으로 시작하였다. 이교창의 날카로움은 우리 문단에서 실존주의를 향해 제시한 평가의 내용을 네 가지로 요약한 데서 찾을 수 있다. 난해하다, 분명치 못하다, 인간에 대한 신뢰를 잃어버린 불안과 절망의 문학이다, 도덕과 윤리에 배반된다 등의 평이 그것이다.[22] 물론 이러한 평은 실존주의에 대해 어느 정도의 이해가 없이는 나올 수가 없다. 그러나 이교창은 실존주의 수용

---

22) 『문학예술』, 1956. 12, 174쪽.

74

태도를 부정적으로만 본 것은 아니다. 그는 결론에 가서 실존주의가 체계가 없다든가 일면을 강조한다든가 하는 문제점이 있기는 하지만 인간존재의 탐구에 적지 않은 기여를 한 것임은 부정할 수 없다고 강변하였다. '싸르뜨르의 경우'라는 부제가 붙어 있는 「실존주의와 휴매니즘의 관계」(『문학예술』, 1957. 12)에서 이철범은 실존주의를 두고, 근자에 우리를 가장 괴롭힌 사상, 비평가 이해가 없는 채 신경질적으로 떠들어대다 지금은 꼬리를 감춘 것, 벌써 한물 지난 사상 등과 같이 비판하였다. 그러나 곧바로 이철범은 실존주의에 대한 정당한 인식을 유도하고 있다. 실존주의는 철학으로 출발한 것이기는 하나 문학과 어우러지면서 대중성을 획득하게 되었다고 한 것이 그 한 가지다. 실존주의가 그 중요성에도 불구하고 현대라든가 문화라든가 민주주의 등과 같은 낱말들처럼 본래의 의미를 상실하게 되었고 그 이유로 유파가 너무 많은 점, 존재구조학의 기본개념들이 허무 불안 공포 등과 같이 저널리즘을 타고 일시에 유행이 되어버린 점, 이런 용어에 대한 학적인 탐구가 없는 점 등을 들었다.[23] 「작가에의 요망」(『현대문학』, 1964. 5)이라는 큰 제목 아래 홍사중이 '작가 Y씨에게 보낸 글'에서는 여러 작가에게서 자기의 뚜렷한 사상이나 일관된 신념 없이 유행만 좇는 경박성이 있다고 하였다. 그 대표적인 예로 실존주의와 현실참여를 들었다. 이미 홍사중은 「한국문학의 새 과제」(『자유문학』, 1960. 10)에서 실존주의 맹신론자들은 "서구 직수입의 생경한 개념들에 의해 우리의 현실을 마구 재단하려는 위험한 촌의사 노릇"이라고 비유하면서 실존 허무 불안 등과 같은 좋은 개념들이 있는데 어째서 좋은 문학적 성과를 못 얻는가 하는 의문을 제시하였다. 「한국문학의 오늘의 과제」(『한양』, 1963. 3)는 우리 문학이 서구문학에 지극히도 예민한 나머지 문학과 현실 사이에 너무나 큰 불균형이 있다고 하였다. 이번에는 작가 전광용이 소설가의 입장에서 평론가에게 보내는 「선의의 리에존 오피셔로」(『현대문학』,

---

23) 『문학예술』, 1957. 12, 190쪽.

1964. 6)에서 평론가들의 외국이론 소화불량증을 지적했다.

제발 남의 말을 흉내내지 말고 자기 말을 써주었으면 좋겠다. 그렇잖으면 남의 것을 완전히 자기 것으로 소화시켜 반추나마 제대로 해주었으면 하는 심정 간절하다. 엘리오트가 어쨌느니, 싸르트르가 뭐라 했느니 알베레스가 이랬느니 하는 그 인용이 나쁘다는 것은 아니다. 그것을 충분히 제것으로 만들고 또 욕심을 부린다면 거기에 자기 것을 더 보태어 이 땅의 작품에 적용할 수 있는 가능성의 한계를 찾아야만 할 것이다.”[24]

이러한 지적은 실존주의 수용태도에만 국한되는 것은 아니며 오늘의 외국이론 수용과 활용태도에도 울림이 있을 수 있다. 김상일은 「순원문학의 위치」(『현대문학』, 1965. 4)에서 앙가주망론을 중심으로 한 실존주의자들을 향해 그야말로 통렬하게 독설을 퍼부었다. “‘개털오바청년’과 같은 세칭 문학평론가 나으리들, 이들은 기회만 있으면 앙가쥬망을 외치고 다녔다”라든가 “다만 재빨리 행여나 유행에 늦을 세라 ‘신’자만 붙은 히프레스(가령 실존주의)면 갖다가 쇼윈도우에 진열했던 것이다”라든가 “싸르트르의 형이상은 그리하여 돼지우리에 주석자물쇠가 되었던 것이다. 싸르트르는 지금 아무래도 좋다. 순원문학이 그러한 쇼오맨들의 눈깔에 의해서 부당하게 피해를 입었고 오해를 받아왔던 것이다”[25]와 같이 흥분을 가라앉히지 못한 발언들을 볼 수 있다. 최일수는 「부재지성의 현대문학」(『현대문학』, 1965. 5)에서 실존주의를 받아들이는 것을 보면 너무 늦고 실효가 지난 것을 붙들고 있다는 색다른 지적을 하였다. 장일우는 「한국문학의 새로운 전망」(『한양』, 1963. 3)에서 한국에는 현실기피의 문학만 있는 것이 아니고 “이질적 모방문학의 시가행렬” “현실을 검은 일색으로 먹칠하는 암흑문학의 일군도 자리잡고 있다”[26]고 하였다. 그러면서 다음

---

24) 『현대문학』, 1964. 6, 275쪽.
25) 『현대문학』, 1965. 4, 106~108쪽.

과 같이 실존주의가 한국에 적극 수용된 것에는 그만한 필연성이 있다는 내용의 견해를 털어놓았다.

　　까뮈와 싸르트르의 실존주의가 이차대전의 산물이라는 것과 한국에서 이러한 신세대가 전후에 등장하였다는 양자 사이에는 무슨 공통점이 있는 것 같았다. 그리고 그 불안의식 또 부조리 등등의 밀화는 사실 구미에 맞았다. 왜냐하면 주체를 잃은 전후 신세대들은 불안을 자각하고 있었기 때문이다. [27]

　　김상일이 앙가주망론자들을 향해 거침없이 공격한 글을 보고 김병걸이 '순원문학의 위치를 읽고' 라는 부제가 붙은 「억설의 분노」(『현대문학』, 1965. 7)에서 김상일의 논조를 조목조목 비판한 끝에 '김씨는 실존주의가 무엇인지도 잘 모르면서 함부로 말하였다' 고 지적한다. "그저 유행아들의 허풍이나 잡담을 듣고 저것이 실존이구나 저놈을 쳐부숴야지 하는 식으로 덤빈다는 것은 평론가의 옳은 자세라고 볼 수 없다. 실존의 참된 입장은 유행적인 것과 본질적으로 차원이 다르다" [28]고 공박하였다. 김병걸은 이 글을 쓰긴 전에 「문학과 오리엔테이션」(『현대문학』, 1965. 5)에서 실존주의를 제대로 소화해낸 듯한 태도를 보였다. 그는 변혁 부조리 허망 니힐리즘 반항 자유 선택 세계 신 등과 같은 실존주의의 중심개념들을 당시의 한국현실을 설명해내는 데 적절하게 원용하였다. 김병걸은 실존주의 혐오론자들이나 비판론자들을 향해 "외래적인 것을 무정견하게 도입하는 우리 국민의 낙후의 근성과 숭외사상의 비굴을 개탄한 데서 온 것임에 틀림없다"고 해석하였다. 그렇다고 김병걸을 배외주의자로 몰 수도 없다. 그도 "외국의 유행성에 재빠르게 감염하는 우리의 생리를 하루속히 지양해

---

26) 『한양』, 1963. 3, 123쪽.

27) 같은 책, 127쪽.

28) 『현대문학』, 1965. 7, 283쪽.

야 함은 두말 할 것도 없다"[29]와 같은 충고를 아끼지 않았다.

정명환은 「평론가는 이방인인가?」(『사상계』, 1962. 6)에서 조연현의 「현대와 실존주의」를 보고 프랜시스 장송을 존슨이라고 부른 것과 또한 그 글에서 실존주의가 절망적이며 비극적인 속성을 지닌 것이라고 파악한 것을 공격하였다. 정명환은 실존주의는 절망적이며 비극적인 속성을 극복하려는 것이라는 인식을 가지고 있었던 것이다. 그리고 정태용의 「실존주의론」에서 실존주의를 가리켜 "병든 탕아"라고 한 것과 "부조리를 부조리하는 부조리의 작업이 아니라 부조리를 적게 하고 조리에 닿는 것을 창조하자"는 말을 비판하였다. 또 정명환은 "오용된 실존주의라는 명칭이 마치 가장 무서운 부정만능주의의 대명사처럼 응고되어 널리 퍼지고 있다"[30]면서 백철의 실존적인 것의 정의와 자신의 정의 사이에 거리가 있음을 암시하였다. 백철이 "어두운 현실, 실의의 인물, 패배감, 무기력, 피로, 실망, 허무의식, 방향도 의지도 있을 수 없는 순간의 타성적인 생활감"에서 실존의 의미를 찾을 수 있다고 한 반면 정명환은 "인간의 고정된 존재의 모습만을 그리지 않고 객관과 주체 사이의 긴장관계하에서 파악된 생성의 과정을 줄기차게 따라가보는 소설"을 실존적 소설이라고 하였다. 철학적이며 관념적인 소설의 경계가 흐릿하기는 하지만 '실존적 소설'의 정의를 내리는 데까지 나아간 것은 실존주의론의 한 진전이다. 정태용은 「문학자의 윤리적 책무」(『현대문학』, 1963. 3)에서 "실존주의(싸르트르)는 일테면 인류의 병이나 그 치료법이 아니라 살림이 넉넉한 그래서 아나키한 욕망과 고독을 어쩌지 못하여 번민하고 있는 지식인의 병이요, 그 주관적 해결책이다"[31]와 같이 실존주의를 귀족취미의 문학으로 몰아가기도 했다. 그리고는 정명환이 자기를 비판한 것에 대해 실존주의는 조리와는 관계가 없는 철학이요 윤리적 책무를 저버린 사상이라고 하였다. 김상일

---

29) 『현대문학』, 1965. 5, 82쪽.

30) 『사상계』, 1962. 6, 254쪽.

31) 『현대문학』, 1963. 3, 236쪽.

은 「평론가로서의 책무」(『현대문학』, 1963. 3)에서 우리나라의 비평가들은 무식하다고 하면서 실존주의에 대해서는 비로소 삼사 년 전에 윤곽을 잡을 수 있었다고 하였다. 김상일의 주장을 따르면 한국의 비평가들은 1960년대에 들어서서야 실존주의를 이해하기 시작한 것이 된다. 사르트르와 카뮈를 본격적으로 받아들이는 것을 보아도 10년이나 걸려서야 이해의 눈이 떠지게 되었다는 주장이다.

이상과 같이 실존주의 사상과 문학에 대해 수용론자든 냉소론자든 유행성, 피상적 이해, 무지, 오해 등의 태도를 지적하였고, 실존주의에 대해서 부정주의 성향, 비윤리적 성향, 주관적 정서화 등과 같이 비판한 글도 나타나고 있다.

4. 실존주의 내면화 양상

실존주의 수용태도에 있어서 유행성과 피상적 이해가 가장 많이 지적된 것은 실존주의가 타자로 인식되고 있었다는 증거다. 1920년대의 니체 중심, 1930년대의 지드와 말로 중심, 1950년대의 사르트르와 카뮈 중심의 수용을 거치면서 실존주의는 서서히 한국문학의 내면으로 들어오게 된다. 실존주의는 전후 우리 역사적 상황이라든가 현실과 부딪치면서 빠르게 내면화되는 경향을 보이기도 하였다. 오해에서 이해로, 피상적 이해에서 체계적인 파악으로 이행되는 과정을 거쳐야 진정한 자기화라든가 내면화가 이루어질 수 있는 것이다. 실존주의를 직접 다루지 않은 시론 소설론 문학론을 통해서도 실존주의 사상이 우리의 내면으로 들어오고 있음을 또 실존주의 용어들이 우리 것이 되고 있음을 확인하게 된다.

박영준의 「속죄」, 강신재의 「바아바리 코트」, 정한숙의 「허허」「묘안묘심」 등의 작품들을 예로 들면서 작가들의 희화적 경향을 지적하고 있는 정창범의 「희화정신과 희화적 경향」(『문학예술』, 1956. 5)은 김동리의 「실존무」를 대상으로 하여 실존주의에 대해 작가가 혹 오해하고 있는 것이 아니냐는 의문을 보이고 있다. 주인공이 실존주의에 대해 의도적이든 그렇지 않든 틀리게 말하는 것을 목격한 정창범은 "실존주의와는 거리가 먼 흔히 있을 수 있는 생태를, 실존주의자로 하여금 실존주의적으로 수식케 한다고 해서 실존주의적 생태가 될 수는 없는 것"[32]이라고 실존주의의 일반화 경향을 지적하였다.

고석규의 「시인의 역설」(『문학예술』, 1957. 3)은 이육사의 시세계를 실존주의적 시각에서 보았다. 이육사의 시 가운데서도 「교목」「꽃」 등에 대해서 "따라서 그러한 '상황의 교목'이며 '상황의 꽃'이란 것을 새삼스럽게 헤아릴 제, 「교목」과 「꽃」은 교목 아닌 '교목'과 꽃 아닌 '꽃'으로 즉 비존재로 아니면 죽음 그것으로 발현되어졌음을 감득하지 않을 수 없다"[33]고 하였다. 비존재는 실존주의 영향 아래서 나타난 용어라고 할 수 있다. 이외에 허무, 시간, 선택, 부정논리, 스폰타니티, 역설 등과 같이 실존주의 용어권에 드는 말을 쓰고 있다. 고석규는 「시인의 역설」(제3회, 『문학예술』, 1957. 4)에서 이상의 시를 분석대상으로 하여 절망 불안 실존 죽음 공포 전율 실존자 등과 같은 실존철학의 용어들을 사용하고 있다. "인간 이상이 범한 실존의 결열이 느껴진다"든가 「이상한 가역반응」이라는 시를 두고 사르트르의 『구토』에서 느낄 수 있는 "시간의 불가역성과 같은 것을 느낀다"고 하였으며 "실존적 충동이 순식간이나마 그를 사로잡은 탓이나 아닌지"[34]와 같이 새로운 표현을 쓰고 있다. 주로 프로이트의 정신분석을 원용하고 있는 「시인의 역설」(제4회, 『문학예술』, 1957. 5)에서도 결론 부분은 고석규가 얼마나 실존주의의 세례를 받았는가를 잘 보여주고 있다. "그러니 箱의 경우, 행위와 대상은 언제나 모순되고 또한 모순되는 충동으로 말미암아 그의 반동형성은 점차 조장될 수밖에 없었다. 바야흐로 대

---

32) 『문학예술』, 1956. 5, 152쪽.

33) 『문학예술』, 1957. 3, 207쪽.

34) 같은 책, 165쪽.

상에 관한 행위의 無償性(假裝)은 대상 아닌 동일시의 복합된 대상을 선택하며 그럼으로써 원대상을 가학하는 판단중지의 자유를 얻고자 한다"[35]에서 무상성과 같은 앙드레 지드 유의 용어와 판단중지와 같은 현상학의 용어를 찾을 수 있다. 물론 이 말들이 완전히 적소에 배치되어 있다고 판단하기는 어렵다. 「시인의 역설」(제5회)에서는 "행위의 역설성(혹은 부조리성)을 지양하는 실존적 자유가 아니라 「홍행물천사」에서와 같이 행위 아닌 행위의 대상만을 알레고리하며 만심하는 일종의 감상적 자유를 느끼지 않을 수 없었다"와 같은 대목은 부조리성이라든가 실존적 자유와 같은 용어들을 비교적 적소에 사용한 것이라고 할 수 있다.

박연희는 「니힐의 의의」(『문학예술』, 1957.3)라는 작품평에서 황순원의 단편소설 「내일」에 대해 '니힐'이라는 말로 풀고 있다. 이와 달리 이어령은 「세 개의 수목」이란 작품평에서 '불안의식'이라는 키워드로 해석하였다. 원래 황순원은 지성이니 시대감각이니 하는 것과 인연이 먼 작가인데 "하물며 가장 심각한 현대의식의 일단층인 불안문제를 다루는 그 솜씨에 있어서랴"[36]라며 불안의식이 실존주의의 중요한 개념임을 암시하였다.

최일수도 「동란의 세대」(『문학예술』, 1957. 9)라는 작품평에서 불안의식이라는 말을 썼다. 이어령은 「57년 상반기의 창작」(『문학예술』, 1957. 7)에서 유주현의 「허구의 종말」을 평하는 자리에서 "세계에 대한 항거" "절박한 시뛰에이숀" "실존하는 자기 모습" "실존의 비밀" "일종의 결의" 등과 같은 표현을 쓰고 있어 실존주의 용어를 성공적으로 자기화한 결과를 보여준다. 김광식의 소설 「배율의 심화」를 평하는 자리에서는 작중 아내가 남편을 죽이는 동기가 무엇일까 하는 의문을 던지면서 이는 카뮈의 『이방인』에서의 뮈르소의 살인을 연상케 한다고 하였다. 그러면서 김광식 자신도 의식적이든 무의식적이든 뮈르소의 살인행위를 생각하며 쓴 것이

---

35) 『문학예술』, 1957. 5, 207쪽.
36) 『문학예술』, 1957. 3, 177쪽.

아닐까 하고 추리하였다.

천상병은 「왈가왈부」(『문학예술』, 1957. 11)라는 작품평에서 한말숙의 「신화의 단애」라는 작품을 너무 매끈매끈해서 싫다고 하면서 이 작품을 두고 누가 실존주의 문학이라고 했는데 그렇다면 이 소설이 실린 『실화』라는 잡지는 실존주의 잡지냐고 물었다. 이어령은 「카타르시스 문학론」(『문학예술』, 1957. 11)에서 하이데거의 언어철학론과 사르트르의 상상력론을 원용하여 존재자 존재성 개시 세계 부재 무 등의 용어들을 활용하여 새로운 문학기능론을 제시하였는데 이중에서도 하이데거의 "존재자의 존재성 개시"를 확대 해석하여 언어에는 환정적 기능과 개시적 기능(revealing function, Erschlossenheit)이 있다고 주장하는 데까지 나아갔다. 장백일은 「현대작가의 자세」(『자유문학』, 1958. 9)에서 김송의 「우주인」이란 작품을 평하며 "인간이란 현실상황 속에 그렇게 던져져 있는 존재자라 할 때 전진식도 그와 같은 인간상이었다. 이 현실 속에서 살아 움직이는 작업으로서 생을 영위하려는 모습은 쌀트르가 말하고 있듯 '인간은 그의 행동에 의하여 결정된다' 고 하는 것처럼 어쩔 수 없이 던져진 자기의 운명을 창조하고 책임지려는 작가의 태도가 눈에 뜨여지고 있다. 현실을 폭로하는 점이나 현실의 책임을 의식시키는 점이 좋았다"[37]고 하였다. 여기서 상황, 던져져 있음, 존재자, 행동, 현실폭로, 책임 등과 같은 사르트르의 실존주의의 용어들을 과도하게 사용하고 있음을 확인하게 된다. 장백일은 「1958년도의 작단총평 (상)」(『자유문학』, 1958. 12)에서 김성한의 「폭소」를 두고 하이데거의 '죽음에의 존재' '세인' '존재자' 등과 같은 말을 남용 내지 오용하고 있다. 김송의 작품 「단풍부」를 평하는 자리에서는 하이데거 철학의 상속화를 꾀하고 있다. "그러나 역시 이러한 인간도 낙엽(단풍)과 같은 존재가 아닐 수 없다. 왜냐하면 인간은 이미 탄생하는 그 순간부터 죽음의 존재로서 던져져 있기 때문이다. 그러므로 이렇게 현실

---

37) 『자유문학』, 1958. 9, 166쪽.

속에 던져져 있는 인간은 인간과의 교제관계 속에서만이 인간의 미적인 윤리감정을 발휘할 수 있는 일이다"[38]라고 주장한다. 죽음에의 존재로서 던져져 있다는 말은 하이데거의 '피투성(geworfene)'을 말한다. 이처럼 실존주의 용어는 작중 인물의 사상이나 사건을 장식하는 기능을 갖기도 한다. 장백일은 「1958년 작단총평 (하)」(『자유문학』, 1959. 1)에서 김중희의 「어두운 길」을 평하며 하이데거를 언급했다. "아니 비록 빛이 있다고 하지만 '하이뎃커'의 말대로 자기의 '존재의 빛'을 드러내지 못할 때 현실은 '어두운 길'과 다름이 없다고 하겠다. 이와 같이 생각하여보면 '건호'의 길은 어두운 길이었다. 이 어두운 길 속에서 '싸우는 의지'는 다시 말해서 자기의 '존재의 빛'을 위한 싸움이었다."[39] '존재의 빛'이라는 말은 장백일이 과장된 해석에서 벗어나지 못하고 있음을 일러준다.

정봉래의 「세대와 작가의 관념」(『자유문학』, 1959. 2)은 구세대와 신세대 또는 세대정신과 작가정신을 비교하면서 신세대가 실존의식이니 저항의식이니 불안과 부조리의 극복이니 하는 것을 내세우면서 자기세대를 강변하는 태도를 다소 부정적인 시각으로 보았다. 정봉래는 실존주의의 주요 용어로써 새로운 세대정신과 작가정신을 설명하는 데로 나아가고 있다. 이어 쓴 「한국현대소설의 문제」(『자유문학』, 1959. 4)는 실존주의 용어를 남용하거나 오용한 실례가 되고 있다. "실존의식이 우리 사회의 철학처럼 되어갔다"든가 "실존 이상 우리의 인간자유는 또 없다는 듯이" "이 비극적 실존현실을 모멘트하여 더욱 강조된 것이다" "현실에 위치되어 실존하고 있는 인물설정" 등과 같이 어색한 표현과 부딪히게 된다. 신선규는 '1/3반기 소설평'이라는 부제가 붙어 있는 「복도의 거울」(『자유문학』, 1959. 5)에서 장용학의 소설 「대관령」이 사건설정의 면에서 카뮈의 『이방인』을 모방하였다고 주장하였다. 그리고 전영택의 소설 「해바라기」에서 인물들 사이

---

38) 『자유문학』, 1958. 12, 141쪽.
39) 『자유문학』, 1959. 1, 220쪽.

의 관계를 니체의 "신은 죽었다"는 명제를 활용하여 해석하고 있다. 또 신선규는 「5·6·7월의 시」에서 전봉건의 「고전적인 속삭임의 꽃」을 두고 "원칙적인 의미에 있어서 예술적 실존사상과 일맥 상통하는 시심이 있다"고 하였고 김현승의 「슬픔」을 두고 키에르케고르를 연상시키기는 하지만 "씨의 토운이 어딘지 신앙의 희열도 실존결단의 긴장도 아닌 타기를 초래하는 명상이었음은 웬 까닭이었던가?"[40]고 평하였다. '실존사상'도 부자연스럽기는 하지만 '실존결단'은 좀처럼 듣기 힘든 신조어다. 최광열은 6, 7, 8월 간의 창작을 비평한 「형상과 비형상」(『자유문학』, 1959. 9)에서 정연희의 「탈출」을 보고 "실존사상의 소설"이라고 하면서 성격이 사건이나 개념 속에 매몰되었다고 주장하였고 구혜영의 「백주의 고독」에 대해서는 '실존문제'를 부조하는 데 실패한 것처럼 암시하였다. 『자유문학』 1959년 12월호에는 「50년대의 문학을 말한다」라는 제하에 백철 이무영 이인석 김종문 안수길 김광섭 등이 참석한 좌담회가 실려 있다. 여기에서 1950년대 소설이 매춘부를 많이 다루고 있는 현상이 논급되었는데 안수길은 특히 신진작가들이 매춘부를 많이 다루는 이유로 매력을 주기 위해 자극적인 것을 택하는 경향을 들면서 동시에 카뮈의 『이방인』과 같은 작품의 영향을 들었다. 물론 적절한 지적이라고 보기는 힘들다.

백철은 「한국문단십년」(『사상계』, 1960. 2)에서 1950년대 소설을 김성한의 「암야행」, 선우휘의 「도전」 등과 같이 부패 부정 허위 등으로 가득 찬 현실에 반항하는 작품들, 오상원의 「균열」, 정연희의 「탈출」, 유주현의 「언덕을 향하여」 등과 같이 행동성을 강조한 것, 손창섭의 「혈서」「미해결의 장」「설중행」, 장용학의 「요한시집」「비인탄생」 등과 같이 시대와 사회를 향해 불신의 태도를 드러낸 것으로 나누어보았다. 백철은 이 세 가지 갈래가 모두 실존주의의 그늘에 있음을 지적하고 있다. 첫번째 갈래의 소설은 아예 카뮈의 영향을 받은 것이라고 하였고 세번째 갈래도 "어두운 현실,

---

40) 『자유문학』, 1959. 8, 211~212쪽.

실의의 인물, 패배감, 무기력, 피로, 실망, 허무의식, 방향도 의지도 있을 수 없는 순간의 타성적인 생활감, 그래서 이런 식의 부정의 작품에는 역시 예의 시츄에이의 실존적인 의미가 소극적으로 반영된 것을 보게 된다"[41] 고 하였다. 결국 백철은 실존주의의 영향권을 필요 이상으로 넓힌 셈이 된다. 이러한 태도는 실존주의에 대한 정확한 파악이 이루어진 것인가 하는 의문을 살 수도 있다. 박철석은 '김춘수론'이라는 부제가 붙어 있는 「고독의 한계」(『자유문학』, 1961. 1)에서 시집 『구름과 장미』『꽃의 소묘』에 수록되어 있는 시편을 많이 인용하는 가운데 하이데거의 실존철학의 중심 개념과 연결지으면서 아예 김춘수를 "실존주의 시인"이라고 불렀다. 이철범은 「문학의 현실」(『자유문학』, 1961. 3)에서 최인훈의 「광장」을 "그 역사 속에서의 실존이 무엇인가 하는 심각한 문제를 역사의식에다 결부시킨 채 자아에게 물어 본 최초의 작품"이라고 하면서 우리 작가들이 "존재에서 실존으로 이르는 통로를 찾는 피어린 투쟁을 의식하지 않는 것"[42]을 우려했다.

박철희는 「에로스와 아가페의 의미」(『현대문학』, 1961. 6)에서 문학을 "성찬을 함께 하는 협동, 교류, 전달에 태반을 두는 것"과 "고민, 질투, 반항에 의한 상향된 정열의 자세로 나타난 것"[43]으로 나누었다. 전자를 아가페적인 것, 후자를 에로스적인 것으로 불렀다. 박철희는 에로스적인 문학을 반항의 문학, 참여의 문학으로 부른 것이다. 이영일은 「현실과 작가와의 대립」(『자유문학』, 1961. 10)에서 장용학의 「요한시집」, 곽학송의 「지구전」, 송병수의 「이십이번형」을 대상으로 하여 인간의식의 해체, 전쟁과 자유의 대립(장용학), 인간생존의 존엄의 상실(곽학송), 인간성의 혐오와 포기(송병수)와 같은 도식을 얻어낼 수 있었다. 이러한 도식은 자유 극한상황 의식 휴머니즘 등과 같은 앙가주망 문학론을 터득했기에 가능

---

41) 『사상계』, 1960. 2, 237쪽.

42) 『자유문학』, 1961. 3, 226쪽.

43) 『현대문학』, 1961. 6, 78쪽.

한 것이라고 할 수 있다. 이영일은 이어 손창섭의 「혈서」「미해결의 장」「잉여인간」「조건부」 등과 같은 작품들을 검토하고 난 후 이들 작중인물들이 절망의 심연, 무저항, 무행동, 무책임 등과 같은 성격을 보여준다고 하면서 손창섭의 소설을 조심스럽게 "실존소설"이라고 불렀다. 실존소설의 구체적 성격은 절망 무저항 행동 무책임 등으로 구체화된다. 장용학은 여러 논자들에 의해 실존주의 작가로 불려왔거니와 손창섭도 동일 범주에 들어가고 있다.

장일우는 「현실과 작가」(『한양』, 1962. 6)에서 황순원의 「나무들 비탈에 서다」를 집중적으로 다루었다. 6·25는 여기서 하나의 "실존적 극한상황"에 불과하였으며 이러한 실존적 극한상황은 인간을 동물적 본능에로 길을 열어준 안내자에 불과하다고 하였다. 그리고는 실존적 극한상황에 대해 "비극 앞에서 인간의 무력을 자백케 하는 안내자이었고 그것은 객관적 세계의 합법칙성에 대한 인식에 토대한 합리주의가 아니라 그것은 인식 불가능성에 토대한 공포증"[44]이라고 하였다. 장용학의 단편 「유피」를 보고는 죽음의 문제를 깊이 다루었다는 이유로 오히려 카뮈를 전수한 것이 아닌가 하고 추리했다. 그리고는 "실존주의 미학을 그 누구보다 충실히 따르고 있다고 하는" 장용학의 소설에서 현실대결의 박진력도 패기도 없는 것은 무슨 일인가 하고 물었다. "그는 허위와 진실, 흑과 백, 원인과 결과 등 모든 대립과 상극을 하나로 칠해버리고 무엇인지 모르게 하는 시민사회 말기에 출현한 미장사일지 모른다"[45]고 하였다. 김현은 「이상에 나타난 만남의 문제」(『자유문학』, 1962. 11)에서 지드의 성실성, 하이데거의 세계 내 존재와 퇴락, 사르트르의 성 등과 같은 개념을 활용하여 이상의 소설들을 재조명하고 있다. 장일우는 「한국문학의 새로운 전망」(『한양』, 1963. 3)에서 장용학을 실존주의 문학의 대표로 보는 세간의 통념을 받아

---

44) 『한양』, 1962. 6, 134~135쪽.

45) 같은 책, 141쪽.

들이면서도 "그의 소설 속에는 인간유령은 있으나 구체적인 한국인과 그의 실존내용은 없는 것"이라고 비판하면서 전후 신세대가 모방한 실존주의 문학을 총체적으로 허구문학의 비대증에 걸린 관념문학, 인간에 대한 종합적 묘사와 다양한 성격묘사의 압살, 기법주의와 허무주의에의 귀착 등으로 요약했다.[46] 실존주의 문학에 감응된 우리 문학의 문제점을 이처럼 구체적으로 적시한 것도 드물다. 원형갑은 「소설의 제문제」(『현대문학』, 1963. 5)에서 1950년대 말의 '푹 익었다'고 하는 실존주의도 실은 1920년대의 산물이라고 하였다. 장용학의 「원형의 전설」은 우리 문단 살롱의 첫 개가이기는 하지만 이도 1920년산의 샴페인을 이제야 터뜨린 것에 불과하다고 하는 식으로 재미있게 표현하였다. 천이두는 「피해자의 미학과 이방인의 미학」(『현대문학』, 1963. 11)에서 서정인의 「후송」의 주인공 성중위를 에워싼 모든 것이 일관성과 필연성을 상실한 점은 사르트르의 『구토』의 주인공이 구토를 하면서 모든 현상이 필연적 의미를 상실한 것과 닮았다고 하였다. 최일수는 '우리 시의 근대와 현대'라는 부제가 붙은 「종착역의 기수」(『현대문학』, 1964. 1)에서 청록파 시인들을 옹호하기 위해, 프랑스의 사르트르나 카뮈 같은 지하 항독작가의 레지스탕스 운동을 외적 저항이라고 하면서 청록파가 시창작에 전념하는 태도를 "내적 저항"으로 새겼다. 레지스탕스 운동을 격하시켰다기보다는 청록파 시인을 미화했다고 할 수 있다. '순수옹호의 노트'라는 부제가 일러주고 있는 것처럼 이형기의 「문학의 기능에 대한 반성」(『현대문학』, 1964. 2)은 국내의 현실 참여론자들이 떠받드는 사르트르의 앙가주망론을 순수문학 쪽으로 끌어당기는 식으로 해석하였다. 참여론자 사르트르가 말한 '전달을 위한 수단'에서는 '무엇을' 전달할 것인가가 문제가 된다. "아무리 '목적'이 앞서야 한다고 할망정 문학이 민주주의를 등진 사람들에게 민주주의를, 그리고 한국적 인간동물에게 밥을 전달해줄 수는 없는 것이다. 나의 경우라

---

46) 『한양』, 1963. 3, 127~129쪽.

면 문학을 통해 전달해줄 수 있는 것은 인생도로의 허망함을 달래주는 여러 가지 장난감뿐이라고 해도 과언이 아니라"는 식으로 문학의 기능을 축소해서 보았다.[47] 김교선은 장용학의 소설 「원형의 전설」의 현대적 의의와 표현상의 문제점을 밝힌 「심리적 지적 사색과 소설적 형성」(『현대문학』, 1964. 5)에서 「원형의 전설」을 두고 실존주의적 경향이 특히 짙은 사상소설이요, 관념소설이요, 형이상학적 소설이라고 하였으나 '실존주의적 경향'의 부분에 대해서는 뚜렷한 근거를 제시하지 못하였다. 이유식은 김성한의 「바비도」 「암야행」 등의 작품들을 분석하면서 '실존'이라는 말을 남발하였다. 「암야행」의 주인공 한빈은 사르트르의 『구토』의 주인공 로강탱과 같이 도덕과 인습에서 벗어나 있다고 하였다. 그리고 한빈이 자신의 삶에 회의를 느끼는 것을 카뮈가 말한 '각성'의 개념과 연결시켜 해석하였다. 김병걸의 「문학과 오리엔테이션」(『현대문학』, 1965. 5)은 기본적으로 현실참여문학을 지지하는 것으로, 실존주의 용어와 개념들로 당시의 한국문단을 성공적으로 진단하고 대안을 제시한 것으로 볼 수 있다. 김병걸은 「문학과 오리엔테이션」(『현대문학』, 1965. 5)에서 실존주의를 잘 소화해낸 태도를 보여주면서 또 우리 국민들에게 남아 있는 유행심리와 숭외사상을 비판하면서 실존이니 사회참여니 하는 말이 우리 고유의 감정을 표시하는 말은 아니지만 우리나라의 현황에 있어서 실존적 각성이 절실히 요청되기도 한다고 하였다. 그가 실존이라는 서구적 개념을 단지 지식으로만 받아들이면 안 된다고 하면서 실존은 어디까지나 지식의 문제가 아니라 '실천'의 문제라고 한 것은 철학의 행동화, 문학의 참여화를 인정한 셈이 된다.

「속·서정주의 신화」라는 부제가 붙어 있는 원형갑의 「서정주론」(『현대문학』, 1966. 3)은 하이데거의 존재론을 입론으로 하고 있다. 상황 내 존재, 즉자적 존재, 대자적 존재, 현존재, 존재의 빛, 존재의 밝음 등과 같은

---

47) 『현대문학』, 1964. 2, 254쪽.

하이데거의 중심개념들이 표면상으로는 서정주의 시와 어색하지 않게 연결되고 있다. 원형갑은 김구용이 서정주의 시를 분석하면서 꽃, 빛깔, 밝음, 별 등이 동양적 '광명'에서 비롯된 것으로 해석한 것을 하이데거의 리히퉁과 비교해보는 여유도 가지고 있다. 원형갑은 서정주의 시 「동지의 시」를 분석하는 자리에서 "서정주의 이 시를 몇 번 음미하고 있으면 하이덱커 사상의 가장 의미 있는 출발점이라고도 할 수 있는 '무의 무화(Nichtung)'를 깨닫는 것 같다. 사르트르가 즉자존재로 느낀, 저 물렁물렁하고, 텁텁하며, 크림질의 회색적 정체로서의, 구역질 나는, 기미 사나운 '무'가 아니라, 그 '무'가 씌어졌을 때의 영적 수육의 상태처럼 다시 스스로를 '무화' 하는 것에 의해서 예기치 못했던 '존재'의 '밝음'으로 화하는 체험을 서정주와 하게 된다."[48] 이처럼 원형갑은 철학적 개념을 문학적 표현에 실어내고 있어 실존주의에 대한 이해를 증진시켜준다. 문덕수는 「현실참여의 진의」(『현대문학』, 1968. 5)에서 현실참여의 뜻을 유치환의 "참된 시는 시가 아니어도 좋다"는 말과 김윤성의 「하느님의 낚시」를 자료로 삼으면서 폭넓게 해석하였다. 김병걸의 「참여론 백서」(『현대문학』, 1968. 12)는 당시에 유행어처럼 되었던 현실참여 혹은 앙가주망의 기본의미를 집중적으로 해명하는 데 힘쓴 글이다. 김병걸은 정명환 교수의 말을 인용하여 참여의 범주를 시민으로서의 상식적인 참여(4·19 당시 작가의 참여), 강제된 참여(레지스탕스 운동), 작품을 통한 참여로 삼분하였으며, 하이데거의 세계내 존재, 피투성, 투기성, 도구존재, 현존재 등의 개념들을 빌려 참여의 뜻을 설명하기도 하였다.[49] 앙가주망에는 참여란 뜻 이외에 구속의 의미도 있음을 환기시키면서 '현실'의 의미를 국내 여러 이론가들의 견해를 빌려 밝히려고 했다. 이처럼 현실이라든가 참여라든가 하는 상식적인 용어를 제대로 규명하고자 한 것은 우리 논객들이 실존주의론을 진

---

48) 『현대문학』, 1966. 3, 269쪽.
49) 『현대문학』, 1968. 12, 101쪽.

일보시켰다는 의미가 된다.

천이두는 '불안문학의 계보와 관련하여'라는 부제가 붙어 있는 「내성적 자의식적 소설론(하)」(『현대문학』, 1968. 12)에서 실존주의가 해방 이후의 한국 작가에게 크게 어필할 수 있었던 이유로 실존주의자들이 겪었던 나치즘의 가혹한 시련에 대한 공감과 실존주의가 발산하는 절망적 허무적인 무드에 대한 직접적인 공감을 들었다. 그렇게 해서 우리나라에서는 "개념으로서의 실존주의"가 잘못 이해되는 허다한 실례가 빚어졌다는 것이다. 이 글에서 주목해야 할 것은 우리나라 작가들이 실존주의에서 영향을 받아 서구와는 다른 불안문학의 계보를 만들어내었다고 하는 점이다. 장용학의 「요한시집」, 손창섭의 「유실몽」, 김승옥의 「서울, 1964년 겨울」을 예로 들면서 불안문학의 계보와 관련된 일련의 내성적 자의식적인 소설들의 특질을 살펴보는 자리를 가졌다. 이 과정에서 사르트르나 카뮈의 자유론이 원용되기도 했다. 천이두는 실존주의의 수용 및 활용 태도로 장용학과 손창섭 두 작가를 비교하였다. "장용학이 실존주의의 개념적 이해의 측면에서부터 자기 문학세계를 형성해나간 작가라면, 손창섭은 애당초 실존주의를 받아들일 감성적 바탕을 간직한 작가이다. 장용학이 일반적으로 관념적인 사유의 진술에서 자기의 문학적 특성을 발휘하고 있는데 반하여 손창섭의 경우가 구체적인 호소력을 간직하는 이유도 이런 데 있을 것"[50]이라고 비교한 것에서 장용학이 서구 실존주의의 영향 아래서 태어난 실존주의자라면 손창섭은 자생적인 실존주의자라고 정리해볼 수 있을 것이다. 결국 천이두는 실존주의의 개념과 용어들을 빌려옴으로써 또 성공적으로 내면화함으로써 장용학 소설과 손창섭 소설을 명쾌하게 대비할 수 있었다.

1950년대와 1960년대에 걸쳐 적극적이든 소극적이든, 체계적이든 비체계적이든, 논리적 차원에서든 정서적 차원에서든, 실존주의를 수용한

---

50) 『현대문학』, 1968. 12, 121쪽.

고석규 정창범 정명환 원형갑 이어령 이철범 장백일 정봉래 정태용 최일
수 신선규 백철 박철석 박철희 김현 장일우 천이두 김상일 김병걸 문덕수
이환 홍사중 등과 같은 한국의 문학이론가들은 전영택 이상 이육사 서정
주 황순원 김동리 박영준 장용학 손창섭 김춘수 유주현 정한숙 김광식 김
현승 김성한 김송 한말숙 선우휘 강신재 송병수 최인훈 정연희 김승옥 등
의 시작품과 소설작품을 분석하고 해석하는 자리에서 실존주의 개념과
용어들을 자기화하고 내면화하는 시도를 보여주었다. 이 과정에서 실존
절망 불안 공포 죽음 상황 존재자 세인 앙가주망 등과 같은 정통용어들이
원뜻에서 벗어나지 않는 가운데 사용되기도 했지만 실존자, 실존적 충동,
실존의식, 실존결단, 실존사상, 실존내, 실존주의 미학, 실존적 극한상황
등과 같이 우리 논객들이 새롭게 만들었다든가 약간 변조했다든가 하는
용어들이 나타나기도 했다. 실존주의 용어를 오용했거나 남용한 점, 실존
주의에 대해서 기본지식은 없으면서 용어만 끌고 들어와 사용한 점 등은
실존주의의 내면화를 촉진시킨 면도 있기는 하지만 실존주의를 상식적이
고 감상적인 철학으로 왜곡시켜버린 혐의에서 벗어날 수 없다.

　실존주의 문학을 귀족취미의 문학으로 파악한 견해도 없는 것은 아니
나 1960년대 전후 우리나라에서 실존주의는 앙가주망 문학으로 대치되어
이른바 순수문학론자들로부터는 부정과 공격의 대상으로 여겨지게 되었
고, 참여문학론자들로부터는 긍정과 옹호의 시선을 받게 되었다.

(『애산학보』 25집, 2000. 11)

2부

월북작가의 북한소설

1. 월북작가의 재북 발표소설 목록

『조선문학사』(1945~1958, 사회과학원 문학연구소 편, 1978),『조선문학사 10』(오정애·리용서 집필, 사회과학출판사, 1994), 월간지『조선문학』(1955~1967), 이명재 편『북한문학사전』(국학자료원, 1995) 등을 참고하여, 월북작가들이 북한에서 발표한 소설의 목록을 정리하면 다음과 같다.

- 김만선(金萬善) :「당중」(1950),「사냥군」(1951),「태봉령감」(1956),「폭우 속에서」(『조선문학』, 1957. 11)
- 김사량(金史良) :「소년고수」(1945),「마식령」(1946),「남에서 온 편지」(1948),「칠현금」(1949)
- 김소엽(金沼葉) :「미루벌의 승리자」(1964),「몰메골 사람들」(1965),「바다의 륜리」(1966)

• 김영석(金永錫) : 「격랑」(1948), 「화식병」(1951), 「승리」(1952), 「젊은 용사들」(1954), 「봄」(『조선문학』, 1956. 7), 「원쑤를 잊지 말라」(『조선문학』, 1957. 8), 「지휘관」(『조선문학』, 1958. 3), 『폭풍의 역사』(1960), 「고리에로」(『조선문학』, 1962. 2), 「그가 그린 그림」(1965)

• 박승극(朴勝極) : 「어느 젊은 부부의 이야기」(『조선문학』, 1957. 12), 「어머니의 풀」(『조선문학』, 1962. 12), 「큰길」(『조선문학』, 1963. 9), 「보리고개」(『조선문학』, 1964. 9)

• 박태원(朴泰遠) : 「계명산천은 밝아오느냐」(1965), 『갑오농민전쟁』(1977, 1980, 1986)

• 안회남(安懷南) : 「수로공 이야기」(『조선문학』, 1958. 11), 「삽」(『조선문학』, 1961. 5), 「안전기사와 직장장」(『조선문학』, 1961. 9)

• 엄홍섭(嚴興燮) : 「다시 넘는 고개」(1953), 「복숭아 나무」(『조선문학』, 1957. 4), 『동틀 무렵』(1957)

• 유항림(兪恒林) : 「개」(1946), 「아들을 만나리」(1949), 「최후의 피 한 방울까지」(1950), 「누가 모르랴」(1951), 「진두평」(1951), 「소년통신병」(1953), 『성실성에 대한 이야기』(『조선문학』, 1958. 1~3), 「풀」(『조선문학』, 1958. 10), 「판자집 마을에서」(『조선문학』, 1958. 12), 『대오에 서서』(『조선문학』, 1961. 10~12)

• 윤세중(尹世重) : 「선화리」(1947), 「안골 동네」(1948), 「분대장」(1951), 「편지」(1951), 「우정」(1951), 「분조장과 산업대원」(1952), 「구대원과 신대원」(1952), 「도성소대장과 그의 전우들」(1955), 「상아 물뿌리」(『조선문학』, 1956. 8), 「전진」(『조선문학』, 1959. 2), 「치국로인」(『조선문학』, 1962. 1), 『끝없는 열정』(『조선문학』, 1966. 6~1967. 2), 『용광로는 숨쉰다』(1974)

• 이근영(李根榮) : 「그들은 굴하지 않았다」(『조선문학』, 1955. 8), 「첫 수확」(『조선문학』, 1956. 10~11), 「해거름」(『조선문학』, 1959. 11), 『별이 빛나는 곳에』(1966)

- 이기영(李箕永) :「개벽」(1946),『땅』(1948, 1949),『두만강』(1954, 1957, 1961),『한 여성의 운명』(1965),『조국』(1967),『력사의 새벽길』(1972)
- 이동규(李東珪) :「그 전날 밤」(1956)
- 이북명(李北鳴) :「로동일가」(1947),「애국자」(1948),「전기는 흐른다」(1948),「새날」(1951),「당의 아들」(1961),「투쟁 속에서」(『조선문학』, 1964. 4),『등대』(1975)
- 이태준(李泰俊) :『농토』(1947),「백배 천배로」(1951),「누가 굴복하는가 보자」(1951),「미국대사관」(1951),「고귀한 사람들」(1951),「네거리에 선 전신주」(1951),「고향길」(1951)
- 조중곤(趙重滾) :「신록」(『조선문학』, 1957. 4),「파견장」(『조선문학』, 1958. 3)
- 지봉문(池奉文) :「채광공들」(『조선문학』, 1958. 12),「장쇠아범」(『조선문학』, 1961. 8)
- 최명익(崔明翊) :「공등풀」(1948),「기관사」(1952),『임오년의 서울』(『조선문학』, 1961. 5~8),「서산대사」(1956)
- 한설야(韓雪野) :「개선」(1948),「승냥이」(1951),『대동강』(1951),「악수」(『조선문학』, 1955. 11),『설봉산』(1956),「레닌의 초상」(『조선문학』, 1957. 11),「열풍」(『조선문학』, 1958. 10),「사랑」(『조선문학』, 1960. 8~9),「성장」(『조선문학』, 1961. 8),「아버지와 아들」(『조선문학』, 1962. 4)
- 한효(韓曉) :『밀림』(1955)
- 현덕(玄德) :「부싱크 동무」(『조선문학』, 1959. 1),「싸우는 부두」(『조선문학』, 1961. 9)

20명 가까운 작가들이 100편 가까운 작품을 발표했던 것으로 정리되는 위의 목록은 결코 완성된 것이 아니다. 계속 보완해야 할 만큼 많은 소설이 발표되었던 것이 사실이다. 작품 발표량을 기준으로 하면 이기영 윤세중 유향림 김영석 한설야 이태준 이북명 등이 적극적으로 활동한 경우가 되며 조중곤 지봉문 현덕 김소엽 안회남 이동규 등은 겨우 명맥을 유지한 경우가 된다. 박태원은 6권 분량의 대하역사소설인 『갑오농민전쟁』을 1986년도에 탈고함으로써 가장 늦게까지 창작활동을 한 월북작가라는 기록을 남길 수 있게 되었다. 이기영 한설야 이태준 이북명 최명익이 월북하기 전에도 소설계를 주도했던 작가들인 데 반해 윤세중 유향림 김영석 이동규 등은 남한에서는 미미했다가 북한에 간 후 눈에 띄게 활발한 창작활동을 한 작가들이다. 윤세중은 월북하기 전에는 「명랑」 「백무선」 「십오 일 후」 등 근 10편 정도의 작품을 써내었으며 유향림은 1930년대 후반에 「마권(馬券)」 「구구(區區)」 등 5편 정도의 소설을 발표한 바 있다. 오늘날 연구자들로부터 유향림은 어느 정도 주목받고 있으나 윤세중은 관심을 끌고 있지 못하다. 이동규는 1930년대에 「게시판과 벽소설」 「신경쇠약」 등 10편 내외의 작품을 써내기는 하였으나 그나마 문제작이라고 할 것이 별로 없다. 김영석은 해방 이전에는 6편 정도의 질량이 다 빈곤한 소설을 발표했으나 해방 직후에는 「전차운전수」 「폭풍」 등 문제작이 많이 포함된 10편의 소설을 발표했다. 유향림과는 달리 김영석 윤세중 이동규 이근영 현덕 지봉문 등은 해방 이전의 문단에서 크게 주목받지 못했다.

2. 단편소설론

1952년 12월 1일에 '재일본 조선인 교육자 동맹 문화부'에서 간행된 이태준의 소설집 『고향길』에는 「백배 천배로」 「누가 굴복하는가 보자」 「미국대사관」 등 6편의 단편소설이 실려 있다. 이중 「고향길」만 한국전쟁 직전에, 나머지는 전시중에 탈고되었다.

「백배 천배로」는 그 표제의 속뜻을 결말 부분에서 드러내고 있다. 날아오는 총알을 자기 대신 막다가 죽은 부하 오기호 전사의 시체를 본 최훈 분대장은 "밝기까지는 아직도 세 시간은 있다! 놈들은 전화줄을 고치려 얼마든지 계속해 나타날 것이다. 놈들에게 원쑤를 갚되 백배 천배로 앵기자!"(7쪽)고 적개심을 다진다. 1951년 4월로 탈고 일자가 밝혀져 있는 「백배 천배로」는 전쟁소설이며 전투소설이다. 이 소설을 가장 강하게 떠받치고 있는 것은 오기훈 전사의 희생 모티프와 이로 인한 최훈 분대장의 복수심 다지기 모티프다. 이후의 다른 월북작가의 작품들 속에서도 희생 모티프와 복수심 모티프는 자주 또 크게 주제에 관여하고 있다. 「백배 천배로」의 경우 중심사건은 단편소설이라는 그릇에 담기에도 지나치게 간단하다. 전쟁소설의 범주에 드는 북한소설들 거의가 그러한 것처럼 「백배 천배로」도 "짐승놈" "겁먹은 놈들" "원쑤" "미국놈들" 등과 같은 노골적인 욕설을 들려주고 있다. 북한소설은 작가가 어떠한 체제에 있으며 어떠한 입장에 있는가를 쉽게 또 노골적으로 알려주는 특징이 있다.

「누가 굴복하는가 보자」는 김영민 군관이 포탄 지원차량을 타고 가던 중 시한폭탄을 만나 수십 대의 차량이 늘어서 있는 것을 보고 단신으로 시한탄을 제거한 후 죽음을 무릅쓰고 우군에게 포탄상자를 던져주는 용기를 보여 일약 영웅적 존재로 부각되는 과정을 그렸다. 김영민 군관이 탄 차량의 운전병은 처음에는 겁을 집어먹고 운전하다가 나중에는 김군관의 용기 있는 행위에 감격하여 자기도 모르게 우군지원에 적극적인 태도를 보이게 된다. 「누가 굴복하는가 보자」라는 제목은 남쪽 하늘로 달아나는 비행기를 보고 "이 개새끼들아! 보자! 누가 굴복하는가 보자!"고 김영민 군관이 외치는 것에서 그 의미를 획득하게 된다. 탈고 일자가 1951년 4월로 되어 있는 이 소설도 전쟁소설이요 전투소설에 들어간다. 이 소설에서도 적군에 대한 적개심을 강조하고 직화하는 뜻에서 욕설을 서슴지 않고 내뱉는 방법을 취하고 있다.

「미국대사관」은 인민군 포격에 맞아 떨어진 미군 비행기의 조종사 두 명이 붙잡히고 나서 취조받는 과정을 구체적으로 그려 보이고 있다. 미군

두 명이 자기네를 미국대사관에 보내달라고 계속 졸라대자 화가 난 인민
군은 탄약고에 가두어버리면서 여기가 바로 미국대사관이라고 한다. 바
로 이 과정에서 인민군의 미국 혐오의 감정은 극에 달하게 된다. 작품의
화자가 흥분을 가라앉히지 못하고 "트르먼에서부터 애치슨 맥아더―모
든 전쟁방화자들의 살과 뼈를 이 부뜰린 놈들이 대신해서라도 조선인민
이 당하는 아픔을 골수 깊이 맛보도록 해주고 싶었다"(20쪽)고 인민군의
심정을 대변하는가 하면 작중의 취조관은 "누가 너희놈들에게 남의 나라
령공을 마음대루 날러 다닐 특권을 주었느냐"고 힐난한다. 처음에는 도도
하고도 자신만만하게 굴던 미군들도 나중에는 목숨만 살려달라고 한다.
이 작품은 미군 포로의 심문이라는 특이한 소재를 다룬 전쟁소설에 들어
간다.

　「고귀한 사람들」은 「미국대사관」이 미국과 남한을 향한 부정적 인식으
로 뒤덮여 있는 것과 달리 북한과 중국의 연합을 긍정적으로 파악하고 있
는 소설이다. 작중 주요인물들은 중국이 북한을 도우러 온 것을 "고상한
국제주의"(48쪽)라고 미화하기까지 한다. 공산주의자를 고상한 인간으로
등치하려 한 의도를 반영이나 하듯 작가 이태준은 이 작품에 칭찬하고 싶
고 본뜨고 싶은 인물들만 등장시키고 있다. 정찰병으로 나갔다가 부상당
한 박요철 대원과 중국 지원부대의 진평수 전사를 교대로 야전병원까지
업고 온 분대장도 "고귀한 사람"이요 중국군 진평수를 극진히 간호하다가
죽고 마는 김옥실도 "고귀한 사람"에 들어간다. 조선인 간호장교인 김옥
실은 중국인 진평수를 살리기 위해 자기 피를 세 차례나 수혈해주었고, 중
국 노래를 불러주어 마음의 평화를 가져다주었고, 미군 비행기의 폭격으
로 불붙은 병실에서 그를 구해내기도 하였다. 진평수는 중국 지원군에 들
어간 그날부터 이미 인민군에게는 "고상한" 인물로 부각된 것이다. 1951
년 5월 15일에 탈고한 것으로 되어 있는 이 작품은 박요철과 진평수가 퇴
원하여 김옥실의 무덤에 가 성묘하면서 향나무를 심는 것으로 끝을 내고
있다. 찬양의 대상과 증오의 대상을 분명하게 가려 설정하고 반복 강조하

는 것은 북한소설의 공식의 하나이거니와 거의 찬양의 대상 일색으로 인물을 설정한 점에서 「고귀한 사람들」은 특이하다.

「네거리에 선 전신주」는 1951년 5월에 탈고한 것으로 밝혀져 있다. 송진환 소대장은 선발대로 자기 고향으로 들어가 "미군 군정과 리승만 정권을 반대하는 구호"를 붙였던 전신주를 확인하고 감회에 젖는다. 원래 송진환은 민애청원으로 있으면서 5·10 단선 반대를 선전하는 삐라를 붙이던 중 총에 맞아 죽은 윤기서 동무를 떠올린다. 바로 그 전신주에서 송진환 소대장은 인민군대를 환영하고 원수를 갚아달라는 표어를 발견하게 된다. 그 표어는 윤기서의 동생 윤기은이 쓴 것이었다. 윤기은은 "아버지는 산으로 갔고 자기 어머니와 누이 동생은 놈들에게 생매장을 당하였던" 아픔을 지니고 있다. 전쟁소설에 들어가는 「네거리에 선 전신주」도 「백배천배로」와 마찬가지로 복수심을 강조하였다.

단편집 『고향길』에서 가장 긴 「고향길」은 한국전쟁이 일어나기 바로 전인 1950년 5월에 탈고된 소설이다. 이 작품은 빨치산 대원인 김칠복 위병장이 고향 지서를 습격하기 위한 사전정찰대로 발탁되어 자기 고향에 들어가서 겪는 일과 그에 따른 투쟁욕 강화를 그려내 보인 것이다. 김칠복은 반탁 테러 반대운동에 가담했다가 붙잡혀 고문받고 CIC로 이송하는 도중에 탈출하여 빨치산이 되었다. 그는 지서 소탕에 필요한 정세자료, 적성, 인민들의 호응조직, 대원확충 가능성, 식량공작 등을 알아보고 오라는 임무를 부여받는다. 그는 정기훈 동무의 희생적인 죽음을 목격하였고 용보석범 면책 등 옛친구들과 접선하는 가운데 민보단과 순경들이 자기의 아내와 딸을 붙잡아가는 광경을 목도한다. 그럼에도 김칠복은 "자기는 더 많은 것에 분노해야 하며, 더 큰 것에 복수해야 하리라"(115쪽)고 하면서 방아쇠를 당기지 않는다. 이 부분은 인간의 상식과 본능에 어긋난 것인 만큼 설득력을 갖기 어렵다. 이 작품은 김칠복이 '지금은 담담하게 물러가지만 다음에는 힘을 갖추어 돌아오겠다'고 각오를 다지는 것으로 끝이 난다.

「개벽」은 이기영이 월북한 직후에 토지개혁을 소재로 하여 쓴 소설이다. 이 소설은 토지개혁법령이 발표된 직후 읍내에서 기념행렬이 벌어지고 농민들은 희망과 행복에 찬 표정을 짓는 반면 지주들은 충격과 절망에 빠져드는 일련의 변화를 그려 보이고 있다. 농민들은 "우리들 농민에게 토지를 주신 김일성 장군 만세!"(『조선단편집 2』, 평양 문예출판사, 1978, 4쪽)를 연일 부르고 있으며 지주들은 "대명천지 밝은 날에 생벼락을 맞은 셈"(12쪽)으로 여기고 있다. 지주에게 착취당해도 아무 소리 없이 일만 하는 원첨지와 30년 동안 머슴살이하던 김영감은 농촌위원회 위원으로 선출된다. 이 소설은 토지개혁을 "위대한 봄, 인간의 새봄, 인민의 새봄"(29쪽)으로 비유하고 있고 지주 황주사가 5만원을 모아서 명주바지 저고리에 솜과 함께 받쳐 만든 옷을 입고 간밤에 월남한 것으로 끝맺음하고 있다. 이기영도 이 소설에서 '왜놈들' '지주놈들' 하는 식의 호칭을 씀으로써 일제와 지주세력에 대한 부정적 인식을 강조하게 된다. 토지개혁 실시에 따른 엄청난 사회변화를 형상화하고 있는 점에서 「개벽」은 장편소설 『땅』의 예고편이라고 할 수 있다.

이북명의 「로동일가」는 1947년에 탈고한 것으로 되어 있다. 이기영이 월북한 직후에도 농민소설을 썼던 것처럼 이북명도 월북한 후 계속 노동자소설이라든가 공장소설을 썼다. 류안 비료공장을 무대로 한 「로동일가」의 중심사건은 5·1절이 가까워오면서 증산경쟁의 분위기가 감도는 가운데 리달호와 김진구가 경쟁하다가 마침내 김진구가 승리한 데서 찾을 수 있다. 「로동일가」의 김진구는 생산책임량의 초과완수, 출근률 제고, 직장의 청소미화 등 어떠한 경쟁에서도 승리하는 인간으로 그려지고 있다. 김진구는 공장 내에서 일도 제일 잘할 뿐만 아니라 경쟁자 리달호의 술수와 신경질을 다 포용하고 아내가 집안 일과 직장 일을 다 잘하고 계속 학교 다니며 교양을 늘리게끔 적극 유도해주는 완벽한 존재(die fertige Gestalt)로 그려지고 있다. 이 소설에서도 김일성 장군 예찬이 예외없이 나타나고 있다. 김진구 내외는 "위대한 김일성 장군님의 령도 밑에 우리가 바로 행복을 창조하는 사람들"(63쪽)이라고 만족해하고 있으며 아들

수돌이 공부를 잘하자 이 다음에 김일성종합대학에 보내야겠다고 다짐을 한다. 또 이 소설에서는 비료공장에 대한 체험적 지식과 전문가적 식견이 도처에서 나타나고 있다. 이러한 작가의 전문지식이 없었더라면 「로동일가」는 구체성을 획득하기가 어려웠을 것이다. 「로동일가」는 비료공장에 대한 작가의 체험적 지식을 바탕에 깔고 노동자에 대한 1930년대의 긍정적 인식을 북한체제와 김일성 장군에 대한 무조건적인 찬양으로 대치한 결과라고 할 수 있다.

이동규의 「그 전날 밤」은 남한 단독선거를 찬성하는 측과 반대하는 측의 대립관계를 설정하는 데서 시작한다. 물론 이 소설은 단독선거 반대론을 지지하는 입장에 서 있다. 한일 농구제작소 사장 신태화가 선거에 입후보하자 노동자들은 단독선거 자체를 반대하여 신태화 사장 낙선운동을 벌인다. 이에 사장의 수족인 공장장은 노동자들을 여러 가지 방법으로 탄압하게 된다. 노동자들을 감옥에 보내기도 하고, 모질게 때려 병신을 만들기도 하고, 공장 밖으로 내쫓아버리기도 한다. 이 소설의 결말은 단독선거 반대론자들이 '독촉' 사무실로 쳐들어가 향보단원과 경관을 구타한 후 마침내 신태화 사장을 붙잡아 여기저기 끌고 다니는 것으로 처리되고 있다. "성난 군중들은 놈들의 책상을 부시고 서류를 꺼내어 불살라버렸다"(88쪽)와 같이 적개심을 드러내고 있다. 「로동일가」가 포용의 정신, 찬양의 태도, 현실에 대한 만족감 등으로 가득찬 노동소설이라면 「그 전날 밤」은 대립 증오심 응징의 분위기로 채워진 노동소설이라고 할 수 있다.

윤세중의 「구대원과 신대원」은 1952년에 탈고된 것으로 전쟁소설이면서 전투소설의 전형이 되고 있다. 이 소설은 구전투원 장수철이 신전투원 박성구를 지도하고 마침내는 부상당한 장수철이 박성구에게 뒤를 맡기고 후송되는 것으로 끝나고 있다. 장수철은 첫째, 수령님의 전사로서 최고 사령관 동지의 명령을 무조건 수행할 것 둘째, 미국제국주의자들이 우리 조선에 들어와 저지른 만행이 무엇인가를 알 것(196쪽) 등 여러 가지를 가르치고 있다. 장수철의 지도를 받아 박성구는 "김일성 수령에 대한 충성심"과 아버지를 죽인 미군에 대한 복수심으로 전투욕을 충전시키고 있다. 「구대원과 신대원」은 1950년대의 북한사회가 충성심과 복수심으로 지탱되고 있었음을 확인시켜준 작품이다. 이 소설에서는 남한이라든가 국군에 대한 언급은 찾아보기 어렵다. 원수=미군이라는 등식이 성립할 정도로 미국과 미군에 대한 적개심을 강조하고 있다. 구대원 장수철과 신대원 박성구가 같이 참가한 전투는 인민군과 미군 사이의 전투로 그려져 있다. '미제놈'과 같은 욕설은 예사로 튀어나온다.

유항림의 「직맹반장」은 시멘트 공장의 직맹반장으로 오게 된 한 여성이 여러 가지 어려움과 방해를 무릅쓰고 자기 일을 성공적으로 수행하고 주위로부터 모범적인 삶을 산다는 평가를 듣게 되는 것을 중심사건으로 설정하고 있다. 해주 시멘트 공장에서 일하다가 이 시멘트 공장으로 오게 된 주인공 영희는 남편이 경찰의 고문을 받아 죽고 자신은 인민군대로부터 구조된 과거를 지니고 있다. 직맹반장으로 온 후 그녀는 생산성을 높이기 위해 제일 먼저 출근질서를 확립하면서 노동자들의 각성이 높아지도록 유도했고 전쟁고아를 둘씩이나 데려다 키운다는 소문이 나면서 주위로부터 이해와 존경을 받게 된다. 「직맹반장」의 영희는 「로동일가」의 김진구 내외처럼 어디 한 군데 흠잡을 데가 없는 완벽한 존재라고 할 수 있다. 이미 여러 소설을 통해 북한소설은 적대감과 충성심이 양극화되는 특성을 지니고 있음을 확인할 수 있었다. 작중인물 사이의 갈등이 잘 나타나지 않는 것도 북한소설의 한 특징이다. 그럼에도 「직맹반장」에는 통계원 준호와 영희의 갈등이 비교적 심각한 양상을 띠고 있는 것으로 나타난다. 「직맹반장」은 인물이나 사건의 규모에 비해 소설이 긴 편이다. 그만큼 이 작품은 작가가 특정한 감정을 강조했음에도 지루한 감을 주고 있다.

김사량의 「칠현금」은 1949년에 탈고된 것으로, 노동자 출신이 6년 동안이나 입원해 있던 병원에서 교양사업 지도원과 작가가 되기까지의 과정을 그린 소설이다. 문학동맹중앙위원회 소속 작가인 S가 전신불구자인 윤남주를 도와주는 것이 주요사건의 하나이기는 하지만 「칠현금」의 주인공은 두말할 것도 없이 윤남주다. 윤남주의 사연은 때로는 본인이 진술하는 형식으로 때로는 신 간호원이 들려주는 형식으로 파편처럼 나타나고 있다. 윤남주는 일제 말엽인 1943년에 제철소에서 전기공으로 일하던 중 수백 킬로그램짜리 쇠통에 눌려 척추를 다쳤으나 일본 병원에서 방치되는 바람에 병세가 악화되어 전신불수가 되어버린다. 해방 이후 북한 병원에서 윤남주는 병원 내 벽신문에 라디오에서 들은 정치·시사자료를 소개했고, 새 보건일꾼들의 열성에 대한 감상문을 써내었고, 동화라든가 소설을 쓸 정도로 정신건강은 좋아졌다는 것이다. 이러한 이야기의 내용은 현실성의 결여라는 반응을 살 수 있다. 바로 S의 주선으로 윤남주는 문학동맹 가입을 할 수 있었고 동화작품이 높게 평가되기도 하였다. 그런데 윤남주는 당으로부터의 도움만 받은 것은 아니다. 그는 소련 군의관 이와노브 대위로부터 1차 수술을 성공리에 받을 수 있었고 다시 2차 수술을 받기로 약속이 되어 있다. 이 소설도 일본제국주의를 향해 증오심을 표출하고 있으며 동시에 소련 예찬에 빠져들고 있다. 작가 김사량은 일본 의사의 무자비한 중환자 방치와 소련 의사의 뛰어난 인술을 거듭해서 대비시키고 있다. 윤남주에게 라디오는 유일한 학교요 친구였던 만큼 그는 라디오를 통해 "남반부의 민족반역자와 친일파들의 발악하는 꼬락서니와 미제국주의자들의 음흉한 침략정책"(77쪽)을 듣게 되면서 적개심과 조국건설사업에의 참여의지를 자신의 삶의 원동력으로 삼게 된다. 윤남주의 경우도 적개심과 찬양의 양극화라는 북한소설의 속성을 잘 일깨워주고 있다.

이상에 논급한 월북작가의 북한소설들은 대부분 소재의 제한성, 주제의 일률성, 플롯의 공식성 등과 같은 부정적 성격을 드러내고 있다. 적대감이라든가 찬양과 같은 감정적 차원의 창작의도로 작품을 이끌어간 점이 월북작가의 북한소설의 가장 큰 특징이라고 하겠다. 이들 소설들에 나타난 적대감의 대상으로는 '남조선' '리승만' '미제' '미군' '일제' '왜놈' 등이 있고 찬양의 대상으로는 '김일성 장군' '소련' '소련군' '완벽한 노동자' 등이 있다. 이상의 단편소설들은 시보다는 소설이 선전문학이 되기

어렵다는 통념을 깨뜨리고 있다. 월북작가들이 북한에서 쓴 단편소설들
은 적개심 복수심 증오심 찬양 광신 등의 감정을 미리 내세우고 거기에 맞
는 인물과 사건을 나중에 설정하는 식의 절차를 밟고 있다. 소설들에 나타
나는 주요인물들은 이름만 다르다 뿐이지 사고방식도 같고 행동방식도
유사하다. 그들에게서는 흔히 살과 피로 비유되는 개성이라든가 상황적인
인식이라든가 가변적인 감정을 찾기가 결코 쉽지 않다.

3. 장편소설론

　1948년과 1949년에 걸쳐 이기영이 쓴 장편소설『땅』은 '개간편' 과 '수
확편' 으로 구성되어 있다. 다시, '개간편' 과 '수확편' 은 각각 10장으로 짜
여져 있다. '개간편' 은 곽바위가 그 동안의 불우한 삶을 청산하고 토지개
혁령에 따라 지주 고병상의 땅을 분여받은 내력을 그린 제1장 '곽바위',
토지개혁령에 반대하는 지주 고병상의 모습을 그린 제2장 '지주의 환영',
강균과 곽바위 중심으로 벌말 개간사업을 추진하는 일을 다룬 제4장 '개
간 준비', 전순옥이 자신을 모략하는 소문에 비관하여 자살을 시도했다가
강균에 의해 살아나는 사건을 그린 제5장 '비련한 음해', 곽바위가 써래질
아이디어를 내어 개간공사를 효과적으로 수행하고 마을 농민들이 일치단
결하여 개간공사하는 광경을 그린 제9장 '관개공사' 등으로 짜여져 있다.
'수확편' 은 곽바위와 전순옥의 결혼을 그린 제1장 '결혼', 곽바위가 두레
를 구성하여 두레의 힘이 날로 증대되는 것을 그린 제4장 '두레의 힘', 당
위원장 강균의 아버지 강사과의 반봉건, 반유학론 중심의 사상을 소개한
제6장 '숯 굽는 총각', 지주 고병상이 땅을 빼앗기지 않으려고 잔꾀 쓰는
모습을 그린 제7장 '우망', 해방 1주년 기념 분위기와 마을 사람들이 곽바
위 주변에 모여드는 것을 그린 제8장 '해방기념', 대의원에 당선된 곽바위
가 강원도 대의원 60명과 함께 북조선 인민대표자회의에 참석하고 오는

모습을 그린 제10장 '인민회의' 로 구성되어 있다.

이 소설은 곽바위가 머슴에서 강원도 대의원으로 출세하기까지의 과정을 그려놓은 점에서 영웅소설이면서 성장소설의 유형에 들어가는 것이라고 할 수 있다. 곽바위는 빈농인 아버지를 일찍 여의고 누이동생이 제사공장으로 팔려가면서 받은 300원으로 장가들고 집도 산 후 병든 누이에게 1년만 기다리라고 하던 중 일본인 농업지도원에게 따귀를 맞자 그를 구타하는 사건을 저지른다. 그는 공무집행방해죄, 구타죄로 6년 징역을 살고 나왔다. 그 사이에 어머니와 누이는 세상을 떠났고 아내마저 어디론가 가버렸다. 그후 곽바위는 10여 년 동안 홀아비 머슴꾼으로 이곳저곳을 돌아다니며 일을 한다. 나중에 곽바위의 아내가 되는 전순옥은 화전민의 딸로, 아버지가 새로 밭을 일구기 위해 불지른 것이 들통나 주재소로 끌려가 죽도록 매맞고 벌금까지 물고 나온 후 닥치는 대로 일을 하게 된다. 전영감은 딸을 기르는 데 정성을 다하기는 하나 지주 윤상렬로부터 소작권을 떼이지 않으려고 순옥이를 첩으로 주게 된다. 순옥이는 지주의 첩으로 팔려가고 부친은 그 때문에 응혈병이 생겨 세상을 떠난다. 이처럼 곽바위와 전순옥은 일제 관리 지주 등과 같은 힘있는 존재들에게 착취당한 공통점을 갖고 있다.

곽바위와 전순옥을 의식화시킨 인물로 강사과와 강균을 들 수 있다. 이 중에서도 강균의 존재가 없는 곽바위와 전순옥의 삶은 생각할 수 없을 정도로 그의 영향력은 절대적이었다. 개신 유학자인 강사과로부터는 조선왕조 주자학 한문표기론 당쟁론 봉건제 등에 대한 비판을 들을 수 있다. 『땅』의 주제에 닿는 지름길인 토지개혁문제에 대해 그 동기, 배경, 역사적 의의 등에 대해 체계적으로 설명해주는 사람은 강균이었다. 강균은 기회만 있으면 토지개혁의 역사적 의미에 대해 역설하곤 한다. 자살하려던 순옥을 살려놓고 그녀에게 삶의 의욕을 복돋는 자리에서도 소련 예찬과 김장군 찬양을 매어단 토지개혁의미론을 설파한다.

그러므로 오늘날 북조선의 토지개혁은 정말로 우리 조선의 완전 독립을 위한 기초를 세운 것인데 그것은 더구나 남조선을 두고 보면 누구나 알 수 있지 않은가? 조선인구의 8할 이상이 농민인데, 그들을 소작인으로 지주에게 붙들어 매놓고서야 억년을 간들 그 나라가 잘될 턱이 있는가. 망하는 게 워낙 옳은 법이지—북방의 위대한 인민의 나라인 쏘련 군대의 힘으로 전선이 해방되고 우리 북조선은 김일성 장군의 올바른 령도로 이와 같은 토지개혁도 되었는데 앞으로 독립국가가 될, 그 찬란한 조국의 영광을 못 보고 자네가 죽는다는 것은 말이 안 되네. 죽긴 왜 죽는단 말인가 —순옥은 머리를 다소곳하니 앉아서 가만히 지난 일을 회상하고 있었다.(230쪽)

강균은 토지개혁의 정당성을 설명하면서 일제 귀족 대지주 대자본가 친일파 민족반역자 매국노 등을 공격하였고 노동자, 농민, 사무원, 일반 근로대중을 적극 옹호하였다. 토지개혁을 포기하고 지주세력을 그대로 놓아두면 이들은 자기의 계급이익을 위해서는 통일이나 민주주의를 반대할 것이라고 하였고 지금 리승만 정부가 그 좋은 예라는 것이다. 강균은 미군정과 리승만 정권에 대해서 공격을 아끼지 않았다. 강균은 소련군을 예찬하고 김일성을 우상화하는 작업을 효과적으로 전개하기 위해 미군정과 리승만을 공격하는 방법을 취하였다. 이기영의 해방이전 소설에서는 강균과 똑같은 존재를 찾을 수 없다. 『땅』에서의 강균은 이기영의 해방이전 소설에서의 사회주의자의 연장선에 놓이기는 하지만 발전적인 존재라고 단정할 수는 없다.

마침내 곽바위도 사회주의를 실천에 옮기는 단순한 농민에서 벗어나 이론가가 된다. 강균의 복사판이 된 그는 부인 전순옥에게 "남조선 농민들은 지주의 착취와 미제국주의의 압박 밑에서 고생하고 있다"고 주장한다. 그리고 "땅문제에 조선의 흥망이 달려 있다"(512쪽)고 역설하면서 절반의 조선땅을 찾기 위해서는 남북통일할 필요가 있다고 하였다. 『땅』은 곽바위와 전순옥의 입장에서 보면 해피엔딩으로 끝난 소설에 해당된다.

이 소설의 문제점으로는 대화소설로 빠져 작품전개의 긴박감을 놓치고 있는 점, 토지개혁 김일성 사회주의체제 농민세력 소련 등을 무조건 찬양하는 선전문학의 범위를 벗어나지 못한 점, 구성이 긴밀하지 못하고 이완되어 있어 작품이 지루한 느낌을 안겨주는 점, 형식면에서나 담론상으로나 실험정신을 보이고 있지 않은 점 등을 들 수 있다.

7년에 걸쳐 집필된 이기영의 대하소설 『두만강』은 3부로 구성되어 있다. 제1부(29장)는 1954년에, 제2부(37장)는 1957년에 발표되었고, 이어 제3부(36장)는 이기영이 이 소설의 제1부로 '인민상'을 받았던 1960년 바로 이듬해에 완성을 본 것으로 되어 있다. 『두만강』의 창작방향의 결정요인으로 '인민상' 수상 이외에 당의 선동선전사업의 지침하달을 들 수 있다. 예컨대 1955년 12월 28일 김일성은 '당 선전선동 일군들 앞에서 한 연설'을 통해 당의 사상사업과 선전사업이 교조주의와 형식주의에 빠져 있어 효과를 거두지 못하였다고 지적하면서 "우리 인민의 투쟁역사를 연구하여 근로자들 속에서 그것을 널리 선전하는 것이 무엇보다도 중요한 것"(『신동아』 1989년 1월호 부록 「원자료로 본 북한」, 125~127쪽)이라고 주장했다. 이 연설에서 일제 때의 3·1운동, 6·10만세 사건, 광주학생사건 등과 같은 항일투쟁사건에 대한 연구가 거의 되어 있지 않다고 하면서 "공산당의 영도가 없었던 것이 3·1운동의 실패원인이었다"는 해석을 보이기도 하였다. 전후의 북한에서 조선노동당이 사회주의 재건의 일환으로 '계급교양의 강화, 선전사업에서의 교조주의와 형식주의 태도의 극복, 사회주의적 사실주의의 재확립' 등을 강조한 것은 당시의 북한작가들에게 절대적인 지침으로 작용했을 것이다. 이 점에서 당시 북한소설계를 지배했을 월북작가들의 소재와 주제의 방향을 쉽게 짐작하게 된다.

『두만강』의 제1부는 1890년대 중반부터 한일합방 직후까지를 시간적 배경으로, 충청도에 있는 송월동이라는 한 마을을 공간적 배경으로 취하였다. 역사소설이 대체로 그러하지만 보다 중요한 것은 시간적 배경이다. 제1부에서 공간적 배경은 고정되어 있고 시간적 배경은 개화운동 의병운동 노일전쟁 을사보호조약 한일합방 등과 같은 역사적 사건을 따라 끊임없이 변해가고 있다.

제1부에서 가장 의미가 큰 대립관계는 한길주가 대표하는 봉건지주 세력과 일본수비대로 상징되는 제국주의 세력에게, 성격이 곧은 농민 박곰손과 대승적 지식인 이진경이 연대의식을 갖고 여러 가지 방법으로 맞서 싸우는 과정에서 찾을 수 있다. 한길주가 송월동으로 오기 전 박곰손은 몇 년에 걸쳐 혼자 힘으로 자갈밭을 개간하여 논으로 바꾸어놓았고, 그후 자기 토지를 넓히기 위해 지주 한길주가 펼친 개간사업에 일체 응하지 않아 그 동안 피땀 흘려 개간한 땅과 소작권을 몽땅 빼앗기고 만다. 그리고 일인들이 벌여놓은 철도부설 공사장에서 품삯투쟁을 주도하다 붙잡혀 몇 개월 동안 옥살이를 하게 된다. 이처럼 박곰손의 초기 투쟁은 자연발생적이며 개인적인 방법으로 반봉건 투쟁의 테두리 안에서만 이루어졌다. 이렇듯 그 목표와 방법이 제한적이었던 박곰손의 투쟁은 이진경의 직접, 간접적인 계몽으로부터 안내를 받으면서 목표를 반봉건·반제 투쟁으로 확대시키게 되었으며 방법에 있어서도 무력투쟁방법을 취하게 되었다. 마침내 박곰손은 의병장 최동욱의 명을 받아 당시 조선 농민들의 고혈을 빨아먹고 있었던 존재의 하나인 제사공장에 수류탄을 던지게 된다. 박곰손은 이렇듯 의병관련자로서의 행동을 취함으로써 제2부에서 볼 수 있는 바와 같이 핍박과 고난의 삶을 이끌어가게 된다.

작중인물들을 '적'과 '동지'로 양단하려는 작가의 태도는 『두만강』의 한 특징이 되는 것이며 더 나아가서는 사회주의적 사실주의를 표방한 소설들의 공통적인 특질이기도 하다. 앞서 검토한 단편들에서도 이러한 양극화는 북한소설의 특징의 하나임이 입증되었다. 이기영은 개화기를 배경으로 삼은 제1부에서 벌써 반미와 친로의 색깔을 분명하게 드러내고 있다. 제1부에서 엿보이는 반미 친로의 관념은 작중사건의 전개과정에서 또는 인물들의 심리와 행동의 변화과정에서 자연스럽게 우러나온 것으로 보기 어렵다. 북한의 체제에 맞게 급조한 관념이라고 하지 않을 수 없다.

『두만강』의 제2부는 송월동을 떠나 무산에 도착한 박곰손이 의병 가담의 혐의로 일본 헌병대에게 붙잡혀 모진 고문을 받은 끝에 골병이 들어 나오는 데서 시작되고 있다. 제2부는 합방 직후에서 3·1운동까지를 시간적 배경으로 삼는 가운데 무산 송월동 경성 간도 등 여러 곳을 무대로 하여 박곰손, 그의 아들 박씨동, 딸 박분이, 이진경, 안무, 최동욱, 강덕만, 김갑룡 등 많은 투사들이 삐라 살포, 관청 습격, 방화, 일본 관헌들과의 직접적인 무력충돌 등의 다양한 방식으로 반제·반봉건 투쟁을 적극 전개한다는 내용의 이야기이다. 박곰손의 아들 박씨동이 간도에서 송월동까지를 종횡으로 누비며 여러 방법으로 반일투쟁을 전개하는 모습, 출옥 후에도 계속 투쟁하다 일본 헌병대에게 붙잡혀 끝내 고문사하고 만 박곰손의 역정, 간도에서의 홍범도 부대의 활동상, 3·1운동 때의 송월동 사람들의 목숨도 불사한 일제 궐기 등이 제2부를 이끌고 간 주요 장면들이 된다. 바로 이 점에서 제2부는 이데올로기 소설과 전쟁소설이 포개어진 것이라고 할 수 있다.

이기영은 제2부에서 다른 역사소설 작가들과 마찬가지로 실존인물들과 허구적 인물들을 교직시키는 방법을 구사했는데 정작 그의 내밀한 의도는 허구적 인물들의 비범성과 영웅적 풍모를 부각시키려고 한 데 있다. 그는 홍범도와 같이 독립투쟁사에서의 위치가 뚜렷한 실존인물과 박씨동 최동욱 갑룡 안무 등 자신이 만들어낸 인물들을 비슷한 위치에다 놓고 아주 강하게 연결시켜놓음으로써 결과적으로 허구적 인물들의 용맹성과 불굴성 그리고 영웅적인 면모를 더욱 큰 목청으로 강조할 수 있었다. 제3부는 훗날의 김일성을 가리키는 "청년 혁명가 김장군"을 최고의 영웅적인 존재, 더 나아가서는 우상으로 떠받들려는 의도를 분명히 지니고 있다. 박씨동 김갑룡 장포수 이철수 등과 같이 작가에 의해 만들어진 인물들은 제아무리 투쟁적이고 영웅적인 존재로 묘사되었다고 하더라도 결국은 제3부의 끝에 가서 "청년 혁명가 김장군"을 우상화하는 데 필요한 보조물 혹은 소도구로 격하되고 만다.

『두만강』제3부는 소극적 투쟁이 적극적 투쟁으로, 합법투쟁이 비합법투쟁으로, 독립단 중심의 조직적 투쟁이 항일유격대로, 노동쟁의는 아예 폭동으로, 민족주의 노선과의 병행투쟁론이 무력투쟁노선 또는 좌파투쟁노선의 절대론으로 근본적인 방향전환을 이루게 되었다는 쪽으로 일제하의 독립투쟁사를 재편성한 것이다. 이 부분에서 주인공 박씨동은 연길 감옥에 갇혀 있을 때 사회주의자 최혁으로부터 계급투쟁이론과 유물사관 등을 배웠고, 그후 탈옥하여 신흥탄광에서 이철수와 함께 노동자들의 폭동을 뒷조종했고, 또 간도에 가서는 여러 곳을 누비고 다니며 삐라 살포, 사상교육, 폭동 조종 등의 활동을 했던 것으로 그려지고 있다.

그런데 제2부에서 아버지 박곰손의 뒤를 이어 작중의 투쟁사에서 주역을 맡아왔던 박씨동은 제3부, 아니『두만강』이 거의 끝나가게 되면서 주인공의 자리를 내놓게 된다.『두만강』은 박씨동이 장포수와 함께 일본군으로부터 대대적으로 무기를 탈취하고 나서는 "청년 김장군의 영도 아래 창건된" 항일유격대 쪽으로 식구들과 이웃들을 데리고 발길을 옮기는 것으로 끝을 처리하고 있기 때문이다. 김일성을 가리키는 것으로 보이는 "청년 김장군" "청년 혁명가 김동지"의 "영도 밑에 창건된 항일유격대"에게 큰 희망을 걸고 절대적인 충성을 다짐하면서 박씨동과 그 일파가 유격대가 있는 어랑촌을 향해 떠나는 것으로 대단원의 막을 내린 대하소설『두만강』의 구성방법은 이기영의 한계이자 북한소설의 한계를 극명하게 일러준다.

제1부와 2부가 1890년대부터 3·1운동에 이르기까지의 항일운동사건을 거의 가림없이 받아들인 데서 출발한 것에 비해 제3부는 3·1운동 이후의 항일운동사를 사회주의체제의 정당성을 굳히고자 한 목적의식 아래서 부분 선택하였고 또 재구성하였다. 이처럼 1, 2부와 3부는『두만강』이라는 동일한 작품공간 내에서 어울리기 힘든 이질적 시각을 보여주고 있다.

1956년도에 나온 한설야의『설봉산』은 1930년대 초엽을 시간적 배경으로 삼으면서 함경도 성진 지방을 무대로 하여 펼쳐진 적색 농민조합운동을 모두 71장의 규모로 그려낸 장편소설이다. 『설봉산』에서의 학철 경덕 순덕 등과 같은 주요인물들은 아예 처음부터 정치투쟁과 경제투쟁을, 합법투쟁과 비합법투쟁을 병행하고 있는 것으로 묘사되고 있다. 『설봉산』은 코민테른 12월 테제에서 기본이념과 운동방법을 구해온 적색농조의 존재가치와 활동내용을 크게 선전하고 농조 간부들의 투쟁상을 부각시키는 데 기본적인 창작의도를 둔 것이다. 그만큼, 인물설정과 사건전개의 방법에 있어서 유동성보다는 고정성 쪽으로, 방사의 성격보다는 집중의 성격 쪽으로 기울고 있다. 이 작품에서는 적색 농조의 여러 가지 활동상과 농조의 핵심인물인 학철의 투쟁상이 종횡으로 얽히면서 작품의 메인 플롯이 형성되고 있다. 수리조합 급사 출신으로 연설에 특별한 재능이 있는 학철은 주로 소년 레포대의 도움을 받아가며 '농민투쟁 뉴스'와 '반제투쟁'이라는 소책자를 발행 살포하고 러시아 10월 혁명 기념사업과 광주학생의 거 기념 투쟁사업 등을 비밀리에 주도하고, 지하투쟁에 필요한 아지트를 만들고, 또 한편으로는 끊임없이 조직강화에 힘쓰는 것으로 그려지고 있다. 학철이 정치투쟁과 비합법투쟁의 방식으로 기울고 있는 반면, 재규와 덕종 같은 농조 지도자들은 경제투쟁과 합법투쟁 쪽으로 쏠린다. 이 소설에서 농조가 펼친 사업과 투쟁은 소작투쟁, 소작권 이동 반대투쟁, 채권반대투쟁, 뽕나무와 아마 재배 반대투쟁으로 요약된다.

농조가 보여준 구체적이면서도 뚜렷한 투쟁의 내용으로는 지주들의 집에 있는 차용증서를 훔쳐오게 하여 채권 강제집행을 사전에 봉쇄해버린 일, 3할은 지주가 먹고 7할은 소작인들이 가져야 한다는 3·7제를 주장하는 가운데 지주들이 소작료 받으러 다니는 것을 방해한 일, 야학 선생 남진이 경찰고문으로 사망하자 농조원들 한 떼가 경찰서로 몰려가 항의한 사건, 10월 혁명 기념 투쟁에 많은 농조원들이 가담한 것, 순이 부모가 먹고살 것이 없어 딸을 팔았다가 도로 찾아온 일 등을 들 수 있다.

『설봉산』도 그보다 뒤늦게 씌어진 『두만강』과 마찬가지로 작중의 주요인물들이 "청년 김 장군이 지휘하는 항일유격대"를 향해 희망 찬 발걸음을 옮기는 것으로 결말을 처리함으로써 작품의 앞부분에서 그런 대로 유지되어왔던 리얼리즘 정신을 스스로 해체시켜버리는 결과를 빚고 있다. 실질적인 주인공은 학철이나 경덕 또는 순덕과 같은 '개인' 보다는 이들 인물들이 속해 있는 '적색농조' 에서 찾아야 할 것이다. 계급투쟁사관을 기저로 한 소설에서는 개인적 존재보다는 조합 같은 조직에 더 무게가 실리게 마련이다.

이 소설에서는 일제의 탄압과 지주들의 수탈에 대해 다양한 방법으로 투쟁하는 1920년대와 1930년대 농민들의 모습을 담은 사진도 볼 수 있으며 10월 혁명과 소비에트를 찬미하는 노래나 연설도 들을 수 있다. 그리고 그 당시 지주들의 탐욕의 극을 달리는 모습들과 잔인하고 간악한 일본 경찰들의 모습들을 담아놓은 사진도 발견하게 된다. 『설봉산』은 지주 대 소작인, 일제 대 조선사람 등의 기본적인 대립관계를 설정해놓는 가운데, 지주 김상초, 안경잽이 일본 형사, 정도 부인 사이의 은밀한 끈이 잘 일러주고 있는 것처럼 당시 농민들의 입장에서 보면 지주와 일제 세력, 그리고 기독교가 '적' 이라는 하나의 이름으로 묶이게 된다.

『설봉산』에서 기본적인 대립관계에 가려버린 나머지 그냥 지나치기 쉬운 갈등의 경우로 순덕이 빚어낸 살모사건을 특기할 수 있다. 『설봉산』은 일제 때 실제 있었던 살모사건을 하나의 중요한 창작 모티프로 삼았다. 살모사건이란 감옥에 갇힌 아들을 살려내려는 일념에 눈이 어두운 경덕 엄마가 일본 형사의 끄나풀이 되어 한 농조 간부가 숨은 곳을 대주고 난 후 그 사실이 들통나자 새벽에 우물에 빠져 죽은 사건을 말한다. 농조의 핵심 간부로 일하고 있는 경덕이 바로 그의 엄마가 일본경찰의 첩자 노릇을 했으니 경덕의 누이이며 역시 농조의 한 중심인물인 순덕이로서도 보통 난감한 일이 아니었다. 순덕이는 엄마도 살리고 농조도 살리고 싶었으나 나중에는 농조원으로서의 사명감을 택하는 방향으로 기울고 말았다. 작가 한설야는 농조나 농조간부의 투쟁담을 들려주는 데 궁극의 창작의도를 둔 것으로 보이기는 하나 기본적으로 이러한 유의 창작의도는 1920년대와 1930년대의 농촌의 현실과 농민들의 삶을 총체적이며 객관적인 시각으로 바라보지 못한 것으로 나타나기 쉽다.

해방이 되었을 때 이미 평양에 있었던 최명익은 1966년에 총 65장으로 짜여진 장편역사소설 『서산대사』를 발표했다. 이 책은 조선문학예술동맹 출판사에서 간행되었다. 주제나 소재의 면에서 이기영이라든가 한설야에 비하면 최명익은 놀랄 만큼의 전신을 한 셈이다. 해방직후까지 본격적인 심리소설의 경지를 보여주었던 최명익은 『서산대사』에서 역사소설가로서의 면모를 과시하고 있다. 『서산대사』는 1592년 5월 왜군에게 쫓긴 선조 임금의 행렬이 평양성에 들어오는 데서 시작하여 1593년 정월 조선과 명나라의 연합군이 6개월 동안 소서행장 휘하의 왜군에게 점령당해 있었던 평양성을 탈환하는 장면을 그리면서 끝맺음을 한 것이다. 『서산대사』의 주요사건은 다음과 같이 정리된다.

왕을 따라 평양성에 들어온 신하들 평양 사수파와 의주 이주파로 분화. 서산대사의 근황과 과거 소개. 왕의 평양성 출발. 왜군의 평양성 육박. 서산대사 각도에 있는 법제자와 법손에게 궐병하라는 내용의 편지 발송. 서산대사 평양성 방어전략 하달. 동금강암 앞에서의 왜군과 승군의 접전. 묘향산에서 승군 1,500명 기병. 왜군 사령관 가등청정과 소서행장 알력. 서산대사 왕명에 따라 8도 도총섭과 승병 총대장도 겸임. 제자 사명당 부총섭. 심유경과 소서행장의 담판. 승군 2,500명과 농군 500명이 참가한 보통벌 추수작전 개시. 왜군과의 대전투. 고충경의 누이동생 보패가 왜군에게 포로. 기생 계월향 사망. 왜군 점차 퇴각 시작. 승려 법근 전사. 조명 연합군 평양성 탈환. 소서행장 부대 퇴각.

이러한 굵직한 인물들과 행태들과 사건들만 추려내는 것으로는 『서산대사』의 총체적 서사구조가 제대로 파악될 수 있는 것은 아니다. 『서산대사』는 실존인물 못지않게 허구적 인물들을 많이 설정하고 있으며 또한 실존인물들의 활동상만큼이나 허구적 인물들의 활약상에도 큰 비중을 두고 있기 때문이다. 기본적으로 『서산대사』는 역사서술과 문학적 상상력에 의

한 서술을 조화 있게 배합해놓았으며 실존인물들과 허구적 인물들에게 작가적 관심을 고루 안배하고 있다. 작가가 만들어낸 인물들에 대한 이야기가 과거에 실재했던 인물들에 대한 이야기와 대등한 기운으로 맞서 있다.

국난에 처해 승려의 신분을 분연히 떨치고 일어나 초인적인 용기와 지혜를 발휘함으로써 애국애민 정신을 한껏 살릴 수 있었던 서산대사의 풍모와 내면세계를 그리고자 한 데서『서산대사』의 제일차적인 창작의도를 찾을 수 있다. 그러나 최명익은 서산대사를 위대한 인물로 양각시키는 데서 만족해한 것은 아니다. 서산대사의 정신세계를 백성사랑 쪽으로 몰아가고 있는 데서 작가 최명익은 무명의 민중영웅들을 부각시키려고 한 창작의도를 자연스럽게 드러내게 된다. 쇠주먹이라는 별명을 지닌 장사 전주복, 파계승이기는 하나 무예가 출중한 법근, 두문동 72현의 후손으로 명궁인 고충경, 을지문덕 후손을 자임하는 무사 돈비신, 용맹성과 뛰어난 무술로 소문난 임욱경 등은 바로 최명익이 만들어낸 민중영웅들이다. 이외에도 차돌, 보통벌 머사니, 갑손, 황서방 등과 같이 제 한 목숨 돌보지 않고 왜군과 맞서 싸운 민초들이 많이 등장하고 있다. 이들 존재들은 서산대사, 사명당, 곽재우, 조헌, 이순신 등과 같은 역사적 존재들에게 결코 뒤지지 않는 행위와 업적을 보이고 있다. 이 소설은 비록『서산대사』라는 제목을 지니기는 하였지만 이들 힘없고, 이름 없고, 미천하기 짝이 없는 존재들의 자기 희생적인 역사참여나 전쟁참여가 없었더라면 오늘에 전하는 것과 같은 서산대사의 방명은 있기 어려웠을 것이다. 그리고 나라도 없어졌을지도 모른다. 무명의 민중영웅의 비극성을 강조하는 의미에서 이 소설은 법근, 고충경, 임욱경 같은 인물들이 전사하는 것으로 처리하였다.『서산대사』는 초인적인 혜안과 지휘능력을 가진 영웅적 존재를 그리면서 동시에 애국애족 정신을 실현하기 위해 자기 한 몸 돌아보지 않는 영웅들을 그려내고 있다.

『서산대사』가 여러 곳에서 선조 때의 지배층이나 양반세력을 향해 틈만

나면 비판하고 있는 것은 애민사상의 강화라는 효과를 가져오기도 하고 역사주체로서의 민중영웅의 위치를 더욱 선명하게 음각시켜주는 결과를 빚어내기도 한다. 과거의 작품에서 좀처럼 자기의 육성을 잘 들려주지 않았던 최명익은 여기서는 직접 나서서 양반비판을 개진하는 태도를 보여준다. 『서산대사』는 권력층이나 양반계급에 대한 부정의 감정과 비판의식을 강화하는 동시에 평민층이나 천민들에게 잠재되어 있는 자기희생정신과 현실극복의지를 크게 부각시키고 있다.

『천변풍경』으로 세태소설을 한 단계 끌어올렸고 「소설가 구보씨의 일일」로 소설가소설의 모범을 제시한 박태원은 월북한 후 역사소설로 방향을 돌렸다. 이러한 방향전환이 의외의 것은 아니다. 그 결정체가 제1부 '천하는 굶주리는 봄', 제2부 '서면 백산 앉으면 죽산', 제3부 '새야 새야 파랑새야'로 구성된 대하역사소설 『갑오농민전쟁』이다. 제1부는 1977년에, 제2부는 1980년에, 제3부는 1986년에 평양 문예출판사에서 간행되었다. 박태원은 「계명산천은 밝아오느냐」(1963)를 쓴 직후에 실명하고 말았고 고혈압으로 전신불수가 되는 비극을 맞았다. 그런 끝에 『갑오농민전쟁』은 구술로 씌어진 특수성을 지니게 된다. 이 작품은 본문으로 들어가기 전에 19명의 나오는 사람들을 소개해놓았는데 이들 인물들은 전봉준 손화중 김개남 김덕명 조병갑 등과 같은 실존인물과 오상민 오수동 리진사 등과 같은 허구적 인물로 나눌 수 있다. 오상민은 '주인공, 총포대장'으로, 천돌석은 '머슴청년, 농민군 총포대 부대장'으로, 리진사는 '고부 양교리 량반토호'로, 손화중 김개남 김덕명 등은 '농민군 두령'으로 규정되어 있다.

제1부는 지주 리진사의 농민착취, 오상민 아버지 오수동의 혁명가로서의 활약상(제1장), 지배층과 양반세력의 부패상, 오수동 일심계 조직(제2장), 조병갑 고부군수 취임, 전봉준 등장(제3장), 조병갑의 악정(제4장), 전봉준 주도하의 동학군 기병, 전봉준 정한순 오수동 연합(제6장), 조병갑의 가렴주구, 리진사의 착취상(제8장) 등으로 구성되어 있다.

제2부는 동학군 고부읍 습격, 리진사집 수난(제1장), 리진사집 노비문서 소각, 오상민 리진사집 곳간 파괴(제3장), 해방된 농민들 동학군에 가담, 파랑새 노래 유행(제4장), 고부군 안핵사로 온 장흥부사 리용태의 동학군 탄압, 오상민의 부대 태인관가 습격(제5장), 전봉준 척왜척양·보국안민 기치 걸고 재기병, 많은 양민 사망(제6장), 오수동 부자 상봉, 호남창의소 설치(제7장), 관군과 충돌, 황토현 전투에서 대승(제8장), 토벌군의 횡포, 오상민의 대활약(제9장), 오상민의 부대 전주성 입성(제11장) 등으로 구성되어 있다.

제3부는 일본군 내란 구실로 출병결정(제2장), 전라도 53개소에 집강소 설치(제4장), 전봉준 군대 나주성 공격(제6장), 상민 집강소 순시(제8장), 농민군들 다시 삼례로 집결, 일본군 토벌 시작(제11장), 남북접 대결, 전봉준 강경 노선 취함, 오수동 전봉준 대신 총알 맞고 전사(제12장), 목천전투에서 일본군에게 대패(제13장), 우금치 공방전, 김경천의 배신, 오상민 애인 영아 전사(제14장), 봉득 전대장 구하고 전사, 오상민이 계속 전대장 모심(제17장), 리진사 서자 상무에 의해 살해(제18장), 전봉준 체포(제19장), 오상민 배신자 김경천 살해(제20장), 전봉준 사형(제22장) 등으로 구성되어 있다.

제1부에서 제3부까지 각각 8장, 11장, 22장으로 구성되어 있다. 1부와 2부의 장은 최소 3절 최대 10절로 짜여져 있다. 제3부는 1부와 2부보다 장은 많은 대신 절은 없다. 제1부와 제2부에서의 절은 이 소설이 역사서술 위주의 형식이나 허구담 제시 위주의 형식 또는 역사서술과 허구담의 배합의 형식을 취하였음을 보여준다. 예컨대 "갑오년 삼월 스무 아흐레날" "창의문, 격문" "서면 백산 앉으면 죽산" "권세 있는 귀인들" 등과 같은 절로 구성되어 있는 제2부 제7장은 주로 역사적 사실을 소개하는 데 치중한 것으로 되어 있고 "상민이 병아리를 사오다" "금녀 또 아기를 가지다" "점순이 쌀 꾸러 가서 아기를 보아주다" 등과 같은 10절로 구성되어 있는 제1부 제3장은 꾸며낸 작은 이야기들을 모아놓은 것으로 되어 있다.

이상에 정리한 주요사건들은 정사 속에서의 사건들과 많이 겹친다. 그만큼 『갑오농민전쟁』은 역사를 소개하는 데 치중한 것이며 전봉준이란 실존인물의 영웅적 면모와 투쟁담을 강조하는 데 힘썼다. 그런가 하면 이 작품은 오상민이란 주인공이 돌석 봉득 복룡 영아 상무 길보 등과 같은 가상의 인물들과 함께 투쟁하는 모습을 그리는 데도 힘을 쏟았다. 『갑오농민전쟁』은 동학군 대장인 전봉준이 이끌어가는 이야기와 전봉준을 끝까지 보좌한 오상민이 이끌어가는 이야기, 그리고 무명의 용사들이 펼쳐놓은 투쟁담이 화음을 내고 있는 대하소설이다. 실존인물 전봉준이 조병갑을 공격하면서 동학 기병을 했던 것처럼 소작인 오상민은 지주 리진사를 공격하면서 동학군으로서의 그의 투쟁을 시작하게 된 것이다.

『갑오농민전쟁』은 다른 월북작가들의 소설작품들과 마찬가지로 특정 인물이나 파당이나 입장에 노골적으로 편들고 반대편에게는 무자비하게 욕을 퍼붓는 서술방법을 보여주고 있다. 관군이니 일본군이니 할 수 있는 표현을 '원쑤' '원쑤놈' '놈들' '왜놈들' 하는 식으로 표현하고 있다. 전봉준의 편이나 오상민의 편이 아닌 존재들은 모조리 '놈' 으로 불리고 있다. 월북작가의 첫 북한소설이 발표된 지 40년이 지난 1986년(『갑오농민전쟁』 완간)에서도 이러한 호칭은 바뀌지 않고 있다. 박태원은 소설을 쓰면서 동시에 역사를 썼다. 그만큼 동학군 기병의 역사적 배경에 대해 장황하게 설명하고 있다. 『갑오농민전쟁』은, 대원군이나 민씨 일파 중심의 정치담이 먼저 나오고 그 다음에 허구적 인물 오상민과 그 일파에 대한 이야기가 나오는 식이다. 『갑오농민전쟁』은 사실 제시에 치중한 정치소설과 전투소설, 사상소설과 영웅소설 등이 중첩된 것이라고 할 수 있다. 『갑오농민전쟁』은 대하소설은 작가가 특정한 인물, 사건, 개념, 언어 등에 대해 전문지식이 없으면 제대로 지탱하기가 어렵다는 점을 입증해주고 있다. 박태원은 이 소설에서 전봉준, 동학, 당시의 국제관계, 구한말 정계의 동향 등에 대해 전문가적인 식견을 갖추고 있다.

이상 일별해본 『땅』『두만강』『설봉산』『서산대사』『갑오농민전쟁』 등과 같은 장편소설 혹은 대하소설은 세계사적 인물이나 영웅적 존재나 완결된 인물을 주인공으로 제시한 공통점을 갖는다. 『땅』이나 『설봉산』처럼 아예 허구적 인물을 제시한 것은 두말할 것도 없고 실존 인물담과 허구적 인물담을 배합한 『두만강』 『서산대사』 『갑오농민전쟁』도 무명의 민중영웅에게 큰 비중을 두고 있다. 민중영웅에게 큰 비중을 두었다는 것은 곧 '인민성'을 살리려 했다는 의미가 된다. 『서산대사』와 『갑오농민전쟁』은 영웅적인 실존인물과 자기 희생해가면서 애국애족하는 허구적인 인물들을 병치시키는 것을 역사소설의 인물설정방법의 기본으로 삼고 있다. 최명익이든 박태원이든 그 한쪽 시선은 서산대사 사명당 전봉준 등과 같은 실존인물 측에 쏠리고 있으며 다른 한쪽 시선은 법근, 고충경(『서산대사』), 오수동 오상민 부자(『갑오농민전쟁』)으로 집중되고 있다. 『갑오농민전쟁』은 『전봉준과 오상민』으로, 『서산대사』는 『서산대사와 민중영웅』으로 제목을 바꿀 수 있지 않을까 공상할 수 있을 정도다.

(『21세기문학』 2000년 가을호)

한설야의 일관성과 굴절성

1. 군수의 아들에서 내각교육문화상까지

사실상 한설야(韓雪野)의 출생연도는 명확치가 않다. 오늘날 문학사전 류는 한설야의 출생연도를 1901년으로 밝히고 있지만 1900년이라든가 1902년이라고 주장하는 기록들도 있기 때문이다. 「고난기」(『조광』, 1938. 10)에서는 "명치 33년 8월 3일 함흥부외 농촌 나촌에서 출생하였다. 부는 이조 말의 군수로 상당한 재산을 가졌고"(76쪽)라고 서두를 떼었다. 명치 33년이면 서기 1900년이 된다. 그런가 하면 「문필가 일람표」(『조광』, 1940. 1)와 같이 명치 35년생 즉 1902년생으로 밝혀놓은 기록도 있다. 「고난기」는 한설야가 직접 쓴 수필이니만큼 1900년 출생설이 가장 믿을 만하다.

장편소설 『탑』(매일신보, 1940. 8. 1~1941. 2. 14)에서 벼슬도 많이 하고 재산도 많았으나 여러 사업을 벌인 끝에 망해버린 박진사로 형상화되

었고 또 중편소설 「귀향」(『야담』, 1939. 2~7)에서 몰락양반 유단천으로
그려진 한직연(韓稷淵)은 군수요 지주로서 아들 한설야에게는 성공과 패
배를 동시에 겪은 양극적인 삶으로 비쳤을 것이다. 한직연은 한설야에게
구한말 때 의병활동 선무작업을 거부한 강직한 선비로 투영되었는가 하
면 사업에 실패한 초라하기 짝이 없는 몰락양반이나 몰락지주로 비치기
도 하였다. 한설야는 이미 함흥고보 시절에 문학에 뜻을 두었으나 "일직
관록에 맞드린 아버지는 이도(吏道)의 첩경인 법전으로"(「고난기」, 77쪽)
몰아갔다고 술회하기도 하였다.

　한설야에게 아버지는 정치적 상상력, 출세주의, 반골기질 등을 물려준
것으로 볼 수 있다. 젊었을 때부터 사회주의를 받아들여 프로문학 중심의
문학활동을 펼친 것부터가 반골기질의 발로이긴 하지만 한설야는 실생활
에서도 반골기질을 증명할 만한 퇴학이라든가 수감생활을 여러 번 보여
주었다. 그는 경성고보에서 함흥고보로 전학하여 다니던 중 3·1운동에
가담했다가 잡혀 3개월간 옥살이한 적도 있었고 함흥법전을 다니던 중 동
맹휴학 사건에 연루되어 제적당하기도 했다. 1928년에 고향에 온 한설야
는 조선일보 지국을 경영하던 중 함흥을 배경으로 하여 「과도기」「씨름」
의 작품을 써내었는데 이 두 작품이 저항정신을 고취시켰다는 혐의로
1930년에 일경에 체포되어 곤욕을 치른 바 있다. 『대조』『조선지광』『신계
단』 등의 편집위원을 거쳐 조선일보 기자로 활동하다 그만두고 고향에 와
있던 중 1934년 6월에 전주사건 즉 카프 제2차 검거사건에 연루되어 감옥
에 갔다가 1935년 말에 다시 향리로 돌아오게 된다. 그의 감옥생활은 여
기서 끝나지 않는다. 1942년 여름 '미국의 소리' 방송을 청취하다 이승만
박사의 "이천만 동포에게 고한다"는 연설내용을 전파했다는 이유로 구금
당하기도 했다.

　한설야는 "문학은 공부 안 해도 넉넉하다는 자신이 있어"(「고난기」, 77
쪽) 그런지 문학보다는 사회과학에 더욱 열중하는 모습을 보였다. 그가
1920년 형을 따라 북경에 가 익지영문학교에서 사회과학을 열심히 공부

한 것이라든가 나중에 일본에 건너가서 일본대학 사회학과에 입학한 것은
훗날의 프로문학에의 입문을 충분히 짐작하게 해준다. 한설야는 1923년
관동대지진으로 학업을 중도이폐하고 귀국하여 1923년 겨울부터 북청고
보 학습강습소 강사로 있으면서 습작에 몰두하였다. 1925년 교사생활을 그
만두고 서울로 와서 조명희 이기영 등과 교류하였다. 아버지가 세상을 떠
나고 살림이 어려워지자 만주 무순 지방으로 가서 "푸로예술로 전향하여 수
편의 화문단편(和文短篇)을 만주 일일신문에 발표하였다."(「고난기」, 77쪽)
　　1927년 봄에 서울로 와서 카프에 가맹한 한설야는 노동자와 농민의 고
통을 더욱 세밀하게 살펴보는 기회를 가졌고 마르크주의와 민족주의로
중무장하였다. 카프에 가맹한 지 얼마 되지 않아 카프의 중앙위원으로 선
출되었다. 그후 그는 카프 1·2차 검거 사건, 카프 해소, 동지들의 전향,
암흑기시대 등을 직간접적으로 겪었으며 해방 후 북한에서는 1960년대
초까지 출세가도를 달리기도 하였다. 김일성을 만난 이후로(1945. 12), 함
흥신문사 사장(1946년 초), 북조선 인민위원회 교육중앙위원장(1947), 조
선작가동맹위원장(1953), 내각교육상(1956), 내각교육문화상(1957), 인
민예술가 칭호(1958) 등과 같은 화려한 경력을 거친 후 1962년에 복고주
의자 종파주의자 등과 같은 여러 가지 혐의로 숙청당하게 된다.

2. 프로문학→전향문학→당문학

　　작가나 문학운동가로서의 한설야의 생애는 프로문학→전향문학→당
문학의 과정으로 요약된다. 그는 등단 초기부터 현실반영론을 신봉하여
가난 압제 투쟁 노동자 지식인 등의 개념에다 관심을 집중시켰다. 「동경」
(『조선문단』, 1925. 5)은 예술가소설에, 「평범」(동아일보, 1926. 2. 16~
27)은 지식인소설이자 이민소설에, 「주림」(『조선문단』, 1926. 3)은 노동자
소설에 들어간다. 김덕혜(金德惠)라는 필명을 쓴 「그릇된 동경(瞳暻)」(동

아일보, 1927. 2. 1)은 일본인 남편과 조선인 아내의 대립이라는 당시로서는 거의 볼 수 없는 절체절명의 갈등관계를 설정해 보였다. 이 작품은 사회운동을 하다가 감옥에 들어가 있는 오빠를 수신인으로 하고 그 누이동생을 발신자로 설정했다. 누이동생은 일본인과 결혼했다가 갈라서게 된 배경도 자세하게 이야기하고 있으며 이혼한 후 만주로 건너가서 교사로 활동하는 것도 들려주고 있다. 이 작품은 서간체소설 주의자소설 만주이주소설, 교사소설 등이 교직된 것이라고 할 수 있다. 일본인 남편이 운동하다 감옥에 들어가 있는 오빠가 있는데도 속였다고 하자 작중의 '나'는 오빠가 한 일은 명예롭고도 거룩한 일이며 이천만이 옳게 생각하는 일이라고 맞선다.

"이천만? 그 샤 짓 야만들이 무얼해."

이러케 말하고 난 후로는 그 음험한 속통이 탱탱 꼴마나서 걸핏하면 조선인은 야만이다 동물과 가튼 학대를 바다야 할 인간들이다 하고 욕질이엿나이다. 림시정부니 민족주의니 해가지고 주제넘게 덜넝대지만 그것은 다 어림업는 작난이다. 어림업시 덤비다가는 그 만낫든 바람도 업시 쓰러져버릴것이다. 야만인이란 할 수 업다. 학대하고 절대지배를 하지 안으면 그 못된 근성이 업서질 날이 업다. 그 근성을 배내어야 동화도 가능한 것이다 하고 제 셤에 성이지요. (……) 나는 알앗나이다. 총과 칼이 세력잇는 시대에는 어데를 물론하고 강한 자가 문명인이요 약한 자가 야만인인 것을 나는 알앗나이다. 제가 바라든 자유를 남에게서 새앗고 제가 사랑하든 민족사상을 남의 민족에게서 죽이려 하는 심사가 과연 문화인의 심사오며 정당한 생각일가요.(동아일보, 1927. 2. 8)

'현상응모작 2등 당선작' 이라고 되어 있는 「그릇된 동경」이 한 군데도 복자처리되지 않으면서 위와 같은 대목이 고스란히 독자들의 눈에 다가올 수 있었다는 것은 당시로서는 있기 어려운 일이었다. 이렇게 된 원인과 배경도 살펴볼 필요가 있다.

사회주의자가 된 아들이 지주인 아버지의 뜻을 거스르고 아내를 이념적 동지로 만들기까지의 과정을 그린 「그 전후」(『조선지광』, 1927. 5)는 작가의 당파성과 경향성이 분명하게 드러난 작품이다. 「그 전후」는 처음에는 남편을 이해하지 못하였던 아내가 공장에 취직하여 여공으로 고생하면서 남편이 품고 있는 사회주의 사상에 적극 동조하게 된다는 점에서 성장소설이라고 할 수 있다.

한설야는 옥살이 모티프를 자주 설정한 편이다. 옥살이 모티프는 「평범」 「그릇된 동경」 「뒷걸음질」 등과 같은 1920년대 작에도 나타나지만 「태양」 「이녕」 「숙명」 「귀향」 등과 같은 1930년대 후반부 작품에도 나타난다. 1920년대 해당작이 관찰과 상상을 중심으로 한 경향소설이나 투쟁소설의 골격을 취한 것이라면 1930년대 후반부의 작품들은 주로 일상성을 다룬 자전적 소설의 형태로 나타난다. 1930년대 후반부 작품들에서 보이는 주인공의 좌절은 '환멸의 결말' 로 일괄할 수 있다. 한설야에게 있어 옥살이 모티프는 한설야의 의미가 넘치면서 고통으로 가득 찬 삶의 정수를 반영한 것이 된다.

만주에 이주한 이후의 고난과 시련으로 가득 찬 삶의 모습을 그리는 데 치중한 것으로 한설야의 「합숙소의 밤」(『조선지광』, 1928. 1), 「인조폭포」(『조선지광』, 1928. 2) 등이 있다. 「합숙소의 밤」은 만주의 한 도시에 있는 광부 합숙소에 살고 있는 조선인 노동자들의 삶을 그려내고 있다. 한설야는 재만 한인 광부에게서 1920년대 식민지 치하에서 가난과 압제를 견디어가며 사는 한국인의 초상을 찾아내고 있다. 「인조폭포」에서는 1920년대 당시 근 백만 명으로 급증한 간도 이주민들을 인조폭포로 비유하고 있다. 한설야는 간도 이주 노동자들의 고생 꿈 욕망 등의 세계를 잘 파헤쳐 보이고 있다.

「과도기」(『조선지광』, 1929. 4)는 일명 「새벽」으로 되어 있다. 주인공 창선이는 간도에 간 지 4년 만에 고향으로 돌아와 마을이 크게 변한 것을 알게 된다. 이 소설에는 시대가 급격하게 바뀌어가고 있음을 노래하고 그러면서 그 변화가 우리 조선 사람에게는 불리하게만 작용하는 것을 노래한 노동요가 인용되어 있다. 이 소설은 주인공 창선이가 창리에 새로 들어선 공장 노동자로 취직하는 것으로 끝이 나고 있다. 「씨름」의 주인공 명호는 힘과 재간이 빼어나고 내호 바닥 삼천 명의 공장 노동자의 '별'로 불리는 존재다. 명호는 소작조합을 만들어 함흥 김부자와 질소회사 측의 횡포를 저지한 공적이 있으며 평소에도 야학설치, 농민회 결성, 소작조합 결성 등의 활동을 해옴으로써 널리 알려져왔던 인물이다. 이 작품은 1920년대의 경향소설에서 어렵지 않게 볼 수 있는 영웅소설의 형태를 지니고 있다.

한설야 소설을 견인하고 있었던 경향성이나 당파성은 전주사건을 계기로 하여 전향성으로 바뀌고 만다. 그 첫 실체가 바로 장편소설 『황혼』이다. 『황혼』은 조선일보에 1936년 2월 5일부터 10월 28일까지 연재되었다. 1936년 2월이면 한설야가 전주사건으로 3년형을 받고 1년 반을 옥살이하던 중 1935년 12월에 석방되어 나온 직후다. 『황혼』은 한설야가 옥중에서 준비한 것으로 되어 있다. 『황혼』이 발표된 직후에 단편소설 「태양」「임금」「딸」「철도교차점」 등이 줄지어 발표된 사실은 『황혼』을 전향소설의 출발점으로 보게 한다. 김경재를 주인공으로 파악하게 될 경우 이 소설은 지식인소설이 되며 준식을 프로타고니스트로 보게 될 경우 노동자소설이 된다. 작가 자신은 여순을 주인공으로 보아주었으면 하는 바람을 드러내고 있다. 여순은 처음에는 경재 편이었으나 뒤에 가서는 준식 쪽으로 기울고 있다. 한설야가 지닌 지식인으로서의 이론성향과 자기통찰은 경재에게, 사회주의자로서의 투쟁의지와 행태는 준식에게, 생활인으로서의 실천적 현실 타개책은 여순에게 투사되어 있다고 할 수 있다. 김경재는 좋게 말하면 사장과 노동자 사이를 중재하는 중도적 인물이요 나쁘게 말하면 양쪽에서 다 소외되는 주변인이다. 이후에 나온 단편소설들이 일러주고 있는 것처럼 지식인인 경재가 중도적 인물이나 주변인이 되고 있는 것은 객관적 정세의 불리함 때문이다. "생각만은 아직도 때와 세상이 움직여가는 가장 바른 길을 찾고 싶으나 실지로 그것을 가져보고 스스로 밟아볼 용기와 방법을 얻을 수 없다"는 패배의식이 경재를 지배하고 있다. 경재의 입장에서 보면 『황혼』은 이념의 패배요 삶의 패배를 고백해놓은 것에 지나지 않는다. 사상문제는 접어두겠다든가 한국인의 절망적인 삶의 모습은 그리지 않겠다든가 하는 강요된 각오가 처음으로 표출된 것이 『황혼』이라는 사실은 바꿀 수 없다 하더라도 이제껏 『황혼』이 지녀왔던 문학사적 위상에는 변화를 주기 어렵다.

「과도기」「씨름」 등이 대체로 노동자들을 고상한 존재로 보았던 것과는 달리 『황혼』은 노동자들을 피와 살이 뛰고 욕망이 꿈틀대는 존재로 그려 보이고 있다. 그리하여 『황혼』은 노동자들의 애정관계를 비중 있게 다루어내고 있다. 이데올로기에서 떠나니까 인간이 똑바로 보인다는 식이다.

「청춘기」(동아일보, 1937. 7. 20～11. 29)는 문사이면서 기자인 김태호, 의사인 홍명학, 기자인 정우선, 잡지 편집자인 박용 등을 주요인물로 설정하고 있는 점에서 지식인소설이기는 하지만 박은희나 김태호를 둘러싼 삼각관계가 중심사건을 이루고 있는 점에서는 애정소설로 볼 수도 있다. 한설야가 정작 쓰고 싶었던 것은 사상소설이나 지식인소설이었을 것이다. 사회주의 사상을 핵으로 한 한설야의 의식세계를 대변하고 있는 이철수는 김태호의 추억과 상상, 신문기자 정우선의 보도와 전달에 의해서만 존재할 뿐이다. 김태호의 이력은 이론가로서의 문사생활, 신문기자, 사상운동가로서의 정신으로 요약된다. 이철수는 한설야의 이상형이고 김태호는 한설야의 현실적인 모습이라고 할 수 있다.

한설야는 북한에서 「혈로」(1946), 「탄갱촌」(1948), 「남매」(1949), 「자라는 마을」(1949), 「초소에서」(1949), 「기적」(1950), 「승냥이」(1951), 「전별」(1951), 「황초령」(1952), 「땅크 214호」(1953), 「대동강」(1955), 「설봉산」(1956), 「레닌의 초상」(1957), 「아버지와 아들」(1962) 등 십수 편을 발표했다. 작품 발표량을 보면 한설야는 이기영 윤세중 이태준 이북명 등과 같은 월북작가들과 함께 적극적으로 창작활동을 한 것이 된다. 한설야가 북한에서 쓴 소설은 여타의 작가가 쓴 작품들과 비슷하게 김일성 장군과 그 체제를 찬양한 것, 반미사상을 고취한 것, 소련과의 친선을 꾀하면서 사회주의의 승리를 구가한 것, 한국전쟁을 북한 입장에서 다룬 것 등으로 나누어진다.

『설봉산』은 1930년대 초엽에 함경도 성진 지방을 무대로 하여 펼쳐진 적색농민조합운동을 모두 71장의 규모로 그려낸 장편역사소설이다. 이 작품은 코민테른 12월 테제에서 기본이념과 운동방법을 구해온 적색농조의 존재가치와 활동내용을 크게 선전하고 농조간부들의 투쟁상을 부각시키는 데 초점을 맞추었다. 주인공 학철은 주로 소년 레포대의 도움을 받아가며 '농민투쟁뉴스'와 '반제투쟁'이라는 소책자를 발행, 살포하고 러시아 10월혁명 기념사업과 광주학생의거 기념 투쟁사업 등을 비밀리에 주도하고, 지하투쟁에 필요한 아지트를 만드는 가운데 끊임없이 조직 강화에 힘쓰는 것으로 그려지고 있다. 이 작품에서 농조가 펼친 사업과 투쟁은 소작투쟁, 소작권이동 반대투쟁, 채권 반대투쟁, 뽕나무 · 아마 · 귀밀의 재배반대투쟁으로 요약된다.『설봉산』은 지주 대 소작인, 일제 대 조선인 등의 기본적인 대립관계를 설정해놓은 가운데 지주와 일제는 말할 것도 없고 기독교도 적이라는 이름으로 묶일 수 있음을 암시하고 있다. 일제를 다룬 대부분의 북한소설과 마찬가지로『설봉산』도 "청년 김장군이 지휘하는 항일 유격대"를 향해 희망찬 발걸음을 옮기는 것으로 결말을 처리함으로써 작품의 앞부분에서 그나마 유지되어왔던 리얼리즘 정신을 스스로 해체시켜버리는 결과를 빚고 있다.

3. 간과하기 쉬운 '한설야적'인 것

김용제(金龍齊)는 이기영 백철 임화 장혁주 박영희 엄흥섭 유진오 이북명 등과 함께 한설야를 대상으로 하여 「문단풍자시」(『비판』, 1937. 9)를 쓴 바 있다. "(제1연 생략) 당신과 民村은 조흔 곰비다/民村은 당신의 作家的 兄님이고/당신은 民村의 理論的 兄님이다/당신의 理論을 당신의 創作에 消化식혀라//당신의 휴맨니즘 否定論을 들을 만하나/넘어도 原理에만 拘泥치 말지여다/否定과 肯定을 混血치는 말지나/리알的 立場으로서 社會性을 探求하여라/한번 滯한 料理는 냄새도 실타는 格은 文學的 榮養의 攝取法을 그릇한다/당신이 즐겨쓰는 '生理的 力學' 이다.//당신은 只今 '過渡期'를 지나서/당신의 文學的 建設期에 있으리라/佳作 '씨름' 과 새씨름을 力搏하라/잡동산이는 '洪水' 와 한구 淸算하여라/北國의 '林檎' 은 맛있는 果實이니/굶주린 무리에게 食糧을 提供하라/京元線 '후미끼리' 에 誤轢치 말고/리알리즘의 線路로 다름질하라"(102쪽)

이기영과 한설야는 해방 직후 남에서는 '조선프롤레타리아예술연맹'을 결성하고 북에서는 '북조선문학예술 총동맹' 을 결성한 후 북한체제에서 승승장구한 점에서 콤비라고 할 수 있다. 두 사람을 좋은 콤비라고 한 김용제의 판단은 적중했다. "당신은 민촌의 이론적 형님이다"는 한설야가 이기영보다 문학이론이 한 수 위임을 지적한 것이다. 한설야는 문제작을 계속 써내었던 1920, 30년대에 임화나 김남천 못지않게 주목할 만한 프로문학론을 써낸 바 있다. 아나키즘에 대한 정확한 이해의 바탕 위에서 김화산의 아나키즘 문학론을 조목조목 비판한 후 프로문학이 가야 할 새로운 길을 제시한 「무산문예가의 입장에서 김화산군의 허구문예론 – 관념적 당위론을 박함」(동아일보, 1927. 4. 15~27), 이북만이 조선의 정세와 형편을 제대로 파악하지 못하고 선진국의 원론만 내세웠다고 비판하면서 그를 좌익소아병으로 몰아친 「문예운동의 실천적 근거」(『조선지광』, 1928. 2~3), 유럽의 리얼리즘의 역사를 개관한 후 종래의 리얼리즘의 한계를 지적하면서 프롤레타리아 리얼리즘 출현의 당위성을 강조한 「사실주의 비판」(동아일보, 1931. 5. 17~7. 25), 변증법적 리얼리즘과 프롤레타리아 리얼리즘을 동의어라고 주장하면서 이들을 가장 이상적인 것이라고 주장한 「변증법적 사실주의의 길로」(조선중앙일보, 1932. 1. 18~19) 등은 한국현대문학 비평사의 일등 자료로서 손색이 없는 것들이다. 한설야는 아나키즘 비판론으로 카프의 제1차 방향전환의 필연성을 제고시켰으며 프롤레타리아 사실주의론으로 카프의 제2차 방향전환에 적극 가담한 셈이 된다.

김용제는 한설야에게 "굶주린 무리에게 식량을 제공하라" "리얼리즘의 선로로 다름질하라"고 요구하였지만 1930년대의 후반의 객관적 정세는 한설야가 소박한 리얼리즘을 유지하는 것조차 쉽지 않게 만들었다. 1930년대 후반에 발표된 「태양」(『조광』, 1936. 2), 「임금」(『신동아』, 1936. 3), 「철로교차점」(『조광』, 1936. 6), 「귀향」(『야담』, 1939. 2~7), 「이녕」(『문장』, 1939. 5), 「술집」(『문장』, 1939. 7), 「종두」(『문장』, 1939. 8), 「태양은 병들다」(『조광』, 1940. 1~2), 「모색」(『인문평론』, 1940. 3), 「숙명」(『조광』, 1940. 11) 등은 대체로 자전적 소설이며 전향소설이라는 공통점을 갖는다. 이때의 소설들은 작가 자신을 포함해서 약자를 옹호한 소설이라고 이름할 수도 있다.

감옥에서 나와 태양으로 비유되는 희망을 갖고 살려고 애쓰면서도 끝내 자신을 닭장에 갇혀 알을 낳아야 하는 닭에다 비유하고 있는 「태양」, 주인공이 감옥에서 나와 방황과 타락을 거듭하다가 아들이 '후미끼리(건널목)'를 무단횡단한 사건을 겪는 것을 계기로 적극적으로 현실과 맞서 싸워나가는 모습을 그린 「임금」, 후미끼리에서 아이가 죽은 사건이 발생하자 주인공이 조철당국에 적극 건의하여 후미끼리방이 설치되는 결과를 얻어낸다는 「철로교차점」, 전직기자요 소설가인 주인공이 현실에 뛰어들지 못하고 동네사람들로부터 굴욕스러운 오해를 받으며 살아가는 모습을 그린 「이녕」, 애꾸눈 아들을 둔 부모의 애타는 심정을 세밀하게 그려낸 「종두」, 병원과 술집을 배경으로 한 분위기를 그려내면서 삶에 있어서 병적인 것과 건강한 것의 대비를 꾀한 「술집」 등은 지식인은 어떻게 살아야 하는가, 현실 속에서의 힘이란 무엇인가, 정의와 불의는 어떻게 갈라지는가, 강자와 약자의 관계는 어떤 것인가 등을 묻게 만든다. 1930년대 후반의 소설은 한설야가 리얼리즘에 패배했음을 일러주기보다는 거대서사에서 미소서사로, 행동소설에서 심리소설로, 사건소설에서 인물소설로 바뀌고 있음을 보여준다. 이무렵에 발표된 한설야의 소설들 가운데는 한 시대를 자의식에서 헤어나지 못한 채 고단하게 살아가는 지식인의 여러 가지 감정과 욕망의 저층을 파헤친 작품들이 적지 않다. 「모색」에서 주인공 남식은 승부욕이나 전투욕은 없으면서도 모멸감, 중압감은 잘 잊어버리지 않고 있으며 「철로교차점」에서 주인공 경수는 권세와 금력에 눌리는 약자를 위해 버티어주어야 한다는 각오를 살려내고 있다. 그런가 하면 「이녕」에서 주인공 민우는 공허감 소외감 모멸감 등을 느끼면서도 겉으로 토해내지 못하는 것으로 그려져 있다. 「태양」 「임금」 「이녕」 「종두」 「모색」 등이 생활에 무능한 남편과 적극적인 성격의 아내를 대비하고 있는 데서 잘 나타나고 있는 내면표출은 심리소설의 한 경지를 개척한 것이라고 할 수 있다.

그리며 남식은 자기의 푸시시한 성격을 다시금 생각하였다. 첨은 울컥 머리를 들었다가도 저 편이 누구러지면 제가 그만 그보다도 더 누구러져서 맹탕이 되고, 또 자발없이 자기의 너무 지나쳤든 것을 후회까지 하는 일이 있다. 하나 안해는 남식이보다 뒤가 단단하다. 저 편에서 머리를 숙인다고 제할 일을 잊는 일은 없다. 또 제가 옳고 저 편이 그른 경우면 저 편을 아무렇게 되게 닦아셌세더라도 뒤에 이르러 후회하는 일이 없다. 차라리 좀더 성푸리하지 못한 것을 뉘우칠지언정 부질없는 선심 같은 것은 애당초 가지질 않는다. (「모색」)

1930년대 후반에서 1940년대 초까지 사이에 발표된 한설야의 소설들 중 다수가 문제작의 반열에 든다. 이때의 문제작들은 이데올로기의 무장 정도와 작품의 성취도는 별 상관성이 없음을 입증해준다. 이데올로기는 명작의 필요조건도 아니고 충분조건도 아님을 전형적인 이념작가인 한설야가 입증해준 것은 아이러니라고 하지 않을 수 없다.

(『문학사상』 2001년 9월호)

<h1 style="text-align:center">박승극의 실천 · 비평 · 소설</h1>

1.박승극의 실천

박승극(朴勝極)은 이갑기(李甲基)와 함께 적극적으로 카프 해소를 주장하기까지 청년총동맹 간부, 농민운동, 카프가맹, 신간회 입회, 감옥생활 등의 경력을 거친 바 있다. 1909년 12월 14일 경기도 수원군 양감면 정문리 농가에서 출생하여 1928년 서울 배재고등학교 4년을 수료하고 곧장 일본 대학에 유학했으나 사상문제로 퇴학당하고 귀국하였다.[1] 박승극은 청년동맹 농민조합 카프 신간회 등 그 어떤 단체에 뛰어들어 활동했든 수원을 떠나지 않았다. 수원을 무대로 활동하면서 수원 대표를 자임하는 태도는 해방 직후에도 계속되었다. 1945년 가을에는 건국준비위원회 수원지부 일을 맡아본 후 수원군 인민위원회 부위원장 급으로 활약하기도 하였다.[2]

---

1) 정영진, 『문학사의 길찾기』, 국학자료원, 1993, 41쪽.

박승극이 카프 해소 직후에 '단편적(短片的)인 나의 회고(回顧)와 감상(感想)'이라는 부제를 달고 썼던 「예술동맹해산(藝術同盟解散)에 제(際)하야」는 자신도 얽힌 카프의 해소과정 공개보다 자신의 카프 가맹동기, 카프 수원지부 결성배경, 카프 맹원으로서의 활동상, 해소론 배경 등의 소개에 역점을 두었다.

> 東京의 『第三戰線社』가 『朝鮮프롤레타리아藝術同盟東京支部』에로 解消成立되고 釜山, 洪原, 木浦, 海州, 咸興, 錦山, 開城, 平壤, 間島, 安州, 義州 等地에도 支部가 設置되었다.
>
> 이것을 前後한 昭和 四年 四月 二十三日 水原支部도 成立되었다. 그때 나는 東京에 단겨나와 水原을 中心으로 新幹會, 靑年同盟 등에서 일을 보와왓섯는데 學生時代부터 文藝方面에 趣味를 가젓섯고 또 마침 水原에 『衆星劇友會』라는 소뿌르 遊閑靑年及寄生蟲을 網羅한 조치 못한 藝術團體가 組織되여서 急激히 『朝鮮프롤레타리아藝術同盟』의 支部를 두기로 한 것이었다.[3]

1929년에 성립된 카프 수원지부는 '소뿌르 예술단체 결성'의 견제라는 저의도 지니고 있었으며 전국 여러 곳의 지부결성에의 호응이라는 측면도 지닌다. 박승극은 카프 수원지부 설립은 자신과 공석정(孔錫政) 김봉희(金鳳喜) 등의 주선으로 된 것으로 밝혀놓았는데 바로 이 점은 박승극이 카프 수원지부 일과 신간회 수원지회 일을 같이 보았다는 증거의 하나가 된다. 1928년 12월 16일자로 공석정은 신간회 수원지회 서무부 총간사를, 박승극은 조직선전부 간사를 맡게 되었고[4] 약 4개월 후에는 박승극이 서무재정부를, 공석정과 김봉희가 정치문화부를 맡게 되었다.[5] 신간회는

---

2) 같은 책, 43쪽. 이것이 원인이 되어 11월 8일 '군정포고령 제2호 위반'으로 수원경찰서 유치장에 20일 동안 수감되었다.

3) 『신조선(新朝鮮)』, 1935. 8, 84쪽.

4) 조선일보, 1928. 12. 23.

1931년 5월 15일과 16일 이틀에 걸쳐 경성 중앙기독교청년회관에서 제2
회 전체대회를 개최하여 신간회 해소문제를 처리하였다. 이때 박승극은
한 지부에서 두 명이 나올 수 없다는 관례를 깨고 공석정과 나란히 중앙집
행위원(39명)으로 선출되기도 하였다.[6] 박승극이 「예술동맹해산에 제하
여」라는 글을 썼을 때 공석정은 행방불명된 것으로 기술되었다. 박승극은
이 글에서 1929년 5월부터 1931년 11월 자신이 감옥에 갈 때까지 문예강
연회, 프로연극공연, 프로레타리아 미술전람회 등을 시도했다고 밝혔다.
박승극은 윤기정 박영희를 통하여 혹은 조선지광사에 드나드는 가운데
프로문인들과 알게 되었으나 특정 파벌에 속하지는 않았다고 암시하였
다. 박승극은 임화 측에 대해서는 노골적으로 반대하는 편이었지만 그렇
다고 박영희라든가 이기영 편을 든 것도 아니었다. 그는 카프 1, 2차 검거
사건에는 연루되지 않았지만 1931년 11월부터 1933년 3월까지 감옥생활
을 했노라고 털어놓았다. 박승극은 카프 수원지부는 이미 1934년에 해체
되었다는 점, 1935년 5월 중순에 임화로부터 카프 해산에 관한 의견타진
이 있었다는 점, 5월 21일자로 카프 중앙위원회 서기국 명의의 해체통지
서를 받았다는 점 등을 밝혀놓았다.[7] 이처럼 박승극은 카프의 주류에는
들지 못하였지만 강경노선을 취했다. 그러나 카프보다는 프로문학에 더
집착했다.

　많은 문인들과 마찬가지로 박승극도 조선문학건설본부(1945년 8월 16
일 결성)의 139명의 회원 명단에, 조선프롤레타리아 문학동맹(1945년 9
월 17일 결성)의 80여 명 맹원 명단에 들어가 있다. 그리고 형식상 두 단체
를 합친 조선문학가동맹이 1946년 2월 8일과 9일에 개최한 전국문학자대
회의 213명 초청자 명단에 들어가 있다. 실제로 박승극은 첫째 날에는 불
참하고 둘째 날인 2월 9일에는 참석하여 '조선문학동맹'이나 '조선문학

<hr>

5) 조선일보, 1929. 4. 7.

6) 이균영, 『신간회연구』, 역사비평사, 1993, 530쪽.

7) 『신조선』, 1935. 8, 86쪽.

가동맹'이냐 하는 명칭문제에 대한 논의과정에서 오장환 홍효민 김오성 박아지 김광균 한효 등과 함께 발언할 기회를 가졌다. 그는 일단 어떤 명칭이든지 좋다고 전제를 달면서 과거 프롤레타리아 문학동맹에서는 문학동맹을, 문학건설본부에서는 문학가동맹을 서로 고집하는 듯하나 이런 고집은 이제 그만두자고 하면서도 은근히 문학동맹이라는 이름 쪽으로 기울었다. 농민조합이니 노동조합이니 했지 노동자조합이라고 한 곳은 한 군데도 없다는 사례를 들면서 문학가동맹이라고 해야 할 이유는 없다고 하였다.[8] 박승극은 조선문학가동맹에 참가한 직후 2월 15일에 종로 기독교 청년회관 대강당에서 열린 전국 좌익단체의 모임인 '민주주의 민족전선'에 경기도 지방 대표(11명)로 조봉암과 함께 참여한 바 있다. 박승극은 이날 대회에서 임화 김남천 이원조 김기림 권환 한효 등의 문인들과 함께 305명의 중앙위원에 들어간다.[9] 이들 문인들은 문학가동맹이라는 이름으로 묶여 있었거니와 박승극 앞에는 지방대표라는 피켓이 있었다. 이미 박승극은 정치가나 운동가로 분류되고 있었다. 월북 직후 1948년 8월 25일에 '해주 남조선 인민대표자대회'에서 360명 규모의 최고인민회의 대의원에 선출[10]된 바 있다.

　이처럼 박승극은 1945년에서 1948년까지 건국준비위원회(1945), 민주주의 민족전선(1946), 해주 남조선 인민대표자대회(1948) 등 역사적인 모임에 주요인물로 참여한 경력을 지니고 있다. 박승극은 1928년 카프 가맹 이후부터 1948년 월북할 때까지 주도적인 역할을 행사한 편은 아니다. 그는 중앙위원이요 대의원이요 집행위원이었으나 지방대표일 뿐이었고 주

---

8) 『건설기(建設期)의 조선문학(朝鮮文學)』, 조선문학가동맹 중앙집행위원회 서기국, 1946, 229쪽.

9) 김남식 엮음, 『남로당 연구―자료편』, 돌베개, 1988, 232~235쪽, 288쪽. 출석 대의원에는 조선공산당(30명) 조선인민당(31명) 문학가동맹(7명) 노동조합전국평의회(30명) 등 여러 단체의 대표가 포함되어 있다.

10) 김남식, 『남로당 연구』, 돌베개, 1984, 530~531쪽. 문인으로 안회남 허준 김남천 조운 신남철 함세덕 홍명희 등이 대의원에 선출되었다.

변적 존재를 벗어나지 못했다. 그는 월북한 이후 최고인민회의 제1기 대의원을 거쳐 문화선전성 문학예술부장, 국립출판사 사장 등 비교적 정치적 비중이 있는 문예행정가로 활동한 것[11]으로 알려지고 있다. 실제로 박승극처럼 최소 20년 동안 줄기차게 좌익단체와 운동에 적극 가담한 문인도 흔치 않다. 어느 시기에나 어떤 단체와 모임에서나 맨 앞에 나서지 못했다는 점은 오히려 그의 끈기 있고 고집스러운 성격을 음각시켜준다. 박승극은 이러한 운동가나 이데올로그로서의 행동을 보여준 것으로 끝나지 않는다. 그는 「푸로작가(作家)의 동향(動向)」(조선일보, 1933. 9. 2~7), 「조선에 잇서서의 자유주의 사상」(조선중앙일보, 1934. 3. 13~15, 7. 14~31), 「창작방법(創作方法)의 확립(確立)을 위(爲)하야」(조선중앙일보, 1935. 2. 14~12. 22), 「조선문학(朝鮮文學)의 재건설(再建設)」(『신동아』, 1935. 6) 등 40여 편의 평론과 「농민(農民)」(『조선지광』, 1929. 6), 「풍진(風塵)」(『신인문학』, 1935. 4~6), 「풍경(風景)」(『신조선』, 1936. 1) 등 15편의 소설을 써낸 바 있다. 작품 편 수 한 가지만 보더라도 그는 분명히 작가이자 비평가에 들어간다. 주로 일제치하에서 쓴 것임에도 평론과 소설은 박승극의 정치적 입장과 이념적 방향을 분명하게 보여주고 있다. 평론에서 그는 카프(조직)보다는 프로문학(정신)을, 임화나 김남천(개인)보다는 카프(조직)를 더 사랑하는 식으로 독자성을 분명하게 보여주고 있다. 그는 프로문학, 카프, 임화·김남천, 당대의 리얼리즘론 등의 문제점을 예리하게 파악하여 과감하게 공론화하는 태도를 보였다. 그는 1930년대 중반에 대부분의 프로작가들이 위축되어버린 것과는 달리 주의자, 그것도 기가 꺾이지 않은 주의자를 주인공으로 한 소설을 여러 편 써내었다.

본 논문을 통해서 박승극이 2급 작가요 비평가에서 일약 1급으로 격상될 수 있으리라고 기대하지는 않지만 작가 박승극이나 비평가 박승극이 문학사 내에서 분명히 하나의 의미단위가 될 수 있을 것이라고 확신할 수

---

11) 정영진, 앞의 책, 52쪽.

는 있다. 작가 박승극은 당시 어느 작가들보다도 과감했고 비평가 박승극은 1급 비평가 못지않은 예리함을 과시하였다. 소설에서나 비평에서나 그는 아류를 벗어나 '박승극적'이라는 독자세계를 구축할 수 있었다.

2. 박승극 평론, 다양성 속의 일관성

박승극은 「농민」「재출발」과 같은 단편소설을 발표한 다음에 「푸로문화운동(文化運動)에 대한 감상(感想) ―1932년에 대한 아등(我等)의 희구(希求)」를 발표하여 평필을 휘두르기 시작했다. 해방 직후까지 「농민문학의 신과업(新課業)」(『협동』, 1947. 1)이란 평론을 발표하기는 하였으나 그가 왕성하게 비평활동을 한 것은 1933년도에서 1935년도까지라고 할 수 있다. 1936년도에서 1940년도까지는 매해 4, 5편을 발표하여 겨우 명맥을 유지했다. 1933년에서 1935년까지 활발하게 비평활동을 하였지만 양적인 면에서나 질적인 면에서 1935년이 가히 절정기였다. 박승극은 카프 해체의 전후에 해당하는 1935년도에 「리얼리즘소고」「조선문단의 회고와 비판」「조선문학의 재건설」「예술동맹해산에 제하야」「창작방법의 확립을 위하여」 등과 같이 비평사에 분명한 족적을 남기는 평론을 써내었다. 이러한 평론들은 프로문학은 근로대중의 주체하에 계속 유지되어야 한다, 사회주의 리얼리즘이 가장 발달된 이론이다, 카프는 해체되어야 한다 등과 같은 주장을 큰소리로 들려주었다. 박승극 평론의 경우, 카프 해체가 기정사실화하고 프로문학이 침체기에 빠진 1936년도에 들어서면서 편수도 줄어들고 사소한 것에 대한 관심으로 뒤바뀌고 만다.

박승극 평론의 특징으로 긍정의 대상과 부정의 대상이 분명하게 나누어지는 점을 우선적으로 지적할 수 있다. 그는 첫 평론인 「푸로문학운동에 대한 감상」(『비판(批判)』, 1932. 1)에서 노동자, 농민, 프롤레타리아 문화운동을 긍정적으로 보고 부르주아 출판물, 부르주아 종교, 스포츠 등을 부정적인 대상으로 보면서 프로문화운동이나 프로예술의 목적과 방법을 가다듬었다. "프로레타리아藝術의 進步는 一切 뿌르조아 享樂, 痲醉의 藝術을 머리로부터 눌으면서 잇다. 또한 푸로레타리아계몽운동과 반종교투쟁이 모든 불리한 환경을 요리조리 뚤어내며 전개되고 잇다. 一九三二年에는 좀더 組織的 싸홈이 展開되여야 할 것이며 또한 될 것이라고 밋는다"[12]는 말에는 긍정해야 할 것과 부정해야 할 것이 팽팽하게 교차하고 있다.

「문필가(文筆家)의 당면(當面)한 부분적(部分的) 임무(任務)」[13]에서는 문필가들은 신철자법을 똑바로 배워야 한다고 하면서 이기영의 「서화」, 한설야의 「추수후」, 김남천의 「물!」이 맞춤법을 적지 않게 어겼다고 지적하였다. 세 편 다 문제작이기는 하지만 그만큼 결함도 분명하다는 것이다. 「푸로작가의 동향」은 임화와 김남천을 공격하기 위해 쓴 글이라고 해도 과언이 아니다. 박승극은 당시의 임화의 평론을 면밀하게 검토한 다음 임화가 "그 어느 것이나 학구의 냄새가 나고 일본 직수입적 불가해의 한문 문구를 늘어놓지 않은 것이 없다"고 하면서 임화는 노동자, 농민, 지식수준이 얕은 대중들도 알아들을 수 있도록 쉽게 쓰려는 추세에 거슬린 채 인텔리겐차도 알아볼 수 없을 정도의 난삽한 글을 쓰는 데로 달음질치고 있다고 하였다.[14] 박승극은 임화가 「6월 중의 창작」에서 이무영에 과도한 신뢰를 보낸 것과 이기영을 중평한 것이 다 못마땅하다고 하였다. 박승극은 김남천에 대해서는 단편 「물!」을 제대로 쓰지 못한 것과 임화의 평에 대해 반론을 제기한 것이 다 잘못된 것이라고 하였다. 1933년 9월 5일자 글의 내용은 '소뿌르적 망동을 경계함' 이란 부제로 잘 요약되고 있다. 박승극은 "임화의 루즈한 조직생활과 그로써 배태된 루즈한 행동이나 김남천의 소부르조아적 極左的 妄動이나 다같은 一類의 過誤"[15]라고 결론지었다.

---

12) 『비판』, 1932. 1. 27쪽.

13) 조선중앙일보, 1933. 7. 12.

14) 조선일보, 1933. 9. 2.

15) 조선일보, 1933. 9. 5.

　　박승극은 인상비평이라든가 사람본위로 하는 비평이라든가 특정한 편견이 지시하는 대로 가는 비평에서는 벗어나 있다. 기본적으로는 객관적 비평을 지향했다고 할 수 있다. 이기영 권환 송영의 3인 공저인『농민소설집』을 대상으로 한 서평에서 이기영의「홍수」「부역」, 권환의「목화와 콩」, 송영의「군중정류」「오전 9시」등을 분석 평가하는 자리에서 이러한 비평자세를 잘 보여주고 있다. 예컨대「군중정류」에 대해서는 의식은 좋다고 하면서도 표현의 문제점을 지적하는 것을 잊지 않았다. 박승극은 냉정한 면을 보여줄 줄 아는 비평가였다. 극찬이나 혹평으로 치닫는 식으로 균형을 잃은 비평은 하지 않았다.「문예시평」(조선일보, 1934. 9. 11~14)에서는 김남천의「어린 두 딸에게」, 이동규의「B촌 삽화」, 이기영의「노예」등을 대상으로 촌평하였는데 김남천과 이기영 소설에 대해서는 긍정적으로, 이동규 소설에 대해서는 이런 소설이 나와야 되는가 하고 근본적인 물음을 던졌다. 박승극은 프로문학자답게 공장노동자 출신의 작가 이북명이 쓴 소설「초진(初陣)」을 읽고 "조선의 좌익작가의 대부분이 부자유한 환경에 처해 잇는 오늘날 이군은 현존한 유일의 프로레타리아 작가라고 한다"고 고평하면서「초진」이 공장을 중심으로 한 생산급 노동자 생활상을 옳게 그리고 내용이 정연하며 예술적 형상화에 있어 큰 결점이 없는 것을 근거로 하여 주제로나 기법으로나 위대한 작품이라고 하였다.[16] 아무래도 박승극은 주제에 이끌려 기법은 한 수 접고 보아준 면이 있다.

　　「김동인씨(金東仁氏)의 난평(亂評)을 박(駁)함」(『조선문단』, 1935. 4)에서는 김동인이 월평을 하는 자리에서 박화성의「이발사」, 강경애의「원고료 이백원」, 이무영의「산가」등을 혹평하는 대신 염상섭의「그 여자의 운명」, 김조규의「윤초시」등에 대해서는 정실에 흘러 억지로 호평을 한 것을 근거로 하여 박승극은 부르주아 문학을 공격하였다. 이념문제는 차치하고라도 김동인은 우수한 작품과 졸작을 구분하지 못하는 우를 보여주

---

16) 조선중앙일보, 1935. 10. 15~16.

기도 했다. '송·김(宋·金) 양씨(兩氏)의 시평(時評)에 관(關)하야'라는
부제가 붙어 있는 「문예시감」(『신조선』, 1935. 12)은 송강(宋江)과 김환태
(金煥泰)가 박승극의 창작평에 대하여 공격한 것을 보고 반론을 펼친 것이
다. 박승극은 송강을 회색파로, 김환태를 소뿌르로 보았다. 송강을 공격
하면서 중간파 문학을, 김환태를 공격하면서 소위 순수예술파를 공격하
였다. 그런 가운데서 자기동일성을 찾게 된다.

> 黨派心!! 정당한 의미의 黨派心을 우리는 固守하는 바이다. 그러기 때문
> 에 藝術至上主義者들과는 永遠히 安協치 못하고 또 金煥泰씨 모양으로 덥허
> 노코 「文壇」, 「文學」을 擁護하는 것이 아니며 또한 작품을 一貫한 進步的인
> 이데올로기를 첫째로 따지는 것이다.[17]

'어떤 것이 본류이냐?'라는 부제가 붙어 있는 「금일의 문학도(文學道)」
(『비판』, 1937. 2)는 전향 후의 박영희의 현실초월의 태도, 소아병적 태도
를 공격하면서 박영희에게 자기비판을 권하고 있다. 박승극은 문학의 본
도를 이데올로기에서 찾았던 종래의 태도를 내보이고 있다. 그는 전향한
박영희 백철보다는 앞뒤 안 가리고 이들을 공격하는 임화와 김남천을 더
많이 공격하였다. 박승극은 강경론자답지 않게 "박영희, 백철씨를 비롯한
일련의 전향 문학가의 고민 동요를 깊이 깊이 따뜻하게 동정하는 데서 우
리들의 문학이 몇 배 더 커갈 수가 있을 것"[18]이라는 생각을 드러내기도
하였다. 사실 박승극은 이미 「조선문단의 회고와 비판」(『신인문학』, 1935.
3)의 「박영희씨의 이론급기행동(理論及其行動)」에서 박영희가 그즈음 발
표한 「최근(最近) 문예이론(文藝理論)의 신전개(新展開)와 그 경향(傾向)」
을 보고 "승려적 참회"를 비웃으면서 카프 탈퇴에 대한 영웅적이고 과학

---

17) 『신조선』, 1935. 12, 71쪽.

18) 『비판』, 1937. 2, 129쪽.

적이고 양심적인 참회가 있어야 하고 이것이 곧 향상을 의미한다고 하였다.[19] 박승극은 박영희와 임화 사이에서는 아무래도 박영희 쪽으로 기운 것으로 보인다. 이 글에서는 당시의 문단세력을 구인회, 중간층 작가, 기성작가, 프로파 작가, 여류작가 등으로 나누면서 이광수 김동인 같은 기성작가들은 부진을 면하지 못하고 있으며 프로파 작가들은 전향사태를 보이고 있다고 하였다. '상반기(上半期) 창작급(創作及) 평론(評論)의 비판(批判)과 일반문학문제(一般文學問題)에 관(關)한 토구(討究)' 라는 부제가 붙어 있는 「조선문학(朝鮮文學)의 재건설(再建設)」(『신동아』, 1935. 6)에서는 당시 작가를 "재래 뿌르문인들"(이광수 김동인 염상섭), "민족뿌르조아의 정통성 계승파"(이태준 박태원), "동반자 또는 경향작가"(이무영 유진오 박화성 강경애), "재래프로파"(엄흥섭 이기영 이북명 현동염 김소엽) 등으로 분류했다. 박태원 김동인 김환태 등 3인을 '순수예술파' 로 묶어 이들이 "현실사회를 똑바로 보고 진실을 묘사하는 진보적 작가의 작품을 일률적으로 배격한 것"을 비판하였다.[20]

박승극의 비평은 이상에서 논한 프로문학 중심의 현장비평 이외에 자유주의론, 사회주의 사실주의론, 카프 해소론, 농민문학론 등으로 대별해 볼 수 있다. 자유주의론이 가장 먼저 제시되었고 농민문학론이 맨 나중에 나왔다. 이들 갈래는 프로문학과 좌익문학을 그때그때 다른 방법으로 주장하고 논한 것에 지나지 않는다. 이들 갈래는 짧은 기간에 이루어진 것치고는 다양한 편이지만 프로문학이라든가 좌익문학은 이들 갈래를 자유롭게 넘나들면서 오히려 분명하게 일관성을 유지해온 것이다.

박승극의 자유주의 사상은 '정당한 평가를 위하야' 라는 부제가 붙은 「조선에 잇서서의 자유주의 사상」(조선중앙일보, 1934. 3. 13~15, 7. 14~31)에 녹아들어 있다. 당시로서는 자유주의라는 용어 자체가 불온시될 수

---

19)『신인문학』, 1935. 3, 81쪽.
20)『신동아』, 1935. 6, 131쪽.

있었음에도 박승극은 자유주의의 한국적 구현을 살펴본다든가 자유주의의 다양한 성격을 설명하는 일을 끝까지 해낸 것이다. 이 글의 논지가 어떠한 방향으로 흘러갔든지 간에 자유주의론을 끝까지 구성할 수 있었던 것은 당대의 비평의 수준을 한 단계 더 끌어올린 것이라고 하겠다. 박승극은 자유주의는 파시즘과는 반대되는 것이라고 주장하는 데서 출발한다. 우리 조선에서는 자유주의가 논의된 적이 없다고 하면서 영국의 산업혁명이나 프랑스의 대혁명과 같은 유럽 여러 나라의 역사를 일별하는 가운데 자유주의를 자본주의와 성장을 같이 한 것이라고 하였다. 신흥부르주아의 이데올로기는 자유주의라고 파악하면서 부르주아가 초기에는 진보적이었던 것처럼 자유주의도 처음에는 확실히 진보적이었다고 하였다. "자유주의는 봉건적 제구속으로부터 이탈하여 자본의 자유활동을 기본적 이론으로 하는 것"[21]이라는 중간정의를 얻으면서 자유주의를 자본주의의 정통사상이라고 주장한다. 박승극은 부르주아 사상이 프롤레타리아를 압박하는 것에 주목하면서 그 예로 파시즘을 들었다. 그는 자유주의론을 자유주의 성립가능론과 불가능론으로 나누면서 자유주의가 자본주의나 사회주의에 결합되는 과정을 주목했다. 자유주의사상은 기본적으로 위험성을 지니고 있는데 이 위험성은 소시민적 이데올로기라는 성격에서 빚어진 것으로 보았다. 그는 자유주의가 성립되려면 일정한 집단을 동원해야 한다고 주장했다.[22] 박승극이 개항기에서부터 1920년대까지의 역사를 훑어보면서 갑신정변, 동학운동, 독립협회, 애국계몽운동, 3·1운동, 민족부르주아지운동, 노농운동 등과 같은 역사적 사건들을 자유사상운동의 전개로 파악한 것[23]은 참신한 시각의 소산이라고 하지 않을 수 없다. 박승극은 자유주의는 민주주의와도 다르고 무정부주의와도 다르다는 주장도 내보인다. "自由主義는 뿌르조아지를 土臺로 한 뿌르조아 이데올로기이지

---

21) 조선중앙일보, 1934. 3. 13.

22) 조선중앙일보, 1934. 3. 15.

23) 조선중앙일보, 1934. 7. 14~20.

만 맑스주의는 프롤레타리아를 土臺로 한 프롤레타리아 이데올로기인 것이다. 자유주의자는 프롤레타리아 독재를 부인하여 流血의 모든 運動을 찬성치 않는다"[24]고 결론지었다. 이처럼 박승극은 자유주의를 무한긍정한 것은 아니다. 그는 프로문학자였던 만큼 부르주아 이데올로기인 자유주의와는 대립하는 자리에 설 수밖에 없었다.

자유주의론이 두 번에 나누어 연재되었던 것처럼 사회주의 리얼리즘론도 「창작방법(創作方法) 확립(確立)을 위(爲)하여」(조선중앙일보, 1935. 12. 14~22)와 「창작방법논고(創作方法論考)」(조선중앙일보, 1936. 6. 3~7)로 나누어져 연재되었다. 이미 박승극은 「문학상 유산의 계승과 창조적 활동에 대하여」(『문학창조』, 1934. 6)의 결론에서 "사회주의적 리얼리즘의 길은 위대한 창조의 바다에로 출범, 유산의 계승과 창조적 활동을 분리해 보지 말고 또한 사회주의적 리얼리즘 문제와도 관통해서 위대한 창조에로 노력해야 되겠다"고 제의했다. 사회주의적 리얼리즘은 위대한 리얼리즘이라는 인식은 이때에 싹터 그후 "창작방법(創作方法)의 신음미(新吟味)"라는 부제가 붙어 있는 「레알리슴소고(小考)」(조선중앙일보, 1935. 3. 11~30)에서 구체화되었다. 박승극은 리얼리스트답게 리얼리즘 논의는 일시적인 유행현상이 아니라 역사발전에 따른 필연적 현상임을 강조하면서 "소시알리스틱 레알리즘이 쏘베트 동맹에서 새로운 창작방법으로 채택된 것이 그 좋은 근거"라고 하였다. 발자크, 플로베르, 졸라, 고골리 등과 같은 위대한 작가의 작품을 통해서 리얼리즘의 다면을 살펴보는 방법을 취했다. 박승극은 프롤레타리아 작가는 필연적으로 프롤레타리아와 동일한 보조를 취해야 하지만 노동자가 되거나 정치적 실천에 참가해야만 할 것은 아니라고 하는 식으로 강경론에서 조금 후퇴하였다. 조선의 리얼리즘 논자들의 문제점으로 단편적 연구, 대중성 획득 실패, 소화불량, 호신구로 아는 경향 등을 지적한 것은 그의 날카로운 안목을 입증해준다.

---

24) 조선중앙일보, 1934. 7. 28.

그리고는 "소시알리스틱 레알리슴"의 특징으로 장래성, 혁명적 로맨티시즘, 타국에의 적용가능성 높은 점 등을 들었다.[25]

「창작방법의 확립을 위하야」는 잡다한 내용으로 구성되었다. 12월 14일 자에서는 우리의 리얼리즘론이 일본 것을 직수입한 번안비평임을 자인하였고 안함광 한효 김두용 등의 리얼리즘론의 골자를 추려내었다. 12월 19일자에서는 유물변증법적 창작방법이 소베트 동맹에서 부정당하는 과정, 여러 이론가들이 제시한 유물변증법의 한계, 유물변증법적 리얼리즘이 사회주의적 리얼리즘으로 넘어가는 과정 등을 보여주었다. 12월 20일자에서는 "소시알리스틱 레알리즘은 소베트의 현실에서 제기된 소베트적 성질의 창작방법이기는 하지만 소베트 동맹의 학문, 문학예술이 전 인류가 도달하지 못한 높은 지경에까지 발달된 것이기 때문에 소시알리스틱 레알리즘은 완성된 것"이라는 주장을 펼쳤다. 박승극은 사회주의적 리얼리즘을 현실의 발전 도상에서 정확하게 역사적, 구체적으로 형상화하는 것, 근로대중을 사회주의 정신 아래서 사상적으로 개조하는 것, 사회주의 건설에 적극 참여하는 것으로 정리하였다. 박승극은 사회주의 리얼리즘이 안고 있는 몇 가지의 문제점을 제시하였는데 사회주의 리얼리즘도 유물변증법적 리얼리즘처럼 다단계의 발전과정 속에 설정되어야 하는 것 아닌가고 물었고, 사회주의 리얼리즘의 국제성을 의심하였고, 사회주의적이라는 말이 추상적이라고 지적하였다. 이런 문제제기를 했다고 해서 사회주의 리얼리즘에 대한 박승극의 믿음이 근본적으로 흔들렸다고 보기는 힘들다.

그러므로써 — 리알리슴도 아니요, 唯物辨證法的 리알리슴도 아니요, 또 다른 리알리슴도 아니라 다만 소시알리스틱 리알리슴이 있을 뿐이다. 우리는 현재 朝鮮에 있어서 여러 가지로 混亂해진 創作方法에 關한 論爭 가운데

---

25) 조선중앙일보, 1935. 3. 30.

서 소시알리스틱, 리알리슴의 정당한 방식의 適用을 위한 ×爭과 함께 그것을 危機로부터 救出하야 擁護할 임무가 있는 것이다.

　그리하야 우리들의 創作方法으로서 確立을 꾀해야 할 것이다. 우리들 文學의 나갈 길은 오즉 소시알리스틱, 리알리슴의 路線뿐이다. 그러나 소시알리슴의 길은 한결같지 않은 것이니 쏘베트 同盟 이외의 다른 나라나 또는 우리 朝鮮에 있어서의 具體的 方針은 朝鮮的 現實性에 妥當한 것을 要求할 것이다.[26]

　6개월 후에 발표된 「창작방법론고」(조선중앙일보 1936. 6. 3∼7)에서 사회주의 리얼리즘에 대한 박승극의 신념은 오히려 강화되고 있다. 임화 김두용 이갑기 박영희 등의 창작방법론을 검토한 다음, "어째든 나는 偉大한 리알리슴을 끝까지 確保하는 者이다. 위대한 리알리즘―그것은 사베트同盟에서 새 旗幟를 든 소시알리스틱 리알리슴인 것"[27]이라고 하였다. 박승극은 반론을 허용치 않으려는 듯 '소시알리스틱＝위대한'이라는 공식을 원칙으로 세워놓은 후 조선문학은 꿈이 결핍하여 후퇴하고 말았다는 임화 유의 견해를 강하게 부정했다. 임화 유의 꿈이라든가 낭만은 소시알리스틱 리알리슴 확립에 있어 혼란을 일으키기 쉽다는 것이다. 사회주의 리얼리즘을 방어하기 위해 박승극 자신이 과장된 제스처를 취했던 것이라고 할 수 있다. 박승극은 소시알리스틱 리알리슴은 위대한 리알리슴이며 이것 안에 이미 낭만정신이 융화되어 있다고 여러 차례 강조하였다. 그는 김두용 안함광 한효 등의 리얼리즘론을 냉소적으로 종합 정리하였다.

　「조선문단(朝鮮文壇)의 회고(回顧)와 비판(批判)」(『신인문학』, 1935. 3)은 '기성문학가의 동향' '박영희씨의 이론급기행동' 등 12개의 항목으로 구성되어 있다. 이중 제8번 '카프해산문제'는 박승극으로서는 카프 해산

---

26) 조선중앙일보, 1935. 12. 22.

27) 조선중앙일보, 1936. 6. 3.

문제를 가장 먼저 언급해놓은 부분이다. 그는 이갑기와 한효의 글을 언급하면서 카프는 해소가 아니라 해산되어야 한다고 주장하였다.[28]

　'상반기 창작급 평론의 비판과 일반 문학문제에 관한 토구' 라는 긴 부제가 붙어 있는 「조선문학의 재건설」(『신동아』, 1935. 6)은 조선문학 침체론, 당대 작품 경향론, 이갑기와 한효의 평론을 중심으로 한 카프조직 재검토론, 구인회론, 카프 해산론 등으로 구성되어 있다. 박승극의 카프조직론이라든가 카프 해산론은 이갑기의 「예술동맹의 해소를 제의함」과 한효의 「1934년도의 문학운동의 제동향」을 집중적으로 검토하는 자리에서 이루어진 면이 있다. 박승극은 "현재의 조선프로레타리아 藝術同盟은 푸로레타리아와 緊密한 連結을 짓지 못하고 있는 이름만의 푸로레타리아 藝術團體化한 것"[29]이라는 인식을 갖고 있다. 이갑기가 천박한 정치지상주의가 가져온 종파적 편향이 카프작가들뿐만 아니라 조선 프로문학운동 전체에게 장애가 되었던 것이라고 주장한 것에 대해 박승극은 정치지상주의니 종파적 편견이니 하는 문제를 과대평가할 필요는 없다고 일축한다. 박승극은 과거에 정치적 종파적 편향으로 흘렀던 것은 그때의 조선의 정세가 그렇게 전개되고 있었기 때문이라고 하였고 카프 내에서 임화와 김남천이 개인적 종파행동을 보인 것을 파악하지 못했던 것은 역시 조직성원의 힘이 적었기 때문이라고 하였다. 그러니까 박승극은 카프 쇠퇴의 원인의 하나를 정치지상주의라든가 종파적 행동에서 찾은 것을 긍정하고 있는 셈이다. 박승극은 프롤레타리아와의 단절은 카프의 형해화의 가장 큰 원인이라고 표현하였다. 프롤레타리아의 지지라는 토대를 놓쳐버린 이상 카프는 "어디로 없어져버리든가 넋빠진 시체로서 매장을 하든지 다른 성질의 조직에로 전환하든지 해야 할 것"[30]이라는 과격한 표현을 서슴지 않았다. 박승극은 카프의 존재에 대해 차거운 머리와 뜨거운 가슴으로

---

28) 『신인문학』, 1935. 3, 83쪽.

29) 『신동아』, 1935. 6, 133쪽.

30) 같은 책, 134쪽.

대할 줄 알았다. 그는 카프의 과거의 활동을 전적으로 부인해서도 안 될 것이며 동시에 쓸데없는 애착을 가져서도 안 된다고 하였다. 카프의 운명에 대한 박승극의 고뇌 어린 전망은 '카프는 해방되어야 한다' 는 말로 요약되고 있다. 박승극의 카프 해소론은 다음의 글에 함축되어 있다.

> 다시금 말하거니와 '카프' 가 바야흐로 沈滯의 極에 達하야 行動할 수 없는 形骸化된 것은 情勢의 急變으로 인한 一般푸로레타리아의 事業이 萎縮과 潛跡을 한 때문에 廣汎한 企業과 文學層에 뿌리를 두지 못하고 少壯知識層에 의하야 運轉되던 結果였다는 것을 생각치 않고는 안 될 것이다.[31]

카프가맹 동기, 카프 수원지부의 결성과정, 개인적인 투쟁과정을 소개하고 난 후 카프 해소전말을 들려준 「예술동맹 해산에 제하여」는 뒷부분에 가서 카프 해소를 주장하여 주위로부터 여러 가지 비난을 듣고 있다는 점을 공개하면서도 그는 「조선문학의 재건설」에서 주장한 바를 조금도 바꾸지 않았다. 예술동맹 해산을 맞아 감개무량했다고 하면서 "시체를 매장하는 그런 감개였다"는 자극적인 표현을 남기고 있다.

「마음의 기사여 눈초리를 돌려라」(『신인문학』, 1935. 10)는 카프 해산 후의 진보적 문인들과 잡지 편집자들에게 하고 싶었던 말을 들려준 것이다. 박승극은 구카프가 동대문의 한 사찰에서 병고에 허덕이고 있는 일개 청년에게 의존해 있었다는 식으로 여기는 것에 대해 분개하고 있다. 카프는 몇몇 사람이 좌지우지하는 그런 작은 단체가 아니라는 인식이 깔려 있다. 박승극은 프로문학을 적극 지지하였기 때문에 카프 해소를 주장하게 된 것이다.

해방 전에 발표된 「농민문학(農民文學)의 옹호(擁護)」(동아일보, 1940. 2. 24)는 "시정적(市井的)인 것의 반성"이란 부제가 붙어 있는 것처럼 시

---

31) 같은 책, 134쪽.

정적인 문학이 한국의 출판계와 문학을 점거한 현상을 반성하는 데서 농민문학이자 생활문학이 출현되었다고 본다. 이때의 시정문학은 흔히 소박한 리얼리즘이라는 뜻과 달리 유한 소비적 성욕을 묘사한 문학으로 설명되어 있다. 이기영의 「고향」을 대표작으로 꼽고 채만식을 사이비 농민작가로 평가하면서 이동규 홍구 박로갑 박영준 등과 같은 새로운 작가들을 제시한 박승극은 과거의 농민소설과 새로운 농민소설의 차이를 사상성의 유무에서 찾았다. 그는 새로운 농민작가들에게 소비문학, 시정적 문학에 대한 비판을 꾀할 것과 과거의 잘못된 농민문학을 청산할 것을 요구하였다.

　해방 후에 발표한 「농민문학의 신과업」(『협동』, 1947. 1)은 농촌에 있어서 가장 큰 문제는 토지문제라고 하면서 한쪽에서는 이미 토지개혁을 실행하여 민주주의 건설의 기초가 튼튼해져가고 있다고 하는 식으로 북한 편을 드는 데서 시작하고 있다. 봉건주의 잔재와 일본제국주의 잔재의 청산이 가장 큰 과제로, 이것은 토지개혁을 통해서만 가능하다는 것이다. 박승극은 토지개혁＝민주주의＝일제 청산이라는 등식을 여러 차례 강조하고 있다. 토지개혁의 실천은 "자연, 풍토, 전통, 생산상태 등의 개혁을 가져오게 하고 이것은 궁극 농촌과 도시와의 모순을 청산할 가능성을 보장한다"는 것이다.[32] 이 글에서 박승극은 일제치하에서의 한국 농민이 얼마나 고생했는가를 술회하고 있으며 농민문학과 프로문학과의 분리는 반성되어야 할 것이라고 주장하였다. 농민문학을 정치주의문학이나 프로문학과 연결시켜야 한다고 역설한 데서 그의 프로문학자로서의 면모를 확인하게 된다.

　지상의 모든 것이 다 문학의 대상 아닌 게 없으되 革命性을 잃은 묘사여서는 안 된다. '革命的 로만티시즘'이 창작방법에 하나로 되는 所以를 늘

---

32) 『협동』, 1947. 1, 43쪽.

밝혀야 될 것이다. 過去事라든가, 政治的 관계라든가 自然的 背景, 鄕土的 傳統, 生産狀態 등등 모든 문학적 대상이 다 이 나라 人民 —農民이 살아나 가는 發展的인 革命的인 것과 결부되지 않으면 무의미한 죽은 문학을 면치 못할 것이다.[33]

인용문에서 볼 수 있는 것처럼 박승극은 프로문학의 근원적 성격을 살려내는 뜻에서 농민문학의 작가들에게 혁명성이라든가 혁명적 로맨티시즘을 갖출 것을 요구하고 있다.

3. 박승극 소설, 집중성과 강단성

박승극은 단편 「농민」(『조선지광』, 1929. 6)에서 단편 「떡」(『문학』, 1946. 11) 사이에 근 10편의 단편소설을 발표했다. 1920년대에 발표되었던 「농민」과 1940년대에 발표되었던 「떡」을 제외한 나머지는 모두 1930년대에 발표되었으며 두번째 발표작 「再出發」(『비판』, 1931. 7~8)을 제외한 나머지 7편은 모두 카프 해산 전후에 발표되었다. 이중 세번째 발표작 「풍진」(『신인문학』, 1935. 4~6)을 제외한 나머지 6편은 모두 카프 해산 직후에 발표된 것들이다. 작가로서의 박승극은 카프 해소 직후에 작품을 집중적으로 발표한 셈이 된다. 박승극이 증언한 것처럼 실질적인 카프 해산을 1935년 5월로 본다면 「풍진」은 카프가 해산되었던 바로 그때에 발표한 것이 된다. 「풍진」을 카프 해산 이전 작품으로 본다면 카프 해산 이전 발표작은 「농민」 「재출발」 「풍진」 등 세 편이 되며 카프 해산 직후(1935년 후반~1936년 전반)작은 「그 여인」 「색등(色燈) 밑에서」 「항간사(巷間事)」 「화초(花草)」 「추야장(秋夜長)」 「풍경(風景)」 등 6편이 되며 카프 해산

---

33) 같은 책, 42쪽.

(1935년 여름) 이후작은 8편이 된다. 카프 해산 직후작으로는 끝 작품이
되는 「풍경」(『신조선』, 1936. 1) 이후에 발표된 소설들은 10년 동안 두세
편에 지나지 않는다. 이쯤 되면 작가라는 이름에 부합되는 시기는 제한될
수밖에 없다. 좁게 잡으면 1935년이며 넓게 잡아야 1929년부터 1936년까
지다. 박승극의 본격적인 창작 활동기는 카프 해산 전후기로 좁혀볼 수도
있으며 카프 가맹에서 카프 해산 직후까지로 넓혀볼 수도 있다.

　카프 가맹 직후에 발표된 등단작 「농민」은 1929년 2월 28일에 탈고된
것으로 '고향(농촌)' 에서 '타향(도시)' 에로의 이주과정과 '농민' 에서 '주
의자' 로의 전신과정을 보여주고 있다. 이 소설은 1920년대 말의 농민소설
이 다 그러했던 것처럼 일단은 농민의 빈궁을 강조하는 데서 시작하고 있
다. 주인공 이강춘은 소작농으로 일하면서 부업으로 가마니 짜는 일을 하
였으나 계속 늘어나는 빚을 감당하지 못해 마침내 입을 줄이는 차원에서
12살 된 큰딸을 남의 집 민며느리로 둘째딸은 일본집 식모로 보내는 비극
적 선택을 한다. 가난해서 딸을 민며느리로 판다는 이야기는 1920년대 이
기영 조명희 최서해 등의 소설에서 들을 수 있었다. "흉작을 면치 못하야
이곳저곳에서는 소작쟁의와 농민의 소동이 심하엿다"(36쪽)와 같은 구절
은 복자처리될 법도 하나 제대로 다 살아났다. 이 소설은 가난이 지주의
착취, 고리대금업자의 횡포와 같은 인재에서 비롯된 것으로 파악하였다.
　「농민」은 끝부분에 가서 농민인 주인공이 고향을 떠나 농민→노동자
→주의자로 전화되는 과정을 요약해서 보여준다.

　　강춘이는 머슴살어 멧푼 남은 돈으로 차비를 장만해가지고 쩌나기 어려
　운 정들은 고향산천을 등지고 안애와 출생한 지 돌 지난 아들과 세 식구가
　먹을 것을 차저서 눈물을 씨서가며 멀니 ○산으로 향하야 갓다. 강춘이는
　가는 즉시로 S의 소개로 당지도로동조합에 입회한 후에 해보지 안은 도회
　로동을 피곤함을 무릅쓰고 매일 계속하엿다. 이리하여 세 식구의 밥을 갠
　신이 대여왓다.

밤에는 조합에 가서 글자도 배우고 이얘기도 듯고 해서 강춘이는 전보다 탁월한 견고한 의식(意識)을 갓게 되엿다. 그러는 대로 그는 차차 세상형편을 알게 되고 자긔의 지위를 세닷게 되엿다. 말하자면 한 자각한 로동자로 눈쓰게 되엿다.

5

그해 일 년을 지나서 미증유의 ……………………………………한 사람으로 활동하게 되엿다. (끗)[34]

박승극의 「농민」의 농민은 가난에 시달리며 겨우겨우 연명해가는 농민도 아니고, 헐수할수없어 간도로 이주해가는 농민도 아니고, 지주에게 당장 복수심을 행사하는 농민도 아니다. 박승극의 농민은 배우고, 각성하고, 투쟁하는 농민이다. 농민에서 주의자로 전신한 것이 중심사건을 이룬 만큼 이강춘은 성장소설적인 요소를 이끌고 간 것이 된다.

「농민」의 주인공 이강춘이 농민에서 노동자로 다시 노동자에서 주의자로 변한 반면 「재출발」에서의 김성철은 거꾸로 주의자에서 노동자로 취업하였다. "사회단체의 중요간부로서 명망이 세상에 놉흔 김성철의 일홈은 발서 두 해나 되도록 쌀르조아 신문지상에서도 어더 볼 수가 업섯스며"[35] 에서 볼 수 있는 것처럼 「재출발」은 회관 중심이요 이론 중심으로 일하던 김성철에게 큰 변화가 있음을 암시하는 것으로 시작되고 있다. 마침내 그는 회관에서 나와 "보다는 철저한 맑스주의자가 되고자 또는 진실한 푸로레타리아의 전위가 되고자"[36] 지방 제철공장에 취직하였다. 주의자인 주인공이 공장노동자로 들어가 여러 노동자들과 잘 어울리는 가운데 노동자

---

34) 『조선지광』, 1929. 6, 37~38쪽.

35) 『비판』, 1931. 7, 109쪽.

36) 같은 책, 109쪽.

들이 주의자로 바뀌어가는 모습이 나타나게 된다. 박승극은 단편소설도 넉넉한 것은 아니지만 토론공간을 담을 수 있음을 잘 실증해주었다.

　골목 한 구텅이에 잇는 사회단체련합회관에 아츰저녁으로 멧사람이 모이여서 이론투쟁을 한다. 청년동맹의 리군과 동조함의 성철이 신간회지회의 상춘군 근우지회의 순희동무 등은 언제나 리론 투쟁의 한편이 된다.
　현계단의 객관 주관의 정세는 우리에게 이러한 싸홈을 게속치 못하게 한다. 그리고 자연발생적으로 이러나는 스트라익, 소작쟁의는 방금급속도로 발전되고 잇지 안은가? 이것을 의식적으로 전개하기 위하야 우리는 과거의 모든 것을 저바리고 직접공장, 직장, 농촌으로 그러가지 안으면 안 된다. 그뿐 아니라 자본주의의 제삼기 ××과정에 당면하여 그들은 여지업시도 ××정책을 가하고 잇지 안은가? 이에 잇서서 현재의 구구한 전술은 우리에게 단연 방해되는 점이 만타―
　그리고 일본서 온 리부레트에 대해서도 만흔 론쟁을 하엿다.
　공민권 획득운동이 필요하다고 은연이 주장하든 그 패들과 그러치 안타는 두 패로 갈이여서 싸홈까지 하엿다. ××가 언제나 맛찬가지로 다장을 흔들고 드러오면 이야기의 초점은 그자에게로 도러간다. 심지어 엇친구는 농사지 한다. 보고할 재료가 업서서 오늘은 매우 섭섭하겟다는 등의 말이다. 그자가 간 다음에 근우지회위원이 매우 오래간만에 한 분이 온다. 쏘 이야기 초점은 그곳으로 옴긴다. 근우지회에서 설치긔념식이나 굉장이 해보지 안켓느냐고 뭇는다.
　"하고말고요, 본부에서 거행하라는 공문싸지 왓는대요!" 하고 대답한다. 안경을 코에 걸친 로인이 드러온다. 이분은 신간지회의 위원장이며 천도교의 종리사이다. 회관에서 그의 얼골을 보기에는 매우 드문 형편이니 한 달에 두서너 번이면 조흔 성적이라 할 수 잇다.[37]

---

37) 같은 책, 112쪽.

이상의 내용은 관념의 소산으로 보아서는 안 된다. 실제로 박승극은 청년동맹이니 신간회니 하는 곳에 적극 관여했을 뿐만 아니라 그러한 참가 체험을 과감하게 작품에 살려내고 있다. 당대의 소설에서 사상단체 참가 경험을 살려 사회운동이라든가 사상운동의 내용을 이렇듯 구체적으로 표현한 예를 찾기란 쉽지 않다.

이 소설의 결말은 조선 초유의 제철노동조합이 조직된 것에 이어 제사, 고무 등 각 산업별로 노동조합이 결성되어 합동으로 "데몬스트레이숀"을 일으켜 "석 달 동안이나 세 공장의 연돌에서는 연기도 나오지 안코 뛰소리도 나지 안엇다"로 구성되어 있다. 박승극은 작품 말미의 부언(附言)에서 초안은 오래 전에 잡아 이번에 약간 수정하여 발표하기는 하였으나 현실에 다소 뒤떨어진 감이 있다고 하였다. 그러나 공장을 배경으로 하여 노동자들이 투쟁하는 모습을 이 정도로 그린 것이라면 당시의 어느 프로소설이나 동반자소설에도 뒤지지 않는다. 「재출발」은 발표시기로 보아 카프가 볼세비키화했을 때 그 기본 정신을 살려 쓴 것인 만큼 기본적으로 강경한 면을 지닌 것이라고 하겠다. 카프 가맹 때 쓴 「농민」이 농민의 주의자로의 전신으로 구체화된 것에 비해 볼세비키화 때 쓴 「재출발」은 노동자들의 집단투쟁으로 구체화되었다. 이 소설은 공간배경으로 보면 공장소설이 되고 주인공으로 보면 전위소설이나 노동자소설이 되며 내용상으로는 반항소설이나 투쟁소설이 된다.

「풍진(風塵)」(『신인문학』, 1935. 4~6)은 박승극의 최초의 감옥소설이다. 나이 60에 가까운 주의자 철식을 주인공으로 하여 그가 열심히 독서하고 배우는 모습을 보여주고 있다. 이 감옥 안에서는 늙은 주의자를 중심으로 하여 노동자 정수, 농민 상호, 학생 동성, 동경 유학생 출신 인텔리인 상섭 등이 원환을 그리고 있다. 주인공 철식은 김좌진 장군을 쫓아다니며 독립군으로 활약하였으나 방향전환하여 실력양성론의 대열에 뛰어들었다가 감옥에 들어온 인물로, 자기가 하는 일에 대한 회의와 더 많이 알아야겠다는 욕구를 모순처럼 지니고 있다. 이 소설은 3평짜리 감방 안에 있는 10명의 죄수들이 제각각 행동하는 식으로 파벌싸움이 심함을 지적하였다. 감방은 사상운동의 축도로 묘사되고 있다.

당시 이 감옥 안에서 너는 무슨 파다! 나는 어떤 파다! 하고 싸움을 해서 목침이 왔다갔다한 일이 비일비재였으며 십오방만하더래도 재래의 파벌적 '그룹'으로 갈러 보면 완연한 구별을 가지고 있는 것이다.
공작위원회의 인원이 대부분이고 이와 유기적 관련을 가진 간도사건 관계자가 더러 있고 그리고 엠, 엘에 가깝다고 지목받는 상섭이와 기외 몇 사람이 있는 것이다.[38]

박승극의 창작의도는 주의자들의 고난을 그리는 데서뿐만 아니라 당시 사상운동의 단면을 드러내 보이는 데서도 찾을 수 있다. 이 소설의 제목인 「풍진」은 강철식의 고달펐던 과거사와 앞으로의 고생담을 상징한다. 풍진 속에서 걸어온 이 길이 과연 옳은가 또 앞으로 어떻게 될 것인가고 고민하면서 그 동안 잘 길러왔던 "카이젤 수염"을 깎으면서 각오를 새롭게 다지고 있다. 강철식의 고민은 공적인 것과 사적인 것으로 나누어볼 수 있는바, 공적인 고민은 주의자들의 운명이나 사상운동의 앞날에 대한 걱정으로 구체화된다. 같은 방에 있는 죄수들은 오 년 형을 받기도 하고 집행유예를 받기도 하면서 하나둘 흩어지고 만다. 사적인 고민은 어머니와 아내의 소식에 대한 궁금증으로 나타난다. 극도의 불안감으로 나타나는 공적인 고민과 궁금증으로 나타나는 사적인 고민을 떨구어내지 못하면서 "비록 짧은 편이나마 약한 마음을 풍진 속에 늙어진 자기 몸에 깃들여두었던 것이 후회막급이었다"고 술회한다. 「풍진」은 옆방에 들어온 아내가 미친 사람으로 지내다가 사흘 전에 죽었다는 소식을 듣고 철식이 놀라는 것으로 끝

---

38) 『신인문학』, 1935. 4, 187쪽.

이 나고 있다.

「그 여인」(『신인문학』, 1935. 7)의 결말은 여주인공이 주의자 혐의로 이미 감옥에 와 있는 두 오빠를 따라 의식화되어 감옥으로 들어오는 것으로 처리되고 있다. 죄수들 사이에서 '붉은 저고리'로 불리우는 18세의 안혁순은 두 오빠의 눈에 뜨이는 곳에 와서 서 있다가 가는 행동을 6개월 동안 계속한다. 그러다가 안혁순이 한동안 보이지 않게 되자 죄수들은 궁금해 한다. 그 궁금증은 뒷부분에 가서 깨끗하게 해소된다. 자동차 운전사였던 큰오빠가 '실업자 사건'으로, 전차 차장 노릇 하던 작은 오빠가 역시 교통 쪽의 모종의 사건에 가담한 것 때문에 감옥에 온 사이에 안혁순은 여자고보를 졸업하고 "뻐쓰 껄"로 취직했다가 다른 곳에 취직한다. 그후에는 어디에 취직했는지 알기 어렵다. 작은오빠가 무슨 사건으로 감옥에 왔는지 안혁순이 어디에 취직했는지는 검열을 의식하여 작가가 감추어놓았기 때문에 더이상 구체적인 것을 알 길이 없다. 그러나 짐작은 할 수 있다. '붉은 저고리'는 감옥 안에 갇혀 사는 죄수들의 소외감과 단절감 그리고 외부세계에 대한 궁금증을 자극하는 매개적 존재가 되고 있다.

「풍진」이 여러 죄수들의 모습과 운명을 고루 그려내는 식으로 감옥의 사회학을 그려내었다면 「그 여인」은 한 여인에 대한 호기심을 통해 실체를 드러내는 죄수들의 심리학을 그려내었다.

「그 여인」에서의 안혁순이 "뻐쓰 껄"을 거쳐 더 형편없는 직업에 종사하던 중 주의자인 오빠를 따라 의식화된 것과 「색등 밑에서」에서 여급인 김종죽이 숨어지내는 한 오르그와 가까워지면서 의식화되었다가 나중에 감옥으로 가는 것은 "사랑→의식화→감옥행"이라는 결구로 묶이게 된다. 이 소설은 잡혀간 김종죽이 남겨놓은 '색등 밑에서'라는 제목의 문집을 그 어머니와 친구 혜숙이 본 책 내용이 가장 큰 비중을 차지하고 있다. 일기형식을 취하기도 한 이 책에 김종죽이 카페 파라다이스에 나간 동기, 독서 내용, 좋아하는 남자로부터의 영향, 우이동 원유회 등에 대한 이야기들이 제시되어 있다. 이 소설은 "뿌르신문은 유명한 숨은 오르그 이상철과 또 그와 김종죽과의 관계를 대대적으로 보도하였기 때문이다. 혜숙이는 종죽의 얼굴을 눈앞에 그려보며 종죽 어머니에게 인사를 하고 자리에서 일어났다"로 끝이 나고 있어 친구 혜숙이도 제2의 김종죽이 될 것 같은 분위기를 던져주고 있다. 안혁순과 김종죽은 의식의 성장을 보여줌으로써 각각 「그 여인」과 「색등 밑에서」에 성장소설의 외피를 입힌 결과가 된다.

「항간사(巷間事)」(『신인문학』, 1935. 11)는 주인공이 감옥에 들어간 것으로 끝나고 있으나 옥살이 모티프나 감옥행 모티프를 중심 모티프로 한 「풍진」「그 여인」「색등 밑에서」「화초」「추야장」 등과 같은 소설들이 제시하는 '죄' 와는 다른 내용으로 되어 있어 박승극 소설로서는 예외적인 것이라고 하지 않을 수 없다. 주인공 김상원은 재주가 좋아 청년회, 소작쟁의 등 온갖 운동과 모임을 주도하여왔으나 차츰 사이비요 사기꾼이라는 정체가 드러나게 된다. 일본 경찰로부터 매달 3원씩 받고 프락치 노릇 한 것이 들통나게 되자 경찰에서도 모른 척한다. 김상원은 소작쟁의를 일으키도록 부추겨 대표들이 끌려가게끔 만들어놓은 공을 세웠으나 일본 경찰은 이번에는 일체 아는 척을 하지 않아 김상원이 오랫동안 감옥에서 오명을 혼자 다 뒤집어쓴 채 생활하도록 내버려둔 것이다. 작가는 의도적으로 독자들에게 호소하고 다가가는 서술방식을 취하고 있다. 김상원을 향해 화자가 노골적으로 코웃음치는 대목도 나오고, 독자들의 있을 수 있는 일말의 동정심을 차단해버리기도 하였다. 박승극 소설에서 고등사기꾼소설(Hochstaplerroman)은 「항간사」 단 1편뿐이다. 다른 작품에서는 잡범들도 부정적으로 그리지 않았다. 박승극은 농민조합원 최상천이 감옥에서 병을 얻어 보석되었으나 얼마 안 되어 죽고 말아 마을 사람들이 성대하게 장례식을 치른 장면과 김상원이 주구팽(走狗烹)의 신세가 되어 감옥 안에 초라하게 앉아 있는 모습을 병치시키고 있다. 무명의 농민은 죽어서 상승하는 존재가 되었는가 하면 사이비 운동가는 전락하고 만 것이다.

「화초」(『신조선』, 1935. 12)는 감옥에서 사상범이 봄에 핀 꽃을 보고 어머니를 생각하는 것에서 시작하여 다시 봄이 와서 무명초에 꽃이 핀 것을

보면서 '절개' 라든가 '인내' 라든가 '고상함' 을 떠올리면서 의식분자로서
의 자세를 가다듬는 것으로 끝이 나고 있다. 「화초」는 감옥 안에 있는 천
호가 "뻐쓰 껄"인 애인 혁순이로부터 받은 위문편지의 내용이 큰 비중을
차지하고 있다. 이 편지를 통해 혁순이가 천호에게 차입하는 책의 목록이
소개된다. 세계문학전집, 철학강좌, 러시아어 강좌, 에스페란토 원서 등의
목록이 열거되고 있는 점에서 「화초」는 「풍진」 「추야장」 등과 함께 '주의
자의 학습 모티프' 를 제시하고 있는 것으로 일괄된다. 이들 책들이 지성
을 키워주는 것이라면 화초는 마음을 정화시켜주고 의지를 순일하게 해
주는 것으로 볼 수 있다. 계절에 따라 피고 지는 화초도 교재가 되고 있다.
　「추야장」(『신인문학』, 1936. 1)은 공간으로 보면 감옥소설이요, 주인공
으로 보면 지식인소설이자 주의자소설이다. 주인공 정철은 치안유지법
위반으로 들어왔고 늙은 황동무는 농민조합사건으로 수감되었으며 창식
은 공장직공, 항만노동자로 이리저리 떠돌아다니다가 들어와 폐병을 앓
고 있다. 그런가 하면 한 방에 '백만원' 이라든가 '보전' 이라는 별명을 지
닌 잡범들도 있다. 「추야장」은 3평밖에 되지 않지만 성격이 다 다른 죄수
들로 꽉찬 공간을 두루두루 비쳐 보이고 있다. 이 소설도 앞서 지적한 것
처럼 「풍진」 「화초」와 함께 주인공이 감옥 안에서 공부를 열심히 하는 모
습을 보여주고 있다.

　　정철이는 그대로 눈만 껌벅껌벅하고 누어 시간을 헛되이 보내는 것이 무
척 안타깝게 생각키울 뿐이었다. 에쓰페란토는 이제 겨우 원서(原書)를 보
게 되고 로시아말(露語)은 처음 시작해서 '아쯔부카(文字)'를 배우는 중이
므로 한 시간이라도 빨리해서 로시아말의 원서를 보고 싶었다. 그는 이런
데 와서라도 공부를 힘써 해야 되겠다는 마음에 어디까지나 독서에 힘써왔
다. 문학, 철학, 어핫에 관한 책을 주로 읽었다. 책만 마음대로 드러올 수 있
으면 얼마든지 공부를 잘할 것 같았었다. 어떤 때는 세월 가는 줄도 모르게
공부에 열중하는 것이다.[39]

「추야장」의 주인공 정철은 「화초」의 주인공 천호와 마찬가지로 작가 박
승극을 가리킨다. 이처럼 정철이 열심히 공부하는 것은 최소 전향의사를
지니지 않았음을 가리키기도 하고 자신의 과거에 대한 회의에 빠지지 않
았다는 의미도 된다. 정철은 면회온 어머니를 통해 책읽기 좋아하고 글쓰
기를 좋아했던 누이가 경찰서에 붙들려가 모진 고문을 당하고 나왔다는
충격적인 소식을 듣는다. 정철의 누이는 「풍진」에서의 철식의 아내, 「그
여인」에서의 '붉은 저고리', 「색등 밑에서」의 김종죽을 떠올리게 한다. 이
들 여인들은 애인이나 오빠로부터 영향을 받아 의식분자가 되었다는 공
통점을 지니고 있다.

「풍경(風景)」(『신조선』, 1936. 1)은 인창 기흥 병찬 성중 등과 같은 철도
공장 노동자들이 열악한 조건 아래서 주야를 가리지 않고 작업을 하면서
도 계속 비밀회의를 열어 학습하는 모습을 보여주고 있다. 이 작품에서 주
요사건은 성중이란 직공이 붙들려간 것과 그럼에도 조심해서 계속 집회
를 갖는 것으로 정리된다. 끝부분에서는 직공들이 야근하는 모습을 소개
하고 난 다음 야근하고 나서도 쉬지 않고 집회를 갖는 모습을 그리고 있
다. 이 소설은 "그 다음 주일날 종일 잠과 싸우고 난 기흥은 저녁을 먹고
집을 나서서 가버린 성중의 얼굴과 병찬의 조리잇는 강좌와 동무들의 열
기잇는 토론을 눈압혜 그려보며 춘식의 집으로 향햇다. 철도공장에서는
저녁 일곱시 뛰가 힘차게 울려나왔다"로 끝나고 있어 열린 결말을 보여준
다. 「재출발」이 주의자와 공장노동자의 연대를 꾀한 것과는 달리 「풍경」
은 공장노동자들이 자생적으로 의식분자로 전화를 꾀하고 있다. 「재출발」
이 주의자소설과 노동자소설이 겹쳐진 경우라면 「풍경」은 노동자소설이
라고 할 수 있다.

해방 이후에 나온 소설답게 「떡」(『문학』, 1946. 11)의 주인공 정순도 "한

---

39) 『신인문학』, 1936. 1, 285쪽.

때 청년동맹, 농민조합에서 하는 강습소니 야학이니가 왕성했을 쩍 정순이도 우등성적을 가진 당당한 여학생 노릇을 했던 것"을 과거로 여기고 있다. 정순 오빠 창식이 근로보국단으로 뽑혀 수력전기 공사일의 1개월 만기를 채우고 돌아온 것도 「떡」이 해방 이후에 발표된 것임을 입증해준다. 정순이는 다시 공장으로 돌아가 돈을 벌어 오빠도 도와주고 자기의 병도 고치겠다는 생각을 한다. 정순은 투쟁하기 위해 공장으로 돌아가는 것이 아니라 자신과 가족의 불행을 뛰어넘기 위한 힘을 비축하기 위해 공장으로 돌아가는 것이다.

「농민」에서 「떡」까지의 박승극의 소설은 「농민」「그 여인」「색등 밑에서」 등과 같이 농민이나 여급이나 "뻐쓰 껄"이 의식화되어가는 과정을 그린 것, 「재출발」「풍경」「떡」처럼 주의자가 투쟁하는 모습을 구체적으로 그려낸 것, 「풍진」「추야장」「화초」 등과 같이 감옥에서 계속 학습하면서 조용히 미래를 대비하는 모습을 그린 것, 「항간사」처럼 사이비 주의자를 그린 것 등으로 나누어볼 수 있다. 박승극의 단편소설은 성장소설로 발전되는 의식화 모티프와 자전적 소설로 드러나는 학습 모티프를 동력으로 삼고 있다. 소설유형론의 시각에서 보면 박승극 소설은 「풍진」「그 여인」「화초」「추야장」 등과 같은 감옥소설, 「재출발」「풍진」「추야장」「떡」 등과 같은 주의자소설 혹은 사상소설, 「재출발」「풍경」「떡」 등과 같은 노동자소설, 「농민」과 같은 농민소설, 「색등 밑에서」와 같은 여급소설, 「항간사」와 같은 사기꾼소설 등으로 분류된다. 박승극의 경우, 감옥소설과 주의자소설은 자전적 소설이나 성장소설과 겹쳐서 나타나기도 한다.

4. 종합

박승극은 소설가이자 비평가(writer‒critic)였다. 시각에 따라서는 비평가이자 소설가(critic‒writer)로 볼 수도 있다. 소설가가 앞에 오든 비평가가 앞에 오든 양면을 갖춘 그의 진면목은 1935년도에 가장 쉽게 찾아 볼 수 있다. 1935년도가 절정기가 되었다는 것은 그의 비평이나 소설이 1935년도 카프 해산사건이나 사회주의리얼리즘이 비등한 것에 반응을 보이는 데서 시작되었다는 의미가 될 수도 있다. 프로작가들 대부분은 1, 2차 검거사건을 치르면서 카프 해산문제에 대해서도 대부분 일단 소극적이었고 사회주의 리얼리즘에 대해서도 크게 관심을 갖지 않았다. 동반자작가든 프로작가든 문학적 권력이 한계에 부딪히면서 놓치게 된 자존심을 회복시켜준 사람의 하나가 바로 박승극이다. 해방 이전의 카프가맹, 청년동맹, 농민조합, 신간회에서의 활동을 보면 그는 운동이 먼저이고 문학이 나중인 것으로 나타난다. 그는 실천(급진적 사상운동)에서 시작하여 평론과 소설창작활동을 전개하여 실천(좌익 정치운동)으로 끝난 존재라고 할 수 있다. 박승극이 일생 동안 가꾸어낸 실천→소설→평론에서는 괴리나 모순이 보이지 않는다. 그러나 1935년을 지나 해방 이후로 가면 박승극에게서는 소설도 사라지고 평론도 사라진다. 남은 것은 정치참여뿐이다.

그의 평론은 조선의 사상운동의 한 갈래인 부르주아운동의 본질을 자유주의로 파악하면서 자유주의 부분부정론을 펼친 자유주의론, 사회주의리얼리즘을 위대한 리얼리즘이라고 거듭 주장한 창작방법론, 프롤레타리아와 단절된 것을 가장 큰 이유로 해서 카프는 해산되어야 한다고 주장한 카프 해소론, 타락한 시정문학을 극복하기 위한 방안의 하나는 농민문학에서 찾을 수 있다고 하는 농민문학론 등으로 구성되어 있다. 그의 소설은 농민이나 노동자가 의식화되어가는 과정을 그린 것, 주의자가 투쟁하는 모습을 그려낸 것, 주의자가 감옥 안에서 계속 학습하면서 조용히 미래를 대비하는 모습을 그린 것 등으로 대별된다. 그는 10여 편의 소설밖에 쓰지 않았지만 감옥소설, 주의자소설, 성장소설의 모범을 남길 수 있었고 의식화 모티프와 학습 모티프에다 최대한의 의미를 부여할 수 있었다.

박승극의 경우, 소설과 평론의 상관성을 살펴보는 것이 더욱 의미 있는 일이 될 것이다. 소설과 평론은 적극적 리얼리즘 지지, 프로문학토대, 형식에 대한 이데올로기 우위론, 주관성의 적극적 구현 등과 같은 공통점을 갖는다. 조선 근대사의 굵직한 사건이나 운동을 자유주의를 본질로 하는 것으로 파악하면서 제국주의 부정론과 부르주아사상 부정론으로 나아간 것, 임화나 김남천 중심의 카프를 부정하면서 카프 해소를 적극적으로 주장한 것, 감옥을 배경으로 하여 주의자가 뜻을 굽히지 않고 오히려 미래를 대비하는 학습을 계속하는 모습을 그린 것, 당시의 사상운동의 단면을 선명하게 제시하고자 한 것 등은 용기 있는 리얼리스트의 소산이라고 할 수 있으며 당시에 이런 적극성의 면에서 박승극을 능가할 사람은 거의 없다.

박승극의 경우 소설과 평론의 관계는 일단 상관성이 있는 것으로 볼 수 있다. 평론에서의 사회주의리얼리즘 절대지지론, 자유주의 부분부정론, 카프 해소론, 농민문학대망론 등은 소설에서의 감옥소설, 주의자소설, 성장소설, 노동자소설, 자전적 소설 등과 상관성을 지나 상동성이나 상보성 또는 상성관계로 나아가는 것으로 볼 수 있다. 박승극은 주의자를 내세웠지만 주의자를 이론 중심의 존재나 영웅적인 존재로 그리지 않았다. 소설의 이러한 경향은 평론에서 당시의 카프의 영웅 임화를 배척하는 것과 상동의 관계를 이룬다. 그는 프롤레타리아와의 단절이라는 이유를 들어 카프 해소론을 주장했던 것처럼 소설에서는 주의자들의 투쟁상 못지않게 주의자와 농민, 노동자 사이의 연대와 협조를 중시하였던 것이다.

(『한국문학』25집, 2000. 6)

<h1 style="text-align:center">황순원 소설의 원형</h1>

1. 빼빼 마른 단편, 절제미의 담론

소설가 황순원은 「나의 꿈」 「아들아 무서워 마라」 등 27편의 시를 묶은 시집 『방가(放歌)』(1934)와 「종달새」 「반딧불」 등 22편의 시가 들어 있는 시집 『골동품』(1936)으로 글쓰기를 시작하여 「산책길에서 1」 「죽음에 대하여」 「무서운 아이」 등 8편의 시를 발표하는 것(『현대문학』, 1992. 9)으로 창작활동을 마친 것으로 되어 있다. 「거리의 부사(副詞)」(『창작』 제3집, 1937. 7)에서 「땅울림」(『세계의문학』 1985년 겨울호)에 이르기까지 50년 동안 발표된 소설은 1930년대의 시와 1990년대의 시 속에 갇혀 있는 형상이 된다. 황순원의 문학세계에서 시가 서론과 결론을 이루는 것이라면 소설은 본론을 구성하는 것이 된다. 황순원의 경우, 소설양식이 시양식을 압도하는 것임에는 틀림없으나 1945년, 1956년, 1977년에도 여러 편의 시를 발표했던 사실에 비추어보면 소설양식에게 시양식이 모태로 기능했을 것이라고 추측된다. 1937년부터 1939년 사이에 씌어졌을 것으로 추정되는 「거리의 부사」 「돼지계」 「늪」 「허수아비」 「배역들」 「소라」 「갈대」 「지나가는 비」 「닭제(祭)」 「원정(園丁)」 「피아노가 있는 가을」 「사마귀」 「풍속」 등 13편을 묶은 『황순원 단편집』(후에 『늪』으로 개제)은 시집 『방가』와 『골동품』의 그늘에서 벗어나지 못했다. 해방 이후 간행된 창작집 『기러기』(1951)에 실려 있기는 하지만 실제로는 1940년에서 1944년 사이에 창작된 「별」 「산골아이」 「그늘」 「저녁놀」 「기러기」 「병든 나비」 「애」 「황노인」 「머리」 「세레나데」 「노새」 「맹산할머니」 「물 한 모금」 「독짓는 늙은이」 「눈」 등 15편의 소설도 '시적인 것'에서 자유롭지 못했다. 황순원은 창작집 『기러기』 머리말에서 "모닥불과 질화로의 반짝이는 불씨 같다고나 할까, 그렇게 명멸하는 내 생명의 불씨가 그 어두운 시기에 이런 글들을 적지 아니치 못하게 했다고 보는 게 옳을 것 같습니다"고 하면서 독자들에게 당신의 어느 한 구석을 따뜻하게 해줄 불씨가 여기 남아 있을지 모르니 잿속을 한번 헤집어보라는 식으로 일독을 권하였다. 이러한 머리말은 차라리 시집에 붙어 있어야 했다. 아무리 전반기라고 하지만 신인과 기성을 막론하고 대부분의 작가들은 리얼리즘에 젖어 있던 때였다. 황순원에게는 바로 자신의 시집이 선행 텍스트가 되었다.

시적인 것이란 무엇을 말하는가. 『늪』과 『기러기』에 모인 소설들은 200자 원고지 110장이 넘는 「허수아비」에서부터 10장 정도밖에 되지 않는 「눈」까지 다양한 분량을 보여주고 있다. 그러나 「거리의 부사」 「돼지계」 「갈대」 「닭제」 「피아노가 있는 가을」 「풍속」 「산골아이」 「저녁놀」 「기러기」 「병든 나비」 「애」 「머리」 「세레나데」 「맹산할머니」 「물 한 모금」 「독짓는 늙은이」 등 16편은 50매가 되지 않는 길이로 되어 있어 빼빼 마른 단편소설이요 콩트라고 할 수 있다. 콩트 16편을 제외한 나머지 12편 가운데서도 「지나가는 비」 「원정」 「별」 「그늘」 「황노인」 등은 200자 원고지 50매를 약간 상회하는 분량으로 되어 있어 길이 면에서 단편소설로 손색이 없는 것은 28편 중 7편 정도에 지나지 않는 결과가 된다. 어째서 황순원은 삐삐 마른 단편소설이나 콩트를 즐겨 쓴 것일까. 가급적 줄여 쓰려고 하는 태도는 응축성의 양식인 시에서 출발한 자연스러운 결과라고 할 수 있거니와 이는 엄격성과 절제미로 표현된다.

황순원의 초기소설은 이미 외형에서 절제미를 보여주고 있으면서 내부적으로도 엄격성을 강하게 지향하고 있다. 시집 『방가』와 『골동품』에서 체현된 시인정신과 암흑기라고 불리우는 시대적 분위기가 황순원을 엄격성과 절제미로 몰아간 것이라고 할 수 있다. 절제미는 황순원의 초기소설에서 단문주의(短文主義)로 나타나고 있다.

(1) 같은 벤치에 거지가 떨고 앉아 있다. 승구는 거지의 뒤를 지나 분수수도로 간다. 먼저 물 한 모금을 문다. 목을 뒤로 젖히고 입을 부신다. 하늘이 더 흐려져간다. 입 부신 물을 머리로 향해 뱉는다. 공원 앞 하수구의 검은 물이 더 검다.

승구는 이번에는 분수수도로 손을 가져간다. 손이 막 시리다. 거지가 그냥 떤다.

젖은 얼굴로 승구는 거지 옆에 가 앉는다. 이제는 얼굴만한 햇볕도 새지 않는다. 승구도 거지처럼 떨기 시작한다.(「거리의 부사」, 『황순원전집 1』, 문학과지성사, 1992, 50쪽)

(2) 이재민의 떼인가. 북지의 피난민이다. 저마다 그릇붙이와 자루 같은 것을 들고 먹을 것을 나눠주는 곳으로 몰린다. 밀친다. 넘어진다. 뒹군다. 막 싸움판이다.(「배역들」, 같은 책, 63쪽)

(3) 거리가 길기만 하다. 어지럽다. 피로한 눈 앞에 풍선이 어지럽게 난다. 물기 긴 풍선 표면마다 무지개가 어린다. 풍선이 날아도는 대로 무지개가 돌며 난다. 무지개와 무지개가 서로 부딪쳐 깨진다. 깨진 풍선과 풍선. 눈앞을 손으로 저어도 깨진 풍선 자리에 또 새로운 풍선이 얼마든지 떠오

른다. 풍선, 풍선, 풍선—픽도 많은 풍선이 날며 무지개가 깨진다. 물고기가 뱉은 거품처럼 거품처럼. 거품, 거품, 거품, 무지개, 무지개, 공, 공—목이 마르다.

　　찻집이 어디냐. 물. 시원하다. (「풍속」, 위의 책, 151쪽)

　이상의 예문들은 단문과 현재형 어미가 상승작용을 하면서 작중 상황이나 행위의 현장성을 살려준다. 단문은 상황이나 행위의 분절을 가져와 작중 행위 하나하나가 의미의 대전체(帶電體)가 되게끔 한다. (1)과 (2)는 단문주의는 그야말로 미메시스 즉 보여주기에서나 가능한 것이라는 주장을 뒷받침한다. (3)은 이를 뒤집어엎는 사례가 되고 있다. 즉, 단문주의는 디에게시스 즉 말하기의 태도에서도 얼마든지 가능하다는 것이다. 황순원의 초기소설에서 절제미는 표현의 정확성을 꾀한 데서 가장 잘 나타난 것이라고 할 수 있다. 단문주의가 기본이 되기는 했지만 정확성을 위한 것이라면 과감하게 장거리문장을 구사한 적도 있었다. 황순원 자신이 창작기간 내내 모범적인 실천가가 되었던 것처럼 정확성을 살릴 수 있는 것이라면 개작도 서슴지 않았다. 잘 알려진 것처럼 황순원은 그의 많은 작품을 기회만 닿으면 고치고 또 고쳤다. 이러한 작가적 태도를 통해 그의 소설관의 일단은 '소설은 정확한 묘사와 서술이 생명'으로 정리된다.

2. 사랑 이야기, 사랑의 환멸의 서사학

　황순원의 초기소설을 가장 힘있게 끌고 간 것은 '사랑' 모티프이다. 사랑 모티프 가운데서도 「늪」「허수아비」「배역들」「소라」「돼지계」「지나가는 비」「피아노가 있는 가을」「풍속」「저녁놀」「기러기」「독짓는 늙은이」 등이 보여주고 있는 것처럼 남녀간의 사랑 모티프가 두드러지게 큰 비중을 차지하고 있다. 「늪」「소라」「지나가는 비」「피아노가 있는 가을」 등은 사랑소설 혹은 연애소설의 유형에 넣을 수 있다. 이외, 남동생에 대한 누이의 사랑을 그린 「별」, 노인의 자기희생적 타자애(他者愛)를 그린 「맹산 할머니」, 맹물처럼 싱거우나 뜨거울 수도 있는 인정을 찍어낸 「물 한 모금」, 늦게 난 자식에 대한 한 노인의 내밀한 사랑을 그린 「독짓는 늙은이」 등이 있다.

황순원의 첫번째 창작집의 표제작이기도 한 「늪」은 가정교사 태섭과 소녀와 소년 사이의 삼각관계를 중심사건으로 설정한 것으로, 가정교사가 학생인 소녀가 자기를 좋아하는 것으로 오해한다든가 소녀는 친엄마보다 첩의 편을 든다든가 하는 상식을 깨뜨린 사건들을 끼워넣고 있다. 황순원의 작가로서의 우수함은 태섭, 소녀, 소녀의 어머니 등의 심리의 미세한 진동까지 포착해낸 데서 입증된다. 황순원은 「늪」에서 인간은 나이나 배움의 정도에 관계없이 자기유지를 위해 쉴새없이 심리전환을 꾀하는 존재임을 확인시켜주고 있다. 작가는 한 개인은 다른 사람에게 자기도 모르는 새에 심리변화의 원인을 제공하고 있음을 열어 보인다. 이 소설에서 '늪'은 태섭이 소녀를 기다리면서 환상적인 사랑을 꿈꾸는 곳으로 그려지고 있다. 환상적인 사랑은 유토피아나 총체성으로 이어질 수 있는 것인 만큼, 「늪」은 늪 모티프가 가리키는 천상적인 것과 오해와 삼각관계가 나타내는 지상적인 것을 병치시켜놓은 것이라고 할 수 있다. 혹은 지상적인 것 속에 천상적인 것을 포함시켜놓은 경우로 볼 수도 있다. 「늪」에서 사랑의 환멸은 소녀의 부모가 별거하면서 병든 아버지는 첩으로부터 간병을 받고 있고 본처는 극도의 의심증에 걸려 있는 것으로 구체화된다. 「허수아비」는 폐병에 걸려 시골로 내려온 준근과 마을 청년이 사귀는 과정이 줄기를 형성하고 있는 것으로, 순박한 마을청년이 부인과 헤어지고 명주라는 마을 처녀를 사랑한다는 사건이 하나의 나뭇잎처럼 감추어져 있다. 농촌을 배경으로 한 이상, 지주인 준근 아버지와 소작인 재동 영감 사이의 갈등이 중심사건으로 떠오를 법한 가능성은 준근, 마을청년, 명주, 극서 등의 사랑이야기에 가려지고 말았다. 「허수아비」는 황순원의 초기소설 중에서는 가장 긴 100장이 넘는 분량으로 되어 있는 만큼, 여러 인물을 등장시키고 있으면서 동시에 여러 동식물을 끌어들이고 있다. 송충이 개구리 지렁이, 소나무 도토리나무 등이 나타나고 있으나 이들 존재들은 사람들과 함께 자연을 구성하고 있다. 「허수아비」의 경우, 개와 장구벌레를 등장시키고 있는 「갈대」, 고양이와 비둘기 등이 나타나고 있는 「원정」, 붕어와 고양이가 등장하는 「사마귀」 등과는 달리 동식물이 작중인물과 직접적인 관계를 맺고 있지는 않다.

「배역들」의 공간은 병원과 바로 양분되어 병원에는 아내와 이혼한 대응이, 바에는 조훈과 그가 좋아하는 여급 명애가 등장한다. 대응이 사랑에 실패한 존재라면 조훈은 빗나간 사랑을 취한 경우가 된다. 「배역들」이 공간배경을 병원과 바로 양분한 것과 달리 「지나가는 비」는 바를 주요공간으로 잡고 있다. 바 여급인 매가 자기를 모델로 하여 그림을 그린 사람의 아기를 낳아버리고 누드모델로 나갔다가 쫓겨나고 하는 식의 삶의 모습을 보여주는 것과 교원인 섭이 여급인 연희를 짝사랑하는 것으로 「지나가는 비」는 채워져 있다. 표면상으로는 매와 섭이 가까이 지내면서 자신의 심정을 상대방에게 털어놓는 것으로 그려져 있지만 실제로는 의논상대에 지나지 않는다. 매의 비극적인 삶의 경우는 매가 섭에게 자신의 과거를 고백하는 형식을 통해 알려지게 된다. 섭이 교원자리를 그만두었다고 하자 매는 "그래두 섭씨가 진정으로 연흴 사랑한다면 그런 데서 연흴 건져낼 의무가 있어요"라고 충고한다. 이 소설은 섭이 연희에 대한 사랑을 성취시키려고 하지 않은 채 연희의 행복을 비는 것으로 끝내고 있다. 섭은 사랑에 관한 한 무력증과 허무주의의 포로가 되어 있다.

이미 「늪」에서의 부부 별거, 「허수아비」에서의 젊은 부부의 이혼, 「배역들」에서의 부부 이혼, 「지나가는 비」에서의 여급의 사생아 출산과 유기 등은 원인적 사건 혹은 중심사건이 되고 있다. 이러한 양상은 「소라」 「피아노가 있는 가을」 「풍속」 「저녁놀」 「독짓는 늙은이」 등에서 반복되거나 심화되고 있다.

「소라」는 주인공인 '청년'이 '또하나의 청년'에게 '나', 은경이, 월이의 뒤엉킨 관계를 속속들이 고백하는 것을 통해서 이야기가 이루어지는 방법을 쓰고 있다. '내'가 정말 좋아한 것은 월이였으나 서로 속내를 드러낼 기회를 갖지 못해 '나'는 은경이와 결혼했고 월이는 의사와 결혼하고 만다. 월이가 은경이를 어떻게 생각하느냐는 질문을 했을 때 청년은 얼떨결에 은경이를 사랑한다고 말했고 결국 이것이 세 남녀의 운명을 바꾸어놓고 만 것이다. 월이는 남편이 데리고 있는 간호사와 치정관계를 맺은 것 때문에 별거하게 되었다. 이 소설은 청년이 뒤늦게나마 월이에게 자기 진심을 알리려 했으나 받아들여지지 않는 것으로 알고 스스로 바다에 빠져 죽는 것으로 끝나고 있다. 월이가 청년의 본심을 알고 바다로 쫓아왔을 때 청년은 이미 바닷속으로 사라져버린 후였다. 청년은 또하나의 청년에게 은경이와 결혼하기 전에는 바닷가에서 "월이에게 소라껍데길 던지면 월이가 일어서구 놀래구 그리구는 우린 통 말이 없었다"고 고백한다. 「소라」에서의 소라껍데기는 사랑의 표시였다. 자기의 속마음을 단 한 번도 노골적으로 드러내지 못해 엉뚱한 행로를 걷게 된 청년과 월이는 황순원 초기 소설에서 사랑에 실패한 주인공의 성향을 잘 대변해준다.

대화체와 고백체를 섞어 쓰고 있는 「피아노가 있는 가을」은 피아니스트인 구현과 유부녀이며 나중에 남편이 변호사 시험에 합격하는 종숙이 사랑하는 사이가 되는 계기와 그 결과를 그려내고 있다. '머언 산촌으로 도망가 두 사람의 생활을 새로 시작하자'는 구현의 제안에 종숙은 자기가 잠든 사이에 앞일을 결정지으라고 한다. 사연(邪戀) 모티프를 중심 모티프로 취하고 있는 이 소설은 두 남녀의 운명이 어떻게 될지 그 향배를 온전히 독자의 상상력에 맡기고 있다. 이러한 사연 모티프를 자주 취하고 있기는 하지만 황순원이 이를 긍정적으로 본 것이 아님은 「풍속」에서 잘 입증된다. 「풍속」은 젊어서 첩을 얻었던 아버지나 그런 아버지 때문에 한 많은 세월을 보냈던 어머니가 자기 처를 미워하는 아들에게 "본처 버려선 못쓴다"고 타이르는 장면을 보여준다. 「저녁놀」은 젊은 과부 식모가 물지게꾼과 눈이 맞아 도망가버린 사건을 제시하면서 물지게꾼의 부인이 그 충격을 담담하게 새기는 장면을 인상적으로 그려내고 있다. 속으로 분노를 삭이고 식모가 버리고 간 옷보퉁이를 감사하다며 받아가는 여인을 "여인이 걸어가고 있는 집 앞 그리 좁지 않게 비탈진 빈터 너머론 저녁놀이 한창 비껴 있었다. 처음 보는 듯한 아름다운 저녁놀이었다"(201쪽)로 묘사하고 있는 데서 「저녁놀」의 창작의도를 짐작하게 된다. 황순원은 사연이나 간통이 많은 현실보다 그를 인고의 정신이나 운명론으로 비껴가려는 모습에서 아름다움을 찾고자 한 것이다. 「저녁놀」에서 물지게꾼의 부인이 나이에 맞지 않게 의젓한 태도를 보인 반면 「독짓는 늙은이」에서의 송영감은 처음에는 분노를 억누르지 못했다. 젊은 마누라가 조수 놈과 눈이 맞아 도망가버린 것을 알고 처음에는 아들 당손이의 앞날을 생각할 겨를도 없이 분노에 몸을 떨기만 했다. 송영감은 늙은데다 병까지 있었기에 자기 한 몸 돌아보는 것 이외에는 여유가 없었다. 평소답지 않게 겉불을 많이 놓아 독이 터지는 것은 분노의 표현이라고 할 수 있다. 이 작품은 결말을 향해가면서 송영감이 현실을 직시하여 아들 당손이를 입양시키기로 결정하는 것으로 그려놓고 있다. 「독짓는 늙은이」는 젊은 아내의 배신이 가져오는 충격을 어린 아들의 입양조치를 통해 최소화하려는 심리전환을 보여주는 선에서 결말을 맺었다. 이 소설은 본능에의 굴종이 가져오는 비윤리적 행위와 차원 높은 본능에의 충성이 가져오는 윤리적 행위를 병치시키고 있다.

젊은 남녀의 성본능도 분명 인간의 자연에 속하는 것이긴 하지만 작게는 인정 크게는 휴머니즘이라고 하는 인간다움도 인간의 자연을 구성한다. 황순원은 다 같은 인간의 자연이기는 하지만 차원을 높인 자연에게 더욱 큰 관심을 가졌다. 「별」「맹산할머니」「물 한 모금」이 이를 뒷받침한다. 「별」은 10대 남매의 미세한 심리변화를 놓치지 않고 따라가본 심리소설이요 소년소설이다. 소년은 죽은 어머니는 분명히 아름다웠을 것이라는 믿음을 못생긴 누이에 대한 미움으로 발전시킨다. 소년은 엄마와 누나가

닮았다는 이웃집 사람의 말을 전혀 믿으려 들지 않았다. 의붓엄마에게조차 칭찬과 사랑을 받을 정도로 마음씨가 고운 누이는 소년의 환심을 사기 위해 여러 가지 시도를 하나 끝내 실패하고 시집을 갔지만 얼마 안 있다가 세상을 떠나고 만다. 소년은 누이에게 쌀쌀맞게 굴었을 뿐만 아니라 이따금 누이를 노골적으로 괴롭히기도 했다. 소년은 누나가 시집갈 때도 슬퍼하지 않았고 죽었다는 소식을 들었을 때도 슬퍼하지 않았다. 그러다가 당나귀 등에 올라타고 우리 누이 왜 죽었냐고 화풀이하다가 굴러떨어지기도 하였다.

그러나 산애의 눈에는 이제야 눈물이 고였다. 어느새 어두워지는 하늘에 별이 돋아났다가 고인 산애의 두 눈에 나려왔다. 산애는 문득 자기의 오른 켠 눈에 나려온 별이 죽은 어머니라고 느끼면서 그럼 또 왼켠 눈에 나려온 별은 죽은 누이가 어머니처럼 나려온 게 아니냐는 생각에 미치자 아무래도 누이는 어머니와 같은 아름다운 별이 되어서는 안 된다고 머리를 옆으로 저으며 눈을 감아 눈의 별을 내몰았다. (『인문평론』, 1941. 2, 154쪽)

누이가 불쌍하다는 느낌과 그 동안 누이에게 악동처럼 군 것이 잘못되었다는 자책감과 누이는 결코 엄마만큼 예쁘지 않다는 판단이 따로따로 떨어져 있는 식으로 소년의 내면을 그려놓음으로써 여러 가지 부수적 효과를 낳게 되었다. 누이에 대한 독자들의 연민을 배가시킬 수 있었다는 점이 그 하나다.

채 30매가 되지 않는 짧은 길이의 작품인 「맹산할머니」는 맹산할머니가 자기를 어머니라고 부르는 천식증 노인이 장티푸스를 앓는 것을 두어 주일 헌신적으로 간병해주어 천식증 노인은 나았으나 이번에는 자신이 장티푸스에 걸려 병막으로 간다는 이야기를 들려준다. 황순원은 맹산할머니에게서 이해관계도 초월하고 에로스의 자장(磁場)도 벗어난 헌신적 사랑을 추출해내었다. 「물 한 모금」은 소나기를 피하고자 간이역 앞벌 중

국인 소유의 초가집 헛간에 여러 사람이 들어가 있는 것으로 시작하고 있
다. 흰수염 노인, 공출임무를 지니고 마을에 나온 "당꼬쯔봉", 평양 사는
딸이 출산했다는 소식을 듣고 급히 가는 중인 노파 등은 비가 그치길 기다
리며 잡담을 나눈다. 빗발이 가늘어졌을 때 중국인 집주인이 나타나 더운
맹물을 담은 주전자를 들고 나타난다. 이 소설은 "단지 그것이 더운 맹물
한 모금인데도 그러나 그것은 헛간 안의 사람들이나 밖에 무표정한 대로
서 있는 주인이나가 모두 더운 물에서 서리는 김 이상의 뜨거운 무슨 김
속에 녹아드는 광경이었다"(254쪽)로 끝나고 있다. "뜨거운 무슨 김 속에
녹아드는 광경"이란 인정미를 느끼는 사람들의 표정을 가리킨다. 여기 동
양사람들 특유의 표정이 남아 있다. 무표정은 때로 우유부단으로 비치기
도 하고 주변인적 성격으로 비치기도 한다. 이러한 무표정은 역사 · 사회
적 현실에 대한 무반응을 의미할 수도 있다. 현실에 대해 어떤 형태로든
응전이 없는 소설은 진정한 소설이 아니라면 황순원은 해방을 맞이한 후
현실에 대한 반응을 분명하게 보이기 시작함으로써 진정한 작가가 된 것
이라고 할 수 있다.

3. 괴기성, 낯설게 하기, 심리적 원형의 발견

황순원의 초기소설은 동물을 자주 등장시키는 것을 특징으로 삼는다.
이때의 동물은 「허수아비」 「갈대」 「풍속」 등에서 볼 수 있는 것처럼 단순
히 소품처럼 등장하는 경우, 「닭제」 「돼지계」 「갈대」 「산골아이」 「그늘」
「애」 등에서 볼 수 있는 것처럼 동물이 작중인물이나 사건의 성격화에 도
움이 되는 경우, 「원정」 「사마귀」 「노새」 등에서 볼 수 있는 것과 같이 동
물이 작중의 중심 모티프에 주인공과 함께 참여하는 경우로 나누어볼 수
있다.

(1) 저 개가 이제 해골 백 개만 먹으문 사람 된단다. 여기 조금만 파면 뼈다귀가 얼마든지 있는데 뭐, 전엔 예가 다 무덤이랬어. 저 웅뎅이두 무덤자리구. 우리 할아버지가 묘지기였지. 요새두 우리 할아버진 밤마다 옐 돌군한단다. 이제 얼마 있으면 여게 큰집들이 가득 들어선단다. 귀신 막 나와다닐 거야. 우리 어머닌 예서 귀신 들려서 도망가구, 우리 아버진 또 귀신한테 홀려서 죽어간단다.(「갈대」, 88쪽)

(2) 고양이가 입언저리에 묻은 피를 혀로 핥으며 내려와 툇마루 아래서 해바라기를 한다. 계집애가 살금살금 고양이에게로 가 꼬챙이로 반쯤 감은 눈을 찌른다. 그러나 고양이는 어느새 앞발로 꼬챙이를 옆으로 털어버린다. 이번에는 계집애가 고양이의 볼을 할퀸다. 고양이가 계집애의 손등을 같이 할퀸다. 계집애가 더 세게 할퀸다.(「사마귀」, 136쪽)

(3) 형은 눈먼 고기새끼를 집어낸다. 눈먼 고기새끼는 어느새 배가 부었다. 현은 창가에서 아래로 던진다. 눈먼 고기새끼는 그대로 달빛 속에 흐린 비늘처럼 빛나면서 떨어진다. 그러자 토끼장 있는 데서 고양이가 잽싸게 달려와 눈먼 고기새끼를 물고는 다시 토끼장 밑으로 달아난다.

(「사마귀」, 145쪽)

(4) 어느 그렇게 비가 내리는 날 저녁, 마을에서는 나물 캐러 갔던 한 소녀가 없어져 며칠 뒤에야 흰 배를 수치스러운 줄도 모르고 드러내놓은 채 이 못물 위에 떠 있는 것을 발견한 일이 있었다. 반수영감은 그때도 못 속의 용 돼가는 미꾸라지가 소녀를 호린 것이라고 했다. 비 내리는 밤에는 지금도 못가에서 소녀가 빨래를 하면서 통곡한다는 말이 마을에서 떠돌고 있었다.(「닭제」, 109쪽)

(1)은 「갈대」에서 소녀가 소년에게 두 번씩이나 들려준 이야기다. 사람

뼈를 핥는다는 개, 종아리에 부스럼이 난 소녀, 아편쟁이로 서서히 죽어가는 아버지, 개가 물다 내버린 뼈를 계속 땅에 묻으며 가끔 귀신을 보고 놀래는 할아버지는 다같이 힘을 모아 「갈대」를 괴기소설로 짜내려가고 있다. 이 소설 끝에 가면 소녀는 개가 죽어넘어졌던 자리이자 할아버지가 귀신을 보기도 한 바로 그 자리에 누워 소년에게 부스럼을 짜달라고 하는 것으로 그려지고 있다. (2)와 (3)은 황순원의 초기소설에서 시종일관 섬뜩한 느낌을 주는 「사마귀」의 한 토막이다. 「사마귀」에서는 고양이와 눈먼 고기만 괴기스러운 느낌을 주는 것이 아니다. 젊은 여주인이 고양이를 자기 딸처럼 예뻐하는 행위와 여섯 살 난 계집아이가 꼬챙이로 붕어도 찌르고 고양이의 눈도 찌르는 행위는 공포심을 안겨준다. 계집아이는 젊은 여인에 대한 반발심리를 고양이에 대한 학대심리로 전치한다. (4)는 '못'에 얽힌 이야기를 들려준 것으로, 「닭제」에서는 비본질적 부분에 속한다. 「닭제」는 샤머니즘에 빠진 반수 영감과 합리성과 의술을 믿는 교사의 대립구도를 세우고 있다. 소년이 자기가 기르던 수탉의 목을 조르고 난 다음 뚜렷한 병명도 없이 야위어가자 반수 영감은 "늙은 수탉이 종내 뱀이 돼가지고 독기를 품기 때문"이라고 해석하고 독기를 뽑아낸다는 이유로 담뱃내를 소년의 얼굴에 뿜어댄다. 이와는 달리 교사는 침을 놓아 병세를 호전시키게 된다. 소년이 외출하여 수탉이 죽은 곳에서 기절한 것을 발견하고 나서도 두 사람은 서로 다른 처방을 내린다. 이 소설에서도 반수영감 증손녀와 교사의 조카가 눈이 맞아 안개 심한 밤을 도와 애정도피하는 것으로 그려지고 있다. 얼핏 로미오와 줄리엣의 구조를 떠올리게 한다. 반수영감의 증손녀가 다른 남자와 만나는 것 때문에 소년은 상사병에 걸리게 된 것이다. 「갈대」「사마귀」「닭제」는 전율소설(Schauerroman)의 유형으로 묶을 수 있다.

전율을 불러일으키거나 긴장감을 안겨주는 행위와 사건은 대중소설에서만 취하는 것은 아니다. 괴기담은 전통적인 양식에 들어가는 것이긴 하지만 고급의 현대소설에서도 굳이 배제해야 할 이유는 없다. 황순원의 초기소설은 황순원이 작가의 발상, 문체, 인물의 행위 등 여러 면에서 독자들의 상식과 상식적인 기대를 곧잘 저버리는 작가임을 잘 입증해준다. 괴기소설이나 공포소설의 분위기를 유지하고 있는 「사마귀」는 독자들의 긴장감을 사고 있는 점에서 성공작이라고 할 수 있다. 리얼리즘과는 거리가 있어 보이는 고대소설이 인간심리의 원형을 알처럼 품고 있듯이 「사마귀」 「닭제」 「원정」, 그리고 샤머니즘소설이라고 명명할 수 있는 「세레나데」는 잔인성 복수심 질투심 파괴본능 등을 일깨워준다. 죽을 때를 알고 관 짜는 집에다가 관의 배달을 부탁하는 한 노인의 예감의 정확성을 그려낸 「병든 나비」도 섬뜩한 느낌을 준다. 소설을 읽을 때의 팽팽함 놀람 무서움 떨림 등은 낯설게 하기로 이어지는 것임을 황순원 초기소설이 잘 가르쳐주고 있다.

(『문학과의식』 2000년 겨울호)

3부

문학위기, 그 현상론과 초극론

1. 위기론에 대한 기본관념

문학무용론이나 문학소멸론으로까지 확대되곤 했던 문학위기론이 제기되어 이제는 문인들 사이에서 신선감마저 사라진 공론이 되어버린 지 벌써 수삼 년이 되었다. 문학위기론이 비등하는 그만큼 문인들의 사기가 떨어지기는 했지만 문인들의 창작욕과 그 성과의 양적 결과는 옛날과 별로 다름이 없다. 문인들이 모인 광장에서는 위기론이 끊임없이 제기되었으나 개개인들에게 위기의식이라든가 위기감은 잘 스며들어간 편은 아니었다. 그리하여 적지 않은 문인들이 문학에 정말 위기가 왔는가 하고 의문을 표시하면서 위기가 왔다면 무엇이 위기란 말인가 하고 반문하기도 한다.

사실상 위기라는 말은 그때그때 함의가 어찌 되었든 우리 역사 속에서 반복적으로 사용되어왔을 뿐만 아니라 지금은 우리 사회 여러 분야에서 합창이나 하듯이 사용하고 있다. 우리 사회의 각 영역은 서로 유기적 관계를 이루고 있기 때문에, 또 서로 원인이요 결과가 되어 있기 때문에 발전 침체 위기 등과 같은 현상을 같이 보여줄 수밖에 없다. 우리가 경제위기를 걱정하는 것은 지금보다 조금 가난하게 사는 것에 대한 두려움 때문이기 보다 경제가 근본이 되어 떠받치고 있는 사회체계의 전면적인 붕괴 가능 성에 대한 공포 때문이다.

전쟁 천재지변 정변 경제공황 중 그 어떤 것을 가리키든 위기라는 말이 반복해서 사용되어왔다는 것은, 위기에는 정도 차이가 있다는 점, 위기는 사용자에 따라 다른 뜻을 지닌다는 점, 위기는 심리적 용어로서의 성격을 더 크게 지닌다는 점을 일깨워준다. 수많은 사람의 운명을 바꾸어버릴 수 있는 대사건이거나 쉽게 극복되지 않는 극한상황 정도를 위기라고 하면, 21세기는 위기의 시대라는 말은 그리 과장된 표현은 아니다. 위기를 우리 주변에서 흔히 볼 수 있는 현상으로 다음과 같이 설명한 것을 보면 '문학 위기'를 그리 심각하게 받아들이지는 않게 된다.

> 위기에는 오존층 파괴, 멸종생물 증가, 생태계파괴 등이 불러오는 생태 학적 위기(ecological risks), 식량부족, 암, 심장병 등과 같은 오염관계 질병 으로 나타나는 위생위기(health risks), 실업과 구직기회 감소 등이 가장 큰 원인이 되는 경제위기(economic risks), 개인 안전 감소, 범죄 증가, 공동체 붕괴, 이혼 증가 등과 같은 사회적 위기(social risks) 등이 있다.[1]

그야말로 위기편재설(危機遍在說)이 상식화되어 있는 현실이다. 문학 하는 사람의 입장을 굳게 지킨다고 하더라도 문학위기를 위기편재설에서 예외적인 것으로 놓기는 어렵다. 그 동안 많은 사람들에 의해 전개된 문학 위기론은 문학에 대한 낙관론/비관론, 근본적 위기론/부분적 위기론, 독 자론/연대론 등과 같은 엇갈린 시각이 있을 수 있음을 일깨워주고 있다.

---

1) John Barry, *Environment and Social Theory*, Routledge, 1999, pp. 154~155.

한국 문인들에게 닥친 무관심과 푸대접, 소외와 압박을 일시적 현상으로 보는 사람은 많지 않다. 겨울이 지나면 이윽고 봄은 오리니 하고 기다리는 시인들과 작가들보다 그렇지 않은 사람들이 더 많다. 작가들과 시인들에게 돌아갈 정신적 물질적 보상이란 측면에서 보면 우리 문학의 장래는 당연히 비관적으로 비친다. 문학작품들에 대한 독자들의 낮아만 가는 호응도도 비관적인 생각을 갖게 한다. 학교에서 배우는 문학작품 이외의 것은 전혀 읽지 않아도 가치 있는 삶의 영위에 아무 지장이 없다고 생각하는 사람들의 숫자는 늘면 늘었지 줄어들지는 않을 것이다. 잠재적인 문학독자들 중 상당수가 멀티미디어 시청자, 컴퓨터광, 게임중독자 등으로 바뀌는 현상이 심화될 것이라는 예측도 한국문학 관계자를 비관론으로 몰아간다. 우리 사회가 온통 경제성장 제일주의자, 세계화주의자, 실용주의자 등의 목소리로 뒤덮인 것을 목격하게 될 때 비관론으로 기울어지는 것을 느끼게 된다.

물론 위기의식에 젖었다고 해서 모두 비관론으로만 빠지는 것은 아니다. 문인지망생 숫자가 줄지 않고 있는 점, 문예지가 오히려 늘어나고 있는 점, 문인배출을 목표로 하고 있는 문예창작과 신설이 경쟁적인 양상을 보이고 있는 점, 문학서적 출간을 주종으로 하는 출판사들이 별로 줄어들고 있지 않은 점, 문학상이 점점 늘어나고 있는 점, 전업작가들의 숫자가 줄어들지 않고 있는 점 등은 우리 문학의 미래를 어둡지 않은 것으로 보게도 만든다. 이에 반해, 문학독자가 격감한 점, 문학서 전체 판매고가 감소한 점, 좋은 작품이 잘 나오지 않고 있는 점, 국문과의 위세가 점점 약해지고 있는 점, 원고료를 제때 또 많이 주는 잡지사가 늘어나고 있지 않은 점, 베스트셀러 규모가 작아진 점, 정통작가들의 원고료 수입이 점점 줄어드는 점 등은 거세게 비관론으로 몰아간다.

비관론이 낙관론보다 우세한 것이 현실이라고 하더라도 비관론자들 모두가 바야흐로 한국문학이 겪고 있는 위기가 근본적인 것이라고 보고 있는 것은 아니다. 낙관론자들 가운데는 문학위기는 거대담론이 무너지고 난 이후의 일시적인 과도기적 현상이라고 주장하는 사람들도 있다. 근본적인 위기라고 보는 사람들은 작가의 입상이 변했고 작품관이 달라졌다는 근거를 내세운다.

오늘의 위기를 부분적인 것이라고 보는 사람들은 대략 다음과 같은 주장을 하게 될 것이다. 문학 정체성의 파괴나 혼란을 예견하는 것과 문학이 없어지리라고 판단하는 것은 별개다. 문학의 기능이 약화된다고 해서 문학이 없어진다고는 할 수 없다. 작가의 위상이 낮아질지언정 작가라는 존재가 없어지는 것도 아니며 독자가 줄어든다고 해서 문학의 창작 제작 보급 구입 독서의 회로 자체가 파괴되는 것도 아니다. 문학이 안 팔리고 안 읽힌다고 해서 창작이 중단되고 문학작품이 사라지는 것은 아니다. 그냥 쓰고 싶어 쓰는 사람도 있고 교환가치에 전혀 신경쓰지 않는 문인들도 많다.

문학위기에 대한 독자론/연대론은 문학이 동위적인 문화양식 예컨대 영화 연극 TV 인터넷 등과 같은 양식과 흥망을 같이 해야 하느냐 아니면 독자적인 길을 찾느냐 하는 논의를 거쳐야 한다. 같은 문화양식이라고 하더라도 영화라든가 인터넷 등은 21세기에도 계속 흥해갈 것이다. 문학이 이런 문화양식들과 운명을 같이하고 싶어도 그렇게 되지 않는다. 지금까지의 동서양의 문화사가 잘 일러주듯 문학은 동시대인들에게 최적의 학교가 되어왔다. 제아무리 인간세계가 풍요로워지고 세련된다고 할지라도 문학은 계속 남아서 진실을 기록하고, 진리를 깨우쳐주는 일을 할 것이다. 그리고 희열을 안겨줄 것이다. 비관론자든 낙관론자든 인식해야 할 것은 여러 가지 위기가 새로운 가치관을 만들어내거나 새로운 가치관에서 비롯된다는 점이다.

모더니티가 지배하는 인간관과 포스트모더니티의 지배 아래 놓인 인간관이 달라질 수밖에 없음을 주장한 이론에서 문학위기의 한 요인이 가치관과 인간관의 근본적인 변모에 있음을 확인할 수 있다.

우리는 절제 자유 평등주의 공정심 고상함 등과 같은 윤리적 가치를 계속해서 축복했다. 우리는 인간고통을 제거하기 위해 끊임없이 투쟁한다. (……) 근대적 윤리는 사람들이 만든 것이기보다는 신이 내려준 것으로 생각하였다. 이중에서도 합리성이 근대적 윤리를 대표하는 것이라고 볼 수 있다. (……) 근대성은 이성과 모든 인류를 위한 보편타당성에 뿌리를 둔 윤리적 코드의 가능성에 대한 믿음으로 충만했다. 이러한 가능성에 대한 불신은 포스트모더니즘의 출현을 예고한다. 포스트모더니티는 윤리의 결여가 아니라 윤리적 기초의 부재를 인정하는 것이다. 포스트모더니티는 환상없는 모더니티(modernity without illusions)라든가 윤리적 질문에 대한 반기초적 질문을 던질 것을 목표로 한다.[2]

포스트모더니즘에 오면, 또 21세기가 진행되면 윤리 같은 것은 점점 경시될 판이다. 문학적 상상력의 기둥이 윤리적 상상력임을 다시 한번 떠올리면 윤리가 경시될 새로운 시대에서 문학은 오히려 할 일을 찾은 것이 아닌가 하는 발상의 전환을 가져볼 수도 있다. 할 일이 있다는 것은 존재근거가 있다는 것이나 마찬가지다.

2. 바꾸어야 할 것 / 지켜야 할 것

문인들 사이에서조차 문단의 위축과 문학작품의 소외와 문인 위상의 하향을 필연적인 현상이자 대세로 보는 사람들이 적지 않다. 문학이 문화나 교양의 중심으로 다시 복귀하리라고 기대하는 문인들도 점점 줄어들고 있다. 그런가 하면 문학이 문화나 도서시장의 중심부에서 일탈해 주변부로 밀려나버린 나머지 조만간 사라져버리는 것이 아닌가 하고 우려하는 사람도 실제로는 별로 없다. 인간이 있고 삶이 있는 한 문학은 끝까지

---

2) Jacob Torfing, *New Theories of Discourse*, Blackwell Pub., 1999, pp. 274~275.

남아 있을 것이라고 믿는 사람이 문단 밖이건 문단 안이건 훨씬 많다. 문학이 점점 힘은 없어지지만 결코 죽지는 않는다는 확신이 상식처럼 깔려 있는 것이다. 정치가 혼란에 빠지고 경제가 어려워도 문학에 거는 기대가 컸던 과거를 생각하면 오늘날 한국작가들과 작품들이 느끼는 소외감과 절망감은 심각한 수준이라고 하지 않을 수 없다. IMF사태로 인해 경제계가 위축되고 문화가 침체에 빠진 것은 어쩔 수 없다 치더라도 경제가 일단 발전기조에 있고 문화산업이 흥성하고 있음에도 문학이 위축상태에서 벗어나지 못하는 데 문제의 심각성이 있다.

믿고 싶지 않겠지만 우리 사회에서 문학은 점점 쓸모가 없어져간다는 인식이 확산되고 있다. 문학이 하루하루 현실을 만들어가고 역사를 이루어가는 데 한몫 단단히 했던 것과 사상을 만들어내고 전파하는 데 주도적인 역할을 해냈던 것은 이제 문인들에게 '그 옛날의 영광'으로만 남아 있다. 인간과 삶, 사회와 역사, 철학과 심리 등에 대한 지식과 이해와 성찰의 길잡이가 되었던 문학은 이제 한갓 골치 아프고 매력 없는 교양과목으로 굴러떨어지고 말았다. 그 동안 문학은 고상한 오락의 제공, 사상의 생산과 선전, 정보제공, 사회계몽 등 여러 가지 기능을 행사하여왔으나 영화, 대중음악, 인터넷, 드라마, 스포츠신문 등에 밀리면서 어느 기능 한 가지도 자신감을 가질 만한 것이 없게 되었다. 문학으로서는 자존심이 상하기도 하는 부분인 대중소설조차도 어렵고 골치 아프다는 반응을 얻는 시대가 되고 말았다. 보다 재미있고 보다 쉬운 매체를 만들어내자고 경쟁하는 문화산업 종사자들 앞에서 문학은 점점 무력감을 느낄 수밖에 없게 된 것이다.

문학평론가들 중에는 이런 경험을 한 사람들이 있으리라. 오랫동안 시나 소설을 대상으로 하여 읽고, 해석하고, 설명하고, 평론을 쓰는 작업을 해왔으나 과연 남은 것은 무엇인가 한번쯤 자문해본 일이 있었을 것이다. 인간과 이 세계에 대해 남다른 지식을 축적했는가. 남다른 이해력을 지니게 되었는가. 아니면 통찰력이 남다르다고 자부할 수 있게 되었는가. 대표적인 종합문학양식이라고 하는 대하소설을 읽으면 역사도 조금 알게 되고 철학도 조금 터득하게 되고 인간의 심리에 대해서도 눈을 뜨게 된다. 이러한 것들이 어우러지면서 결국 인간이란 무엇이고 삶이란 무엇인가와 같은 질문에 나름대로 대답할 수 있게 된다. 그리고 일반인들보다는 풍부한 어휘력을 지니게 된다.

그러나 조금만 냉정하게 생각해보면 만족감이나 우월감은 일거에 불안감이나 허망감으로 뒤바뀌게 된다. 문학평론가가 오랜 세월 동안의 작업 끝에 얻은 지식과 인식은 단편적이거나 불완전한 것으로 드러나기 쉽다. 이때의 지식이나 인식은 상식이나 상식철학의 주변을 맴도는 것에 지나지 않는 것으로 판명된다. 역사적 지식을 가졌다고 한들 역사학자만큼의 수준도 안 되고 철학에 대해서 안다고 한들 철학자를 따라잡지 못한 것이 되고 심리학적 이해력은 심리학자와 본격적인 토론을 할 정도가 되지 못한다. 대부분의 문학이론가들과 문학평론가들은 역사학 철학 심리학 사회학 언어학 등 실로 다방면에 걸친 지식과 이해력을 갖고 있는 것으로 자임하나 어느 것 하나도 완전하지도 체계적이지도 못하다는 것을 느낄 때가 있다.

문학은 상상력이라는 이름으로 불리는 부모로, 지식 인식력 이해력 통찰력 등과 같은 여러 자식을 데리고 있는 것으로 비유할 수 있다. 나이들면 하나 둘 자식들이 부모로부터 독립해나가듯이 지식이나 인식력이나 통찰력 등은 상상력을 떠나게 된다. 이러한 독립현상은 오늘날 와서 더욱 분명하게 나타나고 있다. 이렇듯 상상력은 지식과 인식의 합성일 수 있지만 동시에 지식도 아니고 인식도 아닐 수도 있다. 시간이 가면서 문학적 상상력이 여러 미디어가 만들어낸 상상력으로부터 위협받고 침식당하는 현상이 심화될 것은 쉽게 추측할 수 있다. 예컨대 감정환기의 면에서는 문학은 대중가요에 밀리고 있으며 정보제공의 면에서는 컴퓨터를 따라잡지 못하고 있다. 대중적인 호응의 면에서는 문학이 어찌 영화를 쫓아갈 수가 있겠는가. 어느 날 시인이나 작가는 침울한 목소리로 자문하게 된다. 과연 가장 자신있는 것은 무엇인가. 나는 이 시대의 독자들에게 무엇을 줄 수 있다는 말인가. 멀티미디어와 통신수단이 눈부시게 발달하고 문화산업이 번창하는 현실은 문인들에게 자신의 역할과 존재이유를 냉정하게 돌아보게 하는 계기가 되고 있다.

시집과 소설집의 유통방법이란 면에서 보면 지금은 활자매체 중심이요 책 중심이라고 할 수 있다. 여기에다가 전자매체가 추가되어 있는 시대라고 할 수 있다. 성급한 신세대와 의기소침한 구세대는 전자매체가 중심이라고 할 것이다. 특히 문학독자들의 입장에서 보면 아직은 활자매체가 주류요 전자매체가 지류라고 할 수 있다. 구전시대와 필사본이 중심이었던 시대에는 로맨스가 중심이었고 활자매체가 중심이 되기 시작했던 때에는 리얼리즘 문학이 주류가 되고 다수 독자가 소수 작가를 일방적으로 수용하는 현상이 나타났다. 오늘날과 같이 전자매체가 활자매체를 위협하는 시대에는 모든 개개인이 자신의 생각을 쉽게 발표하는 수단을 다 지니고 있는 만큼 아무래도 정통문학에 대한 독서를 통한 관심 표출과 일방적 복종은 줄어들게 될 것이다. 예상치도 않게 문학의 아마추어리즘이 득세하는 현상이 나타나고 있다.

오늘날, 전자매체에 대한 문인들의 태도는 전자매체 우월론, 전자매체 적극활용론, 전자매체와 활자매체 공조론 등으로 나누어볼 수 있다. 물론 의도적으로 전자매체를 기피하는 문인들도 있기는 하다. 최근에 발표된 박태일 최혜실 문홍술의 글에서 전자매체에 대해 서로 약간의 거리를 둔 태도를 확인해볼 수 있다.

(가) 몇 해 전 한 짧은 연설에서 움베르토 에코는 새로운 디지털 혁명의 시대에도 전통적인 활자언어로 된 책의 자리가 결코 곤두박질치지 않을 것이라 내다본 바 있다. 그는 거기서 활자언어는 전자영상에 견주어 훨씬 정확하다는 점에 착목했다. 영상 이미지는 표현의 미세한 차별성을 드러 낼 수 없다. 꼼꼼한 논리와 거대한 개념화는 전자영상매체로서는 기대할 수 없는 경지다. 전자영상은 개별성을 보편적 관념으로 바꾸어버리는 까닭이다. 따

라서 영상 이미지에 기댄 소통에서는 사람의 비판력을 가로막고 의식을 조작하는 꾀를 마련하기가 한결 쉽다. (……) 글쓰기의 미래가 어둡지만은 않다. 인쇄시각매체문화의 장점과 뜻이 결코 적은 것은 아니다. 인쇄시각매체문화가 사라지고 전자영상매체문화가 새로 나타날 것이라는 인식에 대한 교정부터가 필요하다. 정보화사회란 인쇄시각매체문화에다 세련된 전자영상매체문화를 하나 더 지니게 된 상승적 사회를 뜻한다.[3]

(나) 종래에는 문자를 매체로 한 이야기 방식(시는 활자의 발명 이후에도 낭독이 강조되었다)이 가장 인기를 끌었으나 이제 더 다양하게 이야기를 할 수 있는 하이퍼텍스트가 개발되었다. 영상매체가 상상력을 빼앗는다거나 사상, 심리를 섬세하게 묘사할 수 없다는 것은 영상의 특징이요 개성이다. 반대로 텍스트에서 얻을 수 없는 즐거움을 하이퍼텍스트가 줄 수 있으며 그 영향력이 커질 것이라는 점이다. 현대 한국의 통신문학은 아직 통신 공간에서 글쓰기가 이루어지고 읽힌다는 점, 이 와중에서의 등단제도의 변화, 작가의 권위 상실, 흥미중심의 스토리 전개라는 특징을 제외하고는 문학계에 본질적인 영향을 미치지 못하는 듯 보인다. 오히려 문학성이 그리 높지 못하여 통속문학의 한 종류로 무시되거나 부정적인 비판을 받고 있는 처지이다. 그러나 컴퓨터 게임 중 어드벤처 게임이나 롤 플레잉의 서사구조, 최근 쓰이고 있는 하이퍼텍스트 소설들, 그리고 지금까지 잠재력을 넓혀왔던 영상물들에 디지털 기술이 도입되어 그 위력을 증폭시키는 현실은 간단치 않다.[4]

(다) 이전에 본격문학은 지배담론에 대해 무비판적인 대중문화와 일정한 거리를 유지하면서 새로운 이념적 좌표를 제공할 수 있었다. 그런데 정

---

3) 박태일, 「글쓰기의 운명, 운명의 글쓰기」, 『제주작가』 2000년 상반기(제4호), 312~313쪽.
4) 최혜실, 「문학의 길찾기 또는 자리 넓히기」, 『한국문학평론』 2000년 여름호, 21~22쪽.

보사회가 대두되면서 문학은 멀티미디어 상상력에 기초한 대중문화로부터 문학적 자양분을 끌고 올 수밖에 없는 상황에 처한다. 그 이유는 획일화된 일상성 때문이다. 작가든 대중이든 원형감옥의 감방에 갇혀 모든 실재로부터 차단된 채 상품 이미지만을 접한다. 그리고 각종 정보 메커니즘이 제공하는 틀에 길들여져 눈에 보이는 감방의 세계가 경험세계의 전부인 것으로 착각하고 그 속에서 획일화된 일상적 삶을 영위한다.[5]

(가)는 영상문화의 한계와 활자매체의 장점을 동시에 제시하면서 결국 활자매체와 책 중심으로 돌아갔다. "인쇄시각매체문화가 사라지고 전자영상매체문화가 새로 나타날 것이라는 인식에 대한 교정부터가 필요하다"는 핵심적인 주장은 인쇄시각매체와 전자영상매체의 공존을 인정하는 방향으로 보완되어야 할 것이다. 활자매체가 중심이고 전자매체가 충격을 줄 수 있다는 인식을 지닌 점에서는 (나)도 마찬가지다. (나)의 주장은 사이버문학에 대한 풍부한 지식에 근거를 둔 것이어서 설득력이 높다. (나)는 전자매체를 적극활용하자는 입장을 보인 것으로, 적극적인 활용태도는 문학영역의 확대에 기여할 것이라고 하여 문학의 중심은 여전히 책에 있음을 인정한 셈이나 마찬가지다. (다)는 오늘날 획일화된 일상적 삶에 갇힌 문학이 멀티미디어의 영향을 받아 상상력을 보충할 수 있다는 주장을 골자로 한다. 멀티미디어가 문학에게 긍정적인 영향을 끼친다고 한 것은 이미 1990년대에 들어 여러 소설가들의 구체적인 창작경향을 통해 입증된 바 있다. 1990년대에 들어서면서 일부 신진작가들은 자신이 영화마니아나 비디오광임을 고백한 바 있다. 젊은 작가들이 써놓은 소설들을 보면 작가들의 상호텍스트의 대상이 소설집이나 시집과 같은 책이 아닌 다른 매체에서 구해질 수 있는 것임을 어렵지 않게 확인하게 된다. (가) (나) (다)는 모두 문학을 옹호하는 입장에 서 있다. 이런 입장에서 벗어나

---

5) 문흥술, 「문학의 운명과 탈대중화」, 『한국문학평론』 2000년 여름호, 65쪽.

면 활자매체중심론은 금방 뒤집어질 가능성을 보이게 된다. 활자매체는 매체의 중심은 아니지만 매체경쟁에서 패배하지는 않을 것이다. 1990년대에 들어서면서 전자책의 출현과 압도를 예견하는 소리가 높았으나 현실은 오히려 전자책의 한계가 드러나는 쪽으로 나타나고 있다.

전자매체를 적극적으로 활용하는 태도나 전자매체를 문화양식에서 가장 우위에 두는 태도는 결국 대중성을 크게 의식한 것이 된다. 작가가 독자를 의식하고 글을 쓴다는 것은 교환가치와 사용가치가 지배하는 시장에 발을 들여놓았다는 의미가 된다. 시장 지향성은 대중성 지향성을 바꾸어 부른 것이 아닌가. 문제는 대중성을 어떻게 새기느냐에 있다. 기본적으로 작가에게 대중성은 약이 될 수 있으면서 독이 될 수도 있다. 멀티미디어에 중독되고 게임이나 통신에 빠져 시간을 보내고 문학이라는 개념에 대해서는 기본지식조차 없는 대중에게 책 한 권이라도 더 팔아보겠다고 그들의 기호와 이해수준에 아부하는 것은 낭비가 되기 쉽다. 실제로 책 몇 권 더 팔기도 힘들며 또 몇 권 더 팔았다고 한들 무슨 의미가 있겠는가. 창조자를 지향하는 태도를 지니고 자신에게 부끄럽지 않은 작품을 남길 때 오히려 최소한의 구매력도 창출될 수 있을 것이다.

문학에서의 대중성의 문제는 출판에서의 대중성이나 상업성의 문제를 통해 드러나기 마련이다. 오늘날 우리나라 출판사들은 생사를 건 매체경쟁에 직면하고 있다. 소설이나 시를 내용으로 하여 시청각 미디어를 개발하고 있는 출판사들도 늘어나고 있다. 대부분 출판사는 책의 장점을 부각시키면서 최소한의 독자를 확보하고 있다. 전자책, 온라인의 콘텐츠의 개발 등은 책 중심의 출판사들의 전통을 근본적으로 뒤흔들어놓고 있다. 그럼에도 수많은 책이 발간되고 있는 현실은 좀처럼 바뀌지 않고 있다. 아직도 책을 문학과 비문학으로 대별할 정도로 문학서의 비중이 크기는 하지만 문학서의 전체 판매고가 나날이 줄어들고 있음은 부정할 수 없다. 문학서는 1980년대에 사회과학도서에게 판매고 1위를 빼앗긴 적도 있기는 하지만 1990년대 전반기까지는 도서시장을 이끌어왔다. 오늘날 출판사들은 무거운 내용도 되도록 가벼운 책으로 만들거나 실용성을 가미하여 독자들을 확보하려 한다. 책 내용과는 관계없이 유행심리, 동조심리, 자기현시 욕구에 이끌려 책을 사는 사람들이 많은 점을 이용하는 출판사들도 적지 않다.

출판사는 별로 줄어들고 있지 않는데 서점은 눈에 띄게 줄어 2000년 한 해에만 서점이 총 4,500백여 곳에서 1,000여 곳 이상이나 문을 닫고 만 현상이 빚어졌다.(『출판저널』, 2001. 1, 23쪽 참고) 이런 현상은 시인과 소설가들의 얼굴을 어둡게 만드는 한 요인이 된다.

1990년대 문학에게 닥쳤으며 21세기에도 지속되거나 심화될 것 같은 위기는 문학에 대한 가능독자들의 몰이해와 무관심 경향, 독서력과 구매력의 현격한 감소를 가장 큰 근거로 삼는다. 독자가 없으면 생산 — 소비의 회로가 없어지게 되고 독서와 구매가 없으면 창작 — 독서 — 비평 — 문화계 형성이라는 기본판이 유지될 수 없다. 독자 부재는 문학출판 부진, 문학시장 위축, 문인들 사기저하, 창작의욕의 고갈 등으로 이어질 만큼 큰 파괴력을 지닌다. 한산한 문학시장을 바라보면서 문인들은 자기도 모르게 문학 정체성의 실종위기라는 말을 내뱉게 된다. 이미 몇 년 전부터 여러 문인들이 문학의 정체성 또는 진정성을 살려보자는 운동을 펼치고 있으나 문인들에게 불어닥친 한파는 좀처럼 수그러들 줄 모른다. 문학의 정체성 회복이나 진정성 유지라는 문제는 독자의 본질국면의 회복을 대전제로 삼아야 한다. 문학위기를 좀더 냉철하게 직시하자는 의미에서 필자의 과거의 주장을 다시 한번 제시해본다.

문학의 오락기능이 어찌 연예나 전자오락을 따라갈 수 있으며 문학의 인식생산력이 어찌 각종 전문지식을 토대로 한 사상서나 운동론을 따라잡을 수 있겠는가. 인문·사회과학의 학문이 세분화되고 전문화될수록 거기다가 대중화될수록 문학작품이 가져다주는 감성과 지성의 제고기능도 떨어질 수밖에 없다. 과학의 평이화와 보편화를 꾀한 저작이 많이 나올수록 문학의 지식확대기능도 떨어질 수밖에 없다. 재미에 있어서 문학은 영화나 대중음악을 따라갈 수 없으며 정보제공의 면에서 문학은 인터넷만큼 신속하지도 광범하지도 못하다. 사유와 통찰력의 제고라는 면에 있어서는 문학은 중심부에만 있는 것은 아니다.[6]

이러한 자기성찰을 토대로 하여 위기극복방안을 강구해볼 필요가 있다. 물론 위기극복방안이 머리 잘 돌아가는 사람의 아이디어 차원에서 나올 수 있는 것은 아니다. 다각도의 진단과 처방이 있어야 효과적인 극복방안이 나오게 될 것이다. 문인들은 과거에 누렸던 중심이나 우위만 넋 잃고 바라보면서 다른 사람이 '옛날의 영화'를 다시 가져다주기만 바라서는 안 될 것이다. 문인들 자체의 힘만으로 해결될 문제는 아니지만, 문인들 내부에서 문학이 살아남는 길을 적극적으로 모색하고 아무리 작은 것이라도 위기극복방안을 실천에 옮길 수 있어야 한다.

인문학의 위기로 표현되는 새로운 시대를 맞은 문학에게 적극적으로 과학과 기술에게 시선을 주어야 할 것, 새 시대의 문학은 과학의 국외자가 아니라 과학의 따뜻한 비단이불이 되어야 할 것, 세상의 변화를 예견하고 체계적으로 설명하고 바람직한 방향을 제시하고 부자연스런 변화에 저항하는 역할을 담당해야 할 것 등과 같은 안경환의 조언[7]은 문인들에게 따뜻한 눈길과 냉철한 시선을 보낸 데서 나온 것으로 음미할 가치가 충분하다. 한마디로 안경환은 한국문인들에게 문학을 대상으로 한 종래의 인식과 태도를 바꿀 것을 권하고 있다.

이제, 문학위기를 넘어설 수 있는 구체적인 방안 몇 가지를 제시해보기로 한다.

첫째, 문인들이나 출판사들이나 '양'에 지나친 관심을 갖지 말 것을 권

---

6) 졸고, 「한국문학, 21세기의 길목에서」, 『문화예술』, 1999. 9, 한국문화예술진흥원, 26쪽.

7) 안경환, 「인문학의 위기와 문학적 대응」, 『문학사상』, 2000. 12, 45쪽.

하고 싶다. 이미 오래 전부터 문단 안팎에서 또는 도서시장에서 시집 소설집 평론집 등이 과다하게 나오는 것이 아니냐는 자성과 비판의 소리가 울려나오고 있다. 문학서의 과다출간 현상은, 문학서는 그 내용이야 어찌 되었든 또 누가 썼든 일단 읽을 가치가 있는 것이라는 문인들의 자기 중심적인 고정관념이 낳은 결과라고 할 수 있다. 이러한 문인들의 자기 중심적인 고정관념은 많은 책을 선택의 대상으로 놓을 수밖에 없는 오늘날의 독자들의 기본입장을 반영하지 않은 것이다. 문학서 출간이 양적으로 기록을 남긴다고 해서 후대가 좋은 평가를 내릴 리가 없다. 일단 출간된 창작집은 다 잘 팔리고 많이 읽혀야 한다는 문인들의 바람은 점점 성취되기 어려운 것이 사실이다. 문인들은 많이 써내기, 출판사들은 많이 찍어내기를 경쟁적으로 하고 있는 것을 보면 질과 양은 비례하기가 힘든 것이라는 상식이 맞다는 생각을 하게 된다. 문인들에게는 쓰고 싶은 말은 아니지만, 구조조정이라는 시대적 대세와 그 의미를 문인들도 파악할 수 있어야 한다.

둘째, 문인들에게 계몽주의적 자세를 버릴 것을 권하고 싶다. 독자층의 수준과 규모는 문학의 영향력 행사의 정도를 가늠하게 하는 기준이 된다. 문예지를 기준으로 하면 전체 인구의 5000분의 1도 못 되는 정도로 독자층 규모가 정해지고 있음을 알게 된다. 이런 판에 문학의 계몽적 기능이나 영향력 행사가 제대로 될 리 없다. 1990년대 후반에 들어서면서 문학의 전통적 기능이 상당 부분 정지되거나 거부당한 것을 체험하고 이제 21세기에 들어선 문인들은 계몽주의자적 제스처를 핵심으로 한 영향력 행사에 더이상 집착할 수가 없게 되었다. 시집이나 소설집을 읽지 않는다고 해서 무식하다느니 문화의식이 없다느니 하고 약간 비난조의 말을 할 사람은 실제 문인들 가운데서도 점점 찾기가 힘들게 되었다. 시집이나 소설집은 문학하는 사람의 관심 대상에 지나지 않는 시대가 되고 만 것이다. 시인이나 소설가는 독자들과 엇비슷한 위치에 서서 낯설게 하기 정도의 영향을 주는 것에 자족하겠다는 발상을 가져야 한다.

셋째, 문학이 아니면 도저히 해낼 수 없는 것을 개발해야 한다. 영화도

190

줄 수 없고, 게임도 줄 수 없는 것을 찾아내어야 하고 역사든 철학이든 심리학이든 줄 수 없는 것들을 만들어내어야 한다. 예컨대 역사적 지식이나 과학적 지식을 쉽고도 재미있게 전달해주는 쪽으로 소설을 쓸 수 있을 것이다. 시는 음악이나 심리학보다도 인간 감성의 아주 가느다란 올을 하나하나 잘 풀어낼 수 있는 표현양식임을 다시 한번 환기시킬 필요가 있다. 지성과 감성의 절묘한 배합도 문학이 아니면 해내기가 어렵다. 시인들은 시양식이 아니면 담아낼 수 없는 것을 소설가는 소설양식이 아니면 구체화시킬 수 없는 내용을 만들어내는 데 힘써야 할 것이다.

넷째, 시인은 시인대로 소설가는 소설가대로 새로운 시대를 만들고 새로운 사회를 이루어가는 데 적극 뛰어들어야 한다. 전통적으로 문학은 인위적인 것보다는 자연스러운 것에, 문명보다는 인간 그 자체에, 발전보다는 가치에 더 많이 무게를 두었다. 이제는 이러한 전통적인 존재이유만 갖고는 버티기가 어렵게 되었다. 동시대인들 대다수가 긍정하는 것이라는 전제 아래서 문학은 경제성장 산업발전 역사진보 등과 같은 현실을 오불관언하거나 백안시해서는 안 될 것이다. 우리 사회와 시대의 한복판에서 소아를 잊은 채 열심히 일하는 사람들은 문학적 상상력을 비현실적이거나 나약한 것으로 치부해버리는 경향이 있다. 이렇게 된 데는 문인들의 책임도 크다. 전통적으로 문학적 상상력은 윤리적 상상력을 기초로 하여 병든 것과 비인간적인 것을 그려내고 비판함으로써 이상적인 사회의 도래를 자연스럽게 소망하는 방식을 취했다. 대다수 작가들이 윤리적 상상력을 호소력이 없고 시대에 뒤떨어진다는 이유로 외면하고 있을 정도로 문학적 상상력은 무기력 상태에 빠지고 말았다. 문학의 절대적인 존립근거가 되고 있는 문학적 상상력에 다시 힘을 불어넣기 위해서는 문학의 본질과 기능에 얽힌 고정관념을 털어버리면서 새로운 본질과 기능을 만들어낼 수 있어야 한다.

3. 생태시 운동과 그 에네르기

돌이켜보면, 우리 시는 위기에 빠졌을 때, 새로운 운동을 펼침으로써 위기를 타개해나간 기록을 남기고 있다. 1960년대 후반에서 1970년대 초에 이르기까지 시양식이 독자들로부터 근본적으로 외면당하는 현상이 빚어지면서 시양식의 사양화(斜陽化)라는 말이 공공연히 떠돌았을 때 많은 시인들이 민주화운동에 참여함으로써 시가 오히려 일반독자들로부터 뜨거운 호응을 받는 계기가 될 수 있었다. 1990년대에 이어 지금까지도 활발하게 전개되는 환경운동에 많은 시인들이 적극적으로 참여하고 있는 것도 문학위기타개를 실천에 옮긴 좋은 예가 된다.

생태시라는 시유형은 1990년대 이후 우리 시인들의 정신과 창작경향을 대표하게 되었다. 생태시는 일단 환경으로서의 자연이 옛날 낭만주의자들이나 자연시인들이 대하였던 것과는 다른 상태 즉 오염되고 병든 상태가 되었다는 인식을 출발점으로 한다. 생태문학이 인간의 병든 환경을 지적하고 고발하는 데서 머무는 경향이 있다면 녹색문학은 오염의 파악에서 확실하게 한 걸음 내딛어 옛날의 깨끗한 상태를 회복하자는 데 목표를 둔다. 뿐만 아니라 환경을 넓게 해석하여 인간사회까지 정화시키고자 하는 의도를 갖는다. 모든 개념에 협의와 광의가 있듯이 생태학도 두 가지로 나누어볼 수 있다.

생태학을 피상적인 생태학과 심층생태학의 두 가지로 나누었다. 피상적인 생태학(shallow ecology)은 서구문명의 지배적인 기술적인 메타담론에서 발견할 수 있는 것으로 개혁주의자의 거칠 것 없는 이데올로기를 말한다. 피상적인 생태학은 오염과 자원고갈에 대항해서 싸울 것을 강조한다. 이에 반해 심층생태학(deep ecology)은 사회에게 변형과 급진적인 변화를 약속한다. 그리고 환경위기에 대해 여러 가지 다른 전망을 받아들인다. 심층생태학의 특징은 생물중심주의(biocentrism)나 생태중심주의(ecocentrism)

로 요약된다. 심층생태학은 개혁주의적인 환경론자(reformist environ-mentalism)의 방법이나 철학에 도전한다.[8]

피상적인 생태학은 생태시와 환경시로 나타나고 심층생태학은 녹색문학으로 나타난다고 말할 수 있다. 피상적인 생태학이 리얼리즘의 방법을 취하는 것이라면 심층생태학은 이상주의적 몸짓을 보이는 것이라고 할 수 있다.

1970년대 이래 우리 문학은 민주화운동이라든가 노동운동과 연계되어 있었다. 1990년대에 들어서서 민주주의가 어느 정도 정착됨에 따라 민주화운동에 대한 관심은 다른 쪽에의 관심으로 확대되거나 대치되기 시작했다. 사실상, 한국문학은 일찌감치 환경정화라는 문제에 눈을 뜬 것이라고 할 수 있다. 1970년대에 한국의 작가들과 시인들은 산업화 시대를 소재로 취하는 가운데 산업화 시대의 가장 큰 문제점으로 환경파괴를 들기 시작했다. 시인으로는 박두진 김광섭 김지하 이하석 등이 작가로는 이문구 김원일 등이 휴머니즘의 차원에서 환경문제에 큰 관심을 보였다. 환경운동에 대해서는 사람에 따라 소극적이거나 적극적이거나 하는 식으로 정도 차는 있을지언정 찬성론자와 반대론자와 같은 분류는 하기 어렵다. 연전에 많은 문인들이 동강개발에 반대하는 운동을 전개함으로써 개발포기정책을 끌어낸 것이 그 좋은 예가 된다. 1990년대에는 시인과 소설가는 말할 것도 없고 여러 평론가들도 녹색문학이라든가 생명문학을 이론적으로 파고드는 작업을 보여주었다. 김종철 최동호 도정일 김욱동 이남호 남송우 등과 같은 이름을 들 수 있다.

이처럼, 생태시 또는 녹색문학은 문학의 존립근거를 마련해준다. 생태시나 녹색문학은 문학은 인류와 더불어 영원히 존재하고 또 존재해야만 하

---

8) Lisa M. Benton and John Rennie Short, *Environmental Discourse and Practice*, Blackwell Pub., 1999, pp. 133~134.

는 것임을 인식하게 해준다. 평론가들이 시인 못지않게 큰 관심을 지니고 있는 것을 보면 이 시의 유형이나 문학의 유형은 일시적인 것도 아니고 유행의 산물도 아닌 것이 증명된다. 이제 문인들은 생태시와 같이 많은 사람들로부터 공감을 살 수 있는 시유형과 시운동을 더 많이 만들어내고 보여주어야 한다. 녹색문학은 그에 적극 참여한 시인들과 작가들 그리고 평론가들에게 실천적인 사상가가 된 느낌을 주며 바로 이런 느낌이 문학위기 극복의 의지나 힘으로 발전된다.

4. 문화론적 관점에서

문화란 용어는 오래되었고 그만큼 정의도 다양하다. 테리 이글턴은 레이먼드 윌리엄스가 그의 책 『문화와 사회 1780~1950』에서 문화의 네 가지 다른 의미를 (가) 정신의 개인적 습관, (나) 모든 사회의 지적 발달 상태, (다) 예술, (라) 한 집단의 사람들의 총체적 삶의 방식[9]과 같이 정리한 것을 소개하였다. 문화는 정신, 지적 발달, 예술, 삶의 방식으로 구성된다는 것이다. 테리 이글턴이, 유럽 부르주아지들이 전성기 때 사회적 주체성을 새겨놓는 데 있어서 문학이 중요한 역할을 하였다고 지적한 것은 문학 중심의 문화론을 확인시켜준 것이라고 할 수 있다. 최근 '문학연구'란 개념이 정립되고 있거니와, 기본적으로 문화연구는 문화가 이해되고 분석될 수 있는 학문영역을 포함시킨다. 예를 들면 기술인종학(ethnography), 사회생물학(sociobiology), 문학비평 등이 있다.[10] 최근 몇 년 사이에 눈에 뜨이게 무력해진 문학비평의 돌파구를 문화연구에서 찾는 사람들도 있다. 매스 미디어 연구, 대중문화 연구 등과 연결지어야 문학비평은 문학

---

9) Terry Eagleton, *The Idea of Culture*, Blackwell Pub., 2000, p. 35.

10) Andrew Edgar and Peter Sedgewick, *Key Concepts in Cultural Theory*, Routledge, 1999, p. 100.

독자로부터 소외되는 것을 다소 줄일 수 있다는 주장도 있다.

테리 이글턴의 명석함은 문화를 주체, 이데올로기, 경제 등과 같은 개념들과 연결지어 논한 데 있다. "문화는 사회적 주체의 영역을 의미한다. 이데올로기보다는 넓고 사회보다는 좁은 영역을 차지한다. 경제보다는 덜 명료하고 이론보다는 더 확실하다고 하였다"[11]와 같은 곰곰이 생각해볼 만한 비교를 하고 있다.

문화에 대한 정의로는 지적인 행위와 실천이라는 정의가 가장 사전적이며 보편적인 것이다. 이러한 정의를 받아들이면 문학의 상위개념은 예술이며 예술의 상위개념은 문화가 되는 셈이다. 즉, 문화는 문학을 거듭 포섭하는 상위개념이 된다. 그러나 실제로는 문학의 바로 상위개념으로 문화를 설명한다. 20세기가 저물어가면서 문학은 음악 회화 조각 연극 영화와 함께 문화를 구성하는 동시에 문화산업에 뛰어드는 숙명을 맞게 된다. 문화산업은 자본주의체제의 산물로 사용가치를 엄청난 교환가치로 바꾸어준다. 문화산업의 시각에서 보면 문학은 광고 라디오 텔레비전 영화 대중가요 등을 도저히 따라가지 못한다. 영화나 텔레비전은 문화산업의 우등생이며 문학은 열등생이다. 특히 교환가치의 면에서 보면 문학은 열등생 신세를 면하기가 어렵게 되어 있다. 문화산업의 우등생들은 함께 모여 대중문화라는 범주를 만들어내었다. 문학의 경우, 대중문학은 부정의 대상이 되어왔으며 주변부를 이루는 것으로 평가되어왔다.

필자는 문학의 살 길을 모색하는 자리에서 다른 문화양식과의 제휴도 쉽게 할 수 있는 것은 아니라고 지적한 바 있다.

"우리 문인들은 동시대인들 대다수가 긍정적으로 받아들이고 있는 것이라면 발전론자의 대열에도 적극적으로 동참할 필요가 있다. (……) 작가들은 특정분야의 전문지식을 구축하고 활용할 수 있어야 한다. 빠른 속도로

---

11) 앞의 책, p. 39.

복잡다단하게 변하고 있는 세상을 제대로 읽어낼 수 있는 길의 하나로 특정분야에 대한 전문가적 탐구가 요구된다는 것이다. (……) 글쓰는 이들이 글읽는 이들의 상식을 능가하는 지식 상상력 표현력 중 어느 것 하나라도 가지고 있어야 작품은 살아남을 수 있다. 문학의 살길은 다른 문화양식이나 예술양식과의 적극적인 제휴에 있느냐 아니면 독자성 강화에서 찾아야 하느냐는 문제를 제기할 수 있다.” [12]

“문학의 살길은 다른 문화양식과의 적극적인 제휴에 있느냐 아니면 독자성 강화에서 찾아야 하느냐”는 문제에 대한 답은 사람에 따라 다르게 나올 것이다. 대중성이나 교환가치가 높은 다른 문화양식과 제휴할 경우, 문학은 명분을 잃게 되며, 반대로 홀로 서 있자고 하니 창작 – 독서(생산 – 구매)의 기본회로가 깨질지도 모르는 부담이 있다. 선 색채 음 등과 같은 표현매체가 보여주는 대중성과 예술성의 격차는 언어매체가 보여주는 대중성과 예술성의 격차보다 훨씬 작다.

문학이 다른 예술양식이나 문화양식과 적극적으로 어울려야 한다는 주장 속에는 예술이나 문화는 최소한의 대중성이 없이는 존재하기 어렵다는 관념이 깃들여 있다. 문학도 개개의 예술양식이나 문화양식처럼 숙명적으로 독자성을 지킬 수밖에 없지 않냐고 백보를 양보해서 생각하는 사람들도 대중성을 완전히 외면하는 것은 아니다. 또 그럴 수도 없다. 그렇다고 양식과 양식 간의 통합과 넘나들기를 적극적으로 권하고 있는 포스트모더니즘의 논리에 무조건 승복하라는 것은 아니다. 문학장르들이 조금씩 넘나들며 존재하는 것처럼 예술양식들 사이에서도 어느 정도의 연계나 통합은 필연적으로 나타나는 것일 수밖에 없다. 또 동위적인 문화양식들에게 영향을 주고 또 그것으로부터 영향받는 것도 자연스러운 일이다. 물론, 그 동안 문화의 중심에 있었다고 자부하는 문인들은 문학이 다

---

12) 졸고, 「21세기 한국문학, 그 난제들」, 『21세기문학』 2000년 봄호, 39쪽.

른 문화양식에게 영향을 주는 것을 당연한 일로 여기고 반대로 영향을 받으면 문학이 하락했다고 개탄할지 모른다.

아직도 우리문인들 대다수는 문학적 상상력이 인간의 정신력 중에서 가장 에네르기를 많이 뿜어내는 것이라고 자부하고 있다. 기본적으로 문학적 상상력은 과학적 사고에서 단순한 환상까지를 빚어낼 수 있는 저력을 지니고 있다. 작품으로 구현되는 문학적 상상력은 우리의 사회 경제 문화 등 여러 부문에서 새로운 미래를 열어가는 한 동력이 될 수도 있다. 문학적 상상력을 잘 가다듬어 지켜나갈 경우, 문학과 인접 문화양식 사이의 연계는 그리 강조하지 않아도 좋을지 모른다.

(『21세기문학』 2001년 봄호)

소설교육의 정향(定向)과 대중소설 문제

1. 소설교육의 현실과 이상

소설교육의 필요성은 누구나 다 인정하고 있지만 어떠한 소설을 교육시켜야 하는가와 같은 근본적인 문제에 부딪치면 통일된 의견을 모으기가 결코 쉽지 않다. 구체적인 소설독법을 가르치는 것도 중요한 과제이지만 어떠한 소설을 뽑아서 읽히느냐가 선결과제임을 부정할 수 없다. 문학교과서를 편찬하는 일에 종사했던 사람은 시작품이나 소설작품을 선정하는 것이 얼마나 어려운 일인가를 실감했을 것이다. 작품 선정작업을 할 때 문학사적 안목을 내세우는 사람들이 대체로 안배주의를 취하는 데 반해 고전이나 명작의 개념을 중시하는 사람들은 엄선주의를 고집하는 경향이 있다.

소설과 관계 있는 사람들을 대상으로 할 때와 그렇지 않은 사람들을 대상으로 할 때 기본적으로 소설교육의 내용과 방법은 다를 수밖에 없다. 또

소설과 관계 있는 사람들이라고 하더라도 창작에 종사하는 사람들과 이론에 종사하는 사람들 사이에도 차이가 있다. 작가 지망생이 소설을 가려 읽을 수밖에 없다면 소설연구 지망생들은 가려 읽어서는 안 된다는 충고를 듣는다.

많은 사람들이 고등학교나 대학교에서 소설교육을 받은 내용과 수준에 머물고 마는 것이 엄연한 현실이기에 소설교육 대상작 목록 작성의 중요성은 더할 나위 없이 커지게 된다. 고등학교나 대학교를 졸업한 사람들 중 많은 사람들이 쉬운 소설, 재미있는 소설, 저급의 소설 쪽으로 발길을 돌리는 현상을 목격하게 되면 소설교육의 중심을 고전교육에 두는 태도는 소설교육의 이상론임을 인정하지 않을 수 없게 된다.

고등학교에서나 대학교에서의 소설교육은 명작이나 문제작을 가려뽑아 가르치는 고전교육이나 1급소설 교육을 중심으로 하면 될 것이라는 의견이 지배적이다. 우리 현대소설의 경우, 이인직의 『혈의 누』, 이광수의 『무정』, 홍명희의 『임꺽정』, 염상섭의 『삼대』, 박태원의 『천변풍경』, 이기영의 『고향』, 현진건의 『무영탑』, 심훈의 『상록수』, 채만식의 『탁류』, 강경애의 『인간문제』, 김동인의 「감자」 「붉은 산」, 황순원의 『카인의 후예』 등과 같이 고전이 선정될 수 있다.[1] 한국 현대문학을 전공하기 위해 대학원에 가려는 학생들을 빼놓고는 이러한 고전목록을 다 읽어내는 것은 결코 쉬운 일이 아니다. 설사 이 고전을 다 읽은 사람들이라고 하더라도 한국 현대소설에 대한 감각적 터득은 되었는지는 몰라도 소설의 제일차적 효능인 '세상 알기'를 제대로 하게 되었다고 자임하지는 못한다.

고전에 대해서는 여전히 그 영향력을 인정하는 축과 고전의 영향력의 한계를 지적하는 축이 교차한다. "호머, 단테, 라신, 플로베르의 영향을 받고 자란 우리가 고전을 연구하면서 발견하는 의미는 일종의 뿌리찾기 작업, 즉 우리의 세계관을 형성시킨 모태들을 찾아가는 순례"[2]라고 하는

---

1) 이상옥 외, 『고전읽기 활성화 방안 연구』, 서울대 인문과학연구소, 1993, 92~95쪽.

고전긍정론과 "고전을 공부하는 것은 더이상 정신적 뿌리의 순례, 자아의 재인식, 인간과 인간적 가치에 대한 학습이 되지 못한다"[3]고 하는 고전한 계론이 맞서고 있다. 고전에 대한 현실론과 이상론의 충돌, 고전절대론과 한계론의 갈등은 한국현대소설에도 그대로 적용된다. 고전목록은 창작 지망생, 이론가 지망생이나 수용해야 할 것이지, 일반독자들은 기본적으로 체계적인 독서를 할 필요성도 시간도 없다는 주장은 날이 갈수록 호응을 얻고 있다. 고전에 대한 상반된 견해가 교차하고 있다는 것은 소설교육의 대상은 1급이 아닌 2급에까지, 고급이 아닌 중급에까지 확대할 수 있음을 암시한다. 즉 넓은 의미의 대중문학을 수용할 수도 있다는 뜻이 된다. "소설은 단숨에 읽어야 하고 작품에 몰입하여 읽는 데 열중할 것"을 권한 모티머 애들러(Mortimer J. Adler)의 충고[4]는 소설교육은 고전교육을 중심으로 하는 것이라는 전통적 관념에 찬물을 끼얹는 결과가 된다. 애들러가 "빨리 읽지 않으면 이야기의 통일성을 놓치기 쉽고 집중해서 읽지 않으면 세부가 눈에 들어오지 않는다"고 경고한 것은 소설을 교양으로 읽는 독자들을 겨냥한 것이라고 할 수 있다. 속독과 숙독을 겸비하는 태도는 중간소설로서의 대중소설을 최적의 대상으로 삼는다.

고전 중심으로 혹은 1급 중심으로 소설교육의 대상작품을 정하는 것은 작가 지망생이나 학자 지망생에게도 이상론에 가깝다. 소설교육의 주체가 알아야 할 소설 독서의 현실은 베스트셀러 목록을 살펴봄으로써 쉽게 파악된다. 베스트셀러 목록은 유행심리에 의했든 군중심리에서 비롯되었든 독자 대중의 독서취향을 가장 잘 반영한 것이기 때문이다. 양적 반응을 측정함으로써 질을 유추할 수 있다. '광복 이후(1945~1996) 연도별 베스트셀러 1위' 목록을 보면 국내소설이 삼분의 일을 넘는 것으로 나타난다.[5]

---

2) 세르쥬 두브로브스키, 츠베탕 토도로프 편, 『문학의 교육』, 윤희원 역, 하우출판사, 1996, 63쪽.

3) 같은 책, 66쪽.

4) 모티머 애들러, 『독서의 기술』, 민병덕 역, 범우사, 1994, 180쪽.

5) 월간 사보 『쌍용정유』, 1997. 11, 17쪽.

이광수의 『사랑』 『무정』(1945) 『이광수전집』(1952), 심훈의 『상록수』 (1953), 정비석의 『자유부인』(1954), 박경리의 『김약국의 딸들』(1963), 유주현의 『조선총독부』(1967), 방영웅의 『분례기』(1968), 김말봉의 『찔레꽃』(1972), 조선작의 『영자의 전성시대』(1974), 이청준의 『당신들의 천국』(1976), 김성동의 『만다라』(1980), 황석영의 『어둠의 자식들』(1980), 김홍신의 『인간시장』(1982), 정비석의 『손자병법』(1984), 김정빈의 『단』 (1985), 이문열의 『사람의 아들』(1987) 『추락하는 것은 날개가 있다』 (1989), 박완서의 『그대 아직도 꿈꾸고 있는가』(1990), 김진명의 『무궁화 꽃이 피었습니다』(1994), 공지영의 『고등어』(1995) 등과 같이 국내소설이 20번이나 베스트셀러 1위을 차지한 것으로 나타나고 있다. 소설이 작가에게 또 출판사에게 일약 부와 명성을 가져다줄 수 있는 양식임이 입증되고 있다. 이중 명작의 반열이나 문학사적 작품의 대열에 들어가는 것은 이광수의 『무정』, 심훈의 『상록수』, 이청준의 『당신들의 천국』, 이문열의 『사람의 아들』 등으로 절반이 되지 못한다. 나머지 작품들은 대부분 중간소설에 들어간다. 하기야 이광수의 『무정』이나 심훈의 『상록수』는 각각 처음에 발표되었던 때 많이 팔리고 많이 읽혔다는 이유로 대중소설로 평가되기도 하였다. 두드러진 양적 반응만이 문제가 된 것이다. 많이 팔리고 읽혔다는 것은 일반독자들로부터 인기를 끌었다는 것을 의미하는 것인만큼 어려운 소설은 아닌 것으로 추측된다. 이청준의 『당신들의 천국』이나 이문열의 『사람의 아들』은 재미보다는 진지함이 독자들에게 읽지 않으면 안 된다는 강박관념으로 작용했다.

최재봉은 「베스트셀러의 역사」[6]에서 위에 제시된 몇 가지 소설 이외에 최인훈의 『광장』(1960), 최인호의 『별들의 고향』(1972), 조해일의 『겨울여자』(1974), 조세희의 『난장이가 쏘아올린 작은 공』(1975~1978), 황석영의 『장길산』(1974~1984) 등과 1990년대의 베스트셀러인 이은성의 『소

---

6) 『소설과사상』 1995년 여름호, 275~292쪽.

설 동의보감』, 이재은의『소설 토정비결』, 김한길의『여자의 남자』, 양귀자의『나는 소망한다 내게 금지된 것을』등을 거론했다. 문화부 기자인 최재봉의 시각과 평가는 일반 문학이론가의 그것과 별로 다르지 않다. 최재봉이 그려낸 베스트셀러의 역사는 소설이 구매력이 높다고 해서 우수성이 인정되는 법은 아니라는 것과 딱딱한 소설이라도 많이 팔릴 수 있는 법이라는 인식을 확인시켜준다.『광장』『난장이가 쏘아올린 작은 공』『만다라』『태백산맥』등을 베스트셀러로 밀어올린 것은 우리 독자들에게 박수갈채를 보내게 하는 일이다. 교환가치와 사용가치가 비례하는 이런 작품들은 우리나라 소설교육이 잘된 것임을 입증해주기도 한다.

『출판저널』(1993. 12. 5)은「전국민 독서실태조사와 독서진흥방안」에서 18~69세의 남녀 2천 명과 초등학생부터 고등학생 2,700명을 대상으로 하여 '좋아하는 국내저자'를 선정하여 발표한 바 있다. 이문열 김홍신 한수산 신달자 박완서 이외수 유안진 이광수 김성종 박경리 김한길 조정래 박범신 이은성 김수현 정비석 최인호 이어령 법정 석용산의 순으로 되었다. 이중 법정 석용산 유안진 신달자 김수현 이어령 등은 에세이를 써서 유명해진 사람들이다. 나머지 소설가들을 놓고 보면 정통작가, 문학사적 작가, 1급작가라고 할 수 있는 사람들보다도 인기작가 대중작가 중간작가라고 할 수 있는 사람들이 조금 더 많은 것으로 정리된다. 소설집을 내었을 때 유달리 광고가 많이 되었거나 이미 다른 매체를 통해 유명해졌거나 방송을 많이 탔거나 이미 베스트셀러를 기록했거나 한 사람들이다.『출판저널』(1994. 12. 5)은「올해 어떤 책이 얼마나 팔렸나」에서 10만 부 이상 팔린 책 23권의 명단을 소개하였는데 이중에 김진명의『무궁화 꽃이 피었습니다』(200만 부), 조정래의『아리랑』(55만 부), 이인화의『영원한 제국』(45만 부), 공지영의『무소의 뿔처럼 혼자서 가라』(26만 부)『고등어』(20만 부)『인간에 대한 예의』(10만 부) 등과 같은 소설이 들어 있다. 이런 결과는 고전교육이나 명작교육을 중심으로 한 소설교육을 무색하게 만들기도 하고 무력감 속으로 몰아가버리기도 한다.

우한용은 「소설교육의 기본구도」에서 "소설은 인간의 무질서한 경험을 정리하여 인식의 대상으로 만들어준다"는 요지의 '소설과 경험세계에 대한 인식의 문제', "소설은 인간의 이야기이므로 독자로 하여금 삶의 조건을 탐색하게 한다"는 요지의 '소설 텍스트의 의미와 삶의 연관', "소설을 교육한다는 것은 대상을 고정된 틀에서 벗어나 새로운 시각으로 바라볼 수 있도록 인식능력을 배양하는 교육이라고 할 수 있다"는 '소설과 비판적 사고의 문제', "소설은 인간의 삶을 가능하게 해주는 매개 역을 한다"는 요지의 '소설장르의 사회성과 그 전이문제', "소설이 심미적 정서를 촉발한다는 점이 충분히 고려되어야 할 것"이라는 요지의 '소설의 심미적 차원' 등을 열거하였다.[7] 우한용은 작가는 어떻게 소설을 만들어서 독자들에게 무엇을 줄 수 있는가 하는 점을 소설교육의 중심내용으로 보았다. 소설교육은 소설의 분석적 연구를 전제로 해야 한다는 논리를 펼치고 있는 셈이다. 소설의 기능은 실로 다기능이라고 할 수 있거니와, 소설이 독자들에게 줄 수 있는 것을 다 주게끔 하는 것이 소설교육의 목표인 것은 분명하다. 우한용도 이 점에 동의하고 있다.

모티머 애들러는 『독서의 기술』에서 적극적인 소설독서는 다음과 같은 네 가지 질문에 대한 답으로 구성된다고 하였다.

첫째, 이 책은 전체로서 무엇에 관한 것인가?―이야기의 플롯의 통일성 속에서 찾아낼 수 있다.

둘째, 무엇이 어떻게 서술되어 있는가?―작중인물이나 사건을 독자가 자기의 언어로 설명할 수 있어야 한다.

셋째, 이 책은 전체로서 혹은 부분적으로 진실한가?―이 질문은 작품이 독자의 지성도 감성도 만족시키고 있는가 하는 질문으로 이어진다.

넷째, 소설에 어떤 의의가 있는가?―이 질문은 소설이 독자의 사고와

---

7) 우한용 외, 『소설교육론』, 평민사, 1993, 24~28쪽.

행동을 구체적으로 어떻게 바꿀 수 있는가 하는 질문과 통한다.[8]

모티머 애들러는 조지 오웰의『1984』, 올더스 헉슬리의『멋진 신세계』, 솔제니친의『수용소군도』등을 예시하면서 소설을 읽는 것이 경제 정치 도덕의 전문서보다 문제의 핵심을 건드릴 수 있다고 하였다. 앞서 말한 우 한용이나 애들러는 소설이 무엇인가 독자들에게 많이 줄 수 있다고 믿는 이론가에 속한다. 그러나 다기능이 행사되려면 작품도 좋아야 하고 동시 에 독자도 일정한 수준을 유지할 수 있어야 한다. 손바닥도 마주 쳐야 소 리가 난다는 말이 있듯이 독서행위를 만나지 못하면 어떤 소설이라도 혼 자서는 힘을 발휘하지 못하며 명작이나 1급소설을 만나지 못하면 제아무 리 유능한 독자라도 능력을 발휘할 수 없다.

많은 소설을 대상으로 하여 정독 분석 해석 평가 등의 작업을 하며 소설 연구와 소설비평을 해본 사람들은 자신의 내부에 구체적으로 어떠한 가 치가 형성되었는지 자신하지 못하는 경험을 해본 적이 있을 것이다. 남달 리 전문지식이 늘어난 것도 아니요 철학적 깊이가 생긴 것도 아니라는 회 의에 젖는 것이 보통이다. 소설을 종합문학론의 시각으로 바라보는 사람 들에게 동조한다면 소설에는 철학 심리학 사회학 역사 등이 담겨 있다. 거 꾸로 보면 이 말은 소설에는 그 어느 것 하나도 시원하게 담겨 있는 것이 없다는 의미가 된다. 소설을 통해서 인간 심리파악, 세계 이해, 역사 이해, 철학하기 등을 꾀했다고는 하나 막상 어느 것 하나도 제대로 하는 것이 없 다는 판단이 들 수 있다. 소설은 경전도 포함하고 역사서도 포함하고 정신 분석도 담아내는 식으로 다양한 서술을 꾀함으로써 인간을 종합적으로 파악하는 면모를 보여주기는 하나 그 어떤 분야의 지식이나 인식을 대치 할 능력도 없고 뛰어넘지도 못한다. 이 말은 작품은 쉽사리 해명되지도 않 고 실용성도 없다는 뜻으로 옮겨갈 수도 있다. "의미추구에서 얻은 성과,

---

8) 모티머 애들러, 앞의 책, 183~184쪽.

도덕적이거나 철학적인 교훈, 사회적 또는 정치적인 메시지, 문체나 작품 구조의 해부 등은 물론 그 나름의 의미가 있겠지만 이 의미란 실생활의 산체험에 대해 그저 소원하고 부수적인 관련성만 보여줄 따름이다"[9]라고 한 것처럼 소설의 의미론은 실생활의 의미론으로 금방 치환되지 않는다. 이런 견해는 소설쓰기나 읽기는 '일' 이라는 개념에 묶인 사람들에게는 실망감을 안겨줄 수 있다. 작품의 의미를 실제 생활에 금방 써먹을 수 없는 이유의 하나로 소설작품의 의미를 단번에 찾아내기가 어렵다는 점을 들 수 있다. 모호성을 본질로 하는 시양식과는 달리 소설은 구체성이라든가 투명성을 속성으로 삼고 있기는 하지만 소설도 은폐와 개방이라는 모순된 성향을 담고 있다.

2. 소설유형과 소설교육

소설은 독자들에게 지식 인식 법열 쾌락 등을 준다. 소설은 독자들을 계몽하거나, 독자들로 하여금 전복하게 하거나, 독자들을 위로해준다. 계몽은 계몽대상을 가치 있고 의미 있는 것으로 만들어준다. 전복이란 소설이 독자들에게 새로운 시각이나 인식을 주는 것을 의미한다. 위로란 무엇인가. 위로는 소설이 그 대상이나 독자들을 따뜻하게 해준다는 뜻이다. 물론 이러한 여러 가지 기능을 모든 소설이 다 수행하는 것은 아니다.

이론상으로는 소설교육은 모든 소설유형을 포괄하거나 초월하는 전제 아래에서 나온 것이다. 그러나 실제로는 소설유형에 따라 소설이 독자에게 주는 것이 달라진다. 비교적 포괄적인 소설유형으로는 계몽소설 인물소설 사건소설 시대소설 사회소설 전쟁소설 연애소설 등을 제시할 수 있다.

문학의 전통적인 기능은 교훈과 쾌락으로 되어 있다. 교훈은 사상 계몽

---

9) 세르쥬 두브로브스키, 츠베탕 토도로프 편, 앞의 책, 67쪽.

이념 등으로 쾌락은 재미 흥미 오락 등으로 표현된다. 교훈을 강조하는 소설은 사상소설 계몽소설 이데올로기소설 등으로 나타난다. 쾌락을 강조한 소설은 오락소설이나 대중소설이나 통속소설로 나타난다. 지식을 강조한 소설로는 여행소설 역사소설 사회소설 시대소설 계몽소설 경향소설 등이 있고 인식을 강조한 소설로는 교양소설 인물소설 사건소설 미래소설 사랑소설 선전소설 노동자소설 등이 있다. 물론 지식을 주는 데 역점을 둔 것과 인식을 주는 데 힘쓴 것을 가르기란 쉽지 않다.

소설이 담고 있는 것은 철학적인 것, 사회학적인 것, 역사적인 것, 심리학적인 것 등으로 대별해볼 수 있다. 철학적인 것은 사상소설 교양소설 발전소설 등으로, 사회학적인 것은 사회소설 시대소설 사건소설 사태소설 등으로, 역사적인 것은 역사소설 가문소설 등으로, 심리학적인 것은 심리소설 인물소설 등으로 나타난다.

해부는 일정한 이야기를 전달하는 것보다는 작가가 품고 있는 사상이라든가 이데올로기라든가 의식을 드러내는 데 힘쓰는 양식이다. 해부는 작중인물이 일정한 관념이나 사상의 그릇이라는 전제 위에 서 있다. 해부는 대상에 지적으로 접근하는 것을 뜻하는 것으로 소설의 공간을 심포지엄, 토론, 현학적 비평, 증류된 서술 등이 담길 수 있는 공간으로 여긴다.[10] 해부는 풍자소설 우화소설 미래소설 관념소설 사상소설 이데올로기소설 종교소설 희극소설 주제소설 토론체소설 등으로, 고백은 자전적 소설 사소설 성장소설 발전소설 등으로 구체화한다.[11]

로버트 스콜즈와 로버트 켈로그의 공저인 『내러티브의 본질(*The Nature of Narrative*)』은 서사양식을 우선 경험적인 내러티브와 허구적인 내러티브로 대별했다. 그리고는 경험적인 내러티브를 역사적인 내러티브와 모방적인 내러티브로, 허구적인 내러티브를 낭만적인 내러티브와 계몽적인

---

10) Northrop Frye, *Anatomy of Criticism*, Princeton Univ. Press, 1971, p. 312.

11) 졸저, 『한국 현대소설 유형론 연구』, 집문당, 1999, 47~48쪽.

206

내러티브로 나누었다. 역사적인 내러티브는 과거사실의 재현, 사실적인 시간 공간 인과성 중시, 전기로의 발전 등과 같은 특징을 갖는다. 모방적인 내러티브는 인생의 단면 제시, 한 행동의 사회적 심리학적 개념 중시, 플롯 부재 경향, 자서전으로의 발전 등과 같은 특징을 갖는다. 낭만적인 내러티브는 미적 충동, 관념적인 세계, 사랑 감정 중시, 중세 로망스로 나타남 등과 같은 특징을 지닌다. 계몽적인 내러티브는 지적 도덕적 충동으로 이루어지거나 우화라든가 풍자로 나타나는 경향이 있다.[12] 이상과 같은 네 가지 내러티브는 다음과 같은 구체적인 하위소설유형으로 나타난다.

역사적 내러티브─사실소설 사건소설 보고소설 역사소설
모방적 내러티브─사회소설 시대소설 자전적 소설
낭만적 내러티브─낭만소설 연애소설 감정소설
계몽적 내러티브─우화소설 풍자소설 사상소설 성장소설 관념소설[13]

과거 사람들의 삶의 모습이나 역사적 사실을 알려면 사실소설 사건소설 보고소설 역사소설 등을 읽을 필요가 있고, 삶이란 무엇인가를 알려면 사회소설 시대소설 자전적 소설 등을 읽어야 한다. 낭만적인 내러티브에 속하는 소설들을 읽으면 인간의 미적 충동이라든가 완전한 세계를 향한 꿈을 이해하게 된다. 우화소설 풍자소설 사상소설 성장소설 관념소설 이데올로기소설 토론체소설 등을 읽으면 작게는 비판정신 크게는 사상이 증대한다. 삶 인간 세계 등에 대한 근본지가 늘어나게 된다.

서사체론 리얼리즘론 서사구조론 시점론 독자론 등 여러 가지 측면에서 서양 소설이론의 역사를 더듬고 있는 월리스 마틴(Wallace Martin)의 『소설이론의 역사(*Recent Theories of Narrative*)』(1986)는 감상소설, 스

---

12) Robert Scholes & Robert Kellogg, *The Nature of Narrative*, Oxford Univ. Press, 1966, pp. 13~15.
13) 졸저, 앞의 책, 50~51쪽.

캔들소설, 풍속소설, 전기소설, 역사소설, 서간체소설, 우화소설, 전원소설, 동양소설, 허구적인 길잡이소설, 철학적 콩트, 젊은 남녀의 성장소설 등을 주목하였는데 달리 말하자면 이런 소설들이 서양독자들에게 가장 큰 영향을 주었다는 의미가 된다.

대중소설 또는 그와 유사개념인 오락소설 중간소설 통속소설 등의 기능을 어떻게 정리할 것인가. 우르스 예기에 의하면 오락소설은 많은 사람들의 '전형적인 삶의 태도 신앙 편견 욕구'를 반영하는 것으로 되어 있다. 한 네로레 링크는 오락소설의 존재이유를 보다 신중하게 검토한 편이다. 오락소설은 중산층의 오락욕구를 반영하는 것이라고 하여 오락소설이 지적 수준이 낮고 취미가 저속한 사람들 사이에서 성립된 것이라는 고정관념을 뒤엎는 결과를 보여주었다. 그런데 이때의 오락욕구는 일종의 자기 강화욕의 파생물로, 괴롭고도 고달픈 사회적 인간으로서의 양심을 보충하려는 욕망과는 거리가 있다. 링크에 의하면 오락소설을 찾는 사람들은 '고유한 규범과 질서표상의 강화'에 대한 대중의 욕망을 지니고 있으며 또 한편 이러한 기존질서로부터의 도피욕구를 지니는 것으로 볼 수 있는 만큼 오락소설의 작가는 '평형유지의 기술(Balancentechnik)'과 중재기술(Vermittlungstechnik)을 가져야 한다는 것이다.[14] 이처럼, 대중소설 오락소설 중간소설 통속소설 등 중급에서 저급에 이르는 소설유형들은 독자들의 오락욕구, 도피충동, 기존 사회규범 강화욕구 등을 충족시켜주려 한다. 이러한 소설유형은 앞서 말한 전복의 기능을 제대로 이행하고 있지 않다는 의미가 된다. 세상을 새롭게 만들려고 하느냐, 기존세계의 낡은 것을 파괴하느냐, 새로운 세계를 꿈꾸고 있느냐 등은 소설을 대상으로 하여 1급과 2급, 고급과 중간을 식별하는 기준이 되기도 한다.

대중소설은 특정소재를 다룬 소설에서 잘 나타난다. 물론 어떤 소재를 다루었느냐에 따라 고급소설과 저급소설을 가를 수 있는 것은 아니다. 우

---

14) Hannelore Link, *Rezeptionsforschung*, Kohlhammer, 1976, S. 66.

르스 예기는 통속소설로 굴러떨어지기 쉬운 소설로 부인소설 범죄소설 전쟁소설 도덕소설 서부개척소설 미래소설 산악소설 의시소설 등을 꼽았다.[15] 프리드리히 빈터샤이트(Friedrich Winterscheidt)는 과거(1850년대~1860년대) 독일에서 성공했던 시민오락소설로 살롱소설 역사소설 범죄소설 아메리카소설 서부개척소설 농촌소설 부인소설 상인소설 모험소설 미래소설 전쟁소설 군인소설 삽화소설 등을 제시하였다.[16] 우르스 예기가 제시한 통속소설은 저급소설로, 빈터샤이트가 제시한 시민오락소설은 중간소설로 바꿀 수 있다. 공통적으로 나타나고 있는 소설유형은 범죄소설 전쟁소설 미래소설 등이다.

3. 대중소설 논의의 종횡

한국 현대소설 유형론의 역사를 보면 대중소설이 오랫동안 또 큰 비중을 차지하면서 지속되어온 소설유형의 하나임을 부정할 수 없다. 우리 소설사에서 20세기에 들어선 이래 수십 년 동안 진행되어왔던 대중소설론은 서양이론에 기대지 않고도 우리 대중소설을 제대로 설명할 수 있고 평가할 수 있다고 자신할 정도로 넓이와 깊이를 지니고 있다. 중요 장면만을 추려보기로 한다.

대중작가로 이름이 높았던 최독견의 「대중문학에 대한 편상」(중외일보, 1928. 1. 7~9)은 당시에 민중화라는 말이 유행하고 있다고 하면서 문학도 인간생활에 필요한 존재라면 민중과 교섭해야 하고 민중과 반려가 되어야 한다고 하였다. 최독견은 민중과 교섭이 되고 접근이 되는 것은 신문의 연재소설이라고 하면서 이를 통속소설로 고쳐부를 수 있다고 하였다.

---

15) Urs Jaeggi, *Literatur und Politik*, Suhrkamp, 1972, S. 109.

16) 졸저, 『소설원론』, 고려원, 1983, 322쪽.

그는 당시 문단에서 민중과 교섭이 가장 많은 작가로『무정』『재생』『허생전』등을 쓴 이광수를 꼽았다. 최독견이 "민중과 교섭해야 하고 민중과 반려가 되어야 한다"고 한 것은 당시의 인기작가답게 대중소설을 긍정적으로 파악한 것이라고 할 수 있다. 실제로 최독견의 소설은 많이 읽히기는 했으나 문학사가들의 관심권 밖으로 밀려나고 말았다. 염상섭은 「조선과 문예 · 문예와 민중」(동아일보, 1928. 4. 10～17)에서『춘향전』『심청전』『홍길동전』『장화홍련전』등의 소설을 통속소설로 몰아쳤다. 이때의 통속소설은 오랜 세월 동안 많이 읽힌 소설이란 의미를 지닌다. 다시 염상섭은 「소설과 민중」(동아일보, 1928. 5. 27～6. 3)에서 1928년 전후의 한국소설을 통속소설/프로소설/고급소설로 나누었다. 프로소설은 사상운동의 연장선에서 나온 것이니만큼 고급소설이나 본격소설을 지향해야 할 것이지만, 반대로 운동의 성공에 필요한 다수의 지지를 얻기 위해서는 대중성을 지녀야 한다는 주장을 펼쳤다. 이때의 삼분법은 자연스럽지 못한 것으로 비치기는 하지만, 프로소설의 숙명을 모순되는 고급성 지향과 대중성 지향으로 분석한 것은 주목할 만하다. 박영희는 '대중적 의의에 대하야' 라는 부제가 붙어 있는 「대중의 취미와 예술운동의 임무」(조선일보, 1928. 12. 27～28)에서 대중문학이란 식욕, 성욕, 향락, 호기심 등과 같은 본능의 제작용을 상상적으로 자극하여서 즐겁게 해주는 것이라고 하였다. 박영희는 대중문학의 창작의도를 부정적으로 파악하였다.

  대중문학론으로 가장 주목할 만한 김팔봉의 「문예시대개관」이라는 글의 소제는 「통속소설소고」(조선일보, 1928. 11. 9～11), 「대중의 영합은 타락」(조선일보, 1928. 11. 13～14) 등으로 되어 있다. 김팔봉은 신문연재소설로 이광수가 가장 인기를 많이 끄는 이유로 이광수의 무기가 "사랑하고, 탄식하고, 감사하고, 슬퍼하고, 기도하고, 원망하는 것의 연쇄인 센티멘털리즘"에 있음을 지적하였다. 이러한 판단을 확대하여 통속소설의 2대 요건으로 센티멘털리즘과 평이하고 화려한 문장을 든 것은 주목할 필요가 있다. 두 가지 요건이 독자들을 끌어당기는 데 가장 효과적이라는 주장은 오늘날의 대중소설에도 적용이 가능하다. 우리나라 작가(이광수)의 작품을 분석한 끝에 일반론(통속소설 요건론)으로 나간 것은 긍정적으로 평가해야 한다. 김팔봉은 통속소설보다는 "마르크스적 통속소설"을 생각하고 있었다. 그는 결론에서 당시의 우리 소설을 통속소설과 통속소설 아닌 것으로 대별하여 비교하는 작업을 시도하였다. 이 글에서 통속소설 조건론은 보통 독자—보통인의 견문 지식 사상 감정 취미—부인, 소학생, 봉건적 이데올로기를 가지고 있는 노년, 청년, 농민대중—전군다수를 토대로 함—제재선택은 보통인에 국한—평이하고 간결한 표현으로 이어지는 것으로 정리해볼 수 있다.[17]

　　김팔봉의 「대중소설론」(동아일보, 1929. 4. 14~20)은 「무엇이 대중소설이냐」「대중소설은 어째서 필요하냐」「대중소설은 과연 대중의 의식을 앙양, 결정할 수 있는 것일까」 등으로 구성되어 있다. 김팔봉은 『추월색』 『강상루』『재봉춘』 등과 같은 신소설을 고담책이니 이야기책이니 하고 부른다면서 바로 이 이야기책이 대중소설을 뜻한다고 하였다. 이때의 이야기책은 서사양식의 성격보다는 대중과의 친밀성에 더 근접하는 개념이다. 그가 『춘향전』『심청전』『구운몽』『옥루몽』 등도 대중에게 많이 읽히는 것이므로 대중소설이라고 할 수 있다고 한 점에서 대중소설은 오랜 세월 동안 많이 읽힘으로써 대중화된 소설이란 뜻이 된다. 그가 프로문학자답게 궁극적으로 생각한 것은 프롤레타리아를 위한 소설이었다. 김팔봉이 말하는 대중소설은 '대중적 프롤레타리아소설'로 귀결된다. 김팔봉은 결론 부분에 가서는 통속소설과 대중소설의 차이를 의도적으로 밝혔다. "통속소설이란 문예적 취미가 고급으로 진보된 특수한 독자를 제한 보통인에게 읽히기 위한 소설인데 현재까지는 중류 이상의 가정부인 남학생 여학생이 독자의 전부인 관계상 통속소설은 가정소설의 별명에 지나지 않는다"고 하면서 "대중소설이란 말은 전혀 노동자와 농민을 독자로 하는

안목으로 하는 소설을 가리킴"[18]이라고 함으로써 통속소설과 대중소설을 변별할 수 있었다. 통속소설론에서 주목할 것은 문예취미가 고급이 아닌 보통인에게 읽히기 위한 것이 통속소설이라는 주장이다. 통속소설은 일단 수준이 높지 않다는 의미를 획득하게 된다.

백철은 「1933년도 조선문단의 전망」(『동광』, 1933. 1)에서 통속문학의 특질로 에로성 그로성 넌센스성 탐정취미성을 꼽았다. 에로성은 음란소설로, 그로성은 공상소설로, 탐정취미성은 탐정소설로 구체화된다. 그는 1932년도의 기성작가들을 통속작가/파시스트적 작가로 나눈 다음 전자의 작가로 염상섭 윤백남 최상덕 김동인 방인근 등을 꼽았고 이광수를 후자의 대표적인 작가로 꼽았다.[19] 『이심』 『사랑과 죄』 『광분』 등의 작품들을 떠올리면 염상섭이 통속작가에 들어가는 것은 당연하나 『삼대』 『무화과』 등을 떠올리면 당연하지 않다. 1932년도의 김동인을 통속작가의 범주에 넣은 것은 터무니없는 것만은 아니다. 백철에 의해 통속작가로 지적된 윤백남은 「대중소설에 대한 사견」에서 소설을 순문예소설과 대중소설로 대별한 다음 순문예소설은 '성격'을 중심으로 하는 것이며 대중소설은 '사건'을 중심으로 하는 것이라고 명쾌하게 대비하였다. 순문예소설은 성격소설이나 인물소설로 나타나기 쉽고 대중소설은 사건소설로 나타나기 쉽다는 것이다. 순문예소설과 대중소설을 설득력 있게 구별한 윤백남은 한 걸음 더 나아가 대중소설과 통속소설을 구별하려고 하였다. 통속소설을 "저급의 취미와 극히 상식적인 성격을 가져다가 또는 기이한 이야기 그것을 소설형으로 쓴 것에 지나지 않는다"고 하였다. 통속소설은 내용이 저급한 소설유형임이 암시되고 있다. 그가 신소설 『추월색』을 통속소설의 한 예로 든 것은 적절하지 않다.

'통속소설론에 대하야'라는 부제가 붙어 있는 「속문학의 대두와 예술

---

18) 동아일보, 1929. 4. 20.

19) 『동광』, 1933. 1, 72쪽.

212

문학의 비극」(동아일보, 1938. 11. 17~27)에서 임화는 이태준의 『화관』, 박태원의 『우맹』, 함대훈의 『폭풍전야』『무풍지대』 등의 신문연재 장편소설을 분석한 바탕에서 통속소설의 특징을 자연스럽게 추출하였다. 임화의 통속소설 특질론은 서술중심주의, 줄거리 중시, 속중(俗衆) 표출경향, 무책임성 등으로 정리된다.

안회남은 「통속소설의 이론적 검토」(『문장』, 1940. 11)에서 소설을 순수문학과 대중문학으로 나누어 살펴볼 수 있다고 하였다. 그의 순수문학론과 대중문학론은 다음과 같이 정리된다.

　　순수문학 − 사상중심 − 주관적 − 필연적 − 기록적 − 일상성 − 보편성의 계열
　　대중문학 − 행동중심 − 객관적 − 우연적 − 허구적 − 일시성 − 특수성의 계열[20]

대중소설의 소재, 소재를 다루는 태도, 작품 구성방법 등에 대한 안회남의 설명을 따르면 대중소설은 행동소설 오락소설 저급소설 등으로 나타날 수밖에 없다. 안회남은 통속소설의 별칭으로 '위조대중소설' '위문학(僞文學)' '사이비문학' '오락소설' 등을 들었다. 그러면서 통속성은 곧 상식성이거나 사회성이라고 주장하였다. 이 글의 또하나의 특징은 순수소설/대중소설/통속소설과 같이 삼분법을 취한 데 있다. 안회남에 의해 순수소설은 "상식의 수준상승"으로, 대중소설은 "상식의 수준추종"으로, 통속소설은 "상식의 수준저하"로 간단명료하게 설명되고 있다.[21] 이러한 구분은 대중소설과 통속소설을 혼동하고 있는 오늘날에도 설득력을 지닌다.

이봉래는 「대중문학론」(『문학예술』, 1957. 3~4)에서 통속성의 특징으로 감상성, 우연성, 등장인물의 유형성, 모럴의 상식성, 제재의 오락성 등

---

20) 『문장』, 1940. 11, 152쪽.
21) 같은 책, 153쪽.

을 들었다. 대중소설의 문제는 권선징악으로 일관되어 있는 것이 상례라고 하였고 대중소설에 있어서의 감상성은 항상 페단트리(사이비 계몽)라는 것을 뒤집어쓰고 나타난다고 하였다.[22] 인정 의리 정의감 등 대중소설에 곧잘 나타나는 휴머니즘도 한꺼풀 벗겨보면 값싼 감상성 이외 아무것도 아니라고 한 것은 1920년대에 김팔봉이 「문예시대개관」(조선일보, 1928. 11. 9~14)에서 거듭 역설한 '센티멘털리티'를 연상하게 한다. 이봉래의 대중문학론이 나오게 된 구체적인 배경이나 근거는 제시되지 않았지만 이 이론이 일단 세계적인 수준을 보여주고 있음은 부정할 수 없다. 김동리는 「대중소설과 본격소설」(『한국평론』, 1958. 5)에서 대중소설이란 대중독자를 가진 동시에 예술성을 잃지 않는 것이요, 통속소설은 어디까지나 대중의 야비한 취미에 아부하기 위하여 예술성을 상실한 소설을 의미하는 것이라는 식으로 생각을 정리하였다. 그는 실제로는 대중성과 통속성의 구별이 쉽지 않다고 결론지었으나 대중소설=중급소설, 통속소설=저급소설이라는 대비는 쉽게 끌어낼 수 있다. 김동리는 본격소설과 대중소설의 차이를 인물 주제 플롯 문장 등 여러 각도에서 비교하였다. 대중소설의 주인공엔 성격의 창조가 없거나 작자의 선입적인 선악관념의 괴뢰 내지 화신으로 움직이고, 대중소설의 주제는 교회나 학원에서 항상 듣게 되는 상식적 윤리와 기성도덕을 그대로 옮겨온다고 설명하였다. 이때의 '상식적 윤리'와 '기성도덕'이란 개념은 결국 대중소설은 기성체제를 향한 소설양식의 파괴의지나 전복충동을 수행하지 않는 것임을 확인시켜준다. 이외 본격소설과 대중소설은 김동리에 의하면 유기적 플롯/유기성 결여, 밀도와 스타일 있음/밀도와 스타일 없음과 같은 차이를 보인다.

정태용은 「문학의 순수성과 대중성」(『문예』, 1960. 6)에서 순수성의 대립개념으로 통속성 대중성 경향성 등을 들고 비슷한 개념으로는 예술성과 형식성을 들었다. 정태용에 의해 대중소설=사회긍정, 경향소설=사

---

22) 『문학예술』, 1957. 4, 146~148쪽.

214

회부정, 사소설＝사회무관심, 통속소설＝대중소설의 타락 등과 같은 도식이 나오고 있다. "대중소설＝사회긍정"은 오락소설이 기존 사회규범 강화라든가 현실도피충동이라든가 평형유지기술을 꾀한다는 한네로레 링크 유의 주장과 상통한다. 홍사중은 「통속문학의 윤리」(『한양』, 1964. 9)에서 정비석의 『자유부인』을 분석한 후 등장인물들의 평면성, 스토리의 단순성, 지나친 상식성, 감상성 등을 들면서 바로 이런 점들이 통속소설의 구성요소가 된다고 하였다.[23] 홍사중은 통속문학이 순수문학을 위축시키고 있다고 우려를 표하면서 서구사회에서는 순수문학과 저속한 통속문학 사이를 광범한 중간층의 문학 즉 일종의 고급 통속문학이 있어 양자의 교류를 가능케 하고 있다고 지적하였다.

대중소설에 대한 연구의 역사는 대중소설은 (1) 많이 읽힌 소설, (2) 많이 팔린 소설, (3) 어렵지는 않은 소설, (4) 수준이 높지는 않은 소설, (5) 이류소설, (6) 중간소설 등과 같은 여러 가지 뜻으로 정리하게끔 만든다.

4. 명작목록 작성의 현실과 이상

고등학교 과정의 문학교과서나 대학의 각종 문학교재를 편찬할 때 난관의 하나는 작품선정의 문제에서 찾을 수 있다. 문학전집류를 만드는 사람들이 계속 결단을 내리지 못하는가 하면 때로는 어제 한 일을 오늘 뒤집어엎는 식의 변덕을 부리는 것도 바로 작품목록을 뽑을 때다. 문학교과서 편찬행위라든가 문학전집 발간행위는 문학교육이요 소설교육의 기본작업이면서 동시에 중심행위가 될 수 있다. 현행 『국어(상)』에는 염상섭의 『삼대』, 이효석의 「메밀꽃 필 무렵」, 김유정의 「동백꽃」, 하근찬의 「수난이대」가 수록되어 있고 『국어(하)』에는 이청준의 「선학동 나그네」와 박경

---

23) 『한양』, 1964. 9, 163~165쪽.

리의 『토지』가 실려 있다. 위낙 제한된 작품이 실리는 것이기에 쉬운 일인 것처럼 보이지만 반대로 아주 어려운 일일 수도 있다. 이청준의 「선학동 나그네」, 박경리의 『토지』 등과 같이 고등학교의 국어교과서에 생존작가의 최근 작품을 선정대상에 넣는 것은 찬반 시비를 불러올 수도 있다. 최근 작품일수록 그야말로 고전으로 완전 합의를 보기가 어렵기 때문이다. 대하소설의 한 부분을 교과서에 수록하는 것도 재고해볼 일이다. 예술작품의 특징의 하나가 완결미에 있는 만큼, 작품은 가급적 전편을 수록하는 것이 바람직하다.

6차 교육과정의 문학교과서에는 이인직의 『혈의 누』『은세계』, 장지연의 『애국부인전』, 안국선의 『금수회의록』, 이광수의 『무정』, 현진건의 「고향」, 김동인의 「배따라기」「붉은 산」, 염상섭의 「만세전」, 전영택의 「화수분」, 최서해의 「홍염」, 현진건의 「운수 좋은 날」, 박태원의 「피로」『천변풍경』, 김유정의 「만무방」「봄봄」, 이상의 「날개」, 김동리의 「무녀도」, 채만식의 『탁류』『태평천하』「치숙」「논이야기」, 황순원의 「별」, 이태준의 「패강랭」, 김동리의 「역마」, 염상섭의 「두 파산」, 안수길의 『북간도』, 황순원의 「목넘이 마을의 개」「학」, 이범선의 「오발탄」, 오상원의 「유예」, 손창섭의 「비오는 날」, 최인훈의 『광장』, 강신재의 「젊은 느티나무」, 박경리의 「불신시대」, 김승옥의 「누이를 이해하기 위하여」「무진기행」, 김정한의 「모래톱 이야기」「수라도 이야기」, 김동리의 「까치소리」「등신불」, 이청준의 「병신과 머저리」「침몰선」, 박완서의 『나목』, 이문구의 「관촌수필」, 김원일의 「어둠의 혼」 등이 실려 있다.

이상에서 보는 바와 같이 근 20종이나 되는 문학교과서에 실려 있는 작품들 가운데는 전문적인 이론가들로부터 저급소설이라고 의심을 받은 것이거나 받을 만한 것은 한 편도 없다. 모두 예술소설 본격소설 고급소설의 범주에 들어갈 수 있을 정도는 된다. 이들 소설들을 포괄할 수 있는 그 밖의 명칭으로는 고전 명작 문제작 등이 있기는 하지만 고전이라는 이름은 적지 않은 수록작품들에게 과분한 찬사가 될 수가 있다. 냉정하게 보거나

시각을 달리 해서 보면 고급소설보다는 중급소설에 들어가는 것도 없지
않다. 귀에 익은 작품이라고 해서 무조건 제외시킬 수는 없지만 '낯익은
작품'과 '잘된 작품'을 혼동하는 일은 의외로 자주 보인다.

위의 작가들 대부분은 고급소설을 쓰면서 중간소설로서의 대중소설도
썼다. 이광수 김동인 염상섭 이태준 박경리 등과 같은 문학사적 작가들이
오히려 그 적절한 예가 되고 있다. 이들 작가들이 평생 고급소설이니 예술
소설이니 하는 소설만 썼다고 생각하는 것은 잘못이다. 따라서 이들 작가
들의 작품을 실을 때는 정작 그 작품이 어떤 위치에 속하는 것이며 문학사
가나 전문 이론가들로부터는 어떠한 평가를 받고 있는 것인지에 대한 검
토가 선행되어야 한다. 그런가 하면 위의 목록에는 지명도가 실제 창작실
력을 따라가지 못하는 경우의 작가들도 있고 처음부터 지나치게 고평된
작가들도 있는 것이 사실이다. 문학관계 교과서 수록작품들은 작가의 명
성이나 전기적 특수성 같은 것이 아닌 오직 작품주의라는 원칙 아래서만
선택되어야 한다. 작품주의라는 원칙은 전문적인 이론가들의 토의와 합
의를 통해서만 유지되어야 한다. 여기에 높은 구매력이나 삶의 특수성 같
은 요인이 작용해서는 안 된다. 비록 한 가지의 문학교과서에만 수록되기
는 했지만 박태원의 「천변풍경」 「피로」, 이태준의 「패강랭」, 김원일의 「어
둠의 혼」, 김승옥의 「누이를 이해하기 위하여」, 이문구의 「관촌수필」 등과
같은 명작들이 문학관계 교과서에 올라온 것은 5차 교육과정과 6차 교육
과정 사이의 거리를 실감하게 해준다.

해방 50년 기념으로 문학평론가 55명의 추천을 받아 50편의 중단편을
선정하여 5권으로 만든 『한국대표 중단편소설 50』(중앙일보사, 1995)의
경우도 여러 가지를 생각하게 해준다.

이태준의 「해방전후」, 채만식의 「논이야기」, 김동리의 「역마」 「등신불」,
황순원의 「학」 「소나기」, 손창섭의 「비오는 날」 「잉여인간」, 오영수의 「갯
마을」, 오상원의 「유예」, 장용학의 「요한시집」, 선우휘의 「불꽃」, 이범선
의 「오발탄」, 전광용의 「꺼삐딴리」, 이호철의 「닳아지는 살들」, 김승옥의

「무진기행」「서울, 1964년 겨울」, 남정현의 「분지」, 김정한의 「모래톱」「수라도」, 이청준의 「병신과 머저리」「이어도」, 서정인의 「강」, 최인훈의「소설가 구보씨의 일일」, 최인호의 「타인의 방」, 이문구의 「관촌수필」, 황석영의 「객지」「한씨 연대기」「삼포가는 길」, 윤흥길의 「장마」「아홉 켤레의 구두로 남은 사내」, 조세희의 「난장이가 쏘아올린 작은 공」, 현기영의「순이삼촌」, 김성동의 「만다라」, 오정희의 「중국인 거리」「유년의 뜰」「동경」, 전상국의 「아베의 가족」, 이인성의 「낯선 시간 속으로」, 이문열의 「금시조」, 박완서의 「엄마의 말뚝 2」, 윤후명의 「돈황의 사랑」, 송기원의 「다시 월문리에서」, 임철우의 「아버지의 땅」, 양귀자의 「한계령」, 방현석의「새벽출정」「내일을 여는 집」, 최윤의 「회색 눈사람」, 신경숙의 「풍금이 있던 자리」, 윤대녕의 「은어낚시통신」 등.

황석영 오정희가 3편이 선정되는 영광을 안았고 황순원 김동리 손창섭 김정한 김승옥 이청준 윤흥길 방현석이 각각 2편이 수록되는 결과가 나타났다. 동인문학상이나 이상문학상과 겹치는 것은 사분의 일도 되지 않는다. 대부분의 선정작품들은 교과서에 실린 것, 널리 알려진 것, 작가 이름에 얹힌 것, 우연한 기회에 문제작이 된 것 등으로 나누어지기도 한다. 작품을 추천한 평론가들도 이 목록을 보면서 백 퍼센트 만족해하지는 않을 것이다.

"소설사적인 관점에서 중요작가의 작품을 선정하였다"고 하는 『한국근대소설의 이해(1, 2)』(전광용 편, 민음사, 1983)는 다음과 같이 명작의 목록을 제시하고 있다.

(1) 근대소설의 발생 : 이인직의 『혈의 누』, 안국선의 『금수회의록』, 이해조의 『자유종』, 최찬식의 『추월색』, 신채호의 「꿈하늘」

(2) 근대소설의 형성 : 이광수의 「소년의 비애」『무정』, 현진건의 「빈처」「할머니의 죽음」, 김동인의 「배따라기」, 염상섭의 「표본실의 청개구리」「만세전」, 나도향의 「옛날 꿈은 창백하더이다」

　(3) 근대소설의 전개 : 김기진의 『붉은 쥐』, 현진건의 「불」, 전영택의 「화수분」, 김동인의 「감자」「광염소나타」, 최서해의 「탈출기」, 박영희의 「사냥개」, 주요섭의 「인력거꾼」, 나도향의 「물레방아」, 염상섭의 「윤전기」, 이익상의 「쫓기어 가는 이들」, 김탄실의 「손님」, 최서해의 「홍염」, 조명희의 「낙동강」, 이효석의 「노령근해」

　(4) 근대소설의 발전 : 채만식의 「레디메이드 인생」「쑥국새」『태평천하』, 백신애의 「적빈」, 유진오의 「김강사와 T교수」「창랑전기」, 김소엽의 「폐촌」, 계용묵의 「백치 아다다」, 주요섭의 「사랑손님과 어머니」, 김유정의 「봄봄」「동백꽃」, 김동리의 「바위」「황토기」, 이상의 「날개」「실화」, 이효석의 「메밀꽃 필 무렵」「개살구」, 강경애의 「어둠」, 정비석의 「성황당」, 이선희의 「계산서」, 최정희의 「흉가」, 한인택의 「어화」, 현경준의 「사생첩」, 이무영의 「제일과 제일장」, 김정한의 「월광한」, 김영수의 「해면」, 박종화의 「아랑의 정조」, 황순원의 「별」, 석인해의 「해수」

　'소설사적 관점'을 취했기에 불가피한 면이 있기는 하겠지만, 「손님」「폐촌」「흉가」「월광한」「해수」 등과 같은 작품들은 이 선정작업이 안배주의라든가 평균주의에서 벗어나지 못했음을 일러주기도 한다. 그런데 『한국 근대소설의 이해』는 편자 전광용 교수가 작고하고 월북작가 해금조치가 이루어지는 것을 계기로 하여 권영민 교수가 편자가 되어 새로운 모습으로 1989년에 개정판을 선보이게 된다. 초판에서 이광수의 「소년의 비애」, 나도향의 「옛날 꿈은 창백하더이다」, 현진건의 「할머니의 죽음」「불」, 염상섭의 「윤전기」, 김탄실의 「손님」, 김동인의 「광염소나타」, 김유정의 「봄봄」, 이효석의 「개살구」, 유진오의 「창랑전기」, 채만식의 「쑥국새」, 이상의 「실화」 등이 빠졌다. 대신, 개정판에서는 이기영의 「민촌」「고향」, 박태원의 「소설가 구보씨의 일일」, 한설야의 「씨름」, 이북명의 「민보의 생활표」, 엄흥섭의 「숭어」, 이태준의 「가마귀」「복덕방」, 김남천의 「소년행」, 한설야의 「이녕」, 박로갑의 「무가」, 안회남의 「탁류를 헤치고」, 이

근영의 「고향사람들」, 허준의 「습작실에서」, 최명익의 「장삼이사」 등이 추가되었다. 개정판에서 추가된 작품들은 전부 월북작가의 작품들이다. 한국 현대소설사의 시각에서 보자면 개정판이 초판보다 훨씬 균형을 갖추었다고 할 수 있다.

필자도 모두 네 권으로 된 작품집『현대소설 잘 알기』(벽호, 1994)를 만든 경험이 있다. 제1권에는 대략 1900년대에서 1920년대까지의 작품으로 이인직의『은세계』, 안국선의『금수회의록』, 이해조의『자유종』, 이광수의『무정』, 김동인의 「배따라기」「태형」, 염상섭의 「E선생」, 전영택의 「화수분」, 박영희의 「사냥개」, 주요섭의 「인력거꾼」, 나도향의 「벙어리 삼룡이」, 현진건의 「고향」, 조명희의 「농촌사람들」, 최서해의 「전아사」, 신채호의 「용과 용의 대격전」, 송영의 「석탄 속의 부부들」을 넣었다. 1930년대 소설로 짜여진 제2권에는 이기영의 「홍수」, 백신애의 「꺼래이」, 이태준의 「달밤」, 심훈의 「영원의 미소」, 박태원의 「소설가 구보씨의 일일」, 강경애의 「원고료 이백원」, 최명익의 「비오는 길」, 김유정의 「만무방」, 김동리의 「무녀도」, 이효석의 「인간산문」, 김남천의 「남매」, 이상의 「종생기」, 현진건의 「무영탑」, 채만식의 「패배자의 무덤」, 유진오의 「가을」 등이 들어 있다. 1945년에서 1960년까지의 작품을 모아놓은 제3권에는 허준의 「잔등」, 염상섭의 「이합」, 김동리의 「형제」, 황순원의 「카인의 후예」, 손창섭의 「비오는 날」, 박영준의 「용초도근해」, 정한숙의 「전황당 인보기」, 장용학의 「요한시집」, 최상규의 「포인트」, 서기원의 「암사지도」, 하근찬의 「수난이대」, 선우휘의 「불꽃」, 송병수의 「쑈리킴」, 이범선의 「오발탄」 등을 찾아볼 수 있다. 1960년에서 1970년대까지의 문제작을 추린 제4권에서는 이호철의 「닳아지는 살들」, 전광용의 「꺼삐딴리」, 김승옥의 「서울, 1964년 겨울」, 이청준의 「병신과 머저리」, 이동하의 「우울한 귀향」, 서정인의 「강」, 김원일의 「어둠의 혼」, 윤흥길의 「장마」, 한승원의 「어머니」, 박완서의 「배반의 여름」, 조세희의 「난장이가 쏘아올린 작은 공」, 이문구의 「우리 동네」, 오정희의 「중국인 거리」 등을 볼 수 있다. 이 소설집의 작품선정

기준은 고등학생들과 대학생들에게 가르침을 줄 수 있는 것을 뽑자, 너무 잘 알려진 작품들은 피하자, 되도록 여러 작가들을 넣자, 단편 중심으로 하자 등이었다. 분명한 기준을 세워놓고 작품을 선정하기는 했으나 몇 작품은 빼버리든가 다른 것으로 대치했었으면 하는 생각이 든다. 앞서 논한 『한국 근대소설의 이해』 개정판은 모두 58편의 작품을 수록해놓고 있고 『현대소설 잘 알기』 해방 이전 편은 모두 31편으로 구성되어 있어 작품 편수에서 큰 차이가 나고 있다. 여기에다가 작품 선정 기준이 다른 탓인지 겹치는 작품은 안국선의 「금수회의록」, 이해조의 「자유종」, 이광수의 「무정」, 김동인의 「배따라기」, 전영택의 「화수분」, 박영희의 「사냥개」, 박태원의 「소설가 구보씨의 일일」 등 7편에 불과했다. 두 책은 명작을 뽑아놓았다는 공통점을 분명하게 내보이고 있기는 하지만 작품선정 기준을 달리 하면 작품목록이 큰 차이가 날 수 있음을 실증해 보이고 있다. 이때의 작품목록상의 거리는 기본 입장이나 시각의 차이에서 빚어진 것이어야 한다. 어떠한 명작목록집들 사이에서든 동일한 작품을 한쪽에서는 1급소설로 다른 쪽에서는 2급소설로 보는 식의 안목의 차이가 자주 나타나서는 곤란하다.

　기본적으로 소설교육자들은 교실에서는 고전이나 명작이나 문제작의 목록을 제시해왔고 또 그렇게 해야 하지만 교실 밖에서는 중간소설로서의 대중소설도 읽어야 하고 필요하다면 저급소설로서의 통속소설까지 읽도록 해야 하는 경우도 갖게 된다. 교육은 선택의 원리에 입각해서 하되 교육을 위한 연구는 포괄의 원리에 서 있어야 한다. 해방 이전 작품들 가운데 나도향의 「환희」, 이효석의 「벽공무한」 「화분」, 현진건의 「적도」, 염상섭의 「너희들은 무엇을 얻었느냐」 「해바라기」 「광분」 「불연속선」, 김남천의 「사랑의 수족관」, 이태준의 「화관」 「청춘무성」, 한설야의 「청춘기」, 엄흥섭의 「인생사막」 등과 같은 작품들이 정독과 치밀한 분석과 "다룰 만한 작품"이라는 귀속판정을 기다리고 있는 것처럼 문학연구자들과 문학교육자들은 읽어야 할 작품을 옆으로도 확대시켜야 하고 아래로도 늘려야 한다. 그러나 반대로 일반 독자들을 향해서는 엄격한 고전독서나 명작독서를 권해야 한다. 그래야, 대중소설이나 통속소설로 갔다가도 다시 돌아오고자 하는 의지와 돌아올 수 있는 능력이 배양될 것이다.

(『문학교육학』 2001년 봄호)

한국 현대소설의 현실대응 방법

1. '현실' 의 내용과 구성방법

소설의 특질을 설명할 때 현실반영이나 현실기록 또는 현실구성이란 말을 자주 쓰게 된다. 반영론자들은 소설의 현실기록의 기능에, 생산론자들은 현실구성의 기능에 역점을 둔다. 반영론자들이 대상에 충실한 것이라면 생산론자들은 주체에 충실한 것이라고 할 수 있다. 비록 이론상이긴 하지만 우리 소설사가 주체를 강조하고 목적의식을 내세운 리얼리즘까지 경험해온 때문인지 오늘날에는 현실반영이나 현실기록만으로 소설의 기능을 제대로 행사했다고 보는 사람들이 점점 줄어들고 있다. 소설은 현실반영의 양식이라는 명제는 옳기는 하지만 더이상 참신하지도 않고 생산적이지도 않다는 것이다. 특히, 글쓰기론이 비등하면서 소설가들은 충실한 현실반영이나 기록의 정도에 만족하려 들지 않는다. 소설가들 사이에서나 이론가들 사이에서나 지금은 생산론자의 시각이 더 많이 필요하다고 주장하는 목소리가 크게 울려나오고 있다. 그러나 한국 현대소설사는 이렇듯 상식적이고 진부하기 짝이 없는 명제를 우리 작가들이 제대로 실천에 옮기는 데 20세기에 들어서서 최소 70년 이상이 걸렸음을 일러주고 있다. 이러한 판단에는 현실은 가시적이면서 피상적인 현상이 아닌 이면적이면서 본질관여적인 양태를 의미하는 것이라는 전제가 포함되어 있다. 현실을 단순히 외양이나 현상으로 볼 경우 한국 현대소설사가 이루어낸 비관적 비판적 민족적 주관적 역동적 리얼리즘 등과 같은 여러 종류의 리얼리즘을 부정적으로 보는 시각은 줄어들게 될 것이다.

현실을 어떻게 보느냐 또 현실을 어떻게 구성하느냐 하는 문제는 간단한 것은 아니다. '현실'은 다의성과 포괄성의 개념이기 때문이다. 같은 시대 속에서 살고 있는 작가들 사이에서도 교육 정도, 기질, 문학관 그리고 심리적 외상 등에 따라 '현실'의 외연과 내포는 다르게 나타날 수밖에 없다. 경제력 신분 이데올로기 등에 따라 현실을 바라보는 눈이 달라질 수밖에 없음을 역사 속에서나 작품 속에서 얼마든지 보아왔다. 일례로 유진오의 장편소설 『화상보(華想譜)』(동아일보, 1939. 12. 7~1940. 5. 2)에서 '현실' 개념에 대한 논의를 볼 수 있다. 노자주의자이면서 제로형 인간의 불가피성을 주장하는 조연 송기섭은 식물학자로 대성한 주인공 장시영에게 '현실'의 개념에 대하여 다음과 같이 설명한다.

현실이라구 허면 보통 누구든지 우리 눈앞에 잇는 것, 누가 보던지 똑같은 것 이러케 생각허지만 다시 생각해보면 현실이라는 것두 우리의 머리루 구성한 것이거던. 이거 칸트 철학같이 됏네만 그러키 때문에 어떤 사람은 돈이네 계집이네 권도네 이런 걸 현실루 보는데 어떤 사람은 그 반대의 것, 그런 걸 깨뜨려 부수는 것을 현실루 본단 말일세. 현실은 실상 하나 밖에 없건만 사람의 생활태도에 따라 이러케 두 가지가 된단 말이야. 그럼 어떤 게 정말 현실이냐 허는 문제가 이러나는데 이건 결국 역사루 해결할 수밖에 없을걸. 사람이 즘생허구 달는 건 사람에게는 역사가 잇기 때문이니까 역사에 관계없는 현실은 인간적 현실이 아니란 말이야. (……) 그러니까 보수적 입장에서 보면 이상과 현실은 대립하는 게 되겠지만 역사적 입장에서 보면 좀더 높은 계단에서 통일된다구 난 생각한단 말이야. 이상은 현실 속에 삶으로써 비로소 이상이 될 수 잇고 현실은 이상을 제 속에 품음으로써 비로소 현실이 될 수 잇는 게 아닐까?[1]

위의 인용문에서 현실은 구성되는 것, 입장이나 형편에 따라 현실관은 상반되게 나타날 수 있는 것, 현실문제는 역사가 해결하는 것, 현실은 필연적으로 역사와 관계 있는 것, 이상은 끊임없이 현실 속으로 들어오는 것 등과 같은 주장을 들을 수 있다. 다시 현실론은 현실 구성론, 다의론, 역사 해결론, 이상 흡수론 등으로 정리된다.

특히 1920~30년대와 1970~80년대의 작가들과 소설들이 잘 보여주고 있는 것처럼 리얼리즘은 실로 다양한 모습으로 나타났었다. 1920년대 말에는 염상섭 최서해 조명희 현진건 이기영 등이 보여주고 있는 것처럼 소박한 리얼리즘, 양심적 리얼리즘, 비판적 리얼리즘이 나타났고 1930년대 말에는 프로작가들마저도 신변소설 세태소설 전향소설 등의 소설유형이 일러주고 있는 것처럼 객관적 리얼리즘, 소박한 리얼리즘으로 굴러떨어지고 말았다. 리얼리즘이란 면에서 보면 1920년대와 1930년대 전반기는 1980년대에, 1930년대 후반은 1970년대에 가깝다. 리얼리스트들은 1920년대 후반과 1930년대 전반에 기세를 올리다가 1930년대 후반과 1940년대 전반에 하강곡선을 그린다. 현실주의를 현실변혁을 기도하는 사실주의라는 뜻으로 사용하는 이론가들이 있는가 하면 현실적=반이상적=계산적이라는 등식을 내세워 현실주의라는 낱말 자체를 부정적으로 보는 사람들도 있다.

현실은 지금 여기로 나타나기도 하고 일상성으로 나타나기도 한다. 시

---

1) 동아일보, 1940. 2. 11.

대 상황 사회 역사 등과 같은 현실의 유사어들은 현실의 추상성이나 지나친 광범위성을 줄여준다. 긍정적이든 부정적이든 시대정신이나 사회사상이나 역사적 상황을 잘 파악하면 현실파악을 제대로 해낼 수 있다. 시대정신 사회사상은 현실을 잘 추상해주는 개념이다. 현실은 이처럼 주변개념에 대한 파악과 연결시켜야 또는 그 파악력에 의존해야 제대로 구성된다. 현실은 대체로 혼란으로 다가오기 마련이다. 현실은 혼란이라든가 미정형이라는 인식은 현실을 공적/사적, 중심/주변, 정태적/동태적 등으로 나누어보게 한다. 현실이란 개념은 (1) 정책, 제도, 정치적 상황, 시대정신, 거대 이데올로기 등으로 표현되는 역사적 현실로 확대되기도 하고 (2) 개인이 자기유지, 자기실현, 자기완성하는 데 필요한 제반 상황과 여건들로 좁혀지기도 하고 (3) 이렇듯 현실확대론과 현실축소론 사이의 갈등으로 나타나기도 한다.

오늘날 우리 한국인들이 놓여 있는 문제적이면서 공적인 현실로 세계화, 경제전쟁, 환경위기, 대중문화지배, 인터넷, 통일지향 분위기 등을 추려볼 수 있다. 이는 역사적 현실로 부를 수 있다. 일반인들은 말할 것도 없고 작가들도 기질과 관심사와 환경에 따라 현실의 내용을 달리 구성한다. 기성세대가 대체로 역사를 걸머지고 현실을 보는가 하면 신진세대는 과거와 현재를 끊어서 보거나 역사적 현실과 개인적 현실을 구분해서 보는 경향이 있다.

최근에는 현실을 '환경' 으로 바꾸어 표현하기도 하고 경제로 고쳐 부르기도 한다. 우리소설은 근대가 열리기 시작하면서 경제적 실조를 계속 문제삼아왔다. 경제적 실조를 문제로 삼은 것은 궁핍이 지나치면 영혼이나 정신의 유지를 어렵게 만들기 때문이다. 작가 중에는 경제관료처럼 복지국가 건설을 최고의 목표로 삼는 사람도 있기는 하나 대개는 정신이 망가지지 않을 정도라면 경제문제나 빈부문제를 그리 크게 문제삼지 않는다. 환경문제는 지구 온난화, 생태계 파괴, 수질오염, 대기오염 등의 현상으로만 나타나는 것이 아니라 정치 철학 경제 법 국제관계 윤리 등과 같은 여러 분야에서의 기본조건의 악화로 구체화되기도 한다. 환경은 기후 조건 대기 등의 뜻을 벗어나 상황, 입장, 장, 태도, 삶의 조건 등과 같은 의미를 가리키게끔 되었다. 환경은 가시적 조건에서 형이상학적 요건으로 확대되기도 한다.

오늘날 우리 사회에서도 환경위기(environmental crisis)는 이제 상식적인 말이 되었거니와 이 말은 일찍이 1960년대에서부터 선진사회의 한 화두가 되었다. 역사서술의 중심은 19세기까지는 정치사 중심, 19세기 중엽까지는 경제사 중심, 20세기 중엽까지는 문화사 중심이었다가 20세기 후반에 들어서서는 환경사 중심으로 바뀌었다.[2] 작가들의 관심사라는 면에서 보면 우리 소설사는 1900~1980년까지는 정치사 중심으로, 1970~1990년까지는 경제사 중심으로, 1990년 이후는 문화사 중심이며 환경사 중심으로 정리할 수 있다.

아직은 환경위기는 각종 오염, 생태계파괴, 기상이변 등과 같은 가시적인 비정상 상태를 가리키는 말로 사용되고 있기는 하지만 이 말이 개인의 정신의 위기나 삶의 공황으로 이어질 것이라는 데 대해서는 부정할 사람이 없다. 환경에 대한 위기감은 현실 그 자체에 대한 위기감으로 연장될 수 있는 것으로, 현실감각이나 현실인식의 중심을 차지하고 있다. 환경에 대한 위기감은 현실인식을 위기감으로 채색하게 된다.

오늘날 우리 현실은 잡종사회(hybrid society)로 인식되기도 하고 신자유주의로 풀이되기도 한다. 일부의 소리이기는 하지만 종말론을 내세우는 경우도 있다. 재래의 사유방법이나 전통적인 체계는 이제 통용력을 상실했다고 보면서 사람들은 공생하기 위해 서로 넘나들고(crossover) 뒤섞이곤(fusion) 한다는 것이다. 동서양이 뒤섞인 지는 오래되었고 남녀, 노소, 모더니즘과 포스트모더니즘 등과 같은 이항대립개념의 경계선도 다

---

2) James O'Connor, *Natural Causes : Essays in Ecological Marxism*, Guilford Press, 1998, p. 49.

무너졌다는 것이다. 이질적인 요소끼리 넘나들고 뒤섞이는 현상은 1990년 대에 와서야 나타난 것은 아니다. 우리 문학사는 1930년대의 박태원 이태 준 최명익 등과 같은 모더니스트가 해방 직후에 리얼리스트로 전신한 것, 1980년대에 순수파와 민중파가 길트기를 시도한 것 등을 보여주었다. 우 리 사회는 어느 정도의 경제성장과 민주주의 성취에 힘입어 세계화 논리, 개혁론, 약육강식론, 탈민족주의론 등을 거의 여과 없이 받아들이는 신자 유주의의 흐름 속에 서 있다. 개인에게 장밋빛 미래를 약속하는 잡종사회 론이나 한 민족이라든가 국가의 발전을 기약하는 것 같은 신자유주의론 도 자칫 개인성, 주체성, 민족적 동일성을 질식상태로 몰아가는 결과가 될 수 있다. 잡종사회와 신자유주의의 두 가지 개념은 '바꾸지 않으면 존재 할 수 없고 발전하지 않으면 존개가치가 없는 것' 같은 분위기를 통째로 용인하고 있다. 변화 개혁 경쟁력 등이 절대적인 사회철학이요 개인의 생 활철학이 되고 있다. 이러한 용인의 태도가 모든 사람에게 긍정적으로만 비친다고 생각하는 것은 잘못이다. 변화 개혁 발전 등의 개념들이 분명히 그림자를 안고 있다는 사실은 사람에 따라 현실구성 방법이 다르게 나타 나는 것임을 가리켜준다.

2. 소설 장르와 현실대응 그리고 현실극복

소설양식의 적극적인 대응을 요구하는 현실은 문제성이 있는 현실이며 위기의식을 갖게 해주는 현실이다. 관심을 가져도 좋고 안 가져도 그만인 현실이라든가 담담한 심정으로 넘길 수 있는 현실이라든가 하는 것은 진 정한 현실이라고 하기 어렵다. 그렇다고 공적인 현실이나 역사적 사건만 을 현실의 핵심으로 보는 것은 아니다.

작가들이 심각하게 인식하면서 그 개선책이나 극복방안을 적극적으로 모색하는 현실은 분명 위기의 현실이다. 위기에는 오존층 파괴, 멸종생물

증가, 생태계 파괴 등이 불러오는 생태학적 위기(ecological risks), 식량 부족, 암, 심장병 등과 같은 오염관계 질병으로 나타나는 위생위기(health risks), 실업과 구직기회 감소 등이 가장 큰 원인이 되는 경제위기 (economic risks), 개인안전 감소, 범죄증가, 공동체붕괴, 이혼증가 등과 같은 사회적 위기(social risks) 등이 있다.[3] 이러한 위기감이 보편화되어 아예 위기의 사회가 나타나게 되면 불안감 불신감 공포감이 증대되기 마련이다. 이상의 위기는 정도의 차이는 있지만 전 세계 어느 국가에서도 나타나고 있다. 이러한 위기는 이데올로기나 국가에 관계없이 인간 자연 사회가 있는 곳이면 어느 곳에서나 나타날 수 있는 것이다.

과연 소설양식은 위기의 현실에 대한 개선의지를 제대로 마련하고 제대로 내보일 수 있을 것인가 하는 질문을 떠올릴 수 있다. 소설양식은 현실반영이나 현실구성을 특질로 삼고 있기는 하지만 그렇다고 문제적인 현실이나 위기의 현실에 효과적으로 대응할 수 있다고 판단하기는 어렵다. 대체로 현실에 직접반응을 보이지 않고 낭만적이거나 이상주의적 포즈를 취하는 시양식이 오히려 현실대응에 있어서는 더욱 효과적이요 능율적이라고 할 수 있다. 시양식은 시시각각으로 다르게 나타나는 상황이나 현실에 분노 절망 찬양 회의 등을 표시함으로써 즉각적인 반응을 보일 수 있다. 어두운 현실에 대한 절망과 분노, 비판과 극복의지는 사회운동이나 사상운동으로 연결된다. 특히 김지하 고은 등의 시인들이 중심이 된 1970, 80년대의 민중시가 시의 무기화를 들고 나온 것에서 시의 운동화 성향이라든가 사상화 소질을 잘 알 수가 있다.

소설양식의 경우, 시양식보다는 창작기간이 길 수밖에 없는 점과 정서 한 가지만으로는 작품을 이루어내기 어렵다는 점이 현실대응 면에서는 불리하게 작용한다. 소설양식은 이야기를 만들어내고 인물과 사건을 설정해야 하기 때문에 시처럼 현실에 대한 즉각적이면서 직접적인 감정 표출, 의

---

3) John Barry, *Environment and Social Theory*, Routledge, 1999, pp. 154~155.

사 표시, 인식 제공, 대안 제시 등을 하기가 어렵다. 현실의 참모습, 그에 대한 작가의 관찰 인식 판단 등을 문자화하여 잘 보관할 수는 있지만 이것이 곧장 해결책 제시라든가 전망제시로 이어지는 것은 아니다. 19세기 유의 객관적 리얼리즘을 지지하는 사람들은 어두운 현실에 대한 충실한 묘사가 밝은 세계에 대한 서술을 대신할 수 있다고 보기도 한다. 작가의 묘사정신을 현실에 대한 적극적 대응의지로 확대해석할 수 있다는 것이다. 작가가 허구적 장치를 이용하여 현실의 참모습에 근접하는 사이에 현실은 과거로 변해버린다. 소설양식에 있어 문제제기는 작가의 몫이지만 해결책 강구는 독자의 몫에 가깝다. 어려운 현실에 대한 적극적인 대응책 강구나 해결책 제시를 소설의 주요기능으로 보는 사람은 많지 않다. 그러나 소설양식을 문제제기의 기능으로만 몰아가는 것은 소설양식을 위축시키는 결과가 되기 쉽다. 논리적 소설(logical fiction)이라든가 인식론적 소설(epistemological fiction)과 같이 비평정신을 적극적으로 살리는 소설은 해결책 제시에 소홀하지 않은 소설유형들이다.

이광수의 『무정』(매일신보, 1917. 1. 1~6. 14)은 문명수용론과 교육입국론으로 1910년대 현실의 한 타개책을 제시했고 심훈의 『상록수』(동아일보, 1935. 9. 10~1936. 2. 15)는 이상촌 건설을 중심으로 한 농민계몽주의로 1930년대의 곤궁한 농촌을 개간하려고 했다. 『상록수』에서 박동혁은 약혼자 채영신을 저 세상으로 떠나보낸 슬픔을 털어버리고 사업의지를 가다듬는다. 그는 한곡리로 돌아오는 길에 여러 모범농촌을 둘러보고 온다.

그는 그러한 지도분자들과 굳게 악수를 하고 하루밤씩 가치 자면서 의견을 교환하고 새로운 방침을 토론도 하엿다. 어느 곳에를 가나 '지금 우리의 형편으로는 계몽적인 문화운동도 해야 하지만 무슨 일에든지 토대가 되는 경제운동이 더욱 시급하다' 는 것을 역설하고 저의 경험을 이야기하엿다.

그러는 동시에 그는 '이제부터 한곡리에만 들어앉엇을 게 아니라 다시 일에 기초가 잡히기만 하면 전조선의 방방곡곡으로 돌아다니며 널리 듯고 보기도 하고 또는 내 주의와 주장을 세워보리라. 그네들과 긴밀한 연락을 취해서 같은 정신과 계획 아래에서 농촌운동을 통일시키도록 힘써보리라' 하니 어느 구석에선지 새로운 기운이 솟아오르는 것을 느꼈다.[4]

여주인공 채영신이 죽음으로써 『상록수』에서의 농촌운동이 막을 내린 것은 아니다. 오히려 박동혁은 미완성으로 끝나고 만 채영신의 사업내용과 의지까지 떠맡아 운동의 방향전환과 전국 확대를 기획하게 된 것이다.

최서해 조명희 현진건 이기영 한설야 김남천 등이 중심이 된 1920~30년대 리얼리즘 소설은 저항 파업 쟁의 비판 사회주의운동 등이 살 길이라고 하였다. 이기영은 『인간수업(人間修業)』(조선중앙일보, 1936. 1. 1~7. 23)에서 손의 철학, 일의 철학, 창조의 철학으로 현실타개책을 찾았고 유진오는 『화상보』(동아일보, 1939. 12. 7~1940. 5. 2)에서 학문에 대한 열정으로 대안을 마련했고, 김남천은 『사랑의 수족관』(조선일보, 1939. 8. 1~1940. 3. 3)에서 새삼스럽게 산업입국론을 가다듬었다. 이기영은 카프 제2차 검거사건으로 옥살이를 하고 나온 직후에 쓴 『인간수업』에서 철학자를 주인공으로 내세워 두뇌중심, 이론중심, 관념중심의 철학을 비판하고 손과 두뇌의 조화의 철학, 자기창조의 철학을 새로운 삶의 태도로 제시하였다. 주인공 현호는 거부의 아들이요 처자가 있는 몸임에도 불구하고, 또 주변사람들의 적극적인 만류에도 불구하고 가출한 후 온갖 기행을 보인다. 사모관대 복장으로 종로거리에 나가 사람들에게 철학강의를 한다든가 철학잡지 『자기창조』를 발간한다든가 지게를 진다든가 도로공사 인부로 일한다든가 하는 식으로 손의 철학, 자기창조의 철학을 실천에 옮긴다. 현호는 스스로 이러한 기행과 고난을 인간수업이라고 부른다. 처음에는 다소 관념적이었던 현호의 사상은 '노동주의'로 구체화된다. 노동주의

---

4) 동아일보, 1936. 2. 13.

는 이기영 자신이 초기작부터 줄기차게 강조해온 일의 사상이니 근로사
상이니 하는 것을 완성해 좋은 것이라고 할 수 있다.

노동은 생활을 창조한다. 인간의 태고야만 시대에서 오늘과 같은 기계문
명을 갖어오고 문화생활을 갖어온 것은 정신적으로나 육체적으로나 오직
노동에서 결과한 것이다. 재산이 무엇이냐? 그것은 노동의 축적이다. 학문
이 무엇이냐? 그것은 정신적 노동의 결정이다. 예술은 무엇이냐. 그것은 노
동의 변태이다. 생활은 무엇이냐? 그것은 노동의 연속이다. 연애란 무엇이
냐? 그것은 노동의 결합이다. 정치란 무엇이냐? 그것은 노동의 정책이다.
(이기영, 『인간수업』, 368~369쪽)

유진오의 『화상보』는 장시영으로 대변되는 학자형, 송기섭으로 구체화
되는 비판과 봉사로서의 지식인, 이태희로 나타나는 상록수형 등과 같은
세 개의 기둥으로 지탱되고 있다. 장시영은 조선천지를 돌아다니며 오천
가지나 되는 식물을 채집하고 나아가서 지금까지 발견 안 된 식물을 10여
종이나 채집하는 성과를 올리기도 하였다. 마침내 장시영은 일본에 가서
전국의 식물학자들이 모인 자리에서 자신의 연구결과를 발표하게 된다.
유진오는 급진주의니 민족주의니 하는 거대이데올로기를 포기하는 대신
에 식물학이라는 학문탐구의 길을 택하게 된 것이다. 식물학에는 역사 · 사
회적 현실로부터의 초연, 실력양성론의 수용, 견인주의적 태도 양성 등과
같은 의미를 갖는다. 이 소설에서 학생인 조남두가 여러 사람을 위해 자기
의 몸을 바치는 일은 누가 하느냐고 하자 선생 장시영은 사회 전체의 일은
정치가에게 맡겨야 한다고 하면서 각자 자기 장기를 발휘하면 된다고 답
한다. 제각기 자기 할 일을 하는 것이 개인도 위하고 동시에 사회 전체도
위하는 길이라고 하였다. 장시영은 지금 자기가 하는 일 이외에는 할 자신
이 없다고 하고 송기섭은 제로인의 논리를 펼친다. 남에게 도움을 주지는
못하지만 남에게 해를 끼치지 않은 제로인도 필요하다는 주장이다. 작가

유진오는 「넥타이의 침전」 「밤중에 거니는 자」 「김강사와 T교수」 「가을」 등과 같은 이전의 소설에서 큰 플러스를 자임하다가 오히려 마이너스로 전락한 인간형을 계속 설정해왔었다. 작중에서 소극적으로나마 봉사생활을 하는 송기섭이 제시한 제로인의 논리는 결코 이상적인 대안이 되지는 않는 것으로, 일종의 고육지책이다.

『사랑의 수족관』의 중심사건은 경도제대 출신으로 토목기사인 김광호와 대흥재벌 사장 이진국의 딸 이경희의 사랑, 김광호의 만주로의 전근, 이경희의 탁아소 설립계획 등으로 되어 있다. 여기서 이경희는 대흥상사 대흥광업 대흥공장 등의 주식과 아버지로부터 직접 받은 거액을 돈을 바탕으로 직업부인들을 위한 탁아소를 설립할 계획을 세우게 된다. 이경희는 자기희생하는 인물, 사회봉사하는 인물로 묘사된다. 이경희의 탁아소 설립계획을 들은 김광호는 중태에 처한 문둥병 환자에게 고약을 붙이는 격이라고 비하한다. 이 소설의 끝에 가면 김광호는 만주 길림성 철도국에 가서 일본의 해군과 만주철도국의 협력 고심의 결과를 인정하여 일본질소와 같은 기업체의 만주진출을 긍정적으로 보게 된다. 김광호의 태도는 현실은 현실대로 받아들이겠다는 것으로 볼 수 있다. 친일이요 적응주의로 볼 수도 있지만 우리 민족의 살 길을 산업입국론에서 찾은 것으로 새길 수도 있다. 주인공 김광호 아니 작가 김남천은 철도 석유 석탄 등에 대해 상당히 많은 지식을 지니고 있음을 과시하고 있다. 작가 김남천은 허무주의 소설을 넘어서서 산업소설로 나아가고 있다.

이태준은 1930년대에 『구원(久遠)의 여상(女像)』(『신여성』, 1931. 3~1932. 8), 『제2의 운명』(조선중앙일보, 1933. 8. 25~1934. 3. 23), 『불멸(不滅)의 함성(喊聲)』(조선중앙일보, 1934. 5. 15~1935. 3. 30), 『성모(聖母)』(조선중앙일보, 1935. 5. 26~1936. 1. 20) 등과 같은 대중소설을 썼거니와 이 작품들의 결말 처리 방법은 주목할 만하다. 이들 장편소설들은 남녀의 사랑이야기에서 출발한 공통점을 보이기는 하지만 이를 끝까지 밀고 가는 것은 아니다. 남녀 주인공 사이에서 빚어지는 사랑의 갈등이나 파탄은

남주인공이 독립운동가로(『구원의 여상』), 남녀 주인공이 농촌계몽운동가로(『제2의 운명』), 여주인공이 독립운동하는 아들을 지도하는 것으로(『성모』), 남녀 주인공이 사회사업가로 변신하는 것으로 끝을 내고 있다.[5]

표현자유가 기본적으로 억압된 식민지 시대에서도 몇몇 한국작가들은 현실모사에 머물지 않고 아포리아나 다름없고 늘 위기감을 안겨주는 현실의 극복방안을 제시하는 데까지 나아갔다. 소설유형 가운데서는 정치소설 폭로소설 풍자소설 계몽소설 미래소설 관념소설 과학소설 탐구소설 국가소설 노동자소설 농민소설 지식인소설 등이 비교적 적극적인 현실대응과 현실극복을 꾀한 편이라고 할 수 있다. 로버트 스콜즈와 로버트 켈로그가 『서사의 본질』에서 4대 서사유형으로 제시한 것 중 과거사실 재현에 목표를 둔 '역사적인 내러티브'는 과거지향적인 것으로, 인생의 단면제시에 목적을 둔 '모방적인 내러티브'는 현재지향적인 것으로 정리할 수 있다. 이에 반해 미적 충동을 동력으로 한 '낭만적인 내러티브'나 지적 도덕적 충동을 동력으로 한 '계몽적인 내러티브'는 미래지향적인 색채가 짙다.

현실을 카오스나 위기로 보는 20세기 말의 시각은 포스트모더니즘의 원인이 되기도 하고 결과가 되기도 한다. 포스트모더니즘이 현실을 진단하고 새로운 시대의 모습으로 예견한 것의 하나는 문학의 위기요 소설의 위기였다. 소설의 본질을 이야기라고 할진대 작가는 더이상 새로운 이야기를 하기가 어렵게 되어 있다는 것이며 거대서사(metanarrative, grand narrative)에는 더이상 믿을 것이 없다는 것이다. 냉전체제라든가 민족주의 시대는 역설적으로 거대서사를 내보였다. 거대서사의 붕괴와 미소서사(little narrative)의 출현은 경제성장, 민주주의 정착, 대중문화 지배 등을 포괄하는 신자유주의의 물결을 타고 있는 우리 소설에서도 이미 1990년대 들어 현실로 나타나고 있다. 소설양식의 현실대응 방법에 대한 논의는 소설의 위기타개라는 차원에서도 진행되어야 한다. 거대서사란 역사철학이

---

5) 졸저, 『한국 현대문학사상 논구』, 서울대출판부, 1999, 207쪽.

화자가 되어 이야기하는 것을 받아쓰는 것으로 비유할 수 있다. 소설은 역사적 사건을 다루어야 하며 공적 현실 그 자체나 공적 현실이 배어 있는 개인적 현실을 다루어야 한다는 오래된 문학적 통념은 이제 도전받고 있다.

서사양식에 대한 포스트모던적인 접근 태도 가운데는 이런 것이 있다. 그 하나는 내러티브와 메타내러티브의 차이의 소멸이며 다른 하나는 지방의 저항정치학으로서의 특수하고 파편적이고 작은 내러티브의 상승이다. 서사는 분명 사라지지 않았다. 리오타르의 거대서사/미소서사이론을 중심으로 해서 양극화하였다. 거대서사는 크고 추하며 미소서사는 작고 예쁜 것으로, 거대서사는 메타내러티브적인 미망으로 미소서사는 공격의 형식으로 나누어진다."[6]

적극적인 현실대응 방법과 현실극복책의 제시를 통해서 소설의 기능확대를 꾀하는 것은 현실개선뿐만 아니라 소설양식 구출의 길이 될 수 있다. 아무리 미소서사가 지배하는 세상이라고 할지라도 미소서사의 작가에게 현실외면의 특권을 부여할 필요는 없을 것이다. 오늘날 기성작가는 공동체의식에 뿌리를 둔 거대서사에 몰두하고 신인작가는 개인의식에 뿌리를 둔 미소서사에 치중하는 것으로 구별하기도 한다. 젊은 작가들은 현실에 진지하게 접근하지 않고 기성작가들은 적극적으로 접근하지 않는 경향이 있다는 양비론도 나오고 있다. 신인작가들과 기성작가들은 작가적 주체와 현실 사이의 부정합이라는 공통점을 지닌다. 기성작가들은 급변하는 현실을 따라잡을 수 있는 능력과 의욕을 충분히 가지고 있지 못하며 신인작가들은 현실을 따라잡을 수 있는 능력의 유무에 관계없이 현실로부터의 일탈을 꾀하는 경향이 있다. 신인작가들은 책보다는 영상매체를 더 자주 더 열심히 텍스트로 삼아 현실파악, 소재, 소설창작 방법을 배워온다.

---

6) Mark Currie, *Postmodern Narrative Theory*, Macmillan Press Ltd, 1998, p. 109.

비디오나 영화로 텍스트를 넓힌 끝에 나온 문학은 예상외로 교환가치도 늘리지 못하고 사용가치의 상승도 꾀하지 못하였다. 젊은 작가들은 탈이데올로기 시대라고 하여 이데올로기나 역사를 공부하지 않는 것을 당연시하고 있으며 신자유주의라고 하여 계몽의지를 가지려고 하지 않으며 각종 미디어의 눈부신 발전에 휘둘려 가치론을 내팽개치기도 하였다.

3. 새로운 현실대응 방법을 위한 제언

이제, 작가들은 현실도 개선하고 소설양식도 살리기 위해 현실대응 방법을 근본적으로 검토할 필요가 있다. 작가들의 현실인식과 상호반영관계에 있는 사회과학은 이미 이삼십 년 전부터 녹색사회론(green social theory)을 중심으로 한 새로운 패러다임을 강구하기 시작하였다. 전통 사회학이 신고전적 경제학, 사회생물학, 사회적 진화론 등으로 구체화되는 것이라면 비판사회학은 페미니즘, 녹색사회론, 포스트모더니즘 등으로 구체화된다[7]든가 생태적 위기가 모더니티에 의해서 야기된 것이라면 그 해결책은 포스트모더니티가 제시하는 것이라고 할 수 있다[8]든가 하는 인식과 주장을 우리 작가들도 경청해야 할 때다. 오늘날에는 미래를 내다보고 현재의 문제점을 개선하자는 녹색사회론 녹색정치론 녹색도덕론 등의 용어를 쉽게 들을 수 있다. '녹색'은 이미 하나의 이데올로기가 되었다.

서양에서는 녹색사회론의 기원으로 (1) 산업혁명에 대한 낭만적이며 부정적인 반응, (2) 프랑스대혁명에 대한 적극적인 반응, (3) 19세기와 20세기의 식민주의와 제국주의에 대한 부정적 반응, (4) 생태학의 출현, (5) 1960년대에 생태학적 위기라는 대중적 인식의 성장, 1970년대의 성장한

---

7) John Barry, 앞의 책, p. 10.
8) 같은 책, p. 167.

계설의 출현, 1980년대와 1990년대에 전 지구적 환경문제의 출현, (6) 산업주의(좌우익 연대)의 정치학에서부터 후기산업주의 정치학(좌우익 초월)에 회의, (7) 동물세계와 무생물세계의 관계에 대한 도덕적 감수성의 증대[9] 등을 지적하곤 한다. 이처럼 녹색사회론은 1980년대나 1990년대에 들어 갑자기 솟아나온 것이 아니다. 산업혁명, 프랑스 대혁명 등과 같은 역사적 사건이 위기감을 줄 만큼 부작용을 불러일으켰을 때 또 식민주의 제국주의 산업주의 등과 같은 주조가 한계에 부딪쳤을 때 녹색사회론이 새로운 현실극복 방안으로 제기된 것이다. 작가들은 개인적 차원에서 또 이론제시의 차원에서 이미 녹색사회론의 역할을 해온 것이라고 할 수 있다. 우리 현대문학의 경우, 녹색사회론은 진보주의, 애국사상(1900년대), 계몽주의, 이상주의(1910년대), 반항주의·민족주의(1920년대), 모더니즘, 점진주의(1930년대), 자유주의, 휴머니즘(1960년대), 산업화 및 반독재운동(1970년대), 민주주의운동(1980년대)의 연장선에 있다.

녹색사회이론은 경제성장이니 개발이니 근대화니 하는 개념을 근본적으로 부정하는 것은 아니지만 그것만이 유일한 살 길이라고 주장하지는 않게 만든다. 녹색사회론은 환경처리문제를 도덕문제와 연결시키며 가치론의 문제로 바꾸기도 한다. 녹색사회론은 나라와 민족을 넘어선 생각이며 세대를 뛰어넘은 발상이다. 녹색사회론 앞에서 방법론의 시비는 있을지언정 근본취지에 대한 시비는 있기 어려울 것이다.

이미 한국의 문인들도 1990년대에 들어 환경문학 녹색문학 생태문학 등을 제시하여 녹색사회이론을 실천에 옮긴 바 있다. 이러한 환경문학운동은 시 쪽에서 더 적극적이고 분명하게 나타났다. 생태시 환경시 등의 범주에 들 만한 작품들이 급증했다. 최근 동강댐 건설 반대를 적극적으로 외친 문인들에게서 잘 나타나고 있듯이 이제 녹색문학이나 생태시운동은 하나의 이데올로기가 되었다. 문학하는 명분을 공익에서 찾는 입장은 환경

---

9) 같은 책, p. 201

문학운동을 가장 소중한 예로 든다. 시인들이 소설가들보다 일찍이 또 적극적으로 녹색문학운동을 전개한 이유의 하나로 장르 속성에 따른 유리함을 들 수 있다. 1980년대까지의 한국문학이 잘 보여주고 있는 것처럼 사회운동과 연결된 문학운동에서는 시양식이 더욱 효과적이다. 시는 짓는 데 많은 시간이 들지 않을뿐더러 열정이나 의지 또는 주장을 확산시키는 데 효과적이다. 환경문학론에 입각해서 과거의 우리 문학을 재해석하는 연구태도도 나타나고 있거니와 우리 민족정서나 세계관을 재평가하는 계기로까지 삼아야 한다. 환경문학이 소재 차원을 벗어나 미래지향적인 의식의 차원으로 들어서고 있는 점은 긍정적으로 받아들여야 한다.

녹색운동이나 환경문학만 이데올로기가 될 수 있는 것은 아니다. 1990년대부터 페미니즘이라든가 신식민주의라든가 하는 사조는 이데올로기로 자리를 굳혔다고 할 수 있다. 테리 이글턴은 이데올로기에 대한 여러 학자들의 정의를 종합하여 우선 (1) 사회생활에 있어 의미 기호 가치의 생산과정, (2) 특정한 사회집단이나 계급에 특징적인 일련의 생각, (3) 사회적 이해에 의하여 동기화되는 사고행위, (4) 지배적 정치권력을 정당화하는 것을 돕는 사고, (5) 담론과 권력의 결합 등 16가지로 정리하였다.[10]

이와 같은 이데올로기의 정의들은 냉전체제의 붕괴가 곧 이데올로기의 종언을 뜻하는 것이라고 도식적으로 생각하는 것을 방지해준다. 이데올로기는 국가단위, 계급, 권력, 담론의 차원에서만 빚어지는 것은 아니다. 이데올로기와 이론의 동질성과 차이점을 규명하는 데 힘쓰는 가운데 이데올로기는 문화 종교 신화 세계관 등의 사회학적 측면과 언어, 광고, 프로파간다, 이론 등의 기호학적 측면에서 나타나는 것이라고 주장한 페터 지마의 『이데올로기와 이론』은 탈이데올로기니 이데올로기의 종언이니 하는 이론을 무색하게 만든다. 그는 사회과학에서 이데올로기 개념은 종종 의식, 문화, 세계관, 신화, 그릇된 사유, 관념 등과 동의어로 사용되어왔으

---

10) 테리 이글턴, 『이데올로기 개론』, 여홍상 옮김, 한신문화사, 1994, 1~2쪽.

며 그 결과 본래의 의미가 탈색되는 지경에 이르렀다[11]고 하였다. 하나의
계급, 국가, 민족, 개인 등 누가 주체가 되든 사상을 신념화한 것이 이데올
로기라고 한다면 소설은 이데올로기의 표출양식이라는 명제를 긍정적으
로 파악할 필요가 있다. 반공소설 반전소설 반도시소설 반유토피아소설
반정치소설 반항소설 등과 같은 소설유형은 소설이 적극적으로 특정 이
데올로기를 드러낸 경우가 된다. 이때의 이데올로기는 기본적으로 저항
이데올로기로, 거짓말이나 그릇된 사고 일반(falsches Denken ganz
allgemein)으로서의 이데올로기를 대항개념으로 삼는다.

우리의 근현대사 속에서 이데올로기를 사회주의로 등치해서 써온 것
때문에 이데올로기 자체를 부정적인 것으로 파악하는 버릇이 있다. 미하
일 바흐친, 테리 이글턴, 페터 지마 등과 같은 학자들이 꾸준하게 이론정
립을 해온 것처럼 이데올로기는 거대이데올로기로만 알아서도 안 되며
이데올로기 자체를 부정해서도 안 된다. 이데올로기를 일정한 사상의 신
념화 행동화 실천화로 규정하면 앞에서 이야기했던 녹색사회의 구상은 인
류의 미래를 이끌어갈 이데올로기가 될 수 있다. 또 그래야만 한다. 녹색
문학운동은 이데올로기가 되어야 환경파괴론자 개발제일론자 실용주의
자 현세주의자 등의 근시안과 탐욕을 막을 수가 있다. 시가 이데올로기가
표출되기에 적합한 양식이기는 하지만 소설도 이데올로기에 따른 현실구
성을 해낼 수 있어야 한다. 환경오염을 역경이라고 할 때, 녹색운동을 이
데올로기로 승화시키고 환경위기를 불러온 부정적 인식과 태도를 대상으
로 하여 이데올로기 비판을 함으로써 역경은 기회로 승화될 수 있다. 녹색
이데올로기는 올바르게 사는 방법, 가치 있게 사는 방법을 깨닫게 해준다.

21세기에 들어 머지않아 소설양식은 사라질 것이라는 예견은 받아들이
고 싶지 않지만 작가의 입상은 전시대와는 크게 달라질 것으로 본다. 20
세기까지만 해도 작가는 삶이니 시대니 정신이니 하는 것에 대해 총체적

---

11) Peter V. Zima, *Ideologie und Theorie*, Francke Verlag, 1989, S. 17.

인 통찰력을 가졌다고 자부하면서 계몽주의자를 자임하는 경향이 두드러졌다. 거대이데올로기가 미소이데올로기로 파편화되고 흡수되는 변화에 발맞추어 작가들도 특정 방면의 전문지식을 갖춘 바탕 위에서 소설을 쓰지 않으면 안 되게 되었다. 1990년대의 우리의 소설계는 과학소설 의학소설 역사소설 이데올로기소설 신화소설 등과 같이 고도의 전문지식을 바탕으로 한 작품들이 성공작이 되는 실례를 보여주었다. 작가는 상식적이며 총체적인 인식보다는 부분적이며 전문적인 지식을 갖추어 창작에 임해야 문제작을 남기기 쉽다는 주장이 낯설지 않게 되었다.

박식파의 작가라고 할 수 있는 이윤기의 「숨은 그림 찾기 3」(『두물머리』, 2000)는 지질학적 지식을 바탕으로 하여 참신한 느낌을 주는 소설적 상상력을 발휘하고 있다.

선생님, 함지산의 지층은 대개 현무암층(玄武巖層) 같은 단단한 지층과 마사토층(磨砂土層)같이 푸석푸석한 지층으로 이루어져 있는 것 같습니다. 현무암 같은 지층 위에 마사토 같은 지층, 마사토 같은 지층 위에 또 현무암 같은 지층—이런 식으로 번갈아 가며 켜켜이 쌓여 있는 산인 것이죠. 무르고 푸석푸석한 지층은, 비에 잘 씻겨내려가게 마련입니다. 그래서 무른 지층이 씻겨내려가버린 산꼭대기에는 단단한 지층만 평평하게 남는데, 산은 이렇게 해서 함지산, 즉 테이블 마운틴이 되는 것이죠. 그런데 세월이 흐르면 이 거대한 현무암층 역시 터지고 갈라집니다. (……) 텔레비전에서 보았는데요, 바다 밑에도 이런 산들이 있는 모양입니다. 기요라고 하는 지질학자가 발견했다고 해서 해저의 이러한 산들을 '기요'라고 부른다고 하더군요. 해저의 테이블 마운틴은, 꼭대기가 평평하다고 해서 '평정해산(平頂海山)', 혹은 꼭대기 모양이 테이블 같다고 해서 '탁상해산(卓狀海山)'으로 불린다고 하더군요.(193쪽)

이윤기의 이러한 지식은 책이나 여행을 통해서 터득한 것이라고 할 수

있거니와 이문구의 「장석리 화살나무」(『내 몸은 너무 오래 서 있거나 걸어
왔다』, 2000)에서 볼 수 있는 다음과 같은 대목은 조사나 직접체험을 통해
얻은 것으로 볼 수 있다.

> 해파리가 뭍에서 멀지 않은 든바다로 몰려오면 그로부터 열 시간에서 열
> 다섯 시간 안에 폭풍우가 닥친다거나, 달무리나 햇무리에 바람기가 있어도
> 폭풍우가 일어나지만, 갈매기나 바다가마우지나 바다오리 같은 든바다의
> 텃새들이 난바다를 넘볼 정도로 멀리 나가면 날씨가 썩 좋을 조짐이며, 기
> 계 배의 뱃고동 소리가 멀리서까지 똑똑하게 들리면 비가 퍽 많이 내릴 징
> 조란 말도 그렇게 외워서 잊지 않게 된 것이었다. 하늘의 별이 일렁거리는
> 물너울에 떠 있는 것처럼 가물거리고 흔들려 보이면 하늘에서 큰 바람이 일
> 고 있으며, 그 바람이 차츰 낮아져서 나중에는 바다에서도 바닷물이 뒤집힌
> 다는 것을 알았고, 아침 하늘이 붉은색을 띠면 풍우를 피할 수가 없지만 누
> 런색을 띤 아침 하늘은 날씨가 꽤나 맑다는 표징이라는 것도 아울러서 알
> 게 되었다. 또 뱃사람들이 바람을 일러서 동풍은 샛바람이고 남풍은 마파람
> 이며, 서풍은 하늬바람이요 북풍은 된바람이며, 북동풍은 높새바람으로, 남
> 동풍은 샛마로 부른다는 것도 덤으로 얻어듣게 되었다.(48~49쪽)

6·25를 소재로 하여 각각 『시장과 전장』『지리산』『남과 북』『태백산
맥』『영웅시대』와 같은 장편소설을 썼던 박경리 이병주 홍성원 조정래 이
문열 등과 같은 작가들은 한국전쟁이란 소재는 일단 이데올로기 혹은 사
회주의에 대한 전문가적 식견이 있어야 성공적인 소설로 형상화될 수 있
음을 실증해주었다. 좋은 소설은 역사를 알기 쉽고도 재미있게 전해주는
힘을 지니고 있으며 철학하는 태도를 구체적으로 실천에 옮기는 능력을
지니고 있다. 전자는 주로 역사소설가들에 의해 확인되고 있으며 후자는
관념소설이나 사상소설을 쓰는 작가들이 확실히 일러주고 있다. 같은 작
품에서 이번에는 시각을 달리하여 이문구의 뛰어난 언어감각과 우리말을

지켜내려는 정신을 확인해보자.

　본디 몇 집 안 사는 갯마을이기도 하지만 시국이 이러니 집집이 초저녁
부터 대문에 빗장을 지르고 인기척이라면 덮어놓고 꺼리는 판국이라 그런
지 동네를 다 벗어나도록 귓결에 스치는 것은 들녘을 건너는 바람결뿐이었
다. 바람결도 서릿바람은 아니었다. 무서리가 내린 지도 한참 되었으니 이
제는 된내기가 내릴 참인데도 그 대신 구름이 잔뜩 내려왔는지 아직은 몸
의 훈기가 밖의 찬기를 마다하고 있었다. 논에서 타작하면서 짚뭇을 가려
놓은 짚가리 두엇을 지나치자 논두렁이 두툼해지면서 저희끼리 부대끼며
서걱대던 억새가 옷깃을 집적거리기 시작했다. 얼마 안 가면 억새가 길닿
게 우거진 갯둑이 가로누워 있고 갯둑을 넘어서면 억새밭이 갈대밭으로 바
뀌면서 갯벌이 벌어지고, 갈대밭이 다 된 데서부터 나문재밭을 더듬어가다
보면 발이 빠지는 개흙탕과 모래밭이 뒤섞이면서 따개비와 굴과 나사고둥
이 더뎅이 져서 있거나, 지금쯤은 파래와 돌김이 풀포기처럼 돋아났을 돌
덩이에 발부리가 자주 걸릴 터이므로 엎드러지고 고꾸라지지 않도록 조심
을 있는 대로 해야 할 것이었다. (45～46쪽)

　이 대목은 앞으로 우리 작가들이 살아남으려면 우리말을 폭넓고도 정
확하게 또 창조적으로 구사할 줄 아는 능력과 우리말을 지키고 발전시켜
야겠다는 사명감을 가지는 것이 필요함을 잘 일깨워준다. 고급의 소설과
저급의 소설은 탐구력의 유무로 결정할 수 있거니와 탐구력은 곧잘 국어
구사능력으로 나타나기도 한다.

(『현대소설연구』 13호, 2000. 12)

4부

한국 현대소설 연구의 기본과제

1. 양이냐 질이냐

21세기가 되었고, 우리나라에서 인문학의 위기가 현실로 나타나고 있
고, 디지털 흥국론이 비등하고 있는 시점이니만큼, 한국 현대소설 연구의
현실을 살펴보고 내일을 가늠해보는 것도 의미 있는 일이 될 것이다. 소설
본질론, 작가론, 작품론, 소설유형론, 소설사 등 어떤 형태의 글이든지 간
에 탈고 후 돌아서기만 하면 자신감이 뒤흔들리는 것을 느껴왔던 개인적
인 체험도 이 글의 발표의 적시성을 뒷받침해준다. 대학원생들을 대상으
로 한 그 동안의 논문지도가 이런 것을 다루라든가 이렇게 다루라는 식의
적극적 행태보다는 이런 것은 하지 말라든가 이렇게 다루지 말라는 식의
소극적 행태로 다소 기울어졌고 또 기울어질 수밖에 없었다는 자의식도
이 글의 발표동기에 포함된다.

오늘날, 한국 현대소설 연구사를 정리하는 작업은 실로 간단치가 않다

고 할 정도로 연구자도 급격히 증가했고 연구논저도 폭발적으로 늘어났다. 현대소설 연구서들은 국어국문학 연구서들 가운데서는 독자가 많은 편이어서 출간해주는 출판사가 여러 곳이 있는 편이기는 하지만 그나마 오늘날에는 점점 줄어들고 있는 현실이 되고 말았다. 박사학위 취득자의 증가, 경쟁적 연구 분위기 조성, 양 중심주의 등은 연구서 출간 러시의 요인이 된다.

서울대학교 한국 현대문학 석사논문의 경우, 1970년에서 1989년까지의 논문의 숫자와 1990년대의 논문 숫자가 대등한 것으로 나타났다. 1990년대에 나온 한국 현대소설 석사논문들은 이상 채만식 박태원 김남천 염상섭 유진오 황순원 김승옥 이기영 이광수 손창섭 김동리 최인훈 이태준 최명익 등의 작가들을 최소 두 번 이상 다루었고, 개화기소설 경향소설 모더니즘소설 전향소설 전후소설 등의 순서대로 소설유형에 관심을 보였다. 그 이전의 석사 학위논문들이 이인직 이해조 이광수 김동인 현진건 최서해 염상섭 이상 김유정 등을 주대상으로 삼았던 것과는 대조를 이루고 있다. 석사 학위논문이 절대적인 기준이 되는 것은 아니지만 석사 학위논문들을 통해서 현대소설 연구의 대상이 개화기에서 1960년대의 김승옥과 이청준에까지 내려와 있음을, 연구대상과 작가목록이 그 동안의 문학사 서술에서 확정된 '문학사적 작가들'과 다르게 나타나고 있음을, '역사소설'이라든가 '농민소설'과 같은 이론적인 소설유형에 대해서는 별 관심이 없음을 알게 된다. 김승옥이나 이청준 같은 1960년대 작가를 학위논문 대상으로 잡는 것은 이르지 않느냐는 견해가 있으며 역사소설 농민소설 지식인소설 등과 같은 이론적인 소설유형에 대한 신진 연구자들의 무관심 현상을 비판하는 기성학자들도 있다. 사실상 기성학자들은 신진연구자들의 연구방법론이 자신들의 것과 확연히 달라진 점을 가장 크게 걱정하고 비판하고 있다. 석사 학위논문을 대하는 태도는 실험정신을 크게 기대하는 태도와 기존논리를 착실하게 정리하는 수준에서 끝내기를 바라는 태도로 대별된다.

서울대학교에서는 지난 1990년대에 우한용 김홍식 정호웅 이상경 김동환 유문선 한형구 서경석 문흥술 채호석 류보선 최혜실 장수익 정선태 김주현 강상희 한상규 박상준 김외곤 김종욱 유철상 구재진 방민호 권보드래 김민정 등이 한국 현대소설을 연구한 논문을 써서 박사학위를 취득하였다. 이들 학위논문들은 이기영 김남천 한설야 등과 같은 월북작가를 다룬 것, 1920년대 경향소설을 재해석한 것, 1930년대 모더니즘소설을 분석한 것, 근대성을 추출한 것, 주체론의 시각에서 본 것, 시점론의 입장에서 재해석한 것 등으로 대별된다. 이들 논문들은 선행연구업적을 뛰어넘으려는 의욕을 강하게 보인다든가 해석주의로 기울었다든가 서술방식에 있어서 새로움을 확보하고 있다든가 하는 긍정적 측면을 보인다. 그런가 하면 분석보다는 해석에 치중하는 점, 실증주의에는 대범한 점, 아류로 빠지거나 유행심리에서 헤어나지 못하는 점 등과 같은 문제점을 내보이기도 한다.

2. 한국이나 현대나 소설이나

한국 현대소설을 대상으로 한 석박사 학위논문을 포함한 각종 연구논저가 보여주는 연구경향과 태도는 '한국' '현대' '소설' '연구'를 분절하여 근본적으로 검토하게끔 만든다. 이는 한국 현대소설 연구의 기본자세와 방법이 확립되어 있지 않다는 의미가 된다. 사람에 따라 한국 현대소설의 정체성이 다르게 나타나고 있고 또 그것을 당연한 것으로 여기는 태도가 확산되어 있다. 국어국문학 가운데서 전공자가 제일 많기 때문에 그럴 수밖에 없지 않느냐는 자기류의 생각에서 벗어나야 한다. 한국, 현대, 소설, 연구 그 어느 것 하나도 의문의 여지가 없을 정도로 정체성이 확립된 것이 없다.

연구자들은 '한국'에 관심을 집중시킨 사람, '현대'를 탐구하는 데 힘쓰는 사람, '소설'에 초점을 맞추어 연구하는 사람으로 나누어볼 수 있다.

'한국'에 관심을 집중시킬 때 한국 현대소설 연구는 한국학의 차원에서 이루어진다. 한국 현대소설 연구는 한국학의 일반적인 성향이 그러한 것처럼 과거의 사실탐구, 한국 현대사와의 연계, 민족주의적 관점, 자기애 등으로 기울어질 수밖에 없다. '한국'에 관심을 모으는 연구태도는 '현대'에 초점을 맞추는 것과 대조적으로 나타날 수 있다. 현대의 기점을 어디에서 잡느냐 또 현대의 외연을 어떻게 잡느냐가 문제가 된다. 우리의 현대는 근대와 겹친다든가 국가상실과 물려 있다든가 하는 점 때문에 더욱 복잡할 수밖에 없다.

'현대'에 초점을 맞추는 것은 1990년대의 연구자들이 유행처럼 너도나도 매달렸던 '근대성'론으로 구체화되기 쉽다. '근대성' 이론의 뿌리에는 한국 현대문학을 보편성 세계성 발전성 등의 시각으로 밀고 가려는 의지와 한국 현대문학은 기본적으로 주변문학이라는 열등감이 공존하고 있다. 대부분의 근대성 논자들은 우리 작품에서의 근대성 추출이라는 방법 대신 선진국의 근대성론에 한국작품을 끼워맞추기라는 방법을 쓰고 있다.

지금까지의 한국 현대소설 연구사는 '소설'을 보는 눈이 여러 가지임을 일깨워주고 있다. 개화기소설은 현대소설이라고 하기에는 양적으로 결격이 된 것도 많고 내용도 현대적인 것과 거리가 먼 것도 많다. '소설'을 '한국'에 연결시켜 볼 경우, 대체로 소설양식은 넓거나 낮은 양식이 된다. 이에 비해 '현대'와 연결된 '소설'은 좁으면서도 까다로운 소설관을 마련하게 된다. 일례로, '한국'과 연결된 '소설'은 대중소설로 판정난 것을 되돌아보게 하며 특히 개화기의 미달 양식마저도 긍정적으로 검토하게끔 만든다. '소설'을 '현대'와 연결시키는 논객들은 소설다운 소설은 1920년대 이후에나 나타났던 것이라는 인식을 갖기 마련이다. 1920년대 소설이 성취한 리얼리즘은 고소설과 근대소설을 갈라주는 기준이 되기 때문이다. 현대소설다움은 진선미 중 진과 미의 획득에서 찾을 수 있다.

이처럼 '한국'과 '현대'는 한국 현대소설이 놓여 있는 공간과 시간을 일러주는 데서 한 걸음 더 나아가 연구의 중점이 여러 곳에 놓일 수 있는 가능성을 보여준다. 한국 현대소설을 대상으로 한 '연구'는 한국어나 한국 고전문학을 대상으로 한 연구보다 더 복잡할 수밖에 없다. 한국 현대소설을 대상으로 한 '연구'에는 국어학이나 고전문학 연구와는 달리 학문과 비평이 함께 들어 있다. 학문과 비평은 분명히 여러 각도에서 차이점을 드러내고는 있지만, '현대'를 '당대'로 바꿀 수 있을 만큼 연구주체와 연구대상의 시간적 거리가 가깝기 때문에 현대소설 '연구'에는 비평의 그림자가 깃들일 수밖에 없다. 한 시대 한 시대의 비평이 훗날의 중요한 연구자료가 되고 있다든가 한국 현대문학 연구자들 상당수가 비평활동을 겸업하고 있다든가 학자들 중 다수가 비평가의 평론이나 운동으로부터 직접 간접으로 영향을 받고 있다든가 하는 것이 비평의 그림자를 입증해준다.

끝까지 남는 것은 소설이고 소설이어야 한다. 이 말은 한국 현대소설 연구자들에게는 한국소설을 대상으로 한 읽기 해석 평가가 제일 중요하다는 것을 의미한다. 그럼에도 대부분의 연구자들은 기존의 가치목록을 그대로 권하고 있으며 또 받아들이고 있다. 이는 학자들마저도 소설을 잘 읽지 않는다는 뜻이 될 수도 있다. 모든 소설이 연구자들에게 동일한 모습으로 다가오는 것은 아니다. 기념비적으로 다가오는 것도 있겠지만 단순한 사료로 다가오는 것도 있을 것이다. 끊임없이 읽어내면서 새로운 해석을 가하려 하는 태도가 한국소설을 향해 연구자가 취해야 할 가장 바람직한 태도라고 할 수 있다.

한국 현대소설 연구에서의 한국, 현대, 소설, 연구 등의 각 항목은 최소한 두 가지의 이질적인 요소로 구성되어 있는 것으로 정리된다. 한국 현대소설 연구자들은 해방 이후의 남한소설을 중심으로 하면서 북한소설에까지도 눈길을 돌려야 할 필요성을 느끼고 있는 중이다. 한국 현대소설 연구라고 했을 때 '한국'의 중심은 남한에 있고 북한소설은 부차적인 연구대상이라고 할 수 있다. 남한소설은 필수적인 연구대상이지만 북한소설은 선택의 대상이라는 것이다. '현대'는 근대와 현대를 혼용하는 사람들의 생각처럼 개화기에서 현재까지를 외연으로 할 수도 있고 근대와 현대를 나누어 말하는 사람들처럼 1930년대에서 오늘날까지를 외연으로 삼을 수도 있다. 또는 1945년 해방을 현대의 기점으로 삼을 수도 있다. '소설'은 논자에 따라 고급소설로 좁혀질 수도 있고 고급소설과 저급소설로 구성되어 있는 것으로 넓혀질 수도 있다. 물론 고급소설이 연구의 주대상이 되어야 하겠지만 중간소설이나 저급소설이라고 해서 연구대상에서 완전히 제외되는 것은 아니다. 물론 '연구'는 아카데미시즘을 기본으로 하고 중심으로 하여야 한다. 그러나 저널리즘으로 활용될 수도 있고 또 저널리즘의 협력도 빌려야 할 때가 있다.

3. 학문이냐 비평이냐

학문은 비평으로부터 일방적으로 받는 것만은 아니다. 비평이 학문에게 주관성, 해석·평가 정신, 현실에의 관심 등을 가져다준다면 학문은 비평에게 객관성, 분석의 정신, 문학사적 안목 등을 제공한다. 한 시대 한 시대의 비평은 후대에 가서 학문의 자료로 쓰인다. 비평적 자료는 비평가론 작품론 작가론 비평사의 자료가 된다. 평론은 창작과 학문의 중간에 있다. 평론은 문학이라고 하기에는 논리와 추상성이 강하고 학문이라고 하기에는 주관적이고 자의적이고 정서적이다. 학문과 비평은 정리와 분석/평가와 해석, 주체와 대상 간의 시간상의 거리 확보/동시성, 작고한 작가 주대상/활동중인 작가 주대상, 지식론과 존재론/인식론과 가치론, 머리로 접근/가슴으로 접근, 차가운 마음/뜨거운 심정, 과거지향/현재지향 등의 이항대립을 보인다. 오늘날 우리 평단이 교수비평가들에 의해 주도되고 있다는 사실은 오히려 비평이 학문연구의 태도 정신 방법으로부터 배우는 것이 많다는 것을 입증해준다. 상대방으로부터의 영향력을 제대로 소화하지 못하면 학문은 '가벼운' 학문으로 흘러가버리고 비평은 '답답한' 비평으로 빠져들기 쉽다. 훨씬 더 걱정되는 것은 '가벼운' 학문이다. 대가들이 쓴 비평에 넘치는 개성, 전지적 제스처, 쾌도난마 등에 수동적으로 이끌려가다보면 문학연구는 학문으로서 지켜야 할 합리성, 객관성, 체계성 등을 놓치기 쉽다. 평론가의 세계에서 평론에 대한 평가기준이 따로 되어 있고 학문의 세계에서 논문 평가기준이 따로 되어 있다. 오늘날 학자들 사이에서 대가비평에 크게 의존하는 현상이 나타나고 있음은 문제거리가 아닐 수 없다. 현대문학 연구자들은 대가비평은 높게 평가하면서 선후배의 논문은 과소평가하는 경향을 털어버려야 한다. 연구자들은 해당분야를 깊이 있게 파헤친 전공논문에 가장 큰 관심을 가져야 하고 또 그런 것에 가장 높은 점수를 주어야 한다. 현대소설 연구자들은 학문과 비평을 조화시켜 행하는 경우, 학문이 중심이고 비평이 부차적인 경우, 비평이 중심이고 학문이 종인 경우, 학자의 길만 걷는 경우, 전업비평가인 경우 등으로 나누어볼 수 있다.

4. 분석이냐 해석이냐

흔히 연구행위는 자료 수집 및 정리 분석 해석 평가 등으로 나누어진다. 이 네 가지 계기적 행위를 단계별로 빠짐없이 거치는 것이 가장 안정된 것이기는 하나 실제로 소설연구는 이중 두세 단계를 동시에 해내거나 아예 한 단계에 머무는 것이 보통이다. 새로운 자료의 발굴과 내용소개로 끝난 것은 첫번째 단계와 두번째 단계를 동시에 해낸 연구로 볼 수 있다. 해방 이전의 신문, 잡지 영인본 발간작업이 본격화되고 월북작가 해금과 북한 자료 부분 공개가 이루어진 이후로 자료수집 및 정리만으로 된 논문은 급격히 감소했으나 그 존재가치가 부정되어서는 안 된다. 소설 연구논문들 가운데는 자료의 분석에만 그친 것도 많고 분석을 경과한 해석을 시도한 것도 많다. 온전히 평가에만 치중한 연구논문의 출현은 실제로 생각하기 어렵다. 비평과 달리 논문에는 합리적이면서 분명한 논거가 제시되어야 하며 또 이러한 논거를 제대로 제시하려면 대상파악이 잘 되어야 한다. 한국 현대소설 연구에 있어서 가장 튼튼한 논거는 작가나 작품에 내재되어 있음을 환기할 필요가 있다.

그러나 이러한 논거는 자동적으로 나타나는 것이 아니다. 그 결과를 나중에 어떻게 활용하든 연구자들은 일단 분석에 합당한 작업을 해냄으로써 자연스럽게 논거를 확보하게 되는 법이다. 이러한 이치는 '분석에 토대를 둔 해석'이나 '분석을 거친 해석'이라는 말로 요약된다. 한국 현대소설 연구자들 사이에서 자료수집 정리 품평 등과 같은 실증주의 작업이 끝났다든가 더이상 할 필요가 없다든가 하는 인식이 확산될 무렵부터 분석과정을 건너뛴 해석의 태도가 보편화되기 시작했다. 해석주의가 일시적으로 유행사조가 되는 것은 받아들일 만하지만 학문의 기본자세로까지 인식되는 것은 심각한 문제라고 하지 않을 수 없다. 오늘날 신진연구자들 중 상당수가 아예 분석의 단계는 건너뛰어도 괜찮은 것으로 생각하고 있다. 실제로는 작품분석을 했어도 그 결과는 되도록 추상화하고 요약해서 드러내는 것을 당연한 것으로 알고 있는 정도다. 석사 학위논문에서부터 원로교수의 논문에 이르기까지 분석정신을 경과하지 않은 해석주의가 연구대상의 일면만을 찌르거나 연구대상을 왜곡시키는 결과를 가져옴을 잘 보여주고 있다.

소설연구에 있어서 분석이란 작품을 부분과 전체, 경중, 중심과 주변, 안팎, 표리를 가리지 않고 샅샅이 파헤쳐보는 것을 가리킨다. 소설연구에서의 분석정신은 개별작품을 인물 사건 구성 시점 담론 등 여러 각도에서 살펴볼 것을 요구한다. 분석정신을 외면하는 현상은 신진연구자들 사이에서 더 쉽게 확인된다. 개별작품을 인물 사건 플롯 서술방법 시점 등 여러 측면에서 고루고루 분석하는 것은 시간낭비가 되기도 쉽고 연구방향을 오도하기도 쉽다고 생각하는 학자 지망생들이 적지 않다. 분석을 거치지 않은 채 해석으로 치닫다보면 작품이나 텍스트에서 얼른 손을 떼고 마는 결과가 되기 쉽다. 아니면 텍스트의 몸은 보되 혼은 보지 못하는 일이 벌어지기도 쉽다.

5. 문학이론이냐 철학이론이냐

분석작업이 결여되었거나 논거가 박약한 해석주의는 '서양이론'의 맹종과 자주 상성의 관계를 이루지만, 아무래도 후자가 원인이 되는 경우가 많다고 볼 수밖에 없다. 분석작업을 제대로 거치지 않은 데서 오는 불안감은 무엇인가 굉장한 '이론'을 적극적으로 끌어들이려는 심리로 발전할 수도 있는 것이기 때문이다.

1980~1990년대의 신진 문학연구자들 사이에서 해체이론, 여성비평, 대화비평, 담론이론, 해석학, 현상학, 후기식민주의론 등과 같은 접근법과 발생텍스트/현상텍스트, 상상계/상징계/실재계, 은유/환유, 욕망/결핍, 주관/대상, 주체/타자, 시니피앙/시니피에, 근대성, 일상성, 절대성, 이데올로기, 제도, 아비투스, 담론, 글쓰기, 동일성, 권력, 상호텍스트성, 차연, 패러디, 대화주의, 카니발 등의 용어가 지배력을 얻었던 것을 보면 또 테오도르 아도르노, 루이 알튀세르, 미하일 바흐친, 피에르 브르디외, 질 들뢰즈, 폴 드 만, 쟈크 데리다, 테리 이글턴, 미셸 푸코, 한스 게오르그 가다머, 제라르 주네트, 위르겐 하버마스, 뤼스 이리가라이, 로만 야콥슨, 프레데릭 제임슨, 줄리아 크리스테바, 쟈크 마리 에밀 라캉, 게오르크 루카치, 피에르 마셔레이, 모리스 메를로 퐁티, 제랄드 프랭스, 폴 리쾨르, 에드워드 사이드, 로버트 스콜즈, 루드비히 비트겐슈타인, 페터 지마 등과 같은 학자들이 거의 절대적인 영향력을 행사했던 것을 보면 한국 현대소설 연구자들은 일면 '서양'에게 일면 '철학'에게 뿌리깊은 그러면서도 전통이 되다시피 한 열등감을 지니고 있는 것을 확인하게 된다. 위에 제시된 용어들 대부분은 추상적이거나 난해한 것들이다. 작가나 작품을 설명하는 데 원용하기에는 힘겨운 것도 적지 않고 그 효율성이 의심되는

것도 적지 않다. 그럼에도 위의 용어들 대부분은 유행어와 같이 사용되는 현상을 빚어내기에 이르렀다.

위의 이론가들 대부분은 한국 현대소설에 대해 새로운 거시적 안목을 열어주기는 하지만, 한국 현대소설 연구에 계속해서 통용력과 효율성을 가져다줄지는 의문이다. 한국 현대소설 전체를 새롭게 설명해준다고 해서 개별 사조나 작품까지도 잘 해석해준다고 보기는 어렵다. 기성학자들은 신진학자들이 서양이론에 경사되는 현상을 긍정적으로 보기보다는 부정적으로 평가하고 있다. 정확히 말하자면, 선별적인 안목이나 비판의식 없이 서양이론을 수용하는 태도 자체가 문제라는 것이다. 한국 현대소설 전공 지망생들 사이에서는 독일 프랑스 등 서양의 철학 사회학 심리학을 향해 관심을 집중시킨 현상이 발견되기도 하고 철학자든 심리학자든 특정 서양이론가에 대해서는 꼭 알아야 한다는 강박적 통념이 간취되기도 한다. 이런 현상은 현대소설 연구의 정체의 원인이 되기도 하고 결과가 되기도 한다.

젊은 학자 지망생들이 모여 있는 방이나 스터디 그룹은 철학 심리학 사회학 등이 중심이 된 서양이론을 한국 현대소설에 접맥시켜보는 실험실을 연상케 하곤 한다. 이런 분위기 속에서 나온 논문들은 '한국의 사실들은 어디로 가고 서양이론만 남았는가' '같은 서양이론을 내세운 연구자들은 갑이고 을이고 가릴 것 없이 같은 결론을 내리고 있다' '서양이론이 한국소설에게 봉사하는 것이냐 아니면 한국소설이 서양이론에게 봉사하느냐' 등과 같은 의문과 비판에 자주 직면했다. 수용자나 수용방법이 잘못되면 수용대상이 부정되거나 왜곡되는 현상이 오늘날 우리 현대소설 연구자들 사이에서도 나타나고 있는 것이 사실이다. 현대소설 연구자들이 서양이론 수용방법이나 수용과정에서 보이는 문제점으로는 서양이론에의 환원주의(reductionism), 사실과 이론의 단절성, 서양이론의 본질파악 미숙, 유행심리 등을 들 수 있다. 환원주의는 대상은 다른데 이론이 같으면 결론이 같은 것이 되는 것을 의미한다. 대상작가나 대상작품을 가림없이 근대성 함유를 결론으로 제시하는 논문들이 적절한 예가 된다. 근대성은 좀더 구체적인 하위개념으로 설명이 되든가 작품에 따라 함유 정도가 다른 것으로 규명이 되어야 한다. 한국 현대소설을 놓고 근대성 함유 운운하는 것은 사람을 놓고 인간미 운운하는 것과 별 차이가 없다. 이광수니 이상이니 이기영이니 한설야니 가리지 않고 근대성을 그려내었다고 결론을 내리는 것은 소설가들이 소설 속에서 진보된 것이나 새것을 그려놓기에 주력했다는 해석을 전제로 한다. 그러나 기본적으로 작가들은 새것보다는 바른 것, 진보된 것보다는 인간적인 것을 강조하는 데 힘쓴 것으로 파악된다.

서양이론은 어차피 난해하고 통용력이 높지 않으니까 적극적으로 수용할 수도 없고 수용할 필요도 없다는 일부 기성학자들의 주장을 받아들이라는 것은 아니지만, 최소한 다음과 같은 인식은 지닐 수 있어야 한다. 한국 현대소설 연구자는 전문적인 소설연구자를 계속 지향해야지 아마추어 서양철학자나 서양사회학자로 빠져서는 안 된다. 소설연구의 양축의 하나를 의식 사상 이데올로기 연구에서 찾을 수 있기는 하지만 이것도 문학이론 중심으로 해내는 자세를 견지해야 한다. 역사학 사회학 철학 심리학 등은 문학이론의 토대가 되거나 동지는 될 수 있을지언정 문학이론을 완전히 대치할 수는 없다. 방법론의 설정이라는 명분 아래 난해한 서양이론을 수용하고 소화하는 데 바치는 노력과 시간의 상당부분을 문학 냄새가 나는 이론을 개발하거나 한국의 문학적 사실을 탐구하는 데로 돌려야 한다. 서양이론의 맹목적 수용과 무분별한 적용은 한국소설 연구의 심화보다는 확대를 꾀하는 결과를 보이고 있다. 이때의 확대가 진정으로 학문발전을 가져온 것인지 생각해볼 일이다.

6. 기초 확립이냐 선별 직핍이냐

서양이론의 수용태도와 적용방법에 대한 여러 측면의 우려와 비판은 연구자 대다수가 수용과 적용을 본질을 갖추어 설득력 있게 제대로 해내지 못하는 현실을 빚어낸 데서 비롯된 것이다. 이런 현실이 왜 빚어지게 되었는가와 같은 물음은 한국 현대소설 연구분야의 기본을 재정비하고 발전을 도모하는 데 대단히 중요한 질문이 된다. 이런 물음에 대한 손쉬운 해답의 하나로 문학연구자들의 기초불비를 들 수 있다. 문학→현대문학→한국 현대문학에 대한 단계적 기본지식과 기본인식이 제대로 되어 있지 않은 연구자가 무시해도 좋을 만큼 적은 숫자는 아니다. 거꾸로 한국 현대문학→현대문학→문학과 같은 지식과 인식의 순서를 밟을 수도 있는 것이 아니냐는 반론도 있다. 특수한 것(한국 현대소설)에 대한 지식과 이해를 통해서 일반적인 것(문학)에 대한 지식과 이해에 도달한다는 것은 이론으로는 성립되나 현실로 나타나기는 결코 쉽지 않다.

문학에 대한 기초지식과 기본이해가 제대로 되어 있지 않으면 문학 연구논문은 어떻게 써야 할 것인가에 대한 요령은 제대로 갖추기 어렵다. 한국 현대소설에 대해 제대로 갖추어진 기본적인 지식과 이해는 서양이론 중 어떤 것이 적용도나 통용력이 높은가에 대한 판단을 제대로 하게 만들 것이다. 또한 한국 현대소설에 대한 배경지식이 튼튼하면 할수록 우리 소설을 서양의 철학 심리학 사회학 언어학 등의 이론의 타당성이라든가 설득력을 입증하는 자료로만 몰아가는 일은 줄어들게 될 것이다. 한국 현대소설을 대상으로 한 풍부한 지식은 서양이론이 한국 현대소설에 대한 인식을 제멋대로 오도하는 것을 막아내는 기능도 한다.

한국 현대소설에 대한 풍부한 지식은 '읽어야 할 책'을 대상으로 한 기초독서(lay reading)를 통해 이루어진다. 기초독서는 '읽고 싶은 책'이 아닌 '읽어야 할 책'을 대상으로 하는 것으로, 특정한 시각이나 연구방법을 세우기 전에 가용대상이 되는 작품들의 핵심을 추려내는 독서를 의미한다. 기초독서에는 선행 연구업적에 대한 면밀한 검토와 평가가 포함된다. 신진이론가들에 의해 국내학자의 연구업적이 평가절하되고 제로화되는 현상이 빚어지고 있음은 부정할 수 없다.

제아무리 수십, 수백 권을 읽었다고 하더라도 특정 이론이나 존재에 관련된 '읽고 싶은 책'만 독파했을 경우, 기본적이거나 객관적인 평가를 배반하는 결과를 보이기 쉽다. 이때의 '읽고 싶은 책'은 읽기 좋은 것, 이해되는 것, 지엽적인 것으로 바뀌곤 한다. 말하자면 서양이론을 대상으로 하여 전체적인 이해나 본질적 파악에는 닿지 못한 채 이해되는 곳, 지엽적인 곳만 골라 읽고 난 바탕에서 연구방법론을 설정하고 이론을 깔아놓은 논문에서는 별로 기대할 것이 없다는 것이다. 한국 현대소설을 대상으로 한 연구논문을 쓸 경우, 일정한 시각이나 방법론을 세워 독서한다고 해서 대상작품의 핵심 파악에는 무관심해도 좋다고 허용되는 것은 아니다. 유행되고 있거나 강박관념을 많이 안겨주는 서양이론에 한국소설을 끼워 맞추느라 작품의 중심사상이니 중심사건이니 하는 것 중 어느 것 하나도 제대로 파악하지 못하는 소설 독서는 차라리 하지 않는 것이 낫다.

7. 과학자냐 이데올로그냐

한국 현대소설 연구자를 다양한 얼굴로 보아주는 것은 한국 현대소설 연구자들이 빚어낸 여러 가지 문제점들을 해결하는 데 기여하게 된다. 지금까지의 한국 현대소설 연구사를 염두에 두고 볼 경우, 연구자는 우선 과학자로 나타났고, 비평가의 모습을 자주 보이기도 했고, 이데올로그나 운동가로 등장하기도 했다. 한국 현대소설 연구자가 여러 얼굴로 나타나는 것처럼, 논문의 형태도 다양하게 나타났고 또 앞으로도 다양하게 나타날 수밖에 없다.

과학자로서의 한국 현대소설 연구자가 쓰는 논저는 자료정리와 소개에 치중하는 것이 될 것이며 비평가로서의 연구자가 쓰는 논저는 새로운 해석과 평가에 최종목표를 둘 것이다. 이데올로그나 운동가가 쓰는 글이라고 해서 자료 수집과 분석을 정밀하게 하지 말란 법은 없다. 문학연구에서의 이데올로기나 운동은 문학사에서는 사관으로, 작가·작품론에서는 색채가 분명한 시각으로 나타날 수 있다. 특정작가를 선호하거나 비판하는 형태로 나타날 수도 있다. 이중에서 시대초월적인 성격이 가장 강한 것은 과학자로서의 얼굴이고 시대연관적인 성격이 짙은 것은 두말할 것도 없이 이데올로그나 운동가로서의 얼굴이다. 문학연구의 대상은 대체로 가치가 크거나 영향력이 큰 존재에서 잡아내는 것이기에 비평가로서의 얼굴을 유지하려면 정밀한 분석과 엄정한 해석을 해낼 수 있어야 한다. 소설연구도 연구주체의 독자적인 평가나 주장을 중시하는 인문학의 범주에 들어가는 것인 이상, 또 비범한 관찰을 통한 사실파악과 진리발견을 목표로 하는 학문의 한 하위개념인 이상 소설연구는 한 가지 얼굴만 고집해서는 제대로 되지 않는다. 한국 현대소설의 경우 과학자의 얼굴은 단독으로 나타나기보다는 훨씬 더 자주 비평가의 얼굴과 겹쳐서 나타났다. 잘 어울릴 것 같지 않은 과학자와 이데올로그가 악수를 하고 나타나는 경우도 있었다.

과학자→비평가→이데올로그와 같은 연구자의 발전도식을 상정하기에는 그 동안의 한국 역사가 너무 험난한 길을 걸어왔다. 1980년대 이전에 한국 현대소설 연구의 길에 들어선 학자들 대부분은 실천을 잘 해오고 있든 그렇지 않든 간에 위와 같은 발전도식을 마음속에 그려놓고 있는 것으로 보인다. 이와는 대조적으로 1980년대 이후의 연구자들은 이러한 발전도식을 근본적으로 용인하지 않는 듯한 연구태도와 방법을 보이고 있다. 과학자의 얼굴은 윗세대나 지키는 것이라는 견해도 울려나오고 있고 이데올로기 비판을 떠난 인문학은 무의미한 관념 유희라는 지적 아래 이데올로그로서의 얼굴을 맨 앞에 놓아야 한다는 주장도 나오고 있다. 1980년대 이후의 신진연구자들은 다루어도 좋은 또는 다루어야 할 작가나 작품에 편향되는 태도를 보이고 있어 작가나 작품을 대상으로 한 등급판정을 이미 행사한 것이 된다. 등급부여가 비평의 주요행위임은 두말할 것도 없다. 이처럼, 경중 고저 우열을 가려내기를 좋아하는 선택의 정신과 선택된 작가나 작품이나 이론가에게 집중화하는 심리적 경향은 어느덧 신진연구자들에게 지나친 자신감을 불어넣어주었다. 이러한 정신과 경향은 시대가 요청한 것으로, 시대적 상황과 학문탐구를 일단 끊어놓고 본 1980년대 이전의 연구태도와는 좋은 대조를 이룬다.

8. 실증주의 필수론이냐 선택론이냐

연구자로서 어떤 태도와 방법에 역점을 두느냐는 시대에 따라 달라질 수밖에 없는 것이긴 하지만, 과학자로서의 태도라든가 실증주의는 어느 시대 어떤 연구자든지 필수적으로 거쳐야 할 기본단계가 된다. 선배 연구자가 자료정리를 다 끝냈다고 해서 나는 실증주의 같은 것에는 관심을 둘 필요가 없다는 식의 태도를 취해서는 안 된다. 선배가 해놓은 작업의 도움을 받아 실증주의 단계를 빨리 거쳐나가는 것일 뿐이지 실증주의를 근본적으로 면제받는 것은 아니다. 지금까지 나온 작가연보, 작품연보, 각종 문학사전 중에 100%의 정확성을 보여주는 것은 거의 없는 형편이다. 맞지 않는 자료를 제시해놓은 것도 있고 자료를 소루하게 제시한 것도 있다. 실증주의와 마찬가지로 문학사적 지식의 습득도 모든 한국 현대소설 연구자들이 필수적으로 거쳐야 할 단계요 태도가 된다. 학문연구의 출발은 정확한 지식의 습득과 확립에서 잡을 수 있는 것이 아닌가.

한국 현대소설 연구자의 얼굴이 여러 가지로 나타날 수 있고 논문의 형태도 다양할 수 있다는 사실은 '방법론'이란 문제에 대해 편견을 갖지 말 것을 요구하게 된다. 방법론은 단순한 분석틀, 키워드, 시각, 체계적 이론 중 그 어느 한 가지로 나타날 수 있음에도 방법론을 체계적인 이론의 내용으로 보는 경향이 짙다. 방법론이 대상작가나 작품을 바라보는 시각으로 나타나는 것도 잘못이며 대상을 분석하는 데 필요한 도구로 나타나는 것도 잘못이라는 편견도 완강한 편이다. 그러다보니 서양의 철학이나 심리학과 같은 인접학문의 이론내용으로 방법론을 세운 논문들 중 이미 그 결론이 제시된 것이나 다름없는 논문들을 쉽게 보게 된다. 방법론은 연구대상에게 최대한으로 많은 의미를 부여하는 방향으로 또 텍스트를 최대한 자유롭게 해주는 방향으로 설정해야 함에도 불구하고 오히려 대상을 뒤틀어버리거나 파괴하는 결과를 빚는 경우도 나타나고 있다. 오늘날, 한국 현대소설 연구자들은 방법론 설정에 있어서 다양성을 보이는 대신 범주제론 쪽으로 기울어지고 있다.

이외에, 한국 현대소설 연구자들은 국어학이나 고전문학 분야와는 달리 일반독자의 양적 반응에 민감하거나 위인지학에 힘쓰는 점, 전문용어 선택과 사용에 있어 일상적인 언어나 구호적인 언어를 필요 이상으로 허용하고 있는 점, 연구자들끼리 서로 참고하고, 논쟁을 벌이는 정신이 약한 점, 연구 주체의 개성이나 자의성을 지나치게 많이 또 성급하게 내보이고 있는 점 등을 하루바삐 해결해야 할 공동과제로 삼아야 한다. 바라건대, 기성학자들은 신진연구자들에게 모범이 될 수 있는, 그리고 연륜을 빛나게 해주는 논저를 보다 더 많이 써내야 한다.

(『한국 현대문학 연구』 8집, 2000)

순수 · 참여 논쟁 다시 보기

1. 1963년의 논쟁

한국문학사에서 순수 · 참여 논쟁의 범주에 들어가는 문학논쟁들은 여러 차례 있었다. 문학이 영원반복적이며 보편적인 문제를 다루어야 하느냐 역사와 현실의 한가운데로 들어가야 하느냐는 오래된 과제였고 반복되어온 질문이었다. 순수문학은 문학이 철학적인 과제와 표현방법으로, 참여문학은 문학이 역사 · 사회적인 과제와 표현방법으로 구체화되는 것을 의미하기도 한다. 이 질문은 시대에 따라 경중을 달리하면서 또 표제를 달리하면서 나타났었다. 1960년대는 순수 · 참여 논쟁이 문단 안팎의 관심을 끌며 무게 있게 나타난 시기의 하나였다. 1960년대에는 크게 세 차례의 순수 · 참여 논쟁이 있었다.

200자 원고지 7장 정도밖에 되지 않는 김우종(金宇鍾)의 「파산(破産)의 순수문학(純粹文學)」(동아일보, 1963. 8. 7)은 "1930년대에 분가한 채 끊어진 대중과의 대화, 절실히 요구되는 전신(轉身)"이라는 리드로 정리되고 있다. 김우종은 일본 인기작가 이시자카(石坂)와 한국 인기작가 박경리를 비교하면서 일본작가가 더 인기가 있으면서 상업적 가치를 지니게 된 것은 독자들이 외국문학을 찾기 때문이며 이는 바로 한국문학의 열등감을 입증한다고 하였다. 한국문학이 열등하게 된 요인을 1930년대의 순수문학에의 귀착에서 찾은 것은 독특한 발상이기는 하나 객관적 시각을 견지한 것으로 보기는 어렵다. 1930년대부터 한국문학은 대중문학과 분가했고 '정치적 도구문학' 을 반대했다는 것이다. 김우종은 순수문학을 대중문학이나 정치적 도구문학의 대립개념으로 파악하고 있다. 그런가 하면 순수문학을 절제와 품위가 결여된 문학쯤으로 파악한 흔적도 보인다.

그리고 오늘의 현실에 외면하며 미래의 영원에만 살자는 문학, 또는 독자의 유무가 문제가 아니라는 문학, 또는 자연히 읊조려지는 배설행위만이 오직 예술이라고 고집하는 문학—이 모든 치몽 속에서 어서 각성해야만 한다.[1]

김우종은 1950, 60년대 당시의 사회와 문단을 직시하면서 순수문학은 "기아, 혹사, 불면, 모멸 등 속에서 오열하는 민중들을 외면하고 있다"고 갈파한다. 그리고 나서 한국문학은 "고민하는 이 땅의 주민들을 위한 문학"이어야 하고 "그들의 현실에 뛰어들어 일정한 목적의식마저 조립해나가는 문학이어야 한다"고 주장한다. 순수문학은 민중의 고통스러운 삶을 다루어야 하고 민중을 위하는 작품을 만들어야 한다는 과제를 지니게 된다. 리얼리즘도 확보해야 하고 건전한 오락제공 기능도 행사할 줄 알아야 한다는 것이다. 김우종은 순수문학은 제한된 소재 취급과 소극적 기능행사에 머물렀다는 비판적 인식에서 출발한 것이다.

---

1) 동아일보, 1963. 8. 7.

이보다 열흘 후인 8월 19일에 유종호(柳宗鎬)는 「작가에게 주는 글」이라는 작단시감에서 서간체의 형식으로 유럽작가들을 논하는 가운데 위대한 문학과 작가는 역사의 이성과 자유를 위해 싸우는 것이라는 이치를 확인하였다. 이어 프랑스 혁명기의 지식인의 역할을 예시하면서 "양심적인 지식인과 작가의 자세가 어떠한 것이었는가는 우리의 길잡이가 되어야 할 것"이라고 하면서 이제 우리 작가들도 역사 속으로 들어가야 한다고 했다. 유종호는 본질적으로 순수문학을 부정한 것은 아니지만 순수니 참여니 하는 것을 떠나 문학의 위력과 작가의 권능을 인정하는 쪽으로 기울었다.

김우종의 글을 보고 크게 공감한 김병걸(金炳傑)은 바로 직후에 「순수(純粹)와의 결별(訣別)」(『현대문학』, 1963. 10)을 발표하였다. 이 글은 참여문학론의 근거가 될 수 있다고 생각하는 이론들을 서양에서 취해 가지고 오는 데다 역점을 두었다. 앙드레 말로, 카뮈, 사르트르, 키에르케고르, 올더스 헉슬리, 알리 베르그송, 마르틴 하이데거, 가브리엘 마르셀, 칼 야스퍼스 등의 잠언 형태와 같은 주요이론을 소개하였다. 동시대의 다른 필자들에 의해 순수파와 참여파로 갈라지는 카뮈와 사르트르가 이 글에서는 함께 참여문학론을 제시한 존재로 인식되고 있다. 『상황』『시지프스의 신화』『존재와 소유』『존재와 무』 등이 원용되었는가 하면 실존주의 신문명 지성 의식 현실 육신 존재 등의 용어들이 탐색되었다. 이런 용어들은 앙가주망이란 개념의 자장을 형성해놓았다. 김병걸은 여러 이론을 검토한 끝에 한 인간의 본질은 타인과의 관계에서 발견되는 것, 인간은 궁극적으로 현실이나 육체에서 해방될 수 없는 것, 인간의 자유는 사상의 자유와 빵의 자유를 다 획득할 때 완성되는 것 등과 같은 논리를 축적하면서 현실참여론의 입지를 더욱 넓혀갔다. 김우종은 참여론과 대립되는 자리에 초월성 순수성 영원성 도피성 고고함 몽상 등의 개념들을 세워놓았다.

現實에의 參與란 實利的인 것, 劃一的인 것, 俗物的인 것, 히이더니즘 등에의 歸着을 의미하지 않는다. 이 행위는 이런 것들과 동차원에 위치하면서 이 것들을 고발하며 규탄하며 燒棄하는 작업을 맡는 것이다. 세계내존재(das In-der-Welt-Sein)의 의식은 그 필연적 숙명으로 해서 群集性 가운데 內存하면서도 그것에 결코 同化하는 일 없이, 오히려 인간이 가져야 할 최소한의 권리와 진리마저라도 쟁취하기 위해 그것과 맞서는 것, 즉 현실에 범람하는 汚辱, 非人間性, 不美, 獨善을 除伐하는 사명을 가지는 것이다.[2]

실존주의에서 현실참여론의 뿌리를 캐내고 있는 김병걸의 이론은 현실참여론의 외연을 보다 선명하게 제시하는 결과를 가져오기는 했지만 그 외연이 지나치게 넓다는 인상에서는 자유롭지 못하게 되었다. 1950년대와 1960년대의 한국의 현실과 연결시키는 논의과정을 거쳤더라면 좀더 정치한 이론이 되었을 것이다.

바로 다음달에 발표된 김우종의 「유적지(流謫地)의 인간과 그 문학」(『현대문학』, 1963. 11)은 김병걸의 태도에 공감을 표시한 데서 출발하고 있다. 그러면서도 김우종은 당시의 한국의 현실과 한국의 문학을 예의 주시하는 현상론의 방법을 취했다. 우선적으로 그는 세끼 밥을 제대로 먹지 못하는 사람들이 들끓는 현실을 일깨워주고 있다. "지난날의 戰火로 일그러지고, 또 앞날의 공포 때문에 일그러지고, 또한 끊임없는 飢餓訓練으로 일그러진 이 땅의 대다수의 주민들이 있는"[3] 현실을 부각시켰다. 김우종은 당시 호평을 받은 소설들마저도 결국 '현실을 보여주는 문학' '위안의 문학' '기도 드리는 문학' 등과 같은 수준에서 더 나아가지 못하였다고 지적한 다음 비극적 현실의 문제들을 보다 적극적으로 해결할 수 있는 방법을 찾아나서야 한다고 충고하였다. 오영수 손창섭 강신재 선우휘 이범선 전광용 등 당시의 쟁쟁한 작가들이 어두운 현실에 대해 취하는 무죄변론

---

2) 『현대문학』, 1963. 10, 203쪽.
3) 『현대문학』, 1963. 11, 225쪽.

이나 위무, 동정심 등은 한계가 있다고 본 것이다.

純粹라는 애매한 이름 아래 고수되어온 그러한 문학—우리는 이젠 이삼 십 년 전통의 문학방법론에 대하여 아낌없이 修正을 加하고 訣別을 告해야 한다. 그리고 새로운 방법론 위에서 우리의 문학을 樹立해나가야 한다. 그 것은 작가들이 政治家처럼, 經濟家들처럼, 革命家들처럼, 이 비극의 현실문 제 속에 積極的으로 參與하는 것이다. 즉 '이것이 한국이다' 하고 문제만 내 놓은 채 傍觀者와 다름없는 위치로 돌아가지 말고 積極的인 해결방법을 具 體的인 道標를 제시하는 것이다.[4]

김우종은 작가들에게 큰 기대를 걸고 있으며 문학의 기능확대를 권하 고 있다. 서양의 대표적인 참여문학론자인 사르트르도 작품을 통한 현실 폭로나 독자들을 향한 호소 정도로도 참여하는 것이라는 주장을 펼쳤다. 해결책의 제시까지를 작가들에게 요구하고 있는 점으로 미루어 김우종은 비판적인 리얼리즘마저도 용납하지 않을 것처럼 보인다. 그는 비판적 리 얼리즘보다 더욱 적극적인 개념인 변혁문학론으로 나아가고 있다. 김우 종은 이 글의 끝부분에서 『페스트』『정복자』『노인과 바다』『해일』 등의 작품들을 예시하면서 이러한 작품들은 "비극적 현실의 해결의 도표"까지 제시한 것이라고 하였다. 그는 한국의 현실은 정확하게 보았으나 한국소 설과 서양소설은 정확하게 읽은 편이라고 하기는 어렵다. 한국문학에 대 한 기대도 너무 컸고 서양문학을 한 수 높게 보는 고정관념도 분명했다.

'순수옹호의 노트'라는 부제가 붙어 있는 이형기(李炯基)의 평론「문학 (文學)의 기능(機能)에 대한 반성(反省)」(『현대문학』, 1964. 2)은 김우종 김병걸 김진만 등과 같은 순수문학 비판론자들을 두루 겨냥하는 입장을 취하였다. 김병걸의 글과 김우종의 글은 앞에서 살펴보았거니와 김진만

---

4) 같은 책, 233쪽.

(金鎭萬)의 「보다 실속 있는 비평을 위하여」(『사상계』, 1963. 12)도 크게는 순수문학 비판론에 넣을 수 있다. 이 글은 순수문학을 직접 공격하는 데 목표를 둔 것은 아니다. 한국비평은 너무도 문단지향적이라든가 한국문단에는 논쟁다운 논쟁이 없다든가 하는 식으로 당시 한국문학의 병폐를 지적하는 데 힘쓴 것이다. 그는 일제 때부터 순수문학이라고 자칭한 문학은 정치에 무관심할 수는 없다는 논리를 펼친 끝에 문학과 정치와의 관계를 올바로 정립할 필요가 있다고 주장한다. 「문학의 기능에 대한 반성」에서 이형기는 해방기에 끝난 순수·참여 문제를 재론하는 것에 동의할 수 없다고 한 다음, 순수문학과 '현실외면'은 동의어가 될 수 없다든가 정치와 정치주의는 별개의 것이라든가 '문학은 본질적으로 도로(徒勞)요 불쏘시개요 장난감이다' 등과 같은 재미있는 표현을 보여주었다. 그는 순수문학은 정치 외면의 문학이라는 통념을 공격한다. 해방 직후의 좌우논쟁을 예시하면서 그때의 순수논쟁은 "좌익문인들의 정치주의를 배격함으로써 그와는 대치되는 또하나의 정치적 입장을 수호한 것"이라고 하여 참여문학은 정치문학이라는 공식을 깨고자 하였다. 이 논리를 확대하면 모든 문학은 본질적으로 정치적이며 이데올로기적이라는 주장이 나오게 된다.

'黨의 文學'에 항거하여 외쳐진 '인간성 옹호의 문학'은 소용돌이치는 좌우투쟁의 물결 속에 적극적으로 뛰어드는 참여행위이기도 했던 것이다. 문학이고 예술이고 할 것 없이 모조리 정치적 목적을 위해 도구로써 동원해도 무방하다는 정치가 있는 것과 마찬가지로 그럴 수 없다는 정치도 있다. 순수는 이 두 가지 가운데서 후자의 정치를 지지한 문학이론이다. 그것이 어째서 '정치와의 絶緣' 또는, '現實外面'으로 단정되어야 하는지 나는 그 까닭을 알 수 없다.[5]

---

5) 『현대문학』, 1964. 2, 252쪽.

이형기가 순수문학은 정치와의 절연을 의미하는 것은 아니라는 논리를 내세운 것은 순수문학론자들의 현실도피 콤플렉스를 벗어나고자 한 의도를 담고 있다. 그는 한편으로는 문학기능축소론 또는 문학한계론으로 요약될 법한 자신의 문학관을 거듭 또 의도적으로 강조함으로써 참여문학론자들의 적극성과 진취성을 부정하는 결과를 낳았다. 이형기가 "아무리 목적이 앞서야 한다고 할망정 문학이 민주주의를 등진 사람들에게는 민주주의를, 그리고 한국적 인간동물에게 밥을 전달해줄 수는 없는 것"(254쪽)이라고 한 것은 문학에 과도한 기대를 걸거나 성급한 효과를 바라거나 하는 사람들을 진정시키기에 알맞다. 이형기는 순수와 참여의 공통점을 찾는다든가 그 차이점을 희석시키려 함으로써 순수옹호를 꾀하는 방법을 썼다.

김우종은 「저 땅위에 도표(道標)를 세우라」(『현대문학』, 1964. 5)에서 이형기를 조목조목 반박했다. 이형기가 해방 직후에 이미 끝이 난 순수·참여 논쟁을 왜 다시 재연시키느냐 하는 의문을 가진 것에 대해 김우종은 순수·참여 논쟁은 앞으로도 계속될 것이라고 하면서 해방 직후의 논쟁의 패턴을 그대로 1960년대에 대입하여 반순수문학을 '당문학'으로 몰아간 것은 잘못이라고 거듭 지적하였다. 김우종은 이형기가 자신의 글을 군데군데 오독하였다고 비판하고 있다. 「유적지의 인간과 그 문학」의 결론 부분이 "한국만이 홀로 떠밀려나간 이 숙명의 유적지 이곳의 처참한 인간군들을 위해 직접 도표를 세우는 문학을 전개시켜나가야 할 것"으로 되어 있는 것처럼 「저 땅위에 도표를 세우라」의 끝은 "문제의 제시에만 그치지 말고 스스로 현실문제에 적극적으로 참여하여 그 절망의 영토 위에 도표를 박아놓는 문학이 우리에게 절실히 요청된다"로 되어 있다. 내용은 동일하지만 어조는 다소 누그러졌다고 할 수 있다. 다만, 도표를 세운다는 말은 추상성과 모호성을 벗어나지 못하고 있다. 그런데 이 글에서 김우종은 이형기와 자신의 문학관이 '인간성 옹호'에서 접점을 이룰 수 있음을 내비치고 있다. 이형기는 도로론 불쏘시개론 장난감론에서 인간성 옹호

론으로 진일보했거니와 김우종은 해결책 제시론에서 인간성 옹호론으로
한 발짝 뒤로 물러난 것이라고 할 수 있다.

2. 1967년의 논쟁

　1967년 10월 12일에 세계문화자유회의 한국본부 주최로 '작가와 사회'
라는 주제의 제35회 원탁토론이 개최되었는데, 김붕구(金鵬九)가 주제발
표를 했고, 김승옥 남정현 박희진 서기원 선우휘 이근삼 홍사중 임중빈 등
이 토론자로 참가했다. 김붕구는 발제논문에서 작가와 사회와의 관계를
검토한 다음 작가의 자아를 '사회적 자아'와 '창조적 자아'로 나누고 나
서 프랑스 실존주의 작가들의 현실참여 방법을 세 가지로 정리했다. 행동
으로는 사회참여하지만 창작으로는 예술지상주의로 빠진 경우(앙드레 말
로, 생텍쥐페리), 사회적 자아와 창조적 자아를 구별하고 자연발생적 참여
로 나간 경우(카뮈, 지드), 앙가주망론을 작품화하는 데는 실패한 경우(사
르트르) 등으로 나누었다. 김붕구의 발제논문의 날카로움은 당시의 참여
파를 향해 유행사조의 맹목적 추종, 민족적 자기비하의 경향, 지도적 가치
관의 정립이라는 지식층의 사회적 기능의 외면 등을 비판적으로 지적한
데서 확인할 수 있다. 특히 사르트르를 염두에 두면서 참여문학은 결국 문
학도 아니고 정치도 아닌 꼴이 되기 쉽다고 우려한 점이라든가 "참여문학
은 필연적으로 프롤레타리아 혁명의 이데올로기로 귀착되지 않을 수 없
다"고 통박한 점은 김붕구의 개성적인 태도를 잘 일러준다. 김붕구는 "행
하기 위하여 생각하고 글을 쓴다"는 로맹 롤랑이나 이데올로기 편향을 드
러내는 사르트르의 참여문학론보다는 "잠들 수 없고 참을 수 없어서 붓을
든" 지드에게서 작가적 양심을 더 잘 확인해볼 수 있다고 하였다. 여기서
참여문학은 행동주의나 이데올로기 편향으로 구체화되는 것으로 정리해
볼 수 있다.

　이에 임중빈(任重彬)은 「반사회참여(反社會參與)의 모순(矛盾)」(대한일보, 1967. 10. 17)이라는 제목의 짧은 글에서 김붕구에게 거침없이 반론을 펼쳤다. 급변하는 사회 정세 속에서 작가가 어떤 태도를 취해야 하는가 하는 문제에서는 반사회적이라고 하면서 생텍쥐페리의 시적 행동이나 카뮈유의 추상적 도덕률이 모순과 갈등으로 가득한 우리 상황을 어떻게 변화시킬 수 있을 것인가 하고 강한 의문을 표시했으며 "역사의 배에 동승한 이상 어떤 작품을 쓰든 간에 참여라는 논리는 무슨 소리인가"고 반박했다. 그리고 참여문학의 프롤레타리아 혁명 귀착론에 대해서는 일고의 가치도 없는 이데올로기 노이로제 증세라고 하였다. 그러나 "역사의 암담한 벽과의 필연적인 씨름이며 생존을 위한 구체적인 언어활동이 참여의 본뜻"이라고 한 것이나 "창조적 참여의 근거는 산 민중적 자아, 우리로서의 나의 진지한 확립에 있다"고 한 것을 보면 임중빈의 참여본질론은 온건한 편으로 정리된다. 이러한 임중빈의 소론은 참여문학 비판론에 대한 비판론들 가운데서는 비교적 논지가 명쾌한 편이다.

　선우휘(鮮于煇)는 「문학은 써먹는 것이 아니다」(조선일보, 1967. 10. 19)에서 일단은 김붕구의 논리에 동조하는 듯한 태도를 보였다. 과연 문학이 무엇을 할 수 있겠냐고 반문한 점에서 또 문학은 실생활에는 써먹을 데가 없는 장난감 같은 것이라고 주장한 점에서 앞의 이형기와 비슷하다. 선우휘는 이광수가 문학을 제일 잘 안다고 전제하면서 그가 1920, 30년대에 프로문학을 향해 비판했던 사실을 상기시킴으로써 자연스럽게 참여문학 비판론에 서게 된다. 선우휘는 사회참여론에는 원칙적으로 찬성하지만 일본과 한국에서 사르트르를 지나치게 추종하는 것이 아닌가고 의문을 표시했다. 선우휘가 우리 현실 즉 남북이 팽팽하게 대치한 현실을 직시해야 한다고 한 것은 프랑스와 한국의 현실이 다른 마당에 사르트르를 무조건 추종하는 것은 문제가 있지 않냐는 지적으로 해석된다. 그는 당대의 평론가들에게 사르트르를 추종할 것인가 아니면 메별할 것인가 하는 숙제를 던지는 것으로 끝을 맺었다.

이호철(李浩哲)도 한국문단에서의 사르트르 열기를 마땅치 않게 생각했다. 작가는 "본래 때묻지 않은 자리에 서 있는 존재"인데 바로 사르트르 문학은 '천진성'에서 '성인'으로 넘어가려 했기 때문에 실패한 것이라고 주장했다. 그러나 이호철은 김붕구가 앙가주망의 귀결은 프롤레타리아 문학이나 혁명의 이데올로기라고 주장한 것에 대해서는 '폭론(暴論)'이라고 하였다. 이호철은 이데올로기 자체를 부정했다. 소설 속에는 어떤 쪽의 것이건 이데올로기가 들어와서는 안 된다는 생각이다. 이호철은 김붕구와 마찬가지로 이데올로기 자체를 부정적으로 보고 있다. 글은 다음과 같이 이데올로기 배제론으로 끝맺음하고 있다.

'작가들의 現場'에 '世俗의 現場論理'를 함부로 뒤섞지 말고 左翼의 의미로건 右派의 의미로건 이데올로기라는 姑息的이고 生硬한 惡魔가 끼어드는 것을 작가들은 頑强히 排除 拒否해야 할 것이다.[6]

이 논쟁의 막판에 뛰어든 김현은 「참여(參與)와 문화(文化)의 고고학(考古學)」(동아일보, 1967. 11. 19)에서 김붕구를 향해 서구 현실참여문학의 논리가 한국현실에도 그대로 잘 적용될 수 있는 것인가, 또 현실, 참여, 반항, 프로, 브르 등과 같은 상투적이고 협박적인 용어들을 그대로 갖다 쓰는 것으로써 우리 현실과 문학의 문제들이 잘 풀릴 수 있는 것인가 등과 같은 질문들을 던졌다. 참여라는 문제를 잘 풀기 위해서는 우리 고유의 발상법을 회복시키는 "고고학적 노력"이 필요하다고 하였다. 그는 소극적 태도를 버리고 발상법의 차이를 밝혀내는 노력을 기울여야 한다고 했지만 적극적 태도의 속뜻은 명료하게 밝혀내지 못하였다.

김붕구는 참여문학 그 자체를 부정한 것은 아니었다. 그는 사르트르 대신 오히려 카뮈, 지드, 말로 등에게서 문학의 권능 혹은 앙가주망론의 근

---

6) 동아일보, 1967. 10. 21.

거를 찾으려 하였다. 김붕구가 1960년대 우리 현실과 문학을 결과적으로 몰각한 것이라고 비판한 데서 임중빈과 김현은 같은 입장에 섰던 것이라고 할 수 있다. 선우휘와 이호철은 김붕구와 마찬가지로 사르트르 비판을 꾀한 공통점을 갖지만 문학과 이데올로기와의 관계를 밝히는 대목에서 노골적이지는 않지만 대조적인 자세를 취한 것으로 드러난다. 김붕구에서부터 김현에 이르기까지 참여문학 그 자체를 부정한 사람은 없기 때문이다. 김붕구 임중빈 선우휘 이호철 김현 사이에 있었던 논쟁은 참여문학의 방법을 둘러싼 이견의 조정과정이라고 부를 수 있다.

3. 1968년의 논쟁

이어령(李御寧)은 「오늘의 한국문화를 위협하는 것」(조선일보, 1968. 2. 20)에서 "오도된 사회참여론"이 비등하게 된 요인들을 분석하는 가운데 이들을 비판하는 것에 초점을 맞추었다. 그는 창조에 있어 자유가 가장 중요한 것임을 강조하였고 그 동안 한국문인들은 창작의 자유를 누리지 못했음을 인정하였다. 당시에 작가가 누리는 자유를 "관(官)의 캐비넷 속에 맡겨져 있는 것" "정치권력으로부터 배급받은 자유" 등과 같이 신선하게 표현하였다. 이 글은 중반 이후로 가면서는 관의 압박은 무서워하면서도 독자들의 보이지 않는 검열은 무서워하지 않은 작가들을 문제삼았다.

문화를 政治手段의 일부로 생각하고 문학적 가치를 곧 政治社會的인 이데올로기로 평가하는 오늘의 誤導된 社會參與論者들이야말로 스스로 藝術 本來의 創造的 生命에 甲鐘을 울리는 사람들이다.

문학작품을 정치적 이데올로기의 잣대로 재는 사람들은 오도된 참여론자로, 이런 존재들은 관의 검열자보다 오히려 몇 배 더 위험할 수 있다고 덧붙였다. 이어령도 정치나 이데올로기를 좁게 생각한 것으로 드러난다.

이에 김수영은 「실험적인 문학과 정치적 자유」(조선일보, 1968. 2. 27)에서 "살아 있는 문학은 불온하다"는 참신한 전제에서 출발하였다. 김수영이 문제삼은 것은 이어령이 자유의 영역이 확대될수록 한국문학은 오히려 정치적 이데올로기의 도구로 화하여 쇠멸한다는 주장을 펼친 것이었다. 이를 두고 김수영은 무모한 일방적인 해석이라고 하였다. 그리고 문화를 정치사회의 이데올로기와 동일시하는 문화인에게 가장 큰 책임이 있다고 한 데 대해 김수영은 소아병적인 단견이라고 하였다. 이어령이 관의 검열 못지않게 대중의 검열도 무서운 것이라고 한 반면 김수영은 관의 검열자를 더욱 크게 문제시하였다. 더욱 두렵고도 문화파괴적인 검열자는 "획일주의(劃一主義)가 강요하는 대제도(大制度)의 유형무형의 문화기관의 에이전트들의 검열"이라는 것이다. 그러면서 선진국의 예를 보면 문화를 이데올로기와 결부시키는 것이 문제이기보다는 문화를 단 하나의 이데올로기로 비끄러매는 것이 더욱 큰 문제라고 지적하였다.

김수영의 글에 대한 반론형식의 글인 「문학은 권력이나 정치이념의 시녀가 아니다」(조선일보, 1968. 3. 10)에서 이어령은 "오도된 사회참여론자들은 문학작품을 문학작품 자체로 보지 않는 점에서 관의 문화검열자와 조금도 다르지 않다"는 앞 글에서의 자기 주장을 굽히지 않았다. 후반부에 가면 오도된 사회참여론에 대한 비판의 소리는 더욱 높아지고 있다. 이어령은 김수영의 '불온성'이라는 개념을 그대로 받아들이지 않은 채 정치적 자유가 있어도 명작이 생겨나지 않는 이유가 무엇인가 하는 질문을 던졌다. 그리고는 관의 검열자가 '이것만 하지 말라'고 하는 대신 김수영 같은 오도된 사회참여론자들은 오직 '이것만 하라'는 식으로 강요하고 있는 것으로 대비한다. 오히려 전자가 더 소극적이라는 것이다. 우리 문학사를 들여다보면 이어령의 이러한 판단은 납득하기 어려운 것이 된다. 이어령은 이 글의 끝을 순수성으로 왜곡된 역사를 향해 발언할 수 있고 역사에 참여할 수 있는 가능성을 내비치는 것으로 마감했다.

그후 3월 26일자 조선일보는 김수영의 글과 이어령의 글을 동시에 게재하면서 두 사람의 논쟁을 일단락 짓는다고 하였다. 김수영은 자기가 겁이 나서 발표하지 않은 작품을 이어령이 보지도 않고 불온하다는 판단을 내린 것으로 해석하였다. 김수영은 이러한 피해심리를 여러 차례 반복해서 털어놓았다. 김수영은 논점일탈의 태도를 보여주고 있다. 앞의 글에서 김수영이 불온성을 긍정적으로 또 넓게 본 것과 마찬가지로 이어령도 불온성을 광의로 해석하였다. 그러나 이 글에 와서 김수영은 불온성을 좁게 보고 있다. 이러한 김수영의 반론에 대해 이어령은 김수영을 정치적 불온성으로 몰아세운 곳은 한 군데도 없다고 역공하였다. 이어령의 글은 "공리적(功利的)인 문학관을 가진 문학인들, 그리고 정치이념의 도구로 문학을 이용하려는 오해된 사회참여론자(社會參與論者), 어용문인(御用文人) 등이" 관의 검열자들과 마찬가지로 비문화적인 문화인임을 다시 한번 강조하는 것으로 끝을 맺고 있다.

4. 정리

첫번째 논쟁은 김우종 발제, 김병결과 김진만 지원, 이형기 반론, 김우종 재반론 등과 같은 구도로 되어 있다. 이 논쟁은 김우종과 이형기의 공방전으로 압축된다. 이 논쟁과정에서 순수 참여의 관련용어나 개념으로 순수문학 기능, 대중문학, 실존주의 문학, 앙가주망, 자유, 현실해결, 정치, 정치주의, 인간성 옹호 등이 나타났다. 두번째 논쟁은 김붕구 발제, 임중빈 반론, 선우휘·이호철·김현 지원과 같은 구도로 되어 있다. 이들 사이에서 제시된 관련개념으로는 앙가주망, 이데올로기, 사르트르 등이 있다. 이 논쟁은 김붕구 대 임중빈 논쟁으로 압축된다. 김붕구나 임중빈이 1회에 한해 자신의 견해를 펼친 것도 특징적이다. 또 두 논자가 상대방을 신랄하게 공격한 것도 이 논쟁의 특징이라고 할 수 있다. 세번째 논쟁은 이어령 발제, 김수영 반론, 이어령 재반론, 김수영 재반론, 이어령 3차 반론과 같은 내용으로 되어 있다. 이 논쟁은 아예 처음부터 이어령과 김수영만이 대립한 것으로 되어 있다. 논쟁 참가자가 자신의 견해를 비교적 속시원하게 털어놓은 경우가 된다.

이상의 논쟁들은 순수 참여 논쟁의 발단을 (1) 1950, 60년대 한국사회 현실론과 문단현상론, (2) 앙가주망 문학론 중심의 실존주의의 영향, (3) 문학사적 인식 등과 같은 세 갈래로 정리하게끔 해준다. (1)에 기운 이론가로 김우종을 들 수 있고 (2)에 기운 이론가로 김붕구 김병걸 선우휘 이호철 등을 들 수 있다. 그리고 (3)의 경우에는 이형기 이어령 김현을 집어넣을 수 있다. 또한 논쟁 참가자들은 순수·참여 논쟁에 있어 관건이 되는 이데올로기라는 개념을 넓게 본 경우(김수영)와 좁게 본 경우(김붕구 이어령 이호철 등)로 나누어지기도 한다.

(『문학평론』1999년 겨울호)

날카로운 예술학과 따뜻한 한국학의 만남

1. 객관적 시각에서 과거 보기

1900년대가 지나가고 2000년대가 다가오는 시점이라고 해서 일제 강점기(1910~1945)의 한국문학을 근본적으로 새롭게 보아야 할 분위기가 열리는 것은 아니다. 문인들 다수가 민주화운동에 적극 관여했던 1980년대와 월북작가 해금조치가 공포되었던 1988년에서 1990년대 초기까지의 상황이 일제 강점기 문학을 더욱 적극적으로 또 개방적으로 재조명하게 만들었다. 민중문학의 득세와 마찬가지로 월북작가 해금조치도 일제치하에서의 리얼리즘 문학을 중시하게끔 만들었다. 실제로 1920, 30년대의 리얼리즘에 대한 긍정적 인식과 당대의 리얼리즘의 성취에 대한 기대는 표현자유가 제대로 보장되지 않았던 1950년대부터 시작되었다. 1980년대의 정치적 상황과 문단 분위기는 과거를 볼 때나 현재를 볼 때나 리얼리즘에의 관심을 촉구하면서 특히 1920, 30년대의 문학을 재조명하는 자리에서는 리얼리즘 이외에 카프, 운동성, 정론성 등의 개념들을 긍정적으로 바라보게끔 하는 결과를 가져왔다. 일제 강점기 문학 연구자들은 1970년대까지는 자연주의, 양심적 리얼리즘, 객관적 리얼리즘에 만족했지만 1980년대에서 1990년대 초기까지는 의식적 리얼리즘, 비판적 리얼리즘, 주관적 리얼리즘을 리얼리즘의 본령으로 생각하였다. 1970년대까지는 염상섭 김동인 현진건 최서해 등을 중심적인 리얼리스트로 보았고 1980년대 이후로는 조명희 이기영 한설야 김남천 등을 주도적인 리얼리스트로 파악하였다. 그런데 리얼리즘에의 경도현상은 반작용을 일으켜 모더니즘에 기울어지는 예상외의 분위기를 빚어내었다. 1980년대에서 1990년대 초까지의 연구자들이 리얼리즘 문학에 관심을 모은 데 반해 1990년대 초반 이후의 연구자들의 관심은 1930년대 모더니즘 쪽으로 쏠렸다.

일제 강점기 문학을 리얼리즘과 모더니즘의 연결이나 대립으로 구조화하는 것은 한국 현대문학 연구자들 사이에서 통설이 되고 있다. 1980년대에서의 민중문학의 득세가 1920, 30년대의 리얼리즘에의 관심의 증폭을 유도한 것이라면 1990년대에서의 포스트모더니즘의 유입은 1930년대 모더니즘에 대한 탐구욕을 자극한 한 요인이 된다. 일제 강점기에서의 리얼리즘과 모더니즘은 민족적/초민족적, 반항/적응, 빈곤/풍요, 공동체의 논리/개인의 논리, 과거지향/미래지향, 반영론/생산론 등과 같은 이항대립을 보여주는 것으로 정리할 수 있다. 이러한 이항대립을 제아무리 정밀하게 꾸며놓는다 하더라도 일제 강점기 문학의 특질은 리얼리즘/모더니즘으로 다 설명될 수는 없다. 일제 강점기의 한국문학에 대한 재조명 작업은 리얼리즘과 모더니즘 이외에 계몽주의 낭만주의 감상주의 민족주의 사회주의 허무주의 패배주의 등과 같은 경향들을 부각시키는 방향을 취해야 한다. 리얼리즘과 모더니즘이라는 구심점에만 모일 것이 아니라 여러 사조로 펼쳐나가는 원심력에도 관심을 가져야 한다. 실제로 리얼리즘이나 모더니즘이라는 용어는 포괄성이 큰 것인 만큼 작가나 작품을 보다 정확하게 설명하기 위해서는 이 용어를 보다 신중하고도 정확하게 써야 한다. 리얼리즘도 자연주의, 비판적 리얼리즘, 프롤레타리아 리얼리즘 등으로 갈라지지만 모더니즘도 주지주의 이미지즘 심리주의 등 여러 갈래를 포괄한다. 이 두 가지 사조를 통해서만 한국 근대문학의 특질을 설명하는 태도는 근대문학을 이루어내는 과정에서 당시 문인들이 보여준 노력과 그에 따른 고통을 외면하는 결과가 되기 쉽다.

대학원에서의 한국문학 전공자들은 아직도 일제 강점기 문학을 중심대상으로 여기고 있다. 일제 강점기 문학 이전에는 개화기문학이 있고 이후로는 해방기 전시 전후 1960년대 등의 문학이 있기는 하지만 학위논문들을 비롯한 각종 논문들의 제1차적인 대상은 일제 강점기 문학으로 나타나고 있다. 이제 21세기가 되어 한국 근현대문학의 폭이 더욱 커지게 되면 일제 강점기 문학에의 관심의 상대적 우위는 점점 유지하기가 어렵게 될 것이다. 그렇게 되면 한국문학으로서는 가장 고통스러웠던 시기에 담긴 의미가 제대로 전달되지 않는 일이 자주 벌어지게 될 것이다. 일제 강점기 한국문학의 고통과 치욕은 당시 문인들만의 것일 뿐이라는 비정한 인식은 이미 낯선 것이 아닐 정도가 되었다. 한국문학은 개화기에서의 조정기를 지나 일제 강점기 동안에 왜곡되고 부족한 대로 근대문학으로 형성되었다. 20세기의 한국문학이라든가 광의의 한국 현대문학이라든가 하는 데서는 일제 강점기 문학이 여전히 중심임을 부정할 수 없다. 일제 치하의 문학이 가장 많이 다루어지는 이유의 하나는 바로 이 시기의 선천적 중대성에서 찾을 수 있다.

20세기에서 21세기로 넘어가는 시기에서 1910년에서 1945년까지의 식민통치하의 한국 근대문학을 재조명하는 작업은 동기의 필연성은 다소 약하기는 하지만 '안정된 시선'을 획득할 수 있을 것이다. 일제 강점기 문학을 대상으로 하여 해방 이후부터 1990년대 즉 20세기에 있었던 해석과 역사서술 작업은 기본적으로 혼란된 시선 아래 이루어졌다는 특징을 보인다. 일제강점기 문학을 '혼란의 문학'이라고 할 수 있는 것처럼 재평가 주체도 혼란된 역사의 중심에 있었다. 재해석 주체나 대상이나 모두 혼란

속에 빠져 있었다. 역사는 기록이면서 동시에 새로운 해석이라는 말을 받아들인다면 평가주체나 대상이 모두 혼란기에 있었다는 것은 큰 의미를 지니지 않게 된다. 대상이 혼란기에 있었다는 것은 큰 문제가 될 수 없다. 문제는 해석이나 역사서술의 주체가 20세기 내내 혼란기에서 벗어나지 못하였다는 데 있다. 이제, 안정된 시각에서 또 객관 지향적인 시선으로 일제 강점기 문학을 볼 때가 되었고 또 그렇게 할 필요가 있다.

2. 안정된 시각의 생산성

'안정된 시각'에 대해서는 이견이 있을 수 있다. 남북통일이 되기 전까지는 진정으로 안정된 시각은 설정되기 어렵다는 견해도 나올 법하고 도대체 안정된 시각이 무엇을 가져다주는가 하는 의문이 제기될 수도 있다. 또 안정된 시각은 어떠한 태도로 구체화되는 것인가에 대한 기본적인 물음도 나올 수 있다. 안정된 시각은 가치판단 유보로 나타날 수도 있고 자료중심주의로 구체화될 수도 있다. 연구주체나 해석주체가 살고 있는 현재보다는 연구대상이나 해석대상이 속해 있는 과거를 중시하는 것으로 비칠 수도 있다.

해방 후 50년 이상의 시간을 보내면서 국력의 엄청난 신장을 통해 이제 안정된 시각에 도달할 수 있게 되었다. 일제 강점기 문학을 대상으로 한 연구자들은 지난 50여 년 동안 이데올로기의 제약을 겪기도 했고 흔히 기본권 유보나 독재정치로 표현되는 정치적 상황으로부터 자유롭지도 못하였다. 그런가 하면 일제 때부터 싹터온 순수성이니 초월성이니 하는 것이 문학적 통념이 되어 압력을 주기도 했다. 그뿐인가. 과거 연구자들 사이에서 대가로 불려온 작가들과 시인들도 안정된 시각에 그림자를 던질 수 있다. 대부분의 독자들은 연구자들로부터 대가로 인정되어온 존재들을 향해 부정적인 재평가를 하지 않으려 한다. 이광수 김동인 염상섭 이기영 등과 같은 대가가 쓴 작품들은 모두 명작이요 문제작으로 보아버리는 경향마저 있다. 이데올로기 상의 제약, 정치적 상황이 문학의 밖에서부터 온것이라면 순수성이니 초월주의니 대가니 하는 것은 문학의 내부에서부터우러나온 것이라고 할 수 있다. 한마디로, 안정된 시각은 이러한 여러 가지 내외의 압력으로부터 벗어난 것을 말한다.

  실제로, 식민지 시대의 한국문학을 대상으로 한 연구태도와 해석의 방향을 좌우하는 문학관과 사관은 광복 50년 동안 심한 굴곡을 보여왔다. 1950년대에서 1970년대까지는 정치 역사 현실 등을 초월하는 이른바 순수문학론 또는 소승문학이 문학연구 방법을 이끌어갔고, 1980년대에는 정치, 역사, 현실에의 참여를 문학정신의 본질로 아는 민중문학론 또는 대승문학이 문학연구자들에게 큰 영향을 주었다. 순수문학론과 참여문학론은 이미 1980년대부터 상호보완의 필요성을 인식하기 시작했다. 상호보완의 필요성은 1990년대에 들어와 미의식과 주제의식을 맞교환하는 현실을 빚어내었다. 미의식은 '영혼'으로, 주제의식은 '정신'으로 바꾸어 부를 수 있다. 이제 1990년대에 들어와 미 형식 조화를 완전히 무시하는 민중문학이나 현실인식, 시대정신에 완전히 등돌리는 순수문학은 찾아보기어려운 현상이 나타났다. 문학을 특수한 효과나 목적으로 묶어보는 시각대신 총체적으로 바라보고자 하는 시각이 더욱 설득력을 지니게 되었다. 문학을 여러 측면에서 옭아매었던 금지조목들이 대부분 삭제되고 말았다. 과거 문학을 연구대상으로 한 안정된 시각은 바로 이러한 1990년대의현실이 빚어낸 것이기도 하다. 특히 대학원생들이 1980년대 후반기에서 1990년대 초까지 보여주었던 리얼리즘 경도, 1990년대 초에서 지금까지계속되고 있는 모더니즘 경사와 같은 기복을 겪었기에 안정된 시각이 자연스럽게 태어난 것이다. 앞서 말한 것처럼 리얼리즘 경도나 모더니즘 경사는 학계의 차원에서의 자연스러운 변화의 산물이기보다는 현실논리의결과라는 성격이 강한 것이기에 후속 연구자들로부터는 비판을 받을 수있다.

기본적으로 특정 이데올로기나 문학적 고정관념에서 벗어나 있는 안정된 시각은 여러 가지 성과를 가져다준다. 첫째, 과거의 문학적 사실 즉 작품과 작가에게 제값을 찾아줄 수 있다. 물론, 작품을 대상으로 한 제값 찾아주기는 연구자에 따라서는 불필요성이 제기될 수 있다. 제값의 범위를 어떻게 잡을 것인가 하는 질문도 있을 수 있다. 최소한, 이때의 제값찾기는 지나치게 높은 평가나 낮은 평가에 빠지지 말자는 소극적 개념으로 볼 수 있다. 예컨대, 1920, 30년대의 카프작가들의 작품들은 아예 논외로 돌려졌거나 낮은 평가를 받아오다가 1980년대 후반부에 들어서면서는 반대의 평가를 받게 되었다. 이제는 이기영 김남천 한설야 이북명 박태원 송영 엄흥섭 조명희 홍명희 등의 작품들에 대해 지난 1950년대에서 1970년대까지처럼 외면하거나 낮게 평가할 필요도 없지만, 그렇다고 1980년대 이후처럼 이데올로기 포회성이라는 이유 하나만으로 높게 평가할 필요도 없는 것이다. 그 어떤 것을 대상으로 하더라도 객관적 근거 없이 과대평가해서도 안 되고 과소평가해서도 안 된다. 가장 튼튼한 객관적 근거로는 작품성을 들 수 있다. 물론, 객관적 시각을 유지한다고 해서 이들의 작품들을 대할 때 미의식이라든가 기교만을 평가기준으로 내세우자는 것은 아니다. 실제 작품을 읽고 분석하고 해석할 때 미의식 따로 주제의식 따로 될 수 있는 것은 아니다. 작품은 여러 가지 요소의 화학적 합성이지 물리적 결합이 아니다. 어느 요소 한 가지를 빼놓아도 다른 것이 온전하게 남아 있을 수 있는 그런 구조는 아니다. 예컨대 아무리 창작의도가 엄숙하고 비장해도 표현력이나 구성력이 뒷받침되지 않으면 문제작으로 살아남기가 힘든 법이다.

둘째, 안정된 시각은 실증주의를 촉진시켜준다. 작가와 작품에 얽힌 기본적인 사실 예컨대 서지적 사항, 전기적 사실, 작품의 기본적 사항 등과 같은 자료들을 모으는 것을 실증주의라고 한다면 기본적이면서도 움직일 수 없는 해석이 가미된 자료들을 수집하는 것은 신실증주의라고 할 수 있다. 아직도 일제 강점기 문학 내에는 살펴보아야 할 대상, 가치부여를 해야 할 존재가 많음에도 불구하고 실증주의는 다 끝난 것으로 보는 사람이 많다. 심지어는 실증주의는 진정한 연구나 적극적인 탐구와 관계없는 것으로 보는 문학연구자나 문학교육자도 있다. 실증주의는 원전을 중시하는 태도로 나타나기 마련인데 실제 연구자들 사이에서도 원전주의는 잘 지켜지지 않고 있다. 일반 독자들은 현대국어로 표기한 텍스트를 보아도 상관없겠지만 연구자들과 교육자들은 원문으로 된 텍스트를 볼 필요가 있다. 특히 단어 하나하나가 변수로 작용하기 마련인 시 텍스트의 경우 원문 텍스트의 중요성이 강조될 필요가 있다. 문학연구에서 실증주의는 기본작업이기는 하지만 초보적인 일은 아니다. 기본이 튼튼해야 한다는 상식은 여기에도 잘 통용된다. 작가와 작품에 얽힌 기본적인 사실들을 잘 검토하다보면 새로운 해석과 평가의 여지를 찾을 수 있게 된다. 시연구에 있어서 실증주의는 흔히 시작품의 완전한 자구해석으로 나타나는 것으로, 이런 수준을 지키는 것조차도 쉬운 일이 아니다. 시 텍스트를 대상으로 하여 고차적인 해석은커녕 기본적인 분석이라도 제대로 해내는 사람은 의외로 많지 않다. 시연구자들 가운데 작품의 주변을 맴돌면서 지나치게 규모가 크거나 추상적인 이론에 종속되는 사람이 훨씬 더 많다. 특히 젊은 연구자들 사이에서는 끝내는 한국 현대시를 버리고 대신 서양이론을 취하는 경우가 자주 보인다.

셋째, 안정된 시각은 자기와 다르거나 반대되는 의견을 폭넓게 허용하여 자기강화의 결과를 가져온다. 과거의 문학을 바라보는 시각이 꼭 중립적이어야 하고 종합적이어야 좋은 것은 아니지만 설득력을 갖추려면 타자성을 끊임없이 자기화하는 노력과 힘이 있어야 한다. 식민통치 이념대립 전쟁 혁명 혼란 등으로 점철된 우리의 험난한 근대사는 한 개인으로 하여금 이데올로기적인 인간으로 몰아가게 했다. 대부분의 존재는 무엇인가 힘 있는 쪽을 붙잡아야 살 수 있다는 강박증에 시달렸다. 판단유보 중도성 종합성 등은 부정적인 개념으로 평가되었다. 그런 나머지 판단유보는 소극적 태도로, 중도성은 기회주의적 태도로, 종합성은 적당주의적 태도로 오인되기에 이르렀다. 21세기를 맞으면서 취해야 할 안정된 시각은 모든 대상을 그야말로 새롭게 볼 수 있는 바탕을 마련해준다. 자유로운 분위기 아래서 모든 작품들을 원점에서 볼 수 있어야 한다.

3. 따뜻한 한국학의 품

21세기가 되어 20세기 전반기를 차지하고 있는 식민지시대의 한국문학을 바라보는 눈이 20세기와 달라지는 것은 당연한 일이다. 21세기가 됨에 따라 식민지시대의 한국문학을 재조명하는 주체는 달라지지만 재조명 대상은 달라지지 않는다. 한 번도 햇빛을 받지 못한 새로운 자료가 발굴될 가능성도 있기는 하나 월북작가 해금조치가 있었고 이에 따른 가림없는 독서평가 연구가 있어왔기 때문에 일제 강점기의 한국문학의 가치체계가 근본적으로 재편성되는 것은 쉽지 않다. 혁명적인 시각변화나 획기적인 재조명 작업은 말처럼 쉽지 않다.

21세기에서의 변화는 여러 각도에서 추정하고 예상할 수 있는바 한국은 세계화되어야 하고 끊임없이 발전해야 한다는 요구와 압력은 더욱 거세어질 것이라는 예상은 누구나 할 수 있다. 이미 1990년대에도 그런 변화가 있었지만 한국을 세계 내에서 독자성이나 개별성이 있는 존재로 보는 시각은 앞 시대보다 약화되었다. 통일논의와 관계가 있는 것이든 없는 것이든 한국의 현재와 미래를 민족주의적 관점에서 논하는 것 자체가 시대에 맞지 않는 것 같은 느낌이 들 정도였다. 1990년대 한국인들은 우리 민족의 독자성을 지켜나가는 것보다 우리가 어떻게 하면 세계성의 중심에 들어갈 수 있는가에 더 큰 관심을 지니고 있다. 세계주의니 세계성이니 하는 개념이 민족주의적인 발상과 태도를 직접 간접으로 밀어내면서 모더니즘과 포스트모더니즘에 다가가는 것임은 1990년대에 우리가 톡톡하게 겪은 바 있다. 생활방식 사고방식 제도 등의 여러 측면에서 민족주의적인 발상이 계속 탈색됨에 따라 한국어에 대한 관심도 약화되고 한국문학에 대한 관심도 떨어지게 되었다. 민족주의적 관점이 약화되면 언어와 문학에 대한 관심이 줄어드는 법이다.

21세기가 되면 세계주의가 득세하게 될 것이며 세계성이 가장 큰 가치 기준이 될 것이란 점을 부정하는 사람은 없다. 세계주의가 거의 종교처럼 되어버리면 현실 속에서는 보편성 근대성 전향성 실용성 등이 중심개념으로 떠오르게 될 것이다. 이러한 개념들은 개인 제도 정신 등을 대상으로 하여 그 등급을 정해주는 기준이 될 뿐만 아니라 심지어 선악까지도 결정할지 모른다. 보편성 근대성 전향성 실용성 등은 선이요 그렇지 않은 것은 악이라는 끔찍한 도식마저 나오게 될 판이다. 이런 개념들이 어찌 현재와 미래만 저울질하겠는가. 급기야 이런 개념들은 과거까지도 자의적으로 재편성하게 될 것이다. 일제 강점기의 한국문학이라고 해서 이런 데서 예외가 되지 않는다. 극도의 빈곤, 언론·표현·집회·쟁의 등의 기본권의 박탈, 고전적 가치와 정체성의 상실 등과 같은 악조건 아래에서 자라난 1910~1945년의 한국문학은 세계주의 논의 앞에서는 평가절하되기 십상이다. 일말의 민족감정이나 '내 것 숭배'로 뒷받침하지 않으면 일제치하의 한국문학은 보편주의나 문화제국주의 앞에서 표류할 수밖에 없다.

이미 1930년대 들어 리얼리즘에의 경사현상이 가시면서 또 모더니즘을 넘어서 포스트모더니즘이 필연적인 사조로 인식되고 유입되면서 일제 강점기 문학을 모더니즘과 포스트모더니즘 긍정론에 맞추어 재조명하는 일이 일어났다. 일제 강점기 문학을 온통 근대성의 발견이란 관점에서 보는 태도가 유행이 되다시피 한 것, 식민통치를 식민지 근대화과정으로 파악해야 한다고 주장하는 것 등은 이런 현상의 산물이었다. 오늘날, 일제 강점기 문학의 연구자들 사이에서 일본 제국주의, 일제 수탈론, 저항 등의 개념들의 구속력이 약해진 것이 사실이다. 민족주의적인 냄새가 물씬 풍기는 작품이나 프로문학의 전형이라고 하는 작품에서조차 근대성을 찾겠다고 하는 발상도 낯설지가 않게 되었다. 근대성의 함량 정도, 근대성에 대한 작가의 인식 정도가 작품 우열의 기준으로 등장하고 있다. 근대성 주의자들은 한국문학을 과거나 전통이나 민족에 회귀되어서는 안 될 것 같다는 주장마저 내보이고 있다. 근대성주의는 일제 때의 한국문학에 고여 있는 가난, 보수주의, 내 것, 전통, 촌스러운 것 그리고 어두운 것을 좀처럼 인정하지 않으려는 태도를 보이고 있다. "가장 민족적인 것은 가장 세계적인 것"이라는 잠언은 21세기의 한국 현대문학 연구자들도 깊이 새겨야 한다. 일제 강점기 한국문학에서 한국 근대문학의 정체성, 한국문학의 자기동일성을 찾아낼 수 있어야 하고 더 나아가서는 한국인과 한국의 본질을 찾아내어야 한다.

근대성이란 개념 자체가 근대성을 논하는 최근의 방법은 서양은 고급이며 한국은 저급이라는 인식을 수용하는 것이라고 볼 수 있다. 이러한 인식의 부당성은 민족 자주사관의 대두와 함께 이미 1960년대부터 있어온 것이었다. 1960, 70년대의 국문학계에서는 한국 현대문학 주변성론이나 한국 현대문학 저급성론을 극복하기 위한 방안의 하나로 근대화 기점을 실학 시대로 끌어올린다든가 1920년이나 1930년대로 내린다든가 하는 의견을 내놓기도 하였다. 실학시대 기점설은 우리 조상들의 근대적 자각을 높게 산 것이며 1920년대 기점설과 30년대 기점설은 우리 작가들에 의한 근대적 작품의 출현을 근거로 삼은 것이다. 초라하든 말든 메이드 인 코리아가 붙은 근대성이나 유치하든 말든 한국인에 의해 자기화된 근대를 높게 산 이론들이다. 지금은 국문학계의 쟁점에서 제외된 근대화 기점론은 한국 근현대문학을 대상으로 한 용어론 영역론 특질론 등에 대해서도 참고자료를 제공하게 될 것이다. 한국 근대문학과 한국 현대문학을 섞어 쓰는 것이 일반적인 관행이요 추세이기는 하지만 21세기가 되면 근대와 현대의 영역설정이 논의되어야 한다. 근대문학 기점설은 여러 가지가 있거니와 개화기 기점설이 근대성은 곧 서양화라는 공식을 안겨주는 데 반해 1920년대 기점설은 근대성은 곧 진보적 리얼리즘이라는 1930년대 기점설은 근대성은 모더니즘이라는 등식을 안겨준다. 역사학계가 근대와 현대를 가려 쓰고 있는 것처럼 한국문학사에서도 21세기에는 근대와 현대를 분명하게 구분해서 사용해야 한다. 21세기는 한국 근대문학과 현대문학의 시기구분, 근대와 현대의 본질 등에 대한 논의를 하기에 좋은 시점이다.

21세기에 들어서면 세계화 경제성장 민주화가 더욱 촉진될 것이 분명하다. 21세기에 들어서면 우리는 더욱 우리 것, 전통적인 것의 발견과 확보와 선전에 힘써야 한다. 외국의 식민지로 전락해버린 상태에서 근대문학이 전개된 것 자체가 이미 세계문학 내에서 예외적인 사례인 만큼 한국 근대문학사는 열등하고 주변적인 문학사보다는 특수한 문학사로 보아야 한다. 물론 일본, 러시아 등과 같은 외국의 영향이 분명한 1920년대 초기 시와 소설 그리고 일본의 번안비평의 성격이 강한 1920, 30년대의 상당수의 평론들은 우리 근현대문학을 특수한 문학으로 보려 하는 태도를 방해할 수 있다. 그러나 방해된다고 해서 그 존재를 처음부터 탐구대상에서 제외해서는 안 된다. 알 것은 알아야 한다.

그러나 21세기에 들어서는 지금 이 시점에서 '알 것은 알아야 한다'는 자세보다 더 중요한 것이 있다. 일제치하의 우리 작품들을 되도록 따뜻한 눈으로 보아주려는 자세를 기본으로 삼는 일이다. 작가와 작품인 이상에는 우선적으로는 예술작품비평론의 시각에서 접근해야 할 것이나 애정과 아량 때로는 다소의 자기합리화를 포용하는 한국학적 접근도 있어야 한다. 19세기 이전의 고전문학작품들이 예술학적 논의를 넘어서서 한국학적 탐구의 대상이 된 것처럼 한국 현대문학의 중심영역인 일제치하의 문학도 한국학의 대상으로 들어가야 한다.

4. 냉철하게 작성되어야 할 명작목록

문학연구와 문학교육이 제대로 이루어지고 있는가는 명작목록을 작성하는 과정에서 드러나기도 한다. 대체로 우리는 명작목록을 정리하는 작업에 있어서 보수적인 편이라고 할 수 있다. 월북작가 해금조치가 있었던 1980년대 후반을 분기점으로 하여 일제 강점기의 문제작의 목록이 크게 달라지기는 하였으나 아직도 문학교육의 분야에서는 기존의 목록에서 크게 벗어나려고 하지 않는 것 같다. 연구자들에 의한 문제작 목록의 내용이 달라지는 범위와 속도는 원래 문학교육자들에 의한 것보다 크고 빠른 편이기는 하다. 교육은 학생들이나 미숙한 사람들을 대상으로 하는 것이기 때문에 변화의 내용을 알맞게 조절할 필요가 있다. 연구결과를 전문적인 독자들에게 활짝 개방하듯이 그렇게 중고등학생들에게도 활짝 열어놓을 수는 없는 것이다.

　제한된 시각과 전기주의가 가져다주는 편견 아래서 추려낸 명작의 반열이 이제 모든 것에서 자유로운 지금에 와서도 반복되고 있다는 것은 문제다. 명작의 목록이 잘 변하지 않는 이유의 하나로는 전문적인 독자들의 주체적인 독서가 제대로 이루어지지 않은 점을 들 수 있다. 작품에 얽힌 프리미엄에서 자유롭지 못했기 때문이라고 할 수 있다. 작품에 얽힌 프리미엄으로는 작가가 유명하다든가 작가가 투쟁경력이 두드러진다든가 작품이 기념비적인 성격이 강하다든가 하는 점을 들 수 있다. 명작목록을 정리하는 과정에서 이런 사정 저런 요인 두루 고려하는 안배정신에서 헤어나지 못하는 것도 객관성과 공정성을 가로막는 결과를 가져오게 된다.

　1993년에 서울대 인문과학연구소에서 고전 200선을 추리는 작업을 할 때 15자리가 배정된 한국 현대문학의 고전이 다음과 같이 정리된 바 있다. 이인직의 『혈의 누』, 이광수의 『무정』, 홍명희의 『임꺽정』, 염상섭의 『삼대』, 박태원의 『천변풍경』, 이기영의 『고향』, 현진건의 『무영탑』, 심훈의 『상록수』, 채만식의 『탁류』, 강경애의 『인간문제』, 황순원의 『카인의 후예』, 김동인의 「감자」, 한용운의 「님의 침묵」, 김소월 전집, 정지용 전집, 윤동주 전집 등등. 월북작가의 작품이 배제된 1980년대 이전까지의 문제작 목록과 비교해보면, 또 11편의 소설이 추려진 자리에 홍명희의 『임꺽정』, 박태원의 『천변풍경』, 이기영의 『고향』 등이 들어간 것을 보면 세상이 많이 바뀌었구나 하는 생각을 갖게 될 것이다. 강경애의 『인간문제』에 대해서도 의외라는 반응을 내보이는 사람도 있을 것이다. 작가의 지명도에 집착하는 사람은 『인간문제』의 강경애나 『상록수』의 심훈에게 마땅치 않은 반응을 보일 수도 있다. 반대로 작품의 완성도를 가장 큰 기준으로 삼는 사람은 『무정』『임꺽정』「감자」『천변풍경』 등에 고개를 가로저을 수도 있다.

　고등학생들과 교양과목으로서의 문학강의 시간에 들어오는 대학생들을 염두에 두면서 한국 현대소설의 문제작을 뽑은 적이 있다. 그중 일제 때의 작품으로 이광수의 『무정』, 김동인의 「배따라기」, 염상섭의 「E선생」, 김동인의 「태형」, 전영택의 「화수분」, 박영희의 「사냥개」, 주요섭의 「인력거꾼」, 나도향의 「벙어리 삼룡이」, 현진건의 『고향』, 조명희의 「농촌사람들」, 최서해의 「전아사」, 신채호의 「용과 용의 대격전」, 송영의 「석탄 속의 부부들」, 이기영의 「홍수」, 백신애의 「꺼래이」, 이태준의 「달밤」, 심훈의 「영원의 미소」, 박태원의 「소설가 구보씨의 일일」, 강경애의 「원고료 이백원」, 최명익의 「비 오는 길」, 김유정의 「만무방」, 김동리의 「무녀도」, 이효석의 「인간산문」, 김남천의 「남매」, 이상의 「종생기」, 현진건의 『무영탑』, 채만식의 「패배자의 무덤」, 유진오의 「가을」 등을 뽑았다. 작품 선정기준은 너무 잘 알려진 작품들은 가급적 피할 것, 되도록 여러 작가들을 집어넣을 것, 단편 중심으로 할 것 등이었다. 이처럼 기준이 정해지지 않았더라면 김동인의 「태형」, 전영택의 「화수분」, 박영희의 「사냥개」, 조명희의 「농촌사람들」, 송영의 「석탄 속의 부부들」, 김남천의 「남매」 등은 들어오지 않았었을 것이다. 이중 전영택 박영희 조명희 송영 등은 작품의 양이나 질에 있어서 1급이라고 하기 어려운 면이 있다. 첫번째 기준과 세번째 기준을 살리면서 지금 다시 이러한 작업을 하게 된다면 강경애의 「어둠」, 김남천의 「문예구락부」「경영」「맥」, 유진오의 「송군 남매와 나」, 정비석의 「삼대」, 최명익의 「장삼이사」, 허준의 「습작실에서」, 한설야의 「파도」「이녕」, 이태준의 「패강냉」, 이무영의 「루바슈카」, 채만식의 「패배자의 무덤」 등과 같은 소설들을 놓고 고민하게 될 것이다. 이외에도 우열을 가리기 힘든 수준 높은 단편소설들이 많은지라 어떤 작품을 문제작의 반열에 넣을 것인가 하는 고민은 끝이 없을 것 같다.

끝으로 문학연구자들과 문학교육자들에게 읽어야 할 작품의 범위를 넓혀주었으면 하고 부탁하고 싶다. 그러기 위해서는 종래의 연구자들이나 독자들에 의해 대중소설이나 중간소설의 범주에 들어간 것들 가운데서도 몇 편을 살려낼 필요가 있다. 이미 전문적인 문학연구자들로부터는 읽고 논할 만한 작품으로 인정받은 것이기는 하지만 나도향의 『환희』, 이효석의 『벽공무한』「화분」, 현진건의 『적도』, 염상섭의 『광분』『불연속선』, 김남천의 『사랑의 수족관』, 이태준의 『화관』『청춘무성』, 한설야의 『청춘기』, 엄흥섭의 『인생사막』, 김말봉의 『찔레꽃』 등과 같은 작품들도 다시 읽어볼 만한 작품의 안으로 밀어넣어야 한다.

(『문학과교육』1999년 겨울호)

5부

채만식의 『금의 정열』, 국어 어휘의 창고

채만식(蔡萬植)의 『금(金)의 정열(情熱)』은 매일신보에 1939년 6월 19일부터 같은 해 11월 19일까지 연재되었던 장편소설이다. 이미 『금의 정열』 이전 작품들을 통해 채만식은 많은 어휘의 구사력, 다종다양한 수사법, 정확성과 묘미를 자랑하는 문장력 등을 과시한 바 있다. 이런 특징들은 일제 강점기라는 어려운 시대에 대한 정직한 인식을 끝까지 포기하지 않은 데서 맺어진 결실이기도 하다. 그는 해학이니 풍자니 하는 '뒤틀린' 인식으로 고난의 현실을 한 장 한 장 '똑바로' 넘길 수 있었다. 단편이건 장편이건 채만식의 소설들은 산문의 표현방식의 적절한 실례로 가장 빈번하게 인용되어왔다. 채만식의 소설은 오늘날의 우리 작가들이 국어의 본질에 대한 무관심, 어휘의 빈곤, 수사법의 제한, 부정확한 서술방법의 노출 등과 같은 문제점을 지니고 있음을 부각시켜준다. 오늘날 일상어의 절대량이 줄어들고 있는 것처럼 소설어도 줄어들고 있다. 소설어의 증대가 일상어의 감소를 막아내는 한 방안이라는 명분이 성립되려면 최소한의 소설독자가 확보되어야 한다. 그런데 현실은 그렇지 못하다.

『태평천하』『탁류』 등의 장편소설과 마찬가지로『금의 정열』은 작가의 국어 사용방법의 충실한 사례집이라고 할 수 있다. 금광열풍에 휩싸였던 1930년대 한국사회의 풍경과 초상을 잘 보여주고 있는『금의 정열』에는 국어대사전이라든가 방언사전이라든가 속어사전 등의 도움을 빌려야 뜻을 알 수 있는 단어나 어구들이 실로 많이 등장하고 있다. 요량장을 대다, 염량 빠지다, 머리가 없다, 중판을 메다, 입구구를 댄다, 오갈이 들다, 헐수할수없다, 심청이 나다 등과 같은 말들은 한국어에 대한 흥미를 불러일으켜주며 꼼실꼼실, 초군초군, 가뜬가뜬, 말긋말긋, 포실포실, 모착모착, 절금절금, 덥적덥적, 허벅허벅, 숭얼숭얼, 트작타작, 푸뜩푸뜩, 지벅저벅, 쏠쏠히 등과 같은 부사어들은 채만식 소설을 새로운 눈으로 보게 만든다. 고패, 건짐작, 육장, 가시버시, 터수, 알짬이 등과 같은 명사들, 숫보기, 허릅숭이, 거랑꾼, 꾀자기, 백피난봉, 애기패 등과 같은 인간형을 가리키는 언어들, 왕청되다, 뇌꼴스럽다, 벌쯤하다, 기이다, 시뚱하다, 뚱기다, 기물스럽다, 실토정하다, 지부럭거리다, 뚱기다 등과 같이 상태나 행위를 가리키는 말들은 채만식 소설의 풍부한 어휘량을 짐작하게 만든다. 그런가 하면 군장(장단), 답새다(때리다), 대근하다(견디기 힘들다), 되거리(되넘기기), 허정(기갈) 등과 같은 방언도 나오고 있다. 요즈음 우리 주변에서는 좀처럼 얻어듣기 힘든 이러한 말들이 문맥적 의미를 얻게 된 용례를 살펴보자.

　군이 그것을 타자고 한 시간씩이나 넘겨 지저분한 대합실 구석에서 파리 떼를 동무 삼아 곱다시 기다리고 앉았을 머리가 없었던 것이다.

'곱다시' 는 '그대로' '고스란히' 등으로 바꿀 수 있다. '머리가 없다' 는 '이유가 없다' 는 말이다. '고스란히 앉았을 이유가 없었던 것이다' 로 표현할 수 있었던 것과 채만식의 소설에서 이미 "곱다시 기다리고 앉았을 머리가 없었던 것이다"로 표현된 것 사이에는 분명한 차이가 있다. 후자가 좀더 부드러운 것임은 부정하기 어렵다.

또 답지 않게 여자를 대하여 부끄러움을 탈 숫보기거나, 그래서 오갈이 들거나 해서 그런 것도 아니다. 너무 잘 알고 너무 사랑스러워서—차라리 이것 때문에 아닐는지 모른다.

'숫보기'는 약삭빠르지 않은 순진한 사람을 말하는 것으로 숫총각이나 숫처녀로 대치할 수 있다. '오갈이 들다'는 식물의 잎이 병이나 열 때문에 시들어 오글쪼글하다라는 뜻을 가지고 있다. '숫보기'는 '숫총각'으로, '오갈이 들다'는 '두려움 때문에 주눅들다'로 바꾸어 표현할 수 있다. 이렇게 바꾸어 표현하면 의미는 별 손실 없이 전달될 수 있다. 그러나 분명히 뉘앙스는 다르다. '숫보기'에는 약간의 익살과 비꼬는 맛이 깃들여 있다. 채만식은 소설에서 단어 하나하나를 사전적인 뜻을 실어나르는 운반 기구로만 사용한 것은 아니다. 우리말의 묘미를 살려내는 것을 의도하였으며 가급적이면 맛깔스럽게 표현하려고 하였다. 어떤 면에서는 시 쓰듯이 소설을 썼다고 할 수 있다. "윤식에게 해주 아씨의 인상은, 익다익다 못해 절로 떨어지려고 하고 허벅허벅한 과실과 같은 것이었었다"라는 문장에서 허벅허벅은 잘 익은 사과나 삶은 고구마나 감자처럼 물기가 적고 끈기가 적고 푸석푸석한 모양을 가리킨다. '허벅허벅'이란 말을 안 쓰면서 해주 아씨를 묘사했더라면 지면이 보다 많이 낭비되었을 것이다. 정확하게 선택된 단어 하나는 장황한 설명을 대신해낼 수 있다.

순범은 속으로는, 역시 그 사람네 여자답게, 그리고 여관 하녀답게, 그러한 정도의 친절인 것을 갖다가, 저 염량 빠진 위인은 저한테 무슨 딴 의사가 있는 걸로 혼자 옥구구를 대는 속이거니 하고, 아까부터도 우습게 생각을 하지 않았던 것은 아니다.

　　그러므로 시방 지부럭거리게 구는 것도 다직해야 속이나 떠보자는 장난이지, 괜한 농담인 것이다.

　　위의 인용문에서 '염량 빠진' '옥구구를 대는' '지부럭거리게' '다직해야' 등은 국어대사전의 힘을 빌리지 않으면 정확한 뜻을 알기 어려운 단어들이다. '염량 빠진'은 온냉 선악 시비 등을 분별해내는 슬기가 없는 것을 말하며 '옥구구를 대다'는 '옥셈을 대다'와 같은 말로 잘못 계산하여 자기에게 불리하게 만드는 것을 말한다. '지부럭거리다'는 객쩍은 말이나 행동으로 남을 귀찮게 구는 것을 뜻한다. '다직해야'는 '기껏해야'로 풀 수 있다. 귀찮기는 해도 국어대사전을 들추어보면 이 인용문의 전체 맥락은 다 꿰뚫게 된다. 얼마나 재미있고 알찬 표현인가. 이 인용문 하나만 보아도 『금의 정열』은 국어의 창고임을 부정하기 어렵다.

　　그러나 다음과 같이 끝내 부분 불통으로 놓아둘 수밖에 없는 대목도 간간이 나타난다.

　　그러나 속으로는 제발 잔상이 보배더라고, 담배까지 곁들인 이 조그마한 가게를 지니고 앉아서, 말치없이 조금씩 벌어 졸략히 먹고 불안 없는 세상을 살아가기가 간절한 소원이었었다.

　　그러자, 오늘 새벽에는 고산골에서 분광을 하면서 물건을 대고 하느라고 역시 된통속인 문서방이, 그 신문을 쥐고 부옇게 쫓아들어왔었고 한 것을, 그는 계제가 좋을 성싶어, 없는 강단을 쥐어짜 겨우 한두 마디 이 노릇을 그만두자는 의사를 비쳐보았던 것이다. 그러나 결과는, 눈이 빠지게 지천을 먹은 것밖에는 아무 소득도 없고 말았던 것이다.

　　위의 글에서 문제가 되는 단어는 '강단을 쥐어짜' '된통속' 등으로 그 정확한 뜻을 찾을 길이 없다. '부옇게'는 '얼굴이 하얗게 질려서'로, '지천을 먹은 것'은 '야단을 맞은 것'으로, '말치없이'는 군말이나 뒷말이 없이'로 바꾸면 된다. '말눈치없이'의 줄인 말인 '말치없이'는 채만식의 애용어의 하나이기도 하다. 장편『태평천하』에도 나타나고 단편「빈, 제일장 제이과」에도 나타난다.『태평천하』에서는 "윤직원 영감은 제가 그대로 병통없이 말치없이 자기 종신토록 자알 살아만 주면 마지막 임종에 가서, 그 집하고 또 땅이나 벼 백석거리하고 떼어주어, 뒷고생 않게시리 해주려니, 이쯤 속치부를 잘 해두었었습니다"와 같은 예문을 찾아볼 수 있다.

그러나 채만식이라고 어휘를 사전에 정리된 의미 쪽으로만 쓴 것은 아니다. 사전적인 의미와는 거리가 있게 쓴 것도 눈에 뜨인다. "아따 제엔장!—거 자네두 복받을려거든 사람이 제발 좀더 덥적덥적하래두 그래 싸아!—"(281쪽) 했을 때의 '덥적덥적'은 털털해지거나 대범해지라는 요구를 반영하는 것으로 볼 수 있는데 '덥적덥적'의 사전적 의미는 '걸핏하면 남의 일에 참견하기를 좋아하는 것'으로 되어 있다. 채만식은 우리말의 발굴과 보존에 큰 기여를 한 작가이니만큼 사전적 의미를 뛰어넘어 자의적으로 국어를 사용한 경우를 꼬박꼬박 잘못되었다고 하기는 어렵다. "윤식은 계집을 작별하고, 폭양이 쬐는 거리를 절름절름 도서관 앞을 지나서 전매국 옆으로 나섰다"에서의 '절름절름'도 아주 적합한 표현이라고 하기는 어렵다.

『금의 정열』은 채만식이 형들을 따라 금광에 투신했던 경험을 살려 쓴 것인 만큼 금광에 대한 전문지식을 바닥에 깔고 있다. 실제로 이 소설은 광구, 수굴, 트렌처, 보링, 물목, 분광, 청부꾼, 덕대 등과 같은 금광의 구조, 가격 작업 내용, 종사자 등에 대해 전문지식을 잘 보여주고 있다. 금광에 관련된 전문용어라든가 경제에 관계된 용어들이 더러 나오기는 하지만 이 작품 속의 단어들은 대체로 구체적이고 생활적이고 토속적인 언어라는 성격을 지닌다.

채만식의 서술방법상의 특징의 하나로 장문주의와 묘사주의를 들 수 있다. 예컨대 청년 금광 졸부인 주상문이 동생이 문학공부하러 동경으로 떠나겠다는 소식을 듣고 이 고민 저 고민 하는 모습을 보여주는 대목은 한 문장이 반 페이지를 차지할 정도로 아주 길게 처리되어 있다. 이 소설에서 한 문장이 반 페이지나 될 정도로 긴 것은 거의 없다. 이런 장문은 작가가 작중 인물의 속을 이리 헤집고 저리 쑤시고 하면서 얼른 끊어내지 못하고 질질 끌거나 서술내용들을 포개거나 한 데서 나온 것이다. 채만식은 장문 주의를 지키든 묘사주의를 지키든 '뒤틀어보기'의 방법에 자주 의지하는 버릇이 있다. 채만식 특유의 짠맛이 깃들인 묘사주의의 한 경우를 살펴보기로 하자.

파리가 꾀건, 늙은 더부살이가 바닥을 비질하느라고 먼지를 일으키건, 누더기가 우레 같은 코를 골건, 아이놈의 손톱 밑의 땟국과 눈곱이 방금 아지노모도 대신을 하건 다 상관할 바 없고, 상문은 10전어치 우랑과 혀밑을 곁들인 30전짜리 맛보기에다가 거친 고춧가루를 한 순갈 듬뿍, 파양념은 두 순갈, 소금은 반 순갈, 후추까지 골고루 쳐가지고는 휘휘 저어서, 우선 국물을 걸쭉하니 후루루후루루……

술로 밤새도록 간을 친 속이니, 얼큰한 그 국물이 비위에 썩 받기도 하겠지만, 본디 또 식성이 그렇게 복성스러운지 모른다.

이 문장은 주상문이 간밤에 술을 많이 먹고 그 다음날 해장국을 맛있게 먹는 모습을 묘사해놓은 대목이다. 반복법 과장법 의성법 등에다가 골계미를 섞어놓은 묘사적인 장문이다. 묘사적인 장문은 우리말에 대한 뛰어난 구사력도 있어야겠지만 그것보다는 먼저 우리말 하나하나에 대한 남다른 애정이 전제가 되어야 한다. 이쯤 되면 작가는 민족어의 파수꾼이라는 말이 자연스럽게 떠오르게 된다. 채만식은 동시대인들이 쓰는 말의 질량을 소극적으로 반영한 것이 아니라 우리 독자들이 '써야 할' 말의 질량을 제시한 셈이다. 작가는 작품 한 편씩 쓸 때마다 새로운 단어를 대폭 기존 국어사전에 추가할 수 있는 정도가 되어야 한다. 이번에는 서사적인 장문을 보기로 하자.

멀리 몇십만 년 전 우리네 사람의 조상이라던 원인(原人 : 그 성성이나 별반 다를 바 없이 생긴) 하이델베르크인이나 네안데르탈인의 피가 한 방울 여태껏 인류의 혈관 속에서 지워지질 않고 처져 내려오다가, 그러다가 하필 이십세기의 오늘날에야, 저 구석진 조선땅 장단(長湍)고을, 어떤 김씨네 집안의 자손 가운데, 그나마 남자도 아니요 한 처녀의 몸에 가 심술궂게도 그 문명치 못한 혈통이 유전되어가지고, 그만해도 야속하다 하겠거늘, 다시 그 처녀가 송도 땅의 박정현이라고 하는 사람과 결혼을 하자, 개개 일자로 모친의 그렇듯 원시적인 얼굴을 사진 찍은 듯이, 울레줄레 오남매가 죄다 하이델베르크인이 아니면 네안데르탈인의 탈을 쓰고 출생을 했으니— 정말 그것이 유전의 탓이라고 한다면 유전이라고 하는 것의 죄도 이만저만 하지 않은 물건이라 할 것이었었다.

교사였다가 금광꾼으로 돌아선 박정현의 4남 1녀가 한결같이 성성이처럼 못생겼다는 것을 강조하고 있다. 얼마나 긴가. 그리고 얼마나 재미있고 감칠맛 나는 표현인가.

『금의 정열』에 등장하는 인물들은 작가를 닮아서 그런지 대체로 입심이 좋고 익살맞은 표현을 잘 쓴다. 채만식은 기본적으로 전지자적 서술방법을 써서 어떤 인물의 내면이든 아무 때라도 들어가는 버릇이 있다. 다음과 같이 재미있는 표현들은 이러한 버릇의 산물이다.

(가) "옛날엔 미두가 촌사람네 선영백골을 모두 물어가더니, 시방은 또—"

(나) "제엔장, 기집의 터럭 하나가 코끼리를 넉넉 달아올린다더니, 끙."

(다) 물론 빈민촌이요, 말하자면 개성부의 몸피가 붇느라고 가 변두리를 먹어나가는 잠식작용의 선발대들인 것이다.

　(가)의 말줄임표는 '금광바람이니' 라는 말을 감추고 있고 (나)문은 과장법을 쓰기는 했지만 조금도 거북살스럽지 않다. (다)문의 경우, '잠식작용의 선발대' 라는 표현이 참신하게 다가온다.

　이처럼 채만식은 한국어를 능동적으로 개성적으로 그려냄으로써 소설은 날카로운 담론, 재미있는 담론, 얄미운 담론, 기발한 담론임을 입증해 줄 수 있었다.

(『새국어생활』, 2000. 6)

현진건의 『무영탑』, 그 미문주의의 허실

현진건의 장편 역사소설 『무영탑(無影塔)』은 동아일보에 1938년 7월 20일부터 1939년 2월 7일까지 연재된 것이다. 이미 1920년대에 「불」「운수 좋은 날」「사립정신병원장」 등의 단편소설을 통해 리얼리스트와 민족주의자 그리고 저항주의자로서의 면모를 과시했던 현진건이 일제통치가 절정에 달했던 1930년대 말에 그것도 역사소설을 썼던 것이니만큼 『무영탑』은 단어 하나 문장 하나도 민족애로 반죽해내었을 것이다. 1920년대의 발표작들은 현진건이 소설에서 정확한 묘사를 가장 중시하여 일어일물설(一語一物說)을 신봉하였음을 입증해준다. 「빈처」「고향」 등과 같은 1920년대의 현진건의 단편소설들은 정확한 묘사를 성공적으로 이루어낸 점에서 『무영탑』의 원형적 존재에 해당한다. 이런 점에서 『무영탑』에서 한국적 자기 동일성이 배어 있는 단어를 많이 만날 수 있으리라고 기대하는 것은 부자연스런 일은 아니다. 역사소설이라는 유형은, 언어는 주제를 직접 반영하는 것이라는 인식을 일깨워준다. 실제로 『무영탑』에서는 오늘날 방언이라든가 고유어에 관심이 많은 작가의 소설에서도 찾아보기 힘든 단어들을 많이 만나볼 수 있다.

"글세 그게 별판이야. 그래도 그 잔손질 만흔 다보탑을 시작한 것만 별판이지"(1938. 7. 23)에서의 '별판'은 '뜻밖의 좋은 판세'라는 뜻을 지니고 있다. "한 남자와 두 여자! 찐답잔은 일인걸"(1938. 8. 1)에서 '찐덥다'는 '떳떳하다'라는 뜻이니만큼 '찐덥잖다'는 '떳떳지 못하다'는 뜻이 된다. "거기 무슨 의지깐이 있어요. 노박이로 비를 맞으실걸 뭐"(1938. 9. 30)에서 '노박이다'는 '한 가지 일에만 줄곧 둘러붙다'는 뜻을 지닌 것으로, '노박이로'는 '늘' '항상'과 같은 부사의 기능을 보인다. "대감님께서 사랑에 진둥한둥 들어오시더니 마님께 무슨 분부를 내리신 모양이든뎁시요"(1938. 12. 16)에서 '진둥한둥'은 '허둥대며 서두르는 모양'이라고 뜻풀이된다. 지금은 '허둥지둥'이라는 말로 통일해서 쓰고 있지만 '진둥한둥'은 오늘에도 살려야 할 재미있는 단어임에 틀림없다. "더구나 만일 그이가 아니엇든들 그 감때사나운 제자들을 누가 제어를 할 것인가"(1938. 10. 24)에서의 '감때사납다'라는 감칠맛 나는 단어는 '매우 사납다'를 한 단어로 압축해놓은 것이다. "종착없는 소리, 홍, 오 저년이 듣는다고. 저 육시를 할 아사녀란 년이 듣는다고 염려마라"(1938. 10. 29)의 '종착없다'라든가 '요량없다'는 '일정한 주견이 없다'와 같은 뜻을 지닌다. "너같이 표리부동하고 능갈친 놈은 헌신짝 팔매치듯 저따위 년한테나 갖다 앵길 테다"(1938. 10. 29)의 '능갈치다'는 '몹시 능청맞다'로 바꿀 수 있다. "나는 소리도 무대 같은 목탁을 두들기는 것도 신풍영스럽고 손끝에 몬늘몬늘한 염주를 헤이기는 더구나 고리타분하엿다"(1938. 11. 8)의 '신풍영스럽다'는 '신청부 같다'와 같은 말로 '근심걱정이 많아서 자질구레한 일을 돌아볼 여유가 없다'로 설명된다. "그후로 금성의 사랑에는 거의 밤마다 먹거지가 버러젓다"(1938. 11. 23)에서의 '먹거지'는 '여러 사람이 모여서 벌이는 잔치'라는 의미다. 이외에 '한금해야' '종주먹을 대다' '켯속' '갸등질을 치다' '지축지축' '괴란쩍다' '산댓속이 빠르다' '아갈잡이'

'행투' '첫밗' '천착스럽다' '쩍말없다' '능갈치다' '띠룩띠룩' 등과 같이 우리말의 묘미를 잘 살린 단어들을 찾아볼 수 있다. 이런 단어들은 말할 것도 없고 앞에서 예문을 든 '찐덥잖다' '노박이로' '진둥한둥' '감때사납다' '먹거지' '신풍영스럽다' 등과 같은 단어들도 지금은 거의 쓰이지 않고 있다. 어느 하나 방언인 것이 없음에도 이런 단어들이 오늘날 사어(死語)나 폐어(廢語)로 되어버린 것은 문제가 아닐 수 없다.『무영탑』에 나났던 조금은 낯선 우리 고유어들이 대부분 사라져버리게 된 책임은 기본적으로는 한국의 언중(言衆)들이 져야 하겠지만 시인과 작가들도 통감해야 할 필요가 있다.

그런데 현진건이 내보인 순수한 우리말 가운데 실제로는 한자로 된 것이 적지 않다. "이런 자리에 말을 하기가 준흑이 드는 듯, 그 여상진 흰 얼굴을 살짝 붉힌다"(1938. 7. 24)의 '여상지다'는 '여상(女相)지다'로 '얼굴이 여자 얼굴처럼 생겼다'는 뜻이다. 오늘날에는 '남상'이란 말은 많이 쓰지만 '여상'이란 말은 거의 쓰지 않는다. "대공을 이루기는커녕 까딱하면 귀어허지가 될 모양이랍니다"(1938. 10. 15)에서 '귀어허지'는 '귀어허지(歸於虛地)'에서 나온 말로 '오직 수고롭기만 하고 허망하고 헛되다'라는 뜻이다. 오늘날에는 이런 말을 얻어듣는 것은 좀처럼 쉽지 않다. "그러면 뒷수쇄는 어떻게 했단 말인가. 뒷수쇈지 앞수쇈지 아주 학질을 떼엇네"(1938. 10. 16)에서 '뒤치다꺼리'라는 뜻의 '뒷수쇄'에서의 '수쇄'는 '수쇄(收刷)'라는 한자어에서 나왔다. "실상 주만이도 불국사에서 얼무적거리라고는 생각지 안핫다"(1938. 11. 15)에서의 '얼무적거리다'는 '매사에 분명치 않음을 이르는 말'이다. 그런데 이 말은 '얼무적(孼無嫡)거리다'에서 나왔다. "세상에 이러케 지순차순한 도적놈도 잇을가"(1938. 9. 5)에서 '지순차순'은 '마음이 더할 나위 없이 온순하고 어질다'라는 뜻이 된다. '지순차순'에서 '지순'이 '지순(至順)'에서 나온 것임은 분명하다. "그 꾀를 실행하기에 제 혼자 힘으로는 조금 벅찬 것이 험절이엇으나 힘을 빌릴 사람이 그리 아쉽지도 아니하엿다"(1938. 11. 23)에서 '험절'은

'몹시 험하다'라는 뜻을 갖는다. '험절'은 '험절(險絶)'로 표기된다. "눈 앞에 그리는 아사녀의 눈매조차 아리숭아리숭 여불없이 부뜰리지 안핫다"(1939. 2. 3)에서 '여불없이'는 '위불 없이'의 오기(誤記)로 보아야 한다. '위불없다'는 '위불(爲不) 없다'에서 나왔고 '위불(爲不) 없다'는 '위불위(爲不爲)없다'에서 나왔다. 이 말은 '틀림없이'라든가 '의심할 바 없이'라는 뜻을 갖는다. 고유어처럼 보이는 우리말들도 이제는 잘 쓰이지 않거니와 한자 자체도 보기 힘들다. '얼무적' '험절' '지순차순' 등이 한자어로 되어 있다는 사실을 『무영탑』을 통해 확인할 수 있을 정도다. 이러한 고유어의 적극적인 선택과 사용은 현진건 특유의 미문주의(美文主義)의 한 근거가 되고 있다.

앞서 예거했던 1920년대의 단편소설들과 『무영탑』은 미문주의라는 또 하나의 공통점을 보여준다. 현진건의 미문주의는 의성어와 의태어의 적극적인 사용을 또하나의 기반으로 삼는다. 현진건의 대표적인 표현기법으로 의성·의태어를 남용하는 점을 들 수 있다. 앞서 든 문장에서 이미 '진둥한둥' '몬늘몬늘' '지축지축' '띠룩띠룩' 등과 같은 의태어를 확인할 수 있었다. "절 앞 넓고 넓은 못은, 바람도 없건마는 제 흥에 겨운 듯이 찰랑찰랑 밀려들어와 새로 싸하 올린 석축에 부딪는다. 바그를 힌 물꽃을 날리고 갈 길을 몰라 쩔쩔매는 듯하다가 더러는 수멸수멸 뒷걸음을 쳐서 멀리 물러가고 더러는 옆으로 빙그를 돌아 청운교 연화교 갓을 더듬더니 마침내 돌로 튼 홍예문을 찾아내어 앞을 다투며 몰켜나가서는 어지럽다는 듯이 뱅뱅 돈다"(1938. 7. 25)에서 '찰랑찰랑' '수멸수멸' '빙그를' '뱅뱅' 등을 빼버렸을 경우 문장의 완성도는 크게 떨어지게 된다. "배가 기우뚱 기우뚱, 번쩍번쩍하는 금관이 물 속에 흔들리자, 수없는 구옥이 어지럽게 춤을 춘다. 희빈들의 어여쁜 얼굴들이 연꽃송이처럼 둥둥 떴다. 실바람에 나붓기는 구름쪼각과 같이 아른아른한 집옷자락도 흐른다. 간댕간댕하는 황금 귀고리와 구슬 목걸이가 물거품 사이로 숨기 잡기를 한다"(1938. 7. 25)와 같은 예문은 의성·의태어는 정확한 묘사에 기여하는 법임을 깨달게 해준다. "이 불바다에 헤엄치듯 가진 풍악이 울려온다. 두리둥둥 법고가 운다. 엎어지는 바닷가 지르렁지르렁"(1938. 7. 29)은 완전히 시적인 표현이다. '두리둥둥'이나 '지르렁지르렁'은 촌철살인의 힘마저 보여준다.

그러나『무영탑』에서 모든 의성·의태어가 긍정적인 기능만 보여주고 있는 것은 아니다. 가령 "털이는 쌔근쌔근하면서도 연해 잔소리를 재우치며 땀을 빡빡이 흘린다. 달을 가리엇던 구름장은 어른어른 지나간다. 가닭가닭이 풀어지고 엷어저서 마지막엔 뿌유스름한 김처럼 달얼굴에 서리었다가 이내 가뭇없이 살아젓다. 거물거물하던 그늘과 빛이 뚜렷해젓다. 탑신이 온물에 적시어 노흔 듯 불현듯 번쩍인다"(1938. 7. 31)와 같은 글에서 '빡빡이' '거물거물'과 같은 단어는 부적절하다는 느낌을 주고 있다. "주만은 전에 없이 황황해한다. 털이는 입을 아 벌린 채 수상쩍다는 듯이 제 아가씨의 기색을 살펴엇다. 홰를 올리고 거물거물하는 밀초 불빛에도 제 아가씨의 얼굴이 이글이글 타는 듯이 붉은 것을 알아볼 수 있었다. 그 새까만 눈썹 위에도 심상치 않은 기운이 떠돈다"(1938. 8. 7)에서 아무리 흥분했다고 하더라도 처녀의 얼굴을 '이글이글 타는 듯이'라고 표현한 것은 어울리지 않는다. '황황해한다'도 명료하지는 않다.

"사르럭사르럭 깁옷자락이 부드럽고 미끄러운 소리를 낸다. 제글제글 노리개와 구실줄이 운다"(1938. 8. 17) "홍은 인제 이글이글한 불덩어리가 되어 그대로 디굴디굴 군다"(1938. 8. 24), "어른어른하는 달빛에서 그 방구리같은 몸을 꼬불랑꼬불랑하며 털이는 이리 갸웃 저리 갸웃 늘어진 이의 이모저모를 자세자세 들여다보고 있다가 에구머니나! 버럭 외마디 소리를 지른다"(1938. 8. 27) 등의 문장에 나타난 '사르럭사르럭' '제글제글' 등과 같은 의성어와 '이글이글' '디굴디굴' '꼬불랑꼬불랑' 등과 같은 의태어는 대상을 생동감 있게 표현하는 효과를 가져다준다. 특히 형이상학적 기운을 가리키는 '홍'은 '이글이글한 불덩어리'라든가 '디굴디굴 군다'와 같은 표현에 실리면서 더욱 구체적으로 형상화되는 결과를 맞게 된다. 털이라는 인물의 가벼운 몸놀림도 여러 의성·의태어를 통과하면서 더욱 생생하게 가시화되고 있다. "아사달은 까무러친 그 이튿날 아침에야 겨우 깨여낫다. 아리숭아리숭한 머리 가운데 한창 흥이 겨워서 겨누를 휘두르고 정을 들만치는 모양이 저 아닌 다른 사람과 같이 떠올랐다. 그 신이 난 잔 가락 굵은 가락이 잉잉하니 귓결에 울리며 제 몸은 반공에 둥둥 솟아 일렁일렁하는 듯하다. 돌불이 번쩍번쩍 흩어지는 대로 눈동자만큼씩한 수없는 아사녀의 모양이 마치 콩튀듯 튀어올라 핑핑 내어 들리는 눈 끝에서 뱅글뱅글 매암을 돈다"(1938. 8. 28)에서 "아리숭아리숭한 머리"라든가 "핑핑 내어 들리는 눈 끝에서"는 수식어와 피수식어가 잘 어울린다고 하기가 어렵다. "주만의 성난 목소리는 벼락과 같이 털이의 귀에 떨어젓다. 그 얼굴은 꽃불을 담아 부은 듯이 이글이글 타오르고 대번에 목청에 꺽꺽하게 쉬여진다. 찢어질 듯이 아늘아늘해진 입술이 부들부들 떤다. 제 아가씨가 노발대발하는 것도 여러 번 겪은 털이지만 이러케 역정이 머리끝까지 오르는 것은 처음 보았다"(1938. 9. 2)에서도 '꺽꺽하게' 라든가 '아늘아늘해진'은 차라리 없는 편이 낫지 않을까. "출렁출렁 안압지에 물결치는 소래만 새어 들려도 까닭없이 가슴이 울렁울렁하엿다"(1938. 12. 18)에서는 물결치는 소리인 '출렁출렁'과 가슴뛰는 소리인 '울렁울렁'이 좋은 호응관계를 이루어내고 있다. 이렇듯 현진건은 더러 문제점이 있기는 하지만 의성어와 의태어를 의도적으로 적극 구사함으로써 미문주의를 성공적으로 구축하게 된다.

『무영탑』의 서술방법상의 특징으로 웃음기가 없는 점, 대화체가 많은 점, 묘사가 설명을 압도하고 있는 점 등을 들 수 있다. 행위묘사가 심리묘사를, 외면묘사가 내면묘사를 압도하고 있다. "차차 밥을 먹게 되자 가초가초 반찬을 담은 찬합은 어떠케 맛난지 몰랐다. 서홉밥 한 바릿대가 오히려 나빳다. 어린애 모양으로 세 끼니가 까마케 기달리엇다. 그 사이 틈틈으로 고음과 찜 같은 것도 몰리 알리 털이의 손을 거쳐 들어왔다. 한밤에 오르고 한밤에 내린다는 젊은 살은 여윈 자국을 메우듯 차올랏다"(1938. 9. 17)는 단문(短文)이 보기좋게 층승작용을 보이고 있는 미문의 한 예다.

"사치한 맨두리가 기름독에서 빠져나온 듯하다는 서랏벌 서울 여자, 그 비싼 녹두가루를 비누로 풀어 때를 벗겨내고 그보담 더 비싼 은가루와 옥 가루를 처덕처덕 얼굴에 바른다는 서울 여자, 먹으로 눈섭을 황을 그리고 심지어 입술에까지 주사를 올린다는 서울 여자, 울금향과 사향을 옷고름 과 허리띠에 찬다는 서울 여자, 그러니 아무리 박색이라도 달과 같이 꽃과 같이 환하게 어여쁘게 보인다는 서울 여자, 십리 밖에서도 그 그윽하고도 야릇한 향기가 사내의 마음을 호려낸다는 서울 여자!"(1938. 10. 23)는 기 본적으로 나열법을 취하였다. 이 글은 다소 장황한 구성이 없지는 않지만 서라벌 여자의 사치풍조를 여러 각도에서 재미있게 표현해내고 있다. "그 러나 한 해 두 해 지나는 사이에 기가 꺽기고 또 꺽기고 절이 삭고 또 삭아 서 요새 와서는 그리 못 견딜 지경은 아니로되 그래도 이따금 치받치는 울 화를 걷잡을 길이 없엇다. 심심하고 쾌쾌하고 울적한 빨갱이 곧 용돌의 일 상생활에 오직 한 개의 낙은 이 검술공부이엇다"(1938. 11. 8)는 이 소설 에서는 유례를 찾기 힘든 내면묘사의 경지에 닿아 있는 것이다. "저 건너 언덕에 우뚝우뚝 선 소나무들의 그 촘촘한 잎새로도 가느다란 빛발이 주 출이 새여 흐르다가 어느 결에 그 밑둥이 환해지자, 그 기룸한 몸이 넙쭈러 기 업드려 그림자못 이짝저짝을 거의 가루질럿다. 물결은 이 난데없는 검 은 그림자에 놀래어 떠나밀듯이 일렁일렁 모혀들자 소나무는 물속에서 우 쭐거린다"(1939. 1. 28)는 물 속에 비친 소나무의 모습을 단순한 식물현상 이 아닌 생명현상으로 바꾸어놓았다. 현진건은 이렇듯 아름다운 문장을 통해서 물활론(物活論)의 수준까지 나아가고 있다.

미문이 지문에 남아 있을 때는 괜찮지만 대화부분에 얹혔을 경우 오히 려 어색해지는 결과를 낳기 쉽다. "여보 젊으신네 한다 하는 재상가의 마 마가 되사랴오, 의엿한 귀공자의 알뜰한 사랑 노릇을 하시랴오. 콩콩 열두 대문에 남종 여종 수백 명을 거느리고 능라주단을 휘감고 치감고 옥주발, 은탕기에 진수성찬이 썩어나고 눈이 부신 황금팔지, 가락지, 구슬 목걸 이, 귀고리를 끼고 달고 걸고, 나가면 침향목 수레에 수없는 구종들이 앞서거니 뒤서거니, 에라 치워라, 벽제성도 호기롭고 들면 호피 방석에, 당나라 비단 금침에 원앙봉을 달게 꿀자리를 내 한군데 지시해드릴까, 으흐흐”(1938. 12. 22) 이는 말이라고 하기 어렵다. 오히려 글에 가깝다. 게다가 이 말을 한 사람은 무식하기 짝이 없는 뚜쟁이 할멈으로 되어 있다. 이런 인물이 말한 것치고는 어휘력이 풍부하고 앞뒤가 너무 깔끔하게 떨어지지 않는가.

  정확한 묘사에 치중하다보면 묘사주의로 빠져버리기 쉽고 다시 묘사주의에 빠지다보면 주관적인 서술태도를 지니기 어렵게 된다. 『무영탑』은 바로 이러한 문제점을 드러냄으로써 사상소설로 확실하게 나아가지 못하고 행동소설이나 사건소설적인 색채가 짙어지고 만 결과를 보이게 되었다.

(『새국어생활』, 2000. 9)

이문구, 고유어의 마지막 파수꾼

2000년도에 동인문학상을 수상한 이문구(李文求)의 『내 몸은 너무 오래 서 있거나 걸어왔다』(문학동네, 2000. 6)는 「장평리 찔레나무」「장석리 화살나무」「장천리 소태나무」 등 8편의 중단편소설로 묶인 소설집이다. 이 소설집은 『관촌수필』(1977), 『우리 동네』(1981) 등과 마찬가지로 이문구가 우리 고유어를 살려내고 지키는 데 남다르게 노력해온 작가임을 잘 일러준다. 이문구의 단편들 가운데는 경기도나 충청도 방언을 너무 많이 담아 기본적인 문맥파악조차 쉽지 않은 대목들을 여러 차례 보여주는 것도 있었다. 이러한 작품들은 경탄의 대상이 되기도 했지만 비판의 대상이 되기도 하였다. 이문구는 작가는 자국어를 재생시키고, 보존하고, 확대하는 임무를 지닌 존재임을 실천적으로 입증해왔다. 이문구의 신작을 대할 때마다 그가 이번에는 우리말을 어떻게 구사하여 재미있고 감칠맛 나고 아름다운 표현을 해내었는가 궁금증을 갖게 된다. 이제 그 현장을 돌아보기로 하자.

(1) 그 개 잡은 디에 가서 조상이나 헐 늠이 워쩐 일루 보리밥 먹구 쌀방구를 꾸나 했더라.(23쪽)

(2) 소남풍에 개밥그릇 굴러다니는 소리를 하며 대청에서 일어나 앉고(24쪽)

(3) 생긴 것은 꼭 이런 데서나 살면서 바가지에 밥 푸고 호박잎에 건건이를 담아 먹게 생겼어도, 두룸성 있는 구변 하나는 예배당이 큰집인지 작은집인지 모르게 사는 권사며 집사며가 되로 주고 말로 받기 십상으로 미끈덩하였다.(40~41쪽)

(4) 말이 번드르허면 남로댕이랴.(47쪽)

(5) 그렇지만 신작로가 곧 황톳길이며 황톳길이 바로 황천길이라고 보면 갯벌을 가로지르는 개흙길이야말로 숨는 길이었고 숨는 길인즉슨 사는 길이었다.(50쪽)

(6) 가겟집에서 소주로 초배를 하고 시내에서 맥주로 도배를 하다가 날이 훤해서야 택시를 타고 온 적도 한두 번이 아니었던 것이다."(93쪽)

(7) 학문이는 또 성질이 꼭해서 여간내기가 아니며, 부자지간에 주고받는 말에도 앞뒤가 종소리 다르고 징소리 다르듯이 분명하여, 사흘은 바람 잡으로 다니고 나흘은 구름 잡으로 다니는 허풍선이답지 않게 우악스럽고 모진 데가 있는 아비에게(135쪽)

(8) 가만히 보면 으레껀 소수 의견이 뭉그러져서 꼭꼭 다수 의견에 안다리를 걸어대쌓구 말여. 유명헌 동네지, 유명한 동네여. (……) 집안에는 참 신줏단지가 하나 있는 게 좋을는지 몰라두 동네에 웬숫단지가 있어서는 안 되겠더라니께. 안 그류?(145쪽)

(9) 공산짝에 솔껍데기 비어지듯이 삐쭉하고 불그러지면서 누구보다도 자주 나부대는 것이었다.(237쪽)

(10) 나는 소 팔러 가는디 개 따러나서듯이 그냥 따러나서봤슈.(239쪽)

(11) 우덜 같은 지게공학과 출신은 허리가 두 토막이 나게 뛰어봤자 잘

되어 새마을 지도자루 쨁허는겨.(240쪽)

　이상의 표현들은 한결같이 웃음을 유발한다. 이러한 구절들은 재미있는가 하면 날카로운 느낌을 주고 익살맞은가 하면 농익은 느낌을 주는 공통점을 지니고 있다. 위에서 (1) (2) (3) (8) (10)은 작중인물의 입을 통해 나온 것이며 (4) (5) (6) (7) (9)는 화자나 작가가 서술해놓은 것이다. 이를 보면 이문구는 날카롭고, 재미있고, 익살맞고, 농익은 표현을 자연발생적으로 내보인 것이 아니라 어디까지나 계획하고, 의도한 것임을 알게 된다. 독자들로 하여금 웃음을 참지 못한 채 혼자 낄낄거리게 하거나 무릎을 탁 치게 하는 표현은 어떤 경우에 잘 나타나고 있는가. 우선, 이문구의 정확하고 재미있는 표현은 비유법을 즐겨 취하는 과정에서 나타나는 것임을 발견할 수 있다. '보리밥 먹구 쌀방구 꾼다' '소남풍에 개밥그릇 굴러다니는 듯하다' '바가지에 밥 푸고 호박잎에 건건이를 담아 먹게 생겼다'와 같은 비유적인 표현은 참신한 느낌마저 준다. 물론 위의 표현을 비유적인 표현으로만 일괄할 수 있는 것은 아니다. (3)에서는 대조법이, (5)에서는 황토길—황천길, 개흙길—숨는 길—사는 길과 같은 연상이, (7)에서는 비교법이, (8)에서는 과장법이 빛을 내고 있다.

　"입을 날 일(日)자로 찢었다가 가로 왈(曰)자로 찢었다 하며 넌덕을 떨어대어 숫제 입을 다무는 수밖에 없었다"(139쪽), "아따 아줌니는, 그렇잖어두 햇덧 읾는 동지 슫달에 먹은 그릇 설그지허기두 빠듯헐 텐디 워느새 지자제까장 연구를 다 허셨댜"(237쪽), "성님이 술을 끊으셔? 아싸리 말해서 성님은 술을 끊는 것버덤 숨을 끊는 게 더 빠를규"(243쪽), "케비에쓴가 엠비씬가서 〈사랑과 진실〉이라나 뭐라나를 헐 때는 약이 읖어 못 고치는 찔걱눈이마냥 눈물을 달구 봐두, 즤 애비가 뼤에 맺힌 소리를 헐 적에는 저러구 비웃어가면서 귓등으루 듣는 늠이 바루 저늠이여"(265쪽) 등은 웃음을 참을 수 없게 만든다. 작가의 유머 감각이 무르익을 대로 무르익은 것들이다. 이런 표현들은 껍질은 해학으로 되어 있지만 속에는 비판정신이라는 이름의 씨앗을 품고 있어 가끔 목에 걸리게 만든다. 이러한 표현들은 이문구처럼 우리말에 대한 각별한 애정이 없이는, 또 우리말을 지키고 살려나가겠다는 사명감이 없이는 나올 수 없는 것들이다.

미소를 짓게 하든 낄낄거리게 만들든 웃음의 철학에 뿌리를 둔 표현은 대상을 정확하게 드러내고자 하는 목적의식의 산물로 볼 수 있다. 이문구의 소설에서 정확한 표현은 이따금 미문의 형태로 드러난다.

(1) 들고 나고 한 능선도 여리고 부드러운 선화(線畵)였다. 시야를 들이굽혀 물면으로 옮겼다. 수심(水心)은 달빛을 입어서 으늑하고 수변은 앞동산의 산그림자가 먹어들어, 혹시 그믐께의 초저녁을 한 귀퉁이 떼어다가 담가놓은 것이나 아닌가 싶게 어두웠다. 물녘의 나무들은 마치 이름난 산에서 명이 다한 고사목들처럼 우듬지 하나도 까딱하지 않으면서, 오랜 세월을 그렇게 하고 견디어냈다는 투로, 자못 묵중하게 서 있는 자세를 여간해서는 허물어뜨릴 것 같은 기미가 아니었다.(169쪽)

(2) 그는 그날도 거실의 창가에 매달려서 달빛에 피어난 수면을 넋놓고 바라다보고 있었다. 뜨락에 내린 서리에도 달빛이 알알이 피어나고, 서낭댕이 돌아로 굽이진 자갈길도 눈길처럼 피어난 달빛이 그를 부르고 있었다. 그는 그렇지만 한눈을 팔지 않았다. 머지않아 상엿집 모퉁이께서부터 그물로 달빛을 걷어오는 배질이 나타날 터이기 때문이었다.(194~195쪽)

(1)과 (2)에서 "수심(水心)은 달빛을 입어서 으늑하고" "수변은 앞동산의 산그림자가 먹어들어" "달빛에 피어난 수면" "달빛이 알알이 피어나고" "달빛을 걷어오는 배질" 등은 가히 시적이다. 이러한 문구들은 이문구가 인간심리와 행위의 묘사에 능한 것 못지않게 자연묘사에도 능숙함을 잘 보여준다. 작가는 인물화도 잘 만들어내어야 하고 풍경화도 잘 빚어내

어야 함을 이문구는 실천으로써 일러주고 있다.

이 소설집에 나타난 문장들은 대체로 긴 편은 아니다. 그의 소설에서는 장거리문장은 별로 나타나지 않으나 여러 종류를 한 자리에 모아놓을 때에는 자연히 길어지는 경향이 있다. (1)은 까치 까마귀 멧비둘기 뻐꾸기 두견이 꾀꼬리 후투티 할미새 물총새 등과 같은 여러 종류의 새를 제시하고 있고 (2)는 은행나무 수나무 호두나무 석류나무 자두나무 살구나무 등과 같은 여러 종류의 나무를 제시하고 있다.

(1) 안팎동네에 사는 까치와 까마귀와 멧비둘기가 하루에도 열두 번씩 들렀다가 가고, 제철에 맞추어 앞서거니 뒤서거니 하고 건너온 뻐꾸기 두견이 꾀꼬리 후투티 찌르레기 쏙독새 휘파람새 할미새 물총새 같은 새들이 여름내 정자로 알고 쉬면서 죄다 둥지만은 꺼리는 것도, 구새먹은 지 여러 해 된 둥치며 우죽에 자자분하게 붙어 있는 삭정이와 낭창거리는 가지가 화라지나 물거리처럼 보금자리를 틀기에는 미덥지가 않은 탓일 터이었다.(203~204쪽)

(2) 은행나무도 마주 서야 한다는 속담이 있지만 동네에 수나무가 없어서 은행을 두어 되밖에 못 하는 은행나무와, 심은 지가 몇 해 안 되어 먹으려면 아직도 먼 호두나무며, 올에 처음으로 꽃을 본 석류나무며, 해거리 하나는 꼭 찾아서 하는 자두나무며, 열매가 익기도 전에 다람쥐가 모두 훑어가고 마는 앵두나무와 살구나무는, 모두가 같은 마당 가에 있다고 해도 앞이 트인 저수지 쪽으로 서지 않고 뒤꼍의 굴뚝에다 줄을 맞추어 뒷동산 기슭에 바투 늘어서 있었다.(204쪽)

이렇듯 여러 종류를 한 자리에 나열하는 것은 대상에 얽힌 풍부한 지식을 제시하려는 의도로 볼 수 있다. 이 소설집에서 이문구는 특정한 방면의 지식을 자랑할 때 장문을 취하곤 하는 경향을 드러내고 있다. 이문구의 소설은 일반인들은 알아듣기 어려운, 또 국어사전을 펼쳐보아야지만 그 뜻을 알 수 있는, 그리고 사전만 갖고는 100퍼센트 이해되지 않는 단어들을 쓰는 것으로 이름이 나 있다. 그의 소설은 마치 독자들의 어휘력을 측정하려는 듯한 분위기를 던져준다. 국어국문학을 전공하는 사람들마저도 주눅들게 만든다. 소설집『내 몸은 너무 오래 서 있거나 걸어왔다』에서 후배작가와 시인들은 말할 것도 없고 일반독자들도 살려내어야 할 고유어들을 추려내면 다음과 같다.

동사로는 씩둑거리다(수다를 떨다), 둘러방치다(무엇을 빼돌리고 다른 것을 놓다), 깃들이하다(귀가하다), 모르쇠를 대다(모른다고 잡아떼다), 이르집다(들추어내다), 너덜대다(함부로 까불다), 손사래치다(손을 휘젓다), 곱삶다(두 번 삶다), 중절거리다(계속 중얼거리다), 늦줄을 놓다(자유롭게 해주다), 엉너리를 치다(수단껏 남의 환심을 사다), 동살이 잡히다(동이 트다), 지싯거리다(제가 좋아하는 것만 자꾸 요구하다), 해찰하다(딴짓을 하다), 묵새기다(대수롭지 않다는 듯이 슬쩍 넘겨버리다), 비라리를 치다(구구한 말을 하여 남에게 요구하다) 등이 있다.

형용사로는 일매지다(가지런하다), 폭폭하다(자꾸 찌르다), 홍덩홍덩하다(물이 넘칠 정도로 많다), 오사바사하다(부드럽고 사근사근하다), 굽죄이다(약점을 잡히다), 걱실걱실하다(말과 행동이 활발하다), 뜨르르하다(능통하다, 널리 퍼지다), 두리두리하다(얼굴이 크고 둥글다), 짐짐하다(음식이 아무 맛 없이 찝질하다), 짓수굿하다(저항할 뜻이 없이 풀기가 없다), 점직스럽다(미안하고 부끄럽다), 물썽하다(물러터지다), 귀살스럽다(사물이 어지럽게 널려 있다), 지닐성 있다(오래 지니다), 청처짐하다(느슨하다), 덧들다(다시 잠이 오지 않는다), 허우룩하다(믿고 의지하던 사람과 헤어져 마음이 허전하다), 무람없다(버릇없다), 어근버근하다(짜임새가 벌어져 있다), 두동지다(서로 모순되다) 등이 있다.

부사로는 박부득이(아주 급박하여), 부랴사랴(아주 급하게), 존조리(조리 있고 친절하게), 발밤발밤(한걸음 한걸음), 지딱지딱(서둘러서, 함부

로), 드레드레(물건들이 많이 매달려 있는 모양) 등이 있으며 명사로는 허
텅지거리(혼자 욕 비슷하게 하는 말, 예:제길헐), 옴살이(아주 친하고 가
까운 사이), 건건이(반찬), 든바다(근해), 난바다(원해), 옴나위(꼼짝), 말
전주(이간질), 말머리애(첫날밤에 밴 아이), 장돌림(장돌뱅이), 과녁빼기
(똑바로 건너다보이는 곳), 뼛성(발칵 내는 짜증), 모개흥정(한 데 몰아서
하는 흥정), 산돌림(사방으로 돌아다니며 한 줄기씩 오는 소나기), 잘코사
니(미운 사람이 잘못되는 것을 보고 고소하게 여기며 하는 말), 짬짜미(남
모르게 자기들끼리 하는 약속) 등이 있다.

　이 가운데서 재생가능성과 보존책임감이 높은 단어들을 추려내어 그
단어들이 쓰인 문장을 소개하면 다음과 같다.

　(1) 모르쇠를 대다 : 천지가 개벽하여 혹 갯물이 민물이 되는 수는 있을
지 몰라도 아내가 은돈이 내외에게 한번 먹은 마음은 그게 아니었다. 그래
서 은돈이에 대한 아내의 푸념에는 그저 모르쇠를 대는 것이 수였다.(모
른 척하는 것이 수였다―인용자, 이하동일)(16쪽)

　(2) 늑줄을 놓다 : 병아리 물어 죽인 강아지마냥 옆에서 이쪽저쪽 눈치
만 보고 있던 풍근이가 형의 얼굴에 웃음기가 비치자 자신감이 생기는지
늑줄을 놓고(긴장을 풀고) 끼여들었다.(127쪽)

　(3) 엉너리를 치다 : 그는 지나가는 말로 엉너리를 쳐서(환심을 사서)
김두흡이란 별명 때문에 흘리지 않을 수 없는 웃음을 눈가림하였다.(161
쪽)

　(4) 동살이 잡히다 : 그는 동살이 잡힐 때까지 오던 잠도 덧들었다(동틀
때까지 한번 깬 잠을 다시 이루지 못했다). 느실께서 들린 것이 분명한 그
이름 모를 소리의 이름에 매달리는 통에 덧들은 것(잠 못 이룬 것)이 아니
었다.(176쪽)

　(5) 지싯거리다, 해찰하다 : 저마다 제금나서 나가 사는 아들 덕업이 선
업이 학업이의 동무들이 낚시를 하러 왔다가 먹을 물을 길러 오든가, 된장

이며 고추장을 얻으러 와서 시척지근한 이야기로 지싯거리고(귀찮게 하고) 해찰할 때(딴짓할 때)마다 옹이 입막음으로 늘어놓는 것도 번번이 이 녹음을 추어대는 말이었다.(202쪽)

(6) 걱실걱실하다 : 그의 아내는 걱실걱실(시원시원)하여 홍이 때 아니게 찾아가도 싫어하는 기미가 없었고 며칠씩 묵색이며(눌러앉아) 양식을 축내고 있어도 그만 가줬으면 하는 내색을 얼비치지 않았다.(42~43쪽)

(7) 뜨르르하다 : 홍은 이 근방의 갯벌이라면 일 년 열두 달 갯벌을 뒤적거려서 사는 갯것장수들 못지않게 뜨르르하였다(잘 알았다). 갯벌만 그런 것도 아니었다.(46쪽)

(8) 물썽하다, 지닐성 있다 : 따라서 생기는 것이 있는 자리는 애초에 쳐다도 볼 수가 없었다. 또 학연이나 지연에 설혹 기댈 만한 데가 있다고 해도, 천성이 물썽하면서도(물러터지면서도) 꼭한 데가 있어서 주변성 있게 인사를 차린다거나, 죄임성 있게 관계를 지탱하거나, 지닐성 있게(오래도록 끈기 있게) 잇속을 챙겨나갈 인물이 아니었다.(184쪽)

(9) 어근버근하다 : "그나저나 상제덜이 워째 잔뜩 볼물어가지구 서루 어근버근허는(어긋나버린) 것 같으니 웬일이래유. 그새 뭔 일이 있었담유?"(255쪽)

(10) 존조리 : 그녀가 무슨 푸념으로 부아를 돋우고 무슨 넋두리로 오장을 뒤집어도 그는 참을성 있게 줏대를 잡고 존조리(차근차근) 일러두었다.(104쪽)

(11) 지딱지딱 : 한최고의 성씨는 물론 한인데, 가겟집 노파가 술이 가장 세다는 뜻이 아니라 첫째는 속장이 시원시원해서 매상을 올려주는 데에 엄지손가락일 뿐만 아니라, 겉장이 수월수월하여 외상값을 지딱지딱(제때제때) 갚는 데에도 동네에서 갓양태 위의 갓모자라 하여 최고라는 별명을 선사했다는 것이었다.(172쪽)

(12) 옴살이, 오사바사한 : 어려서는 뒷간도 함께 다니면서 우애를 나눈 옴살이(형제 같은 사이)였으나, 각자가 짝을 만나고부터 서로 뜻이 다

르고 생각이 다르고 말이 달라졌을뿐더러, 씨가 오사바사한(사근사근한)
사내라면 누구보다도 질색하는 성미고 보니 언제 보아도 마뜩찮은 것이
은돈이였던 것이다.(26쪽)

(13) 뺏성 : 그녀도 웃느라고 이날껏 말 한마디를 져본 적이 없는데다,
가끔씩 속에 있던 말을 할라치면 말귀가 어두운 것이 답답하여 뺏성(짜
증)이 난 소리로 부르대게 마련이었다.(108쪽)

(14) 산돌림 : 하지만 약비 한 보지락은 고사하고 산돌림(여기저기 오는
소나기) 한 줄금 지나갈 기미조차 없이 하늘은 여전히 불볕만 한고등일 따
름이었다. 게다가 오늘사말고 바람 한점 없이 나뭇잎 하나 까딱하지 않아
서, 한나절내 그늘에 앉아 툭 트인 저수지를 내다보고 있는데도 목만 마르
지 당최 서늘하지가 않았다.(200쪽)

(15) 짬짜미 : 언년이는 숨도 안 쉬고 주워섬겨쌓더니 누가 알면 안 되
는 것을 우리끼리만 알고 짬짜미(밀약)를 할 때처럼, 갑자기 눈을 박아뜨
면서 속껍질만 남긴 목소리로 다음 말을 하였다.(277쪽)

(8)에서 '물썽' '주변성' '죄임성' '지닐성' 등과 같이 조어의 성격이 비
슷한 말이 연이어 나오게끔 배치한 것은 뛰어난 표현력이라고 할 수 있다.
(11)에서는 '시원시원' '수월수월' '지딱지딱' 등과 같은 중첩어의 연이
은 배치가 눈에 뜨인다. 이런 것을 보면 작가 이문구가 일반인들은 잘 쓰
지 않거나 이해하기 어려운 단어들을 선택해서 배치한 것은 다분히 의도
적이며 계산적인 것이라고 할 수 있다. (1)~(15)에서 맨 앞에 나와 있는
단어들은 괄호 안에 들어 있는 어구로 바꿀 수가 있을 것이다. 그러나 '모
르쇠를 대다/모른 척하다' '엉너리를 치다/환심을 사다' '옴살이/형제
같은 사이' '산돌림/소나기' 등에서 볼 수 있는 것처럼 뜻은 비슷하지만
뉘앙스의 차이는 메울 길이 없다. '옴살이' '뺏성' '산돌림' '짬짜미' 등은
단 하나의 다른 단어로 대치할 수 없는 묘미를 지니고 있다. 이처럼 다른
단어로 대치할 수 없다는 것은 그만큼 그 단어가 매력 있고 존재가치가 충

분하다는 의미가 된다. 우리말에다가 넓이와 깊이 그리고 무게를 부여하려면 제이의 이문구, 제삼의 이문구가 나와야 한다.

(『새국어생활』, 2001. 3)

한설야, 사상의 하강과 언어표현력의 상승

진정으로 성공했다고 하는 사람들은 성장하는 과정을 보여주게 마련이다. 작가로서 성공한 사람들은 나중에 발표한 작품에서 초기작의 미숙성을 극복하곤 한다. 물론, 성공한 작가라고 해서 쓰는 작품마다 전부 문제작일 수는 없으며 초기작보다 후기작이 반드시 나으란 법도 없다. 문제작가 혹은 문학사적 작가의 대열에 포함되면서 성장하는 모습을 투명하게 보여주는 작가들의 경우, 성장과정이 사상이 깊어지고 넓어지는 것으로 측정되기도 하나 언어표현이 원숙미를 더해가는 것으로 구체화되기도 한다. 정밀한 묘사나 정확한 의미화에 닿기 위해 보다 많은 어휘를 동원하게 되고 보다 묘미 있는 단어들을 이끌어온다는 것이다. 1940년 전후에 발표된 한설야의 소설들은 이런 추이를 잘 보여주었다.

한설야는 「평범」(동아일보, 1926. 2. 16~17), 「그 전후」(『조선지광』, 1927. 5), 「합숙소의 밤」(『조선지광』, 1928. 1) 등과 같은 1920년대 발표작보다는 「술집」(『문장』, 1939. 7), 「종두」(『문장』, 1939. 8), 「태양은 병들다」

(『조광』, 1940. 1~2), 「숙명」(『조광』, 1940. 11), 「파도」(『신세기』, 1940.
11), 「두견」(『문장』, 1941. 4), 「세로」(『춘추』, 1941. 4) 등과 같은 1940년
전후 작품들에서 '능숙한 표현'을 과시하고 있다. 이때의 능숙한 표현은
표현기교의 증대, 어휘의 확대, 고유어에의 집착, 정밀한 묘사경향 등을
포함한다. 1930년대 후반부에서 1940년대 전반기 사이에 발표된 한설야
의 작품들은 작가의 좌익사상의 패배 또는 후퇴를 일러준다. 흔히 전향소
설로 일컬어지고 있듯이 사상의 패배와 표현의 원숙이 공존하고 있는
1940년 전후의 한설야의 소설들은 이데올로기 표출의지와 문학적 표현력
은 역상관의 관계에 놓일 수도 있음을 입증해준다. 최소한, 이데올로기의
치열성과 언어표현력의 신장은 비례하는 것이 아님을 확인시켜준다.

　「술집」「종두」「숙명」「파도」등 네 편을 대상으로 하여 주로 어휘론과
표현기교론의 시각에서 한설야의 표현역량을 측정해보기로 한다. 이 네
편의 소설은 평소에 잘 듣지 못한 어휘들을 많이 내보인 공통점을 갖는다.
「술집」에서는 드티다, 쇠통, 소차없다, 도간도간, 반지바르다, 마뜩치 않
다, 악청, 어방없이(A군), 사정모, 댁실댁실, 붙돌, 주라질, 가즌가즌, 신
음신음, 알끈하다(B군) 등의 낯선 어휘가 나타나 있다. 「종두」에서는 팔
팔결, 도두보다, 돌음돌이, 겸장군, 지질하다, 거성하다, 시뜻하다, 벅적
대다, 각근히, 찌글떠하다, 실쭉밀쭉, 벅작 고아내다, 왕청되게, 탐탐히,
찌그렁이, 여우별(A군), 손눈, 전젠벽, 오골배지, 듬썩, 고들머리, 중통,
허껴운, 피숙이, 선손을 쓰다, 잔잔깐, 잡자우, 눈끼빠른, 눈무세, 구절구
절, 이르르하다, 지비벌겋다, 실쭉밀쭉, 비젓하다, 등통, 수겻하다, 찔깔
보다, 게발아, 뿌상투, 꼭져주다, 무틀하다, 모듬발(B군) 등의 낯선 어휘
가 집중적으로 나타나고 있다. 작품이 가장 긴 탓도 있으리라. 「숙명」에서
는 빨랑빨랑, 빈충맞다, 죄죄하다, 물두무, 염량좋은, 알끈히, 해망적다,
내무진, 맞드리, 나뜨다, 말장단, 진짬, 쫄쫄이, 뽀닥뽀닥, 어칠어칠, 친친
하다, 쇠배, 갑자르다, 치탈하다, 고아대다(A군), 디인둥이, 거듬새, 놋쟁
이, 육잡, 알씸있다, 싯듯하다, 성수나다, 마룩마룩, 풀수(B군) 등의 어휘

318

를 찾아볼 수 있다. 「파도」에서는 미타하다, 웅심깊다, 씨물씨물, 언청간, 시까스르다, 얼쭝얼쭝, 행내기, 등뜨다, 화침질, 두루거리, 돌음돌이, 알망궂다, 얼쑹얼쑹, 설피다, 길나재비, 남남그리다, 드소문하다, 점직하다, 매원하다, 어련부련, 는실난실, 민민하다, 주역꾸역, 안통이, 박지르다, 사피하다(A군), 아윰없이, 막비, 게릏러하다, 죄죄한, 양치, 손다심, 위렴해서, 예장받다, 찌긋찌긋, 쪽장을 대다, 쪼를 빼다, 범을리다, 만침하다, 부부리가 여물다(B군) 등과 같은 낱말들이 줄을 잇고 있다.

A군에 속해 있는 어휘들은 국어사전을 통해 그 뜻을 확인할 수 있는 것이며 B군에 들어 있는 단어들은 국어대사전을 통해서는 확인이 되지 않는 것들이다. B군에 있는 어휘들 가운데는 전후문맥을 보아 그 뜻을 알 수 있는 것들도 있다.

한설야도 일반작가들과 마찬가지로 특정단어나 구절을 여러 작품에서 애용한 흔적을 보여주고 있다. '염량좋은' '팔팔결' '도간도간' '돌음돌이' '진짬' '수겻하다' '벅작 고아내다' '성수나다' '시까스르다' '지질하다' '마룩마룩' 등은 두 작품 이상에서 나타나거나 한 작품 안에서 거듭 나타나고 있다. 한설야가 애용했던 단어들은 우연의 일치인지 우리 고유어의 묘미를 담뿍 담아내고 있다. 그만큼 한설야는 단어 하나하나를 아무렇게나 고르지 않았다는 뜻이 된다.

염량좋다 : 선악이나 시비를 가릴 줄 아는 슬기가 있다.
"무엇에 뺏돌아져? 염량좋은 소리 하구 있다. 자기 한 일은 생각지 않구 무엇에 어쨌느냐구, 반죽도 분수가 있지."(「숙명」)
"편가리 유희를 하는 때면 이섭이는 애꾸라고 이 편에서도 제 편에서도 돌림을 받는다. 그렇건만 이섭이 놈은 염량좋게 뿌득뿌득 끼인다."(「종두」)

팔팔결 : 엄청나게 어긋나는 일이나 모양.
"그 방 역시 이편 방만큼 너른 방으로 얼른 보기에 환자가 여럿이 누어

있으나 이 편 방과는 팔팔결 정결하다."(「술집」)

"사람이 좀더 영리하지 못할가. 다 같은 손인데 만들어논 건 팔팔결이
니 어찌된 일일가."(「종두」)

도간도간 : 공간적으로나 시간적으로 사이를 두고 이어지는 모양.

"기준이 놈의 병은 조금도 소차 없다. 여전히 도간도간 배를 안고 돌아
간다."(「술집」)

"어젯밤은 도간도간 쉬여 아프기는 했지만 오늘밤은 도간이 없어 내처
내려 아프기만 하다."(「술집」)

돌음돌이 : 바쁘게 돌아다니는 일.

"남들처럼 야박하게 이해를 따라서 이리저리 약빠르게 돌음돌이할 줄
모르고 또는 남들이 아무거나 피리 불고 떠들어댄다고 해서 덩다라 동뜰
줄을 모르는 대신 언제든지 자기의 길을 자기로서 차곡차곡 걸어가는 미
덥성 있는 사람이다."(「파도」)

"돈벌이 잘 못 하는 건 위인이 도두나저 못하고 돌음도리 오죽지 못하
기 때문이라고 안해는 생각한다."(「종두」)

진짬 : 잡것이 섞이지 않는 순수한 물건이나 상태.

"그저 그렇게 생각만 해본다는 게 정작 그런 것만 같아서 진짬 성이 난
다."(「종두」)

이상과 같은 예문에서 '염량좋은 소리' 는 '편한 소리' 나 '똑똑한 소리'
로, '염량좋게' 는 '염치좋게' 로 바꿀 수 있다. '팔팔결 정결하다' 는 '큰 차
이나게 정결하다' 로, '팔팔결이니' 는 '큰 차이가 있으니' 로 대치해도 무
방하다. '도간도간' 은 '계속해서' 로, '돌음돌이할 줄 모르고' 는 '바쁘게
돌아다닐 줄 모르고' 로 바꾸어 쓸 수 있다. '도간도간' 은 첩어로 되어 있

320

거니와 한설야는 작품에서 첩어를 많이 쓴 편이며 또 가끔 의도적으로 준첩어(準疊語)도 사용해 보였다. 국어대사전을 펼쳐보아야지만 확실한 뜻을 알 수 있는 첩어로는 다음과 같은 것들이 있다.

　빨랑빨랑 : 재빠른 동작으로 가볍게 행동하는 것.
　"그런가 하면 또 어떤 때는 이십 안짝의 빨랑빨랑한 애송이처럼 주책없이 들볶고 화내고 하니 저걸 남편이라고 믿고 맘 든든히 살아보기는 벌써 한 옛날에 비뚤어진 일이다."(「숙명」)

　뽀닥뽀닥 : 물기가 거의 말라 물건 거죽이 빳빳하게 굳어진 모양.
　"집이 셋집이 아니오 셋집인 것도 또 어린애 얼굴이 부잣집 아이처럼 유들유들하지 못하고 천생 가난뱅이로 뽀닥뽀닥 말라빠진 것도 실없이 시름이 되었다."(「숙명」)

　어칠어칠 : 기운이 없이 어슬렁어슬렁거리는 모양.
　"작년 봄에는 부지런히 낳드니 한번 탈항된 뒤부터 늘 뒤가 친친해서 알을 잘 못 낳고 어칠어칠한 게 아마 한창 때는 이제 지나간 모양이다."(「숙명」)

　얼쭝얼쭝 : 그럴 듯한 말을 하여 자꾸 얼찐거리다.
　"안해가 건넌방 앞에 와서도 얼쭝얼쭝했은즉 그 방 문풍지 뚫어진 데로도 엿보려면 얼마든지 엿볼 수 있는 것이다."(「파도」)

　얼숭얼숭 : 여러 가지 모양이나 빛깔이 뒤섞여 분간하기 어려운 모양.
　"명수의 손에서 어떻게 안해의 머리칼이 많이 빠졌는지 얼숭얼숭 설피게 뵈었다. 싸울 때마다 소불한 한줌씩은 빠졌을 게니 그럴 법도 하다."(「파도」)

이외에, 전후 문맥을 보면 그 뜻이 대강 짐작은 되지만 국어대사전에는 등재되지 않는 첩어로는 '마룩마룩'(「숙명」), '찌긋찌긋'(「파도」), '댁실댁실'(「술집」), '가즌가즌'(「술집」), '신음신음'(「술집」), '구절구절'(「종두」) 등이 있다. 그런가 하면 '어련부련' '는실난실' '주역꾸역' '실쭉밀쭉' '오불꼬불' 등과 같은 준첩어도 심심치 않게 보여주고 있다. 이중에서도 '주역꾸역'은 '꾸역꾸역'으로, '실쭉밀쭉'은 '실쭉실쭉'으로, '오불꼬불'은 '꼬불꼬불'로 바꾸어 쓸 수가 있으나 '걱정하지 않아도 상대방이 알아서 제대로 준비하는 것'을 의미하는 '어련부련'과 '남녀간 몸가짐에서 성적 충동을 받아 야릇하게 혼잡스럽게 구는 모양'을 가리키는 '는실난실'도 다른 첩어로 바꾸기가 어렵다. '어련부련'의 경우, "봐요. 밥 지어야죠/밥은 어멈이 어련부런히 질라구. 이리 와요"(「파도」)와 같은 예문을 보면 '어련히'로 바뀔 수도 있다. 또 "그 손은 독수리가 거센 톱처럼 안해의 몸과 머리를 움켜쥐고는 는실난실 분탕질을 쳐서 안해의 머리칼이 또 적잖이 빠졌다"는 문장에 나타난 '는실난실'의 문맥적 의미는 사전적인 의미와 거리를 보인다.

'빠르게 자꾸 지껄이다'는 뜻의 '죄죄하다'(「숙명」), 오래오래의 함경도 방언인 '쫄쫄이'(「숙명」), '축축하고 끈적끈적하다'는 의미의 '친친하다', '혀를 빠르게 놀려 무슨 말인지 모른다'는 뜻의 '남남그리다'(「파도」), '매우 염려스럽다'는 뜻의 '민민하다'(「파도」), 탐탁하게와 같은 말인 '탐탐히'(「종두」) 등과 같은 말들도 찾아볼 수 있다. "안해가 곰상스럽고 잔망스럽고 죄죄한 것을 나무릴사 하니 안해 심사 꾸여질밖에"에서 '죄죄한 것'은 '수다스러운 것'을, "금년은 기왕보다 지원자가 많아서 어린애가 똘똘치 못하고 말 대답을 쫄쫄히 못 하면 안 되기 십상이라고 별의별 것을 다 일깨워두려고 들었다"에서 '쫄쫄히 못 하면'은 '길게 하지 못하면'을 뜻한다. "자기는 그 좁은 집 속에서 얼마나 볼꼴 사납게 끓고 식고 싸우고 남남그리고 하는가"에서의 '남남그리고'는 '마구 지껄이고'로 바꿀 수 있다. 한설야는 이런 단어들을 요소요소에 배치함으로써 작품 자체의 신선도를 높이는 결과를 가져왔다. 이런 단어들은 각 작품으로 들어가 소설어가 되어서 시어처럼 낯설게 하기의 효과를 사고 있다. 어렵거나 낯선 단어들을 양념 삼아 배치하기만 해도 일거에 작품의 밀도가 달라질 수 있다.

한설야는 「종두」에 오면 엄숙한 이념분자로서의 촉수를 버리고 채만식이나 염상섭을 능가할 정도로 여유 있고, 익살맞고, 재치 있는 표현을 많이 써 보이고 있다. 1930년대 후반과 1940년대 전반에 발표된 소설들을 보면 한설야는 이데올로그(ideologue)를 포기하고 스타일리스트(stylist)로 변한 느낌마저 준다.

"소가 웃다가 꺼랭이 터질 지경이다" "싫건 무뽑듯 아이새끼 뽑아내고" "소견 없는 동리 아낙네들이 들락날락 개싸대듯 싸대는 이렇게 쑥떡을 친 것 같아서 경구는 우선 대문부터 닫아 걸었다" "눈은 보리동냥을 갔나" "경구는 여기서도 자기와 안해의 성격이 정반대—정말 꼬물도 에누리 없이 정반대인 것을 깨닫는다. 거기에 경구의 성난 이유가 있다" "뉘집 주제비 없는 아낙네가 또 내외간이 소 닭보듯 하고 있는 판에 자발없이 찾아왔나" "일껀 재미있게 논다는 게 뿔 나오려는 송아지처럼 대가릴 맞대고 비비닥거리고 그것이 좀 지나가면 닭의 새끼처럼 툭툭 차고 받고 한다" "황아장수 망신은 강아지가 시킨다구, 이놈의 새끼 집안 망신만 시키구" "이놈의 새끼 개대가리 감투지, 모자는 모슨 모자냐" "속담에 여편네는 남의 여편네가 곱고, 자식은 내 자식이 곱다더니, 이 심술쟁이에게도 이 속담이 들어맞나보다 하구" "그 순간 거악스런 인간들 앞에서 마치 용차를 향한 당낭이처럼 발악하는 너무도 약한 안해가 보인다" 등은 속담이라든가 관용어구를 사용하여 웃음을 불러일으키는 한편 대상을 낮추거나 뒤틀어서 보는 효과를 가져온다. 이때의 낮추어보기나 뒤틀어보기는 증오나 복수심 따위와는 거리가 멀다. 긍정을 위한 부정이라고 할 수 있다.

한설야의 소설에서는 장문이 별로 나타나지 않는다. 장문이 비교적 많은 「숙명」에서는 남편 치술이 아내에게 꼭 쥐여사는 모습, 닭들이 배가 고

파 아내를 괴롭히는 모습, 남편이 공장에 다닌 이후로 남의 집에 가서는 밥을 절대로 먹지 않는 모습을 그린 것이 장문으로 나타나고 있다.

"그래도 이 집에서는 내가 일등 아닌가. 그러니까 어른이 쉬어야지. 그나저나 여보 마누라 나 오늘만 좀 쉽시다. 내일이 내무진이랬으니 날이 없을가 걱정이오" 하는 반죽 좋은 소리 ― 하기는 그런 사람 좋은 태화탕 같은 소리와 둥글둥글 수박 같은 귀임성 땜에 여태 이 숙맥에게 붙어살고 살 뿐 아니라 그것이 때로는 매력이 되고 애교가 되고 그물못이 되어서 참아 잊을 길 없어 안해는 찍하면 티격태격 맞드리까지 하면서도 그래도 때로는 비둘기처럼 ― 이건 좀 지나가는 과장이지만 그러나 치술이가 알씸 있게 구슬린 날이면 그 무서운 치명적인 표정 대신에 잊어버린 애교깨나가 안해의 얼굴과 몸집에 나뜬다.

이 문장 속에는 내무진, 반죽 좋은, 태화탕 같은, 귀임성, 숙맥, 그물못, 맞드리, 알씸없이, 나뜬다 등과 같이 일상생활에서 빈도가 낮은 말들이 들어 있다. 그럼에도 남편이 거센 아내의 비위를 맞추기 위해 요모조모로 애쓰는 태도가 활동사진 보는 듯 선명하게 나타나고 있다. 한설야는 어려운 단어, 낯선 어휘, 우리의 고유어 등의 적절한 사용은 작품 전체의 응집도를 높여줄 수 있음을 실제 작품을 통해 일깨워주었다. 드물지도 많지도 않게 사용된 낯선 어휘들은 사상의 패배에서 헤매고 있었던 한설야를 마침내 의욕적인 작가의 수준으로 끌어올릴 수 있었다.

(『새국어생활』, 2001. 6)

염상섭, 치열한 작가의식의 원동력으로서의 국어사랑

　염상섭의『효풍』은 1948년 1월 1일부터 같은 해 11월 3일까지 자유신문에 연재되었던 장편소설이며,『취우』는 조선일보에 1952년 7월 18일부터 1953년 2월 20일까지 연재되었던 장편소설이다. 염상섭을 포함한 한국인들에게 1948년은 1948년대로 1952～53년은 1952～53년대로 어려웠던 때였다. 1948년은 평양에서의 남북연석회의, 제주사건, 5·10선거, 남한단독정부 수립, 여순사건 등으로 점철되었던 때며 1952～53년은 휴전회담(1951. 10. 25～1953. 7. 27)과 전쟁이 동시진행되었던 시기다. 보통 작가들 같으면 구명도생하는 데 급급하여 붓을 들 여유를 갖지 못했을 것임에도, 1921년에 「표본실의 청개구리」를 쓴 이래 온갖 사건과 상황을 경과하면서 그때그때 많은 작품들과 문제작을 써내었던 노대가답게 염상섭은 오히려 건필을 과시하였다.

　『효풍』은 염상섭 아니면 나오기 어려웠던 이념소설이다. 이 소설을 연재하고 있었을 때 염상섭은 신민일보 편집국장으로 김구 노선을 추종하

는 가운데 5·10선거 반대혐의로 며칠 동안 구류를 살기도 하였다. 그런
가 하면 『취우』는 한창 전시인 1952년과 1953년에 그것도 1950년 6월에
서 9월까지의 서울을 시공간으로 삼은 전쟁소설이다. 이처럼 두 작품은
똑같이 격변의 역사와 혼란의 시대의 한복판에서 만들어졌다. 좌우 이데
올로기, 통일문제, 전쟁 등과 같은 문제를 역사소설이 아닌 당대소설
(Gegenwartsroman)의 형식으로 성공리에 담았다는 것도 놀라운 일이 아
닐 수 없다. 『효풍』과 『취우』가 오늘날의 문학사가들과 소설이론가들에
의해 명작으로 꼽히게 된 근거의 하나로 위기를 힘 있는 창작의 적기로 활
용할 줄 아는 대가의 능력을 우선적으로 들어야 하겠지만 그에 이어 남다
른 국어사랑과 국어 구사력을 들 수 있을 것이다. 이미 염상섭은 일제 때
부터 성공작이든 실패작이든 가림 없이 수많은 장단편을 통해 "작가는 묘
미 있고 아름다운 국어의 재현, 보존, 보급 등의 임무를 지닌 존재"임을 입
증해왔다. 이 두 작품이 일제 때의 작품들의 연장선에서 고유어의 적극 보
존과 소개에 힘쓴 것은 새삼스러운 일은 아니지만 『효풍』과 『취우』를 분
기점으로 하여 고유어의 활용도가 급감했다는 것은 주목해야 할 일이다.
우리말에 대한 사랑과 구사의 정도가 명작을 만들어내는 힘과 꼭 비례하
는 것은 아니지만 『취우』 이후 염상섭이 어휘량도 급격히 줄어들면서 문
제작도 거의 써내지 못하는 현상을 드러내고 만 것은 사실이다. 최소한 염
상섭의 해방 이후의 작품들은 국어사랑이 의연한 작가정신과 명작의 버
팀목이 되는 것임을 입증해주었다.

　일반인들이 알기 어려운 단어들을 중심으로 해서 볼 때 『효풍』의 어휘
량은 『취우』에 와서 눈에 띄게 줄어든 것으로 확인된다. 'ㄱ'으로 시작되
는 단어, 'ㅂ'으로 시작되는 단어, 'ㅇ'으로 시작되는 단어, 'ㅎ'으로 시작
되는 단어들은 『취우』에 가면 훨씬 줄어든 것으로 나타난다.
　『효풍』(실천문학사, 1998)에서는 '걸쌍스럽다'(먹새가 푸짐하다), '굽
죄다'(약점을 잡혀 기를 펴지 못하다), '강강하다'(굽힘이 없이 아주 단단

하다), '곱살스럽다' (곱다), '고탑지근하다' (고리탑탑하다), '객설스럽다' (믿음이 가지 않는 말을 하다), '근실근실' (근질근질), '겨끔내기' (서로 번갈아 하기), '깨단하다' (어떤 것을 계기로 분명히 알게 되다), '끼아치다' (일을 방해하다), '기이다' (속이다), '거레하다' (몹시 꿈지럭대다), '감치다' (맛깔스럽다), '걸귀' (걸신) '감중하다', '곱드리다', '구칙칙하다', '괴달머리쩍다' 등이 나타나는 데 비해, 『취우』(삼성출판사, 1972)에서는 '괴괴하다' (적막하다), '거레하다' (몹시 꿈지럭대다), '굽죄다' (약점을 잡혀 기를 펴지 못하다), '걸쌍스럽다' (먹새가 푸짐하다), '결이 삭다' (나무나 조직이 풀어지다), '꼽들다' 정도가 나타나고 있다.

『효풍』에서는 '발씨로 나간다' (발걸음이 길에 익다), '부숭부숭하다' (물기가 없고 부드럽다), '벗버스름하다' (사이가 벌어지다), '버스러지다' (뭉그러져 잘게 조각이 나 흩어지다), '부전부전하다' (남에게 관심 없고 오직 자기 일에만 부지런하다), '반지빠르다' (말이나 하는 짓이 얄밉게 반드럽다), '삐여지다' (일정한 범위나 한계를 벗어나다), '부덩부덩', '비쓸거리다' 등이 보이고 있는 데 비해 『취우』에서는 '비릿비릿하다' (아니꼽고 더럽다), '바자위다' (너무 알뜰하여 부드러운 맛이 없다), '부접을 못 하다' (감히 가까이 사귀지 못하다), '번채나다' 등이 나타나고 있다.

『효풍』에서는 '얼레발을 치다' (능청스러운 수단으로 남의 환심을 사다), '외착나다' (착오가 생겨 버스러지다), '야죽야죽' (밉살맞게 남을 빈정대다), '얼밋거리다' (일이나 기한을 자꾸 미루어나가다), '이눌러' (내처), '엉구어' (여러 가지를 모아 일이 되도록 한다), '입내나 내다' (흉내내다), '일되다' (나이에 비해 일찍 철들거나 몸이 크다), '외서전갈' (속임수), '언턱거리' (사단을 일으킬 거리), '열없다' (겸연쩍고 부끄럽다), '을러앉은' '우중우중' '언들번들' '위염받다' 등을 찾아볼 수 있는 데 비해, 『취우』에서는 '얼쯤얼쯤' (잇달아 주춤거리는 모양), '일매지게' (고르고 가지런하게), '오골오골' (오글오글), '아퀴를 짓다' (일의 매듭을 짓다), '어리어리', '위룽위룽', '연통하다', '옴쑥히' 등과 같이 귀에 익지 않은 단어들을 찾아볼 수 있다.

『효풍』에서는 '한소끔'(한번 부르르 끓어오르는 모양), '후뿌리다'(언짢다), '흥하적을 꺼내다'(남의 결점을 들추어내다), '허덕지덕'(허덕허덕), '흐리마리하다'(그런지 안 그런지 분간하기 어렵다), '휘갑을 치다'(너더분한 일을 잘 마무리하다), '화양절충', '헐각이라도', '후림새', '허선허선', '홋두루 맛두루' 등을 찾아볼 수 있는가 하면 『취우』에서는 '호루룰하다' '헤갈' '햇죽' 등을 볼 수 있는 정도다.

다른 자음으로 시작되는 단어들의 경우에도 『효풍』에 비해 『취우』의 어휘량이 적은 것으로 나타나고 있다. 『효풍』은 '두루춘풍(春風)'(누구에게나 좋게 대하는 사람), '들컹대다'(불쾌한 말로 남의 비위를 건드리다), '뜨악하다'(꺼림칙하다), '단통'(그때), '너름새'(말을 떠벌려서 적극 주선하는 것), '냅뜨다'(앞에 나서다), '머줍다'(동작이 느리고 굼뜨다), '무람없이'(버릇없이), '물계를 보다'(어떤 현상의 처지나 속사정을 보다), '장맞이'(길목에서 지켜서 만나고 기다리는 일), '천착하다'(생김새나 행동이 상스럽다), '촉상이 되다'(찬 기운이 몸에 찔려 병이 나다), '투미스럽다'(미련하고 둔하다), '핀둥이를 주다'(핀잔을 주다), '포달지다'(암상이 나서 악을 쓰다) 등을 보여주고 있는가 하면 『취우』는 '두려빠지다'(어느 한 부분이 온통 빠져나가다), '똥기다'(모르는 사실을 알게 암시하다), '딱장대'(성질이 고약한 사람), '사품에'(일이 진행되는 기회), '소삽하다'(어렵고 분명치 않다), '생량(生凉)머리'(초가을로 접어들어 서늘해질 무렵), '새롬거리다'(점잖지 못하게 시시적거리고 까분다), '차끈하다'(매우 찬 느낌이 들다), '참다랗다'(분명하고 틀림없다) 등을 보여주고 있다.

위와 같이, 오늘날의 일상어에서는 만나기 힘든 어휘들을 중심으로 하여 보면 염상섭은 어떤 상태나 동작을 나타내고자 할 때 고유어를 많이 사용한 것으로 판단된다. 그것도 긍정적인 상태나 동작보다는 부정적인 상태나 동작을 가리키는 경우가 많다. 염상섭은 부정적인 인물이나 행동이나 상황을 묘사할 때면 기다렸다는 듯이 풍부한 어휘 보따리에서 하나씩 하나씩 꺼내어 적소에 배치하였던 것이다. 이런 것이 모이면서 염상섭의 소설은 능글맞은 중립주의라든가 시니컬한 천착의 자세로 나갈 수 있었던 것이다.

물론 위의 어휘들 중 사어(死語)라든가 폐어(廢語)가 돼버린 것이 적지 않다. 지금도 널리 사용되고 있는 것을 찾기가 오히려 어려울 정도다. 이러한 사실은 염상섭이 우리 민족의 집단어에 대한 언어유지와 언어충성(language loyalty)에 실패했다는 의미가 된다. 보통 사람들보다 많은 어휘를 써도 좋다고 용인되고 있거나 많은 어휘를 써야 한다고 기대되는 작가들과 시인들만이라도 우선 우리 고유어가 문학어로 쓰일 수 있게끔 노력해야 한다고 염상섭은 가르치고 있다. 그리고 위와 같이 어려운 고유어들이 일상어권으로 편입되어 활용되었으면 하는 욕심을 낸 듯도 하다.

『효풍』과 『취우』에서 잘 기억하고 싶고 곧장 써먹고 싶은 단어들의 용례를 끄집어내보기로 한다.

(1) 두루춘풍 : 그러나 그렇다고 그 자칭 중립이라는 것이 술 한 잔이라도 더 팔자는 욕기로 예도 좋다 제도 좋다 하고 두루춘풍으로 지내려는 약은 수작만은 아닌 것 같다.(『효풍』, 53쪽)

(2) 냅떠 보이다 : 수만이는 감히 냅떠 보일 용기가 없는 자기의 연모의 정을 잠깐 눈웃음으로 흘려보내며, "어떻게 한 시간만 틈을 내주실 수 없겠습니까?" 하고 다시 애원하는 표정이 된다.(『효풍』, 150쪽)

(3) 부전부전 : 절름발이나 곰배팔이 조카며느리를 볼까보아 물을 떠오너라고 시중을 들리는 것인지 대체는 부전부전한 객설스런 마님이라고 생각하였다. 화순이는 우선 이 마님의 테스트에 합격이 안 된 것을 알아차렸고 합격이 되려는 생각도 없으나 합격이 된 혜란이가 가엾어도 보였다.(『효풍』, 198쪽)

(4) 흐리마리 : 잠깐 깔끔해지던 기색이 스러지고 말 뒤를 흐리마리한다.(『효풍』, 214쪽)

(5) 생량머리 : 그래도 제철은 속일 수 없어서 아침 저녁으로 산들하니 나날이 달라가는 생량머리에 순제는, '어서 짜던 것을 마저 짜야 하겠는 데' 하고 편물을 들고 나나, 더구나 요새로는 마음이 들떠서 편물 바늘을 놀리면서도 마음이 가라앉지를 않았다.(『취우』, 302쪽)

(6) 아퀴를 짓다 : 영식이는 또 지고 말았다. 어느 정도로 분명히 아퀴를 짓고 휘둥그렇게 해놓았는지는 모르겠으나 경우로 말하면 그럴 듯은 하다. 그러나 체면상, 의리상 아무래도 큰소리칠 일도 못 되고 떳떳하다고 생각할 수는 없었다.(『취우』, 233쪽)

이렇듯 우리말의 묘미를 일러주는 단어들은 요즈음 작가들의 작품에서는 거의 찾기 힘들다. 세대를 달리하면서 언어교체(language shift)가 이루어졌다고 할 수 있을 정도다.

일반인들 사이에서는 잘 사용되지 않은 단어들 가운데 『효풍』과 『취우』에 반복해서 나타나는 것들로 '걸쌍스럽다' '굽죄다' '농치다' '눈찌' '밉둥스럽다' '숙설거리다' '신푸녕스럽다' '사품에' '천착하다' 등이 있다.

(1) 걸쌍스럽다
"옆에서 장선생이 쉴새없이 걸쌈스럽게(원문조치 : 걸쌍스럽게) 자시는 것이 궁기가 끼어 보이기는 하나 부친 생각도 난다." (『효풍』, 23쪽)
"공복에 양주가 들어가서 식욕을 건드려놓았는지 영식이가 권하고 말고 없이 걸쌈스럽게(원문조치 : 걸쌍스럽게) 먹는 것을 보고 순제는 마음에 좋아서 자기도 속은 비었거마는 노상 입가에 웃음이 스러질 새 없이 혼자 재깔대며 맥주로 목만 축이고 있다." (『취우』, 87쪽)

(2) 굽죄다
"혜란이는 웃음거리, 구경감이나 된 것 같아 혼자 생각에는 아무 굽될

일이 없다고 버젓이 마음을 먹다가도 자연 얼굴이 홧홧해지며 불쾌하기 짝이 없었다."(『효풍』, 38쪽)

"영식이는 자기에게 변명을 하며 조금도 마음에 굽힐 것은 없다고 생각하였다."(『취우』, 80쪽)

(3) 밉둥스럽다

"무식하고 밉둥스럽고 허풍이나 치며 돈에 눈이 벌개서 돌아다니는 축이요, 더구나 요새로 부쩍 추근추근히 구는 것이 싫기는 하나, 이런 때 자기 신상을 진심으로 염려해주는 그 말이 솔깃이 들리었다."(『효풍』, 244쪽)

"사실 순제도 입에서 무심코 나온 말은 아니었다. 아까 차에서 하두 밉둥을 부리던 것이 못마땅해서 꼬집는 소리가 하고 싶었다."(『취우』, 40쪽)

(4) 숙설거리다

"숫기좋게 간다 해도 저 색시가 왜 또 왔나? 하고 상하가 눈이 휘둥그레서 숙설거릴 것이니, 비밀은커녕 소문내러 가는 셈일 거요, 자연 영감의 귀에도 들어가게 되고 말 것이다."(『효풍』, 242쪽)

"마나님은 가방을 끌어내다가 마루 끝에 놓으며 순제와 마주 서서 숙설거리고 있는 식모에게 말을 건넨다."(『취우』, 119쪽)

(5) 신푸녕스럽다

"외로운 생각, 세상이 신푸녕스러운 생각이 들수록 이 남자가 자기에게서 떨어져나가는 것만 같고, 남자의 마음이 자기에게서 돌아섰구나 하는 생각이 깊어갈수록 혜란이에게 투기가 나는 것이다."(『효풍』, 82쪽)

"마님은 찬찬이 성질을 넘어가며 신푸녕스럽게 이런 소리를 한다. 사실 순제마저 붙들리거나 하면 그 꼴을 어찌 보랴 싶어 애가 쓰이고 겁도 났다."(『취우』, 282쪽)

그런가 하면 『효풍』이나 『취우』 속에서 반복해서 나오는 단어들도 적지 않게 발견된다. '내평' '후뿌리다' '죄아치다' '흉하적을 꺼내다' '부덩부 덩' '벗버스름하다' '설면설면' '사패를 보다' '숙설숙설' '우중우중' '핀 둥이를 주다' 등은 『효풍』에서 두 차례 이상 반복해서 나오고 있고 '거레 하다' '물계를 보다' '얼쯤얼쯤' 등은 『취우』에서 반복출현하고 있다.

(1) 후뿌리다

"청년은 이 영감의 말이 겸사 비슷하면서도 자기를 후뿌리고 면박한 것 이 불쾌하건마는 지그시 참았다."(『효풍』, 129쪽)

"수만이는 혜란이를 지배인으로 시킨다는 데 불평인 점만은 누이와 이 해가 일치한다. 그러나 누이가 혜란이를 마구 굴고 후뿌리는 데는 속으로 저를 어쩌나 저를 어쩌나 하며 가엾어도 하고 안타까워하는 것이다."(『효 풍』, 141쪽)

(2) 벗버스름하다

"이 부인은 병직이 부친이 아들을 어째 못마땅해하고 태환이부터 그렇 게 좋던 사이가 무슨 까닭에 점점 벗버스름하여가는지 분명히는 알 수 없 어도 겉짐작은 못 하는 것이 아니다."(『효풍』, 67쪽)

"그렇게 벗버스름하니까 놓치는 거지. 단념할 수 있으면 단념하는 것두 좋지. 한이 있는 노릇이라구 언제까지 난봉총각 믿고 시집가겠소."(『효풍』, 304쪽)

(3) 설면해지다

"점점 추축하는 주위가 달라감을 따라서 피차에 그렇게 심각하게 생각 지는 않으면서도 설면해지는 것이 사실이다."(『효풍』, 192쪽)

"세 여자가 제각기 설면설면하게 우두커니 앉았으니 자기네들도 거북 하지마는 누웠는 병인도 편치 않다."(『효풍』, 199쪽)

(4) 얼쯤얼쯤

“모르겠에요. 이통에 외래환자는 왔대두 별수 없었을걸요. 간호부는 얼쯤얼쯤 대꾸를 하고 창황히 달아나버리었다.”(『취우』, 47쪽)

“두 처녀도 축객이나 당한 것 같은 불쾌한 생각으로 얼쯤얼쯤하고 일어서버렸다.”(『취우』, 97쪽)

염상섭은 주로 의태어로 나타나는 첩어를 애용했던 작가다. 『효풍』에서는 ‘근실근실’ ‘구순구순’ ‘물끄름말끄름’ ‘부덩부덩’ ‘부숭부숭’ ‘부전부전’ ‘숙설숙설’ ‘숙설죽설’ ‘설면설면’ ‘우중우중’ ‘야죽야죽’ ‘언들번들’ ‘포달포달’ ‘허던지던’ ‘흐리마리’ ‘허선허선’ ‘훗두루맛두루’ 등과 같은 낯선 첩어들을 찾아볼 수 있고 『취우』에서는 ‘괴괴하다’ ‘뭉싯뭉싯’ ‘비릿비릿’ ‘수선수선’ ‘어리어리’ ‘얼쯤얼쯤’ ‘위룽위룽’ ‘오골오골’ ‘추근추근’ 등과 같은 낯선 첩어들을 발견할 수 있다. 이중에서도 ‘부덩부덩’ ‘우중우중’ ‘언들번들’ ‘위룽위룽’ ‘허선허선’ 등은 국어대사전에도 나와 있지 않다. 염상섭이 제시한 어휘들 가운데 뜻이 분명한 것들도 마구 폐어가 되어가고 있는 판이니 뜻을 모르는 어휘들의 운명이야 말해서 무엇하겠는가.

(『새국어생활』, 2001. 9)

한국 현대문학사상 탐구

ⓒ 조남현 2001

초판인쇄	2001년 12월 24일
초판발행	2001년 12월 28일

지 은 이	조남현
책임편집	김현정 조연주 장한맘 손미선
펴 낸 이	강병선
펴 낸 곳	(주)문학동네
출판등록	1993년 10월 22일 제22-188호

주　　소	136-034 서울시 성북구 동소문동 4가 260번지 동소문빌딩 6층
전자우편	editor@munhak.com
	하이텔 : podo1
	천리안 : greenpen
전화번호	927-6790~5, 927-6751~2
팩　　스	927-6753

ISBN　89-8281-453-1　03810

* 잘못된 책은 바꿔드립니다.

www.munhak.com